ANDREAS SCHEEPKER

Maria – Fräulein der Friesen

FRIESLAND 1531 Der Jurist Lübbert Rimberti kommt in kaiserlichem Auftrag nach Jever. Er soll im Konflikt um die Herrschaftsrechte über Jever vermitteln. Dort muss sich Fräulein Maria, die Tochter des letzten Häuptlings von Jever, gegen die Herrschaftsansprüche der machtbewussten Grafen von Ostfriesland zur Wehr setzen und sich gegen Intrigen behaupten, während ihr kleines Land von plündernden Landsknechten überfallen wird.

Als einer von Marias erbitterten Gegnern einem Giftanschlag zum Opfer fällt, beschuldigen die Grafen von Ostfriesland das Fräulein und machen sich bereit, Jever zu besetzen. Schließlich muss Lübbert Rimberti den Fall aufklären, um den Verdacht von Maria abzuwenden. Rimberti gerät schon bald in die Machtkämpfe um das kleine Land und begibt sich in große Gefahr. Gemeinsam mit seinem Freund Ulfert Fockena nimmt er die Spur eines geheimnisvollen Verbrechens auf, das anderthalb Jahre zuvor geschah.

Andreas Scheepker, Jahrgang 1963, ist gebürtiger Ostfriese. Nach dem Abitur am Ulrichsgymnasium in Norden studierte er Evangelische Theologie und später Literaturwissenschaft, Geschichte und Pädagogik. Er lebt mit seiner Frau und seinem Sohn in Aurich, wo er als Schulpastor am Gymnasium Ulricianum als Studienleiter und in der Arbeitsstelle für Evangelische Religionspädagogik tätig ist. Scheepker hat mehrere Kriminalromane und Erzählungen verfasst, die in Ostfriesland spielen. Sein besonderes Interesse gilt der Regionalgeschichte. Darum stehen oft Themen der ostfriesischen Geschichte im Hintergrund seiner Bücher.

Vorwort

DEN WUNSCH, EINEN Kriminalroman über die Geschichte Fräulein Marias von Jever zu schreiben, habe ich schon seit vielen Jahren. Von 2002 bis 2007 lebten wir als Familie in Asel an der »Goldenen Linie« zwischen Wittmund und Jever. Unzählige Male haben wir in dieser Zeit das Schloss mit dem sehenswerten Museum in Jever besucht. In den vergangenen Jahren habe ich viel über Fräulein Maria und ihre Zeit gelesen und an diesem Krimi geschrieben.

Das vorliegende Buch ist keine Biografie über Fräulein Maria und auch kein Sachbuch über die Geschichte Jevers im 16. Jahrhundert. Dazu gibt es inzwischen etliche Bücher und Aufsätze, die diese Themen auf heutigem wissenschaftlichem Stand anschaulich vermitteln.

Das vorliegende Buch ist ein Kriminalroman. Die Handlung dieser Erzählung entstammt wie die meisten Personen meiner Fantasie. Auch die Romanfiguren, denen eine historische Persönlichkeit zugrunde liegt, habe ich mit Charaktereigenschaften, Gefühlen und Verhaltensweisen ausgestattet, wie ich sie für diese Erzählung einsetzen wollte.

Leserinnen und Lesern, die mit den geschichtlichen Hintergründen vertraut sind, werden bemerken, dass in diesem Roman nicht alle historischen Fakten korrekt wiedergegeben werden. Ich habe zum Beispiel Ereignisse, die sich über mehrere Jahre abgespielt haben, in einem Bild zusammengefasst. Mir war dabei wichtig, die historischen Ereignisse nicht nur als Hintergrundkulisse zu nutzen, sondern in die Handlung einzubeziehen. Auch wenn nicht alles »stimmt«, habe ich mich doch bemüht, ein einigermaßen stimmiges Bild dieser Zeit zu gestalten.

Im Anhang gebe ich einige Informationen über historische Personen, Orte und Stichworte, die in diesem Buch wichtig sind. Danach führe ich Bücher und Aufsätze auf, die mir geholfen haben, Einblicke in die Geschichte Fräulein Marias und Jevers im 16. Jahrhundert zu bekommen. Wenn in Leserinnen und Lesern das Interesse entsteht, sich intensiver mit dieser interessanten Persönlichkeit und ihrer Zeit zu befassen, liegt das durchaus im Sinne des Autors.

Ich danke der Programmleiterin, Frau Claudia Senghaas, und dem Team vom Gmeiner Verlag für die angenehme und verlässliche Zusammenarbeit.

Herzlich danke ich Professorin Antje Sander, Leiterin des Schlossmuseums Jever. Sie konnte mir bei vielen einzelnen Fragen weiterhelfen, und ihre Veröffentlichungen waren genauso wie die Biografie von Doktor Wolfgang Petri ständige gute Wegbegleiter bei der Arbeit an diesem Buch.

Einen besonderen Dank möchte ich meinem lieben Kollegen Doktor Matthias Bollmeyer aussprechen. Er hat mit seinem umfangreichen Fachwissen den Anhang dieses Buches korrigiert, berichtigt und ergänzt und mir noch viele zusätzliche Informationen und Einblicke vermittelt. Diese Hinweise werden vielleicht noch einmal eine Idee für einen weiteren Krimi abgeben.

Widmen möchte ich dieses Buch meinen drei Kolleginnen in der Arbeitsstelle für evangelische Religionspädagogik Ostfriesland (ARO):

Doktor Ute Beyer-Henneberger,
Jutta Renken-Sprick,
Sonja Skoczylas.

Auf diesem Wege möchte ich ihnen für die sehr gute und freundschaftliche Zusammenarbeit danken.

Personenverzeichnis

Am Hof von Königin Maria, Statthalterin des Kaisers

Lübbert Rimberti, Jurist am kaiserlichen Hof in Brüssel
Kobus Temmen, Lübbert Rimbertis Schreiber
Graf Christian von Wittenvelde, Rat am kaiserlichen Hof in Brüssel
Hauptmann Burkert, Offizier im kaiserlichen Dienst

Aus der Herrschaft Jever:

Fräulein Maria, Tochter des letzten Häuptlings von Jever
Fräulein Anna, Tochter des letzten Häuptlings von Jever
Folpt Middens von Sassenhusen, Häuptling und Regent des Jeverlandes
Beeke und Jabina Middens von Sassenhusen, Schwestern von Häuptling Folpt Middens, Nonnen im früheren Kloster Annenwolde
Jelto Middens von Sassenhusen, Sohn von Häuptling Folpt

Keno Middens, Häuptling von Garssum, Neffe von Folpt Middens
Take Middens, Bruder von Häuptling Folpt, lebt verarmt auf seinem Alterssitz
Tjard Middens, Sohn von Take Middens, Vetter von Keno und Jelto Middens
Folkert Hedden, Dorfvorsteher und Kirchenältester in Grootewarden
Remmer von Seediek, Pfarrer von Seediek und Verwalter in Jever
Hinrich Kremer, Pfarrer an der Sankt Marienkirche in Jever
Aimo Herkens, Burgschreiber in Jever
Idbertus aus Eilsum, Ibo Eilers, Neffe des Propstes und neuer Deichrichter

Aus der Grafschaft Ostfriesland:

Enno und Johann Cirksena, Grafen von Ostfriesland und Söhne von Graf Edzard
Ulfert Fockena, Häuptling und Offizier
Boing von Oldersum, Häuptling und ostfriesischer Drost in Jever
Aiko Onninga, Häuptling und Rat bei den ostfriesischen Grafen
Isko Onninga, nachgeborener Sohn von Aiko Onninga, Offizier
Ubbo Scriver, durch die Ostfriesen eingesetzter Verwalter von Jever

Weitere Personen

Junker Balthasar von Esens, Häuptling des Harlingerlandes
Ewert Owelacker, Anführer einer Truppe von Landsknechten
Grit, Novizin
Schwester Katharina, Nonne im Kloster Thedinga, früher im Kloster Annenwolde
Schwester Meta Hallenga, Nonne im Kloster Thedinga

Im Herbst 1529

Am Tag vor Michaelis 1529 trafen Reisende auf der Friedeburg ein. Es waren zwei betagte Nonnen aus dem Kloster Annenwolde in der Nähe von Lübeck, die beiden Schwestern Beeke und Jabina Middens von Sassenhusen. Der Landesherr hatte das Kloster aufgelöst und die ausgedehnten Besitzungen des Klosters eingezogen. Die meisten Nonnen stammten aus wohlhabenden und mächtigen Familien. Die Angehörigen hatten ihren Einfluss geltend gemacht, sodass der Landesherr allen Bewohnerinnen des Klosters eine angemessene Abfindung zahlen musste.

Häuptling Folpt Middens von Sassenhusen hatte seine beiden Schwestern vor einem Jahr besucht und mit ihnen über ihre Zukunft gesprochen. Dann hatte er Erkundigungen über die verbleibenden Klöster auf der ostfriesischen Halbinsel eingeholt und schließlich das angesehene Kloster Thedinga als mögliche Heimstatt für seine Schwestern in Augenschein genommen. Vor einem halben Jahr war Folpt Middens erneut in Annenwolde gewesen, um seinen Schwestern vorzuschlagen, im Kloster Thedinga ihre letzten Lebensjahre zu verbringen. Sie hatten dem Vorschlag zugestimmt, zumal eine ihrer Mitschwestern dort ebenfalls unterkommen würde. Folpt Middens hatte noch einmal Thedinga aufgesucht, um dort die Aufnahme seiner beiden Schwestern zu verhandeln und zu beschließen. Er hatte dann die Reise seiner Schwestern organisiert und ihnen die Einzelheiten in einem Brief mitgeteilt, auf den er einige Wochen später auch Antwort erhalten hatte.

Beeke und Jabina Middens von Sassenhusen führten die stattliche Geldsumme, die der Landesherr ihnen hatte auszahlen lassen, in einem Kästchen bei sich. Das Geld war für das Kloster Thedinga bestimmt.

Auf der letzten großen Reise ihres Lebens wollten die beiden Schwestern einen Umweg machen. Sie hatten den Wunsch, nach mehr als 50 Jahren den Familiensitz in Sassenhusen noch einmal wiederzusehen. Bei dieser Gelegenheit wollten sie ihrem Bruder Folpt für seine Hilfe danken. Und es war ihr Wunsch, ihren Neffen Keno nach dessen Rückkehr in die Heimat auf seinem Hof zu besuchen. Er hatte sie während seiner Dienstzeit auf einem Rittergut in der Nähe des Klosters hin und wieder besuchen können.

Die Familie hatte ihnen einen Reitknecht mit Pferden geschickt, um die beiden Schwestern zu begleiten. Er war schon vorgeritten, um dem Drosten der Friedeburg die Ankunft der Schwestern anzukündigen.

Da Folpt Middens ein angesehener Häuptling und einer der Regenten des Jeverlandes war, tat der Drost sein Möglichstes, um den beiden Schwestern den Aufenthalt so angenehm wie möglich zu gestalten. Das große Gästezimmer wurde aufs Beste hergerichtet, und zum Nachtmahl lud der Drost die Schwestern in den Speiseraum der Burg, wo ein einfaches, aber gutes Mahl serviert wurde.

Auf alle Versuche des Drosten, höfliche Konversation zu machen, antworteten die Schwestern freundlich, aber reserviert. Mit dem Hinweis auf die anstrengende Reise zogen sie sich gleich nach dem Essen in ihr Quartier zurück. Die Novizin, die sie begleitete und sich um sie kümmerte, übernachtete in der Kammer neben dem Gästezimmer. Der Reitknecht wurde beim Burggesinde untergebracht.

Kurz nach dem Morgengrauen wurde der Drost durch lautes Klopfen geweckt. Eine der Burgmägde sollte die Gäste bei beginnendem Tageslicht wecken. Sie hatte die drei Frauen tot in ihren Betten aufgefunden. Sofort schickte der Drost Männer los, um einen flüchtigen Mörder zu suchen. Der musste sich noch in der Festung verborgen halten, da die Tore noch geschlossen waren. Der Drost verbot den Torwächtern, jemanden aus der Friedeburg herauszulassen. Außerdem ließ er den Reitknecht der beiden Schwestern herbeiholen, der im Stall schon die Pferde für die Weiterreise bereitgemacht hatte.

Bei der Untersuchung der Toten fand man bei keiner der Frauen eine Spur von Gewaltanwendung. Als man sie für die Aufbahrung vorbereiten wollte, entdeckte man, dass die Novizin noch lebte. Mit Mühe gelang es, sie aus einem tiefen Schlaf wieder ins Leben zurückzuholen. Sie bezeugte, dass sie bei ihrer Rückkehr in ihrem Gästezimmer einen Krug mit gewürztem Wein und zwei Becher vorgefunden hatten. Sie waren davon ausgegangen, dass der Drost den Wein hatte bringen lassen. Die Schwestern hatten davon getrunken und sich dann zur

Ruhe begeben. Die Novizin hatte danach heimlich den kleinen Rest zu sich genommen.

Das kleine Kästchen mit dem Geld der Schwestern war verschwunden. Von dem Geld konnten außer den beiden Nonnen nur die Novizin und der Knecht wissen. Die Habseligkeiten beider wurden durchsucht, und die beiden Wachsoldaten der Burg bezeugten dass niemand in der Nacht das Gesindehaus verlassen hatte.

Der Drost ließ die Burg durchsuchen. Ein weiterer Reisender, der Rechtsgelehrte Doktor Lübbert Rimberti, war mit seinem Schreiber auf der Friedeburg zu Gast. Er war nach einem Aufenthalt in Ostfriesland und in Jever unterwegs zum Hof der Statthalterin in Flandern. Der Drost befragte ihn, aber Rimberti hatte fest geschlafen und nichts von dem Verbrechen mitbekommen. Der Drost hielt es für wenig wahrscheinlich, dass der Gast mit dem Verbrechen etwas zu tun hatte, zumal er von seiner Kammer aus nicht in die Räumlichkeiten der Schwestern hätte gelangen können, ohne von den Torwachen bemerkt zu werden. Dann sandte er einen Boten mit der Nachricht zu Häuptling Folpt Middens nach Sassenhusen.

Der Häuptling kam am nächsten Tag auf die Friedeburg und ließ sich vom Friedeburger Drosten ausführlich berichten. Der unglückliche Tod seiner Schwestern betrübte ihn. Auch wenn beide inzwischen im siebten Lebensjahrzehnt waren, erfreuten sie sich doch einer guten Gesundheit und hatten ein solch trauriges Ende nicht verdient.

Middens hatte nur anderthalb Jahre zuvor seinen Bruder und dessen Sohn durch die Pest verloren. Er selbst war dem Tod durch diese Krankheit nur knapp entronnen.

Folpt Middens ließ seine Schwestern zum Kloster Thedinga bringen und dort bestatten. Dann kehrte er ins Jeverland zurück. Einige Wochen später erhielt er einen Besuch vom Friedeburger Drosten, der ihm mitteilte, dass alle Befragungen und Untersuchungen zum Tod der Schwestern nichts erbracht hätten. Man müsse davon ausgehen, dass der Mörder auf unerklärliche Weise von der Reise der Schwestern und der mitgeführten großen Geldsumme erfahren haben musste. Er musste unentdeckt in die Burg eingedrungen sein und diese ebenso wieder verlassen haben. Der Drost sprach dem Häuptling noch einmal seine Anteilnahme aus und versicherte, auch weiterhin Untersuchungen zum Tod der beiden Schwestern anzustellen.

Im Frühsommer 1531

1

Lübbert Rimberti stolperte durch das Dickicht. Sein linker Fuß schmerzte. Wie lang irrte er schon im Wald umher? Eine Stunde? Oder noch länger? Er verspürte Durst. Er brauchte eine Rast. Aber er musste weiter.

Was er zum Essen und Trinken brauchte, befand sich in seiner Satteltasche. Und sein Pferd war mitsamt dem Sattel davongelaufen. Vielleicht hatte eine Kreuzotter am Wegesrand es zum Scheuen gebracht. Rimberti wusste es nicht. Sein Sturz vom Pferd war hart gewesen, seine linke Seite schmerzte. Er hoffte, dass sein Fuß nicht ernsthaft verletzt war.

Er humpelte weiter durch das Unterholz. Zweimal hatte er sein Pferd für einen Moment gesehen, bevor es wieder zwischen den Bäumen verschwunden war. Es war keine gute Wahl gewesen, auf den Wirt zu hören und die Abkürzung durch den Wald zu nehmen. Und es war auch keine gute Entscheidung gewesen, seinen Schreiber Kobus Temmen mit dem Packpferd vorauszuschicken, damit er schneller am Ziel eintreffen und vor Ort schon für das Quartier sorgen konnte. Aber Kobus war nun einmal der bessere und schnellere Reiter, und Rimberti liebte es, wenn sein Schreiber bei seinem Eintreffen schon das Quartier vorbereitet hatte.

Rimberti seufzte und setzte sich für einen Moment auf einen Baumstamm, den ein Sturm mitsamt Wurzelwerk umgerissen haben musste. War er nicht vorhin schon einmal hier gewesen?

Vermutlich würde sich auch seine Entscheidung, den Auftrag in Jever anzunehmen, als unglücklich erweisen. Bei seinen letzten Reisen nach Ostfriesland hatte Rimberti es verstanden, sich die ostfriesischen Grafen und ihre Gefolgsleute zu Gegnern zu machen. Auf ein Wiedersehen mit ihnen verspürte er wenig Lust, zumal der Rechtsstreit um Jever eine in jeder Hinsicht schwierige Angelegenheit war.

Plötzlich hörte er das Schnauben eines Pferdes. In einiger Entfernung sah Rimberti zwischen den Bäumen ein helles Grün hervorleuchten. Eine Lichtung. Vorsichtig näherte er sich. Er blieb im Schatten der Bäume. Mitten auf der kleinen Wiese stand sein Pferd und graste friedlich. Vielleicht konnte er hier einfach stehen bleiben und warten, bis sein Pferd zu ihm kommen würde.

Tautropfen funkelten auf dem frischen grünen Gras. Erst jetzt nahm Rimberti das Vogelgezwitscher wahr. Er blinzelte in die Sonne, die ihm hell und warm durch die Blätter ins Gesicht schien. Für einen Moment fiel der ganze Unmut von ihm ab. Der schmerzende Fuß, die missliche Suche nach dem Pferd und die Sorge um die bevorstehenden Aufgaben in Jever schob er einfach beiseite. Für einen Augenblick fühlte er eine Klarheit und eine Frische, die er sonst selten verspürte.

Dann kam der Schlag.

Als Rimberti wieder zu sich kam, zerrten kräftige Hände an ihm. Er konnte nichts sehen, man hatte ihm die Augen verbunden. Ein schneidender Schmerz durchfuhr ihn, als man ihm die Hände fesselte. Er zuckte zurück, aber er konnte sich nicht aus den eisernen Griffen befreien. Dann verspürte er einen kräftigen Stoß, und er wurde mitgezogen.

Unbeholfen stolperte er mit den anderen dahin. Wer waren sie? Hatten sie es auf sein Pferd abgesehen? Dann hätten sie ihn doch einfach liegen lassen können. Hatten sie es auf ihn abgesehen? Warum hatten sie ihn dann nicht gleich an Ort und Stelle getötet, statt ihn durch den Wald zu zerren? Und außerdem, wer wusste überhaupt von ihm und von seinem Auftrag?

Die Schmerzen in seinem Fuß holten ihn aus seinen Gedanken. Gebrochen war er sicher nicht, sonst hätte Rimberti nicht so fest auftreten können. Aber jeder Tritt tat weh. Immerhin hatten sie sein Pferd eingefangen und führten es mit.

Vielleicht waren die Männer, die ihn mitschleppten, nur gewöhnliche Wegelagerer, die ein Lösegeld erpressen wollten. Rimberti hatte davon gehört, dass ein Haufen von Landsknechten aus dem Oldenburgischen die Gegend unsicher machte.

Die Jeverschen Fräulein Maria und Anna hatten die kaiserliche Statthalterin in Brüssel um Vermittlung gebeten. Sie waren die beiden noch lebenden unverheirateten Töchter des letzten Häuptlings von Jever, der vor 20 Jahren verstorben war. Die Ostfriesen hatten Jever besetzt, und Graf Enno ließ das Jeverland durch seinen Drosten verwalten.

Königin Maria, die Schwester Kaiser Karls V., nahm für ihren Bruder die Regierungsgeschäfte im nordwestlichen Teil des Reiches, in dem die Sonne niemals unterging, wahr. Sie hatte einen der Juristen der kaiserlichen Regierung, Lübbert Rimberti, nach Jever geschickt, um die Situation vor Ort rechtlich prüfen zu lassen.

»Nicht so trödeln«, raunzte ihn jemand von der Seite an und gab ihm einen Stoß.

Rimberti stolperte. Reflexartig wollte er mit seinen Händen und Armen den Sturz abfangen. Aber in dem Moment, in dem ihm bewusst wurde, dass er gefesselt war, schlug er schon auf.

Helles Sonnenlicht blendete Rimberti, als man ihm unsanft die Augenbinde vom Kopf riss.

»Sag deinem Grafen Enno, dass er das nächste Mal bessere Spione zu uns schicken soll.«

Der diese Worte zu ihm sprach, stand im Gegenlicht, sodass Rimberti die Augen zukneifen musste, um ihn sehen zu können: ein kleiner, kräftiger Mann mit struppigen blonden Haaren auf dem Kopf und im Gesicht. Er hielt Rimbertis Pferd am Zaum.

»Warum erledigen wir ihn nicht gleich an Ort und Stelle?«, fragte ein schwarzhaariger Mann ungehalten. »Graf Enno hat ihn geschickt, um unser Lager auszukundschaften. Jetzt weiß er Bescheid über uns. Fackelt nicht lange, sonst entkommt er uns noch.«

Rimberti packte die Angst. Sollte dies das Ende seines Lebens werden? Erschlagen von Wegelagerern im Wald? Alle Muskeln spannten sich gleichzeitig an. Hoffentlich merkte niemand, dass er zitterte.

Er versuchte, so ruhig und selbstbewusst wie möglich zu sagen, was er vorbringen konnte. »Schaut in meiner Packtasche nach, und ihr erfahrt, wer ich bin.«

Der Bärtige nickte dem Schwarzhaarigen zu. Der ging zum Pferd. Rimberti sah sich um. Seine Augen hatten sich wieder an das Licht gewöhnt. Sie standen im Wald inmitten einer kleinen Ansammlung geduckter Hütten. Die Wände waren aus Flechtwerk gebaut und mit Lehm verschmiert. Direkt um die Hütten waren Büsche gepflanzt, sodass sie bald vollständig eingewachsen sein würden. Ein seltsames Dorf mitten im Wald, dachte Rimberti. Nur eine Handvoll Männer stand hier mit ihm, Frauen und Kinder sah er nicht.

Der Schwarzhaarige gab dem Bärtigen Rimbertis Packtasche. Umständlich holte der die lederne Schreibmappe hervor und sah konzentriert auf die wenigen Dokumente, die sie enthielt. Darunter war ein Brief des kaiserlichen Staatsrates Christian von Wittenvelde, der ihn im Namen von Königin Maria mit der Reise nach Jever beauftragte.

Der Bärtige war offensichtlich des Lesens kundig, denn er studierte sorgfältig Wittenveldes Brief und die beigelegten Abschriften von Briefen aus Jever. Dann legte er die Papiere aus der Hand und sah Rimberti ins Gesicht. »Ich glaube, wir müssen uns bei Euch entschuldigen, Doktor Rimberti.«

Er verstaute die Unterlagen wieder in der Packtasche und erklärte: »Wir haben allen Grund, misstrauisch zu sein. Überall sind Graf Ennos Männer unterwegs. Sie benehmen sich so, als ob ihnen das Jeverland schon gehörte.«

Rimberti spürte, dass der Bärtige misstrauisch blieb.

Offensichtlich handelte es sich bei der Ansammlung von Hütten um das Versteck, von dem vorhin gesprochen worden war. Verbargen sich hier Männer, die von Graf Ennos Leuten gesucht wurden? Wurden hier Waffen und Vorräte für einen Aufstand gegen die ostfriesische Besatzung versteckt?

»Folkert Hedden«, stellte sich der Bärtige vor. »Folkert Hedden aus Grootewarden. Freier Bauer im Jeverland, so, wie die anderen hier es auch noch sind.«

»Noch?«, fragte Rimberti.

»Noch!«, erwiderte Hedden mit Nachdruck. »Graf Ennos Männer haben die Hälfte meiner Kühe und Schweine mitgenommen, weil ich angeblich meine Abgaben nicht bezahlt habe. Sie wollten ein Exempel statuieren. Ich bin Vorsteher und Kirchvogt von Grootewarden und habe meine Abgaben an den Hof von Jever entrichtet. Aber der alte Drost, den Graf Enno eingesetzt hat, hat das verboten. Alle Abgaben soll der ostfriesische Graf bekommen und dafür unser Land beschützen.«

Der Schwarzhaarige, der neben ihnen stand, spuckte aus. »Beschützen? Er nimmt uns aus. Wer seine Abgaben an die Fräulein von Jever gibt, muss dieselben Abgaben noch einmal an Graf Enno zahlen. So wollen die Ostfriesen unsere Fräulein und unser Land ausnehmen.«

»Der neue Drost ist anders«, erklärte Folkert Hedden. »Er bemüht sich, das Land gerecht zu verwalten. Aber für die Kirchspiele in unserer Nachbarschaft hat noch der alte Drost einen Gefolgsmann von Graf Enno eingesetzt, Isko Onninga. Iskos älterer Bruder wird das väterliche Erbe antreten, und nun muss er selbst sich in den Dienst des Grafen begeben. Isko sieht Grootewarden schon als seine eigene Herrschaft: fruchtbares Grünland, Wald mit viel Holz und Wild, sogar ein kleiner Hafen – das ist schon eine Herrlichkeit.«

»Und vor Isko versteckt Ihr …«, begann Rimberti, und hoffte, dass seine Gastgeber den Satz vollenden würden.

»So ist es«, antwortete Hedden kurz. »Genauer wollt Ihr gar nicht wissen, was hier alles verborgen ist. Glaubt mir, so ist es besser für uns und für Euch. Wir werden Euch nun nach Grootewarden geleiten, damit Ihr sicher und gut nach Jever kommt. Vergesst, was Ihr hier gesehen habt. Aber vergesst nicht, was Ihr gehört habt!«

2

Als sie aus dem Wald traten, erblickten sie den aufsteigenden Rauch.

»Isko!«, zischte Folkert Hedden. Er und seine Männer liefen los. Rimberti kletterte auf sein Pferd, das er bisher geführt hatte, und ritt in Richtung Dorf. Zwei Häuser in Grootewarden brannten. Der Rauch wehte durch das Dorf und kündete von Zerstörung und Gewalt. Mehrere bewaffnete Männer standen vor den brennenden Gebäuden und hielten die Dorfbewohner davon ab, das Feuer zu löschen. Inzwischen hatte es sich so ausgebreitet, dass die beiden Häuser nicht mehr zu retten waren.

Rimberti stieg umständlich von seinem Pferd. Da bemerkte er, dass einige Einwohner an den Bewaffneten vorbei drängten. Der Wind hatte gedreht, und die Flammen und Funken bedrohten nun die Nachbarhäuser. Die Leute aus dem Dorf wollten löschen, um ihre Häuser zu retten. Die Soldaten trieben sie zurück.

Als eine Frau einen Bewaffneten zur Seite stieß, gab der ihr einen Hieb mit dem Schaft seiner Hellebarde. Die Frau ging zu Boden. Benommen versuchte sie, wieder aufzustehen, da holte der Soldat erneut aus.

Bisher hatte Rimberti der Szene regungslos zugesehen, unbemerkt von den anderen. Nun packte ihn der Zorn. Das Herz pochte ihm bis zum Hals. Bevor der Soldat ein zweites Mal zuschlagen konnte, stürzte sich Rimberti auf ihn. Der Mann war überrascht von diesem unerwarteten Angriff, und Rimberti warf ihn zu Boden.

Rimberti war kein Kämpfer. Er war noch nicht einmal ein mutiger Mann. Aber der Zorn verlieh ihm so viel Kraft, dass der Soldat sich nicht aus seiner Umklammerung lösen konnte. Mit aller Kraft hielt Rimberti den Mann nieder und entwand ihm die Hellebarde.

Da wurde er von hinten gepackt. Die anderen Soldaten sprangen ihrem Gefährten bei und rissen Rimberti hoch. Zwei hielten ihn fest, die anderen bildeten einen Halbkreis um ihn. Sein Gegner stand vom Boden auf. Er nahm seine Hellebarde und kam grinsend näher.

Im gleichen Moment waren Folkert Hedden und seine Männer zur Stelle und stürzten sich auf die Soldaten. Nach einem kurzen Handgemenge hatten die Männer des Dorfes die Eindringlinge entwaffnet.

»Und was sollen wir mit ihnen machen?«, fragte Hedden.

»Das ist die falsche Frage, Folkert Hedden!« Eine tiefe laute Stimme schnitt durch den Lärm. Im Handgemenge war es unbemerkt geblieben, dass eine Schar bewaffneter Reiter die Dorfbewohner eingekreist hatte.

»Die Frage ist, was wir mit dir machen!« Noch einmal erklang die tiefe Stimme des Anführers. Rimberti hörte, wie die Leute um ihn herum ängstlich den Namen nannten: »Herr Isko.«

Hedden ließ sich nicht einschüchtern. Aufrecht stellte er sich vor den Anführer der Reiterschar. »Isko Onninga, Eure Männer haben unser Dorf überfallen. Sie haben geplündert, sind handgreiflich geworden und haben zwei Häuser in Brand gesteckt. Sich gegen Räuber und Brandschatzer zur Wehr zu setzen, das ist unser gutes friesisches Recht.«

»Was friesisches Recht ist, bestimmt Graf Enno«, erwiderte Isko Onninga.

»Das mag er in seinem Land gern tun, aber wir sind freie Jeverländer. Über uns hat Euer Graf genau so wenig Recht wie Ihr, Onninga.«

»Da täuscht ihr euch gewaltig«, antwortete Isko mit schneidender Stimme. »Graf Enno hat die Schutzherrschaft für euer Land und eure Fräulein übernommen. Darum stehen ihm auch die Abgaben zu. Und wenn ihr nicht kommen und zahlen wollt, dann müssen wir eben kommen und holen, was unserem Grafen zusteht.«

»Wir haben pünktlich unsere Abgaben gezahlt. Ich werde Euch das Schriftstück vorlegen«, sagte Hedden.

»Für mich gilt nur ein Schreiben, das von Graf Ennos Drost oder einem seiner Beauftragten unterzeichnet ist.«

»Wir haben unsere Abgaben in voller Höhe an unsere Fräulein in Jever gezahlt.«

»Graf Enno hat die Fräulein von Jever mitsamt ihrer Herrschaft unter seinen gnädigen und sicheren Schutz genommen. Darum steht ihm die Abgabe zu. Und wenn ihr sie nicht zahlt, dann treiben wir sie ein. Wer uns die Abgabe vorenthält, wird wie ein Dieb behandelt und bestraft. Ich werde ihm und seiner Familie die Habe wegnehmen und sein Haus anzünden. Und ich fange gleich mir dir an, Folkert Hedden.«

»Das steht Euch nicht zu!« Rimberti war erschrocken über die Lautstärke seiner Stimme. Er trat vor, zitternd vor Angst und gleichzeitig fest entschlossen, Onninga in die Schranken zu weisen.

Erst jetzt bemerkte Rimberti den Mann auf dem Pferd neben Onninga. Es war Ulfert Fockena, sein Gefährte, mit dem Rimberti im vorletzten Jahr den Mörder mit der Armbrust gejagt und einen Angriff auf die Insel Bant vereitelt hatte. Fockena sah ihn bedeutungsvoll an, sagte aber nichts und machte auch kein Zeichen des

Erkennens. Er wird seine Gründe haben, dachte Rimberti und beließ es dabei.

Isko Onninga musterte Rimberti, der in seiner verdreckten und von der Rauferei unordentlichen Kleidung keine sehr eindrucksvolle Erscheinung abgab.

»Hast du hier auch etwas zu sagen?«, antwortete Isko belustigt. »Ich denke, eine gehörige Tracht Prügel wird dich und Hedden wieder zur Vernunft bringen. Los, schnappt euch die beiden, damit hier Ruhe einkehrt.« Er winkte seinen Leuten zu, die Folkert Hedden und Rimberti umgehend packten.

»Wagt es nicht, Hand an mich legen zu lassen«, erwiderte Rimberti. Er bemühte sich, seine Stimme so fest und klar klingen zu lassen, dass niemand seine Angst bemerkte.

»So, wollt ihr beide mir drohen?«, spottete Isko Onninga. »Ihr jeverländischen Bauern hattet in den letzten Jahren wohl zu viele Freiheiten, dass ihr so aufmüpfig geworden seid. Es wird Zeit, euch unter das Joch zu bringen.«

»Wir sind nicht eure Ochsen, sondern freie Bauern!«, rief Hedden.

»Vielleicht müsst ihr erst einmal die Peitsche spüren, damit ihr wisst, wer ihr seid«, erwiderte Isko hämisch.

»Ihr habt kein Recht, das Dorf auszuplündern, Herr Isko«, wies Rimberti ihn zurecht. »Wenn die Abgaben entrichtet worden sind, dann habt Ihr hier nichts zu schaffen.«

»Bevor die beiden hier die übrige Herde noch widerspenstiger machen, sollten wir sie am nächsten Baum aufknüpfen«, antwortete Isko Onninga kühl. »Wenn jemand von euch sich rührt, werde ich euer ganzes Dorf niedermachen!«

Totenstill war es plötzlich. Die Leute von Grootewarden wussten, dass jede Gegenwehr sinnlos war. Onninga lauerte nur darauf, beim geringsten Anzeichen des Widerstandes seine Drohung wahr zu machen.

»Ich bin hier im Auftrag des kaiserlichen Hofes in Brüssel«, erklärte Rimberti. »Königin Maria hat mich beauftragt, Verhandlungen mit Graf Enno und den Fräulein von Jever zu führen. Die Leute hier im Dorf haben mir nach einem Reitunfall beigestanden. Fügt mir oder jemandem aus dem Dorf einen Schaden zu, so wird es Euch schlecht bekommen, Herr Isko.«

Rimberti sah für einen Augenblick Furcht in Iskos Augen flattern. Isko wandte sich Ulfert Fockena zu. »Was sollen wir mit einem solchen Lügner machen?«

»Ich habe den Mann schon einmal gesehen. Er sagt die Wahrheit. Es ist Doktor Rimberti«, sagte Fockena ruhig. »Er hat vor zwei Jahren die Verhandlungen um den Verkauf von Hillersum geführt.«

»Das Alter hat Euch verweichlicht, Fockena«, erwiderte Isko. »Der Graf wird keinen Aufruhr im Jeverland dulden.«

»Krümmt Ihr ihm ein Haar, so wird Königin Maria Euch für vogelfrei erklären«, brummte Fockena. »Ihre Soldaten werden Eure Burg in Schutt und Asche legen. Was sie dann mit Euch machen, bevor sie Euch hinrichten, wollt Ihr sicher nicht hören, Herr Isko. Um Euch ist es nicht schade, aber Euer Vater ist ein Mann von Ehre.«

Isko Onninga warf Rimberti einen hasserfüllten Blick zu. »Los, Leute«, schnauzte er seine Männer an. »Nehmt alles Vieh mit. Wir holen Graf Ennos Steuern. Leistet jemand Widerstand, zündet sein Haus an.« Er schlug sein Pferd mit der Peitsche und ritt davon.

Hilflos mussten die Leute von Grootewarden mit ansehen, wie Onningas Männer ihre Kühe, Schweine und Schafe davontrieben.

»Ich fürchte, Ihr habt einen Todfeind gewonnen«, sagte Folkert Hedden zu Rimberti. »Isko wird nie vergessen, dass Ihr ihn vor allen Leuten in die Schranken gewiesen habt. Ab jetzt müsst Ihr vorsichtig sein!«

3

Folkert Hedden begleitete Rimberti nach Jever, um bei den Fräulein Maria und Anna Beschwerde über Isko Onninga einzulegen und das Vieh der Dorfbewohner zurückzufordern.

Hoch über den Häusern von Jever erhob sich der wuchtige Turm inmitten der Burg wie ein klobiger, starker Riese, der bereit war, jeden Angreifer niederzuzwingen.

Seit gut 100 Jahren stand die Burg in Jever. Immer wieder hatte sich der Ort mit seiner Herrschaft gegen Nachbarn behaupten müssen. Edo Wiemken, der Vater der beiden Schwestern, hatte die Burg mit dem Turm weiter ausbauen und stärker befestigen lassen. Vor 20 Jahren war er verstorben, und für den minderjährigen Sohn Christoph hatten fünf Häuptlinge des Jeverlandes die Regentschaft übernommen. Aber Junker Christoph war seinem Vater schon nach wenigen Jahren in den Tod gefolgt. Graf Edzard von Ostfriesland hatte die Gelegenheit genutzt und sich zum Beschützer Jevers und der drei Töchter Edo Wiemkens erklärt. Er hatte einen Drosten in Jever eingesetzt und Eheverträge zwischen seinen drei Söhnen und den drei Fräulein geschlossen.

Vor vier Jahren hatten die Ostfriesen dann die Burg besetzt und dort Soldaten stationiert. Graf Edzards Sohn war inzwischen eine vorteilhaftere Ehe mit Anna von Oldenburg eingegangen, und von den Eheversprechen war längst nicht mehr die Rede. Auf Seiten der Ostfriesen war man davon ausgegangen, dass Jever ihnen nun auch ohne Einhaltung des Eheversprechens zufallen würde wie ein reifer Apfel.

Das alles hatte Rimberti schon auf seiner letzten Reise nach Jever in Erfahrung gebracht. Von Folkert Hedden ließ er sich unterwegs erzählen, wie die Ostfriesen Jever inzwischen als ihr eigenes Land behandelten und die Töchter Edo Wiemkens mehr oder weniger gefangen hielten, bis man sie an andere Heiratskandidaten oder in ein Kloster vermittelt hätte.

Folkert Hedden brachte Rimberti zur Burg. Dort war man schon durch Rimbertis Schreiber auf seine Ankunft vorbereitet. Der Drost wurde erst am späten Abend zurückerwartet. Man hatte Rimberti eine Schlafkammer und eine Schreibstube für seine Dienstgeschäfte vorbereitet, während sein Schreiber Kobus Temmen beim Dienstpersonal des Hofes untergebracht war. Rimberti kündigte für den nächsten Vormittag seinen Antrittsbesuch bei den Fräulein Maria und Fräulein Anna und beim Drosten an. Dann zog er sich in seine Kammer zurück.

Rimberti fühlte sich nach den Ereignissen dieses Tages erschöpft. Er setzte sich in einen prächtig geschnitzten Holzstuhl mit Armlehnen und Polstern. Sein Fuß schmerzte, und die Striemen an seinen Handgelenken brannten. Im Kampf mit Iskos Männern hatte er einen großen Bluterguss am rechten Oberschenkel sowie Schürfwunden und blaue Flecke davongetragen. Er würde gleich morgen an den kaiserlichen Hof nach Brüssel schreiben und über Isko Onningas Umtriebe berichten.

Es klopfte. Rimberti erhob sich aus dem Stuhl und ging zur Tür. Er öffnete.

Ein Mann trat ein, groß und kräftig, mit sanften Augen und einem rotbraunen Bart, bekleidet mit einem Lederwams und Reitstiefeln. Er war ganz außer Atem, und es gelang ihm nur mit Mühe, seine Erregung zu unterdrücken. Er schloss die Tür hinter sich.

»Doktor Rimberti, Folkert Hedden war soeben bei

mir und hat mir berichtet, was Euch widerfahren ist. Fräulein Anna und Fräulein Maria lassen Euch ihre tief empfundene Anteilnahme an diesem Unglück aussprechen. Bitte teilt das, was Euch widerfahren ist, der Regentin mit. Alles. Schonungslos. Die Königin muss alles erfahren. Morgen werden Euch die Fräulein empfangen. Sie sind sehr verstört über die Ereignisse, die sich hier zugetragen haben. Ich …«

Der Mann zögerte. Er stand unter großer Anspannung. Er setzte noch einmal an: »Ich habe mich noch nicht vorgestellt. Boing von Oldersum. Ich bin der neue Drost. Ich werde morgen auch da sein, wenn Ihr mit den Herrinnen sprecht. Ich hoffe, Ihr bringt gute Nachrichten vom Hof der Statthalterin. Fräulein Maria und Fräulein Anna brauchen jetzt mehr denn je die Unterstützung der Königin. Sonst ist Jever verloren.«

Es klopfte wieder an die Tür, und ein Bediensteter stand im Türrahmen. »Junker Boing, der Bote ist gekommen. Es ist dringend.«

Boing wandte sich an Rimberti. »Verzeiht. Ich möchte nicht unhöflich sein. Aber es hat einen Zwischenfall an der Grenze gegeben. Habt Ihr alles, was Ihr benötigt?«

Rimberti bejahte, und Junker Boing folgte dem Bediensteten. Rimberti überlegte einen Moment, ob er noch seinen Schreiber aufsuchen sollte, um mit ihm die Aufgaben der kommenden Tage zu besprechen. Aber er beschloss, dass es für heute genug war. Er setzte sich wieder. Er glaubte nicht, dass er nach den Ereignissen des Tages schlafen konnte. Nur für einen Moment schloss er die Augen.

Rimberti schreckte hoch. Er musste doch eingeschlafen sein, denn es dämmerte schon der graue Morgen. Er hörte Rufe von unten. Pferdegetrappel.

Rimberti trat ans Fenster. Er konnte noch sehen, wie eine Gruppe von Reitern aufbrach und im Morgennebel verschwand. Er legte sich auf sein Bett, aber nun konnte er nicht mehr einschlafen.

»Der Drost ist schon früh nach Esens aufgebrochen«, teilte Rimbertis Schreiber Kobus mit, während er die mit Honig gesüßte Weizengrütze löffelte. Eigentlich war Rimbertis neuer Schreiber äußerst zurückhaltend und im Gespräch oft einsilbig. Nun fuhr er tatsächlich fort: »Gestern gab es hier großen Ärger. Eine Gruppe von Reitern kam, und der Drost stritt sich mit dem Anführer. Dabei fiel auch Euer Name.«

»Mein Name?«, fragte Rimberti erstaunt.

»Ich konnte nicht alles verstehen«, erklärte Kobus. »Wo wart Ihr eigentlich so lang?«

»Dringende Amtsgeschäfte haben mich aufgehalten«, brummte Rimberti, der seinem Schreiber nicht unbedingt auf die Nase binden wollte, was er gestern erlebt hatte.

Die restliche Zeit der Mahlzeit saßen die beiden schweigend nebeneinander. Rimbertis früherer Schreiber liebte das Plaudern. Aber nach seiner Heirat und der Geburt des ersten Kindes im vergangenen Jahr hatte er die Reisetätigkeit aufgegeben und eine Stelle als Schreiber beim Häuptling von Lütetsburg angenommen, um dort mit seiner Familie zu wohnen.

Sein Nachfolger Kobus hatte sich in den letzten Monaten als würdiger Nachfolger erwiesen. Konzentriert konnte er in kurzer Zeit schwierige Texte entziffern und in sauberer Handschrift kopieren. Viele Schreibarbeiten erledigte er mehr oder weniger selbstständig. Und genauso wie sein Vorgänger übernahm er mit dem Amt des Schreibers auch gewisse Aufgaben eines Dieners. Nur gesprächig war er nicht. So wunderte sich Rimberti, als er plötzlich zum dritten Mal das Wort an ihn richtete.

»Ich glaube, Ihr werdet erwartet«, sagte der Schreiber und deutete auf die Tür. Dort stand ein kräftiger Mann, die dunkelblonden Haupthaare kurz geschnitten und den dichten Vollbart sauber gestutzt. Er war bekleidet mit einer Schaube aus feinem dunklem Stoff, die ihm bis zu den Knien reichte. Er musste etwas älter als Rimberti sein, vielleicht Anfang oder Mitte 40.

Rimberti erhob sich, und der Mann richtete das Wort an ihn: »Verehrter Doktor Rimberti, ich darf Euch im Namen von Fräulein Anna und Fräulein Maria begrüßen. Ich bin Keno Middens von Garssum, einer der Regenten des Jeverlandes und Ratgeber unserer beiden Fräulein. Mein Vater war ein treuer Freund von Edo Wiemken, dem Vater unserer Fräulein. Es ist für uns eine große Ehre und Freude, einen Beamten vom Hof unserer Statthalterin, Königin Maria, empfangen zu dürfen. Die Fräulein erwarten Euch.« Er trat einen Schritt beiseite und gab die Tür frei.

Rimberti überlegte, ob er zuerst in sein Quartier gehen und die Tasche mit den Aufzeichnungen und Abschriften der wichtigen Unterlagen holen sollte. Er entschied aber, sich bei dieser Begegnung nur ein erstes Bild von den Fräulein und von der Situation zu machen.

Schweigend folgte er dem Mann durch den Gang, bis sie vor einer Doppeltür standen, die von zwei Soldaten in der Tracht Graf Ennos bewacht wurde. Als sie den Mann und Rimberti sahen, traten sie einen Schritt beiseite.

Der Mann legte seine Hand auf Rimbertis Arm, um ihn zurückzuhalten. »Auf ein Wort noch, Doktor Rimberti. Der Drost musste leider schon vor dem Morgengrauen aufbrechen. Ein Zwischenfall. Er versichert Euch seiner Ehrerbietung und bat mich, an seiner Stelle für Euch zur Verfügung zu stehen.«

Rimberti nickte. »Ich danke Euch.« Er machte Anstalten weiterzugehen, aber der Mann blieb stehen.

»Verzeiht«, richtete er das Wort noch einmal an Rimberti, »die beiden Fräulein sind in Regierungsgeschäften gänzlich unerfahren und dadurch leicht zu ängstigen. Alles, was den Fräulein Sorgen machen könnte, mögt Ihr mit Drost Boing oder mit mir bereden. Beunruhigt bitte die Fräulein nicht zu sehr mit diesen Dingen.«

»Ich verstehe. Aber ich kann nicht alles von den Fräulein fernhalten«, antwortete Rimberti. Er wusste noch nicht, was er von diesem Mann halten sollte.

Einer der Soldaten öffnete die Tür. Rimberti folgte Keno Middens in das Empfangszimmer der Burg; ein großer und heller Raum öffnete sich vor ihm. An einem langen Tisch aus schwerem dunklem Holz saßen die beiden Fräulein auf Lehnstühlen. Rimberti wusste, dass sie wenige Jahre jünger waren als er, aber die eine wirkte älter und blickte aus dem Fenster, während sie mit den Fingern nervös an den Bändern ihrer weißen Haube nestelte. Vor sich hatte sie eine kleine Schale mit gezuckerten Mandeln. Sie drehte sich zu Rimberti, nickte und nahm aus der Schale ein paar Mandeln, die sie sich hastig in den Mund stopfte. Dann sah sie wieder aus dem Fenster.

Ihre Schwester sah aus wie ein großes altkluges Kind. Mit weit geöffneten Augen sah sie Rimberti an, und erst als er ihr ein zweites Mal ins Gesicht sah, bemerkte er die leichte Skepsis in ihrem Blick.

Er verbeugte sich und überbrachte die Grüße von Königin Maria. Nun schoss ihm in den Sinn, dass der Brief der Königin und sein Beglaubigungsschreiben noch auf dem Tisch in seinem Quartier lagen.

Das Fräulein am Fenster nickte gedankenverloren, während ihre Schwester seinen Gruß erwiderte: »Verehrter Doktor Rimberti, die Grüße der Königin sind meiner Schwester Anna und mir genauso willkommen wie Euer Besuch.« Sie räusperte sich und schien nach Worten zu suchen. Ihre Stimme klang angestrengt. Sie bedeutete Rimberti und Middens, auf den beiden freien Stühlen Platz zu nehmen. »Euer Besuch ist nicht nur erfreulich«, setzte sie die Begrüßung fort, »Er war dringend erforderlich.«

»Fräulein Maria, es wird sich alles zum Guten wenden«, wandte Keno Middens ein.

»Ihr hattet eine gute Anreise, Doktor Rimberti?«, fragte Fräulein Maria.

Sicher hatte sie von dem gestrigen Zwischenfall gehört. Rimberti wollte die Männer von Grootewarden nicht gefährden und ihr Versteck im Wald nicht preisgeben. »Ich hatte eine unerfreuliche Begegnung mit Isko

Onninga«, erklärte er. »Er wollte das Dorf Grootewarden plündern, und dabei ist es zu Handgreiflichkeiten gekommen. Glücklicherweise konnte einer der Offiziere Graf Ennos das Missverständnis klären, aber Isko hat den Dorfbewohner sämtliches Vieh genommen.«

Marias Augen weiteten sich vor Schreck. Ängstlich sah sie Middens an. »Davon habt Ihr mir nichts berichtet.«

»Kein Grund zur Sorge.« Keno Middens legte seine Hand beruhigend auf ihre. »Isko Onninga ist ein Hitzkopf. Ich habe schon veranlasst, dass er einbehält, was an Steuern gezahlt werden muss, und alles andere den Bewohnern von Grootewarden wieder zurückgibt.«

»In Grootewarden ist man der Meinung, man hätte die Steuern schon bezahlt«, wandte Rimberti ein.

»Alle sind immer der Meinung, sie hätten die Abgaben bezahlt«, erklärte Middens. »Sie schicken ab und zu einen Schlachtochsen in die Burg oder ein Fass mit Salzbutter, zwischendurch dann eine Tonne Bier oder vielleicht eine Wagenladung Brennholz. Und damit haben sie ihrer Meinung nach ihren Teil erfüllt. Das genügt nicht. Unser Land braucht die Abgaben. Junker Balthasar von Esens rüstet zum Krieg. Sein Verbündeter, Herzog Karl von Geldern, stellt ein Expeditionsheer auf, um sich einen friesischen Hafen zu erobern. Im Oldenburgischen tummelt sich ein Haufen von Landsknechten unter dem Kommando von Ewert Owelacker. Sie haben schon drei Gehöfte in Rüstringen geplündert und angezündet. Nur mit knapper Not konnten die Bewohner ihr Leben retten. Allein Graf Ennos Soldaten können dem Einhalt gebieten. Darum brauchen wir die Abgaben und können uns nicht mit gelegentlichen Aufmerksamkeiten zufriedengeben.«

Maria wollte etwas einwenden, aber Middens deutete ein Kopfschütteln an. Maria behielt ihren Einwurf für sich.

»Das entschuldigt nicht Iskos beleidigendes Verhalten gegenüber einem Beamten des kaiserlichen Hofes in Brüssel«, erklärte Keno Middens. »Der Drost hat ihn gestern dafür zur Rechenschaft gezogen. Isko Onninga entschuldigt sich für sein grobes Benehmen. Der Drost hat ihn mit seinen Männern zurück nach Ostfriesland geschickt. Damit ist alles in Ordnung.«

Rimberti zögerte. Wollte er Folkert Hedden und seine Männer nicht in Gefahr bringen, durfte er nicht von den Einzelheiten seiner verzögerten Reise berichten.

Er sah die beiden Schwestern an. »Fräulein Anna, Fräulein Maria, Ihr habt an die Königin appelliert. Ich bin hier, um zu prüfen, ob Graf Ennos Schutzherrschaft über Jever und seine Ansprüche auf die Regentschaft zu Recht bestehen. Ferner muss ich mir ein Bild von den Eheversprechen machen, die Euer Vater Graf Edzard gemacht hat. Mit Eurer Erlaubnis werde ich in Eurer Kanzlei alle Dokumente und Urkunden studieren. Königin Maria hat den Staatsrat von Wittenvelde mit den Angelegenheiten beauftragt. Der Staatsrat will umfassend informiert werden und erwartet meinen Bericht. Sofern es ihm möglich ist, wird er noch in diesem Jahr hier eintreffen. Darum ist es vermutlich unerlässlich, Personen zu befragen und mir vor Ort einen Einblick in die Verhältnisse in Eurer Herrschaft zu verschaffen. Dazu brauche ich Eure Erlaubnis.«

»Der Drost wird Euch im Namen Graf Ennos eine solche Genehmigung ausstellen«, stellte Keno Middens fest. »Ihr werdet feststellen, dass die freundschaftliche Umarmung durch die ostfriesischen Grafen in den vergangenen Monaten vielleicht etwas bedrückend gewesen sein mag, aber unsere Heimat ist in großer Gefahr. Das Jeverland ist wohlhabend genug, um sich Freunde zu machen. Aber es ist zu klein, um sich seiner Feinde zu erwehren. Solche unschönen Zwischenfälle wie der in Grootewarden dürft Ihr nicht überbewerten. Anders führen sich auch viele Beamte nicht auf, die in ihrem eigenen Land für den Fürsten die Abgaben einfordern. Isko wird sich in Zukunft zurückhalten. Es wäre jedoch schade, wenn die Erwähnung dieses Vorfalls ein ungünstiges Licht auf die Regentschaft unserer Fräulein würfe.«

Fräulein Maria sah Rimberti für einen Moment an und schlug dann die Augen nieder. Sie betrachtete ihre gefalteten Hände. Vom Hof waren Pferdegetrappel und laute Stimmen zu hören.

Middens erhob sich und trat ans Fenster. Er sah eine Weile nach unten und drehte sich wieder um. »Vielleicht können wir unsere Erörterungen ein anderes Mal fortsetzen. Mit Eurer Erlaubnis will ich nachsehen, was los ist.«

Bevor Middens den Raum verlassen konnte, wurde die Tür geöffnet, und ein verschwitzter Mann mit verschmutzen Kleidern stolperte hinein. »Grootewarden …«, stieß er hervor, »sie waren in Grootewarden.«

»Wer war in Grootewarden?«, herrschte Keno Middens ihn an. »Sprich nicht in Rätseln, erstatte deiner Herrin Bericht!«

»Ewert Owelacker und seine Landsknechte sind über Grootewarden hergefallen.«

Keno Middens verschränkte die Arme vor der Brust und sah Rimberti mit einem vorwurfsvollen Blick an. »Hätten wir Herrn Isko und seine Männer nicht fortgeschickt, so hätten sie diesen Überfall abgewehrt.«

4

RIMBERTI STAND VOR der rußgeschwärzten Ruine, die einmal ein stattliches Bauernhaus mit großem Scheunenanbau gewesen war. An der Stelle der Nebengebäude waren nur noch verkohlte Holzreste zu sehen, die trübsinnig vor sich hin qualmten. Ewert Owelacker und seine Männer hatten ganze Arbeit geleistet. Noch schlimmer. Vor dem Hof hatte man die Leichen von zwei Knechten gefunden. Sie waren so töricht gewesen umzukehren und ihre wenige Habe retten zu wollen.

Zornig und ohnmächtig fühlte sich Rimberti. Er sah sich um. Warmes und helles Sonnenlicht schien auf das weite Land. Leuchtend gelbe Getreidefelder, Wiesen und Weiden in sattem Grün, und darin ein qualmender, rußiger Haufen. Das war die Welt, die Gott geschaffen hatte, und mitten darin befand sich, was die Menschen schufen: Mord und Zerstörung.

Ein Offizier und Keno Middens standen abseits und sprachen mit dem Bauern. Zur Sicherheit hatten sie bewaffnete Reiter mitgebracht, obwohl nicht damit zu rechnen war, dass Owelacker und seine Männer noch einmal an diesen verwüsteten Ort zurückkehren würden.

Rimberti hatte seine Zweifel, ob Isko Onninga und seine Männer wirklich bereit gewesen wären, gegen die Landsknechte zu kämpfen. Ein Mann kam auf sie zu. Folkert Hedden.

»Wir waren bereit, als sie kamen«, sagte er. »Wir haben Tag und Nacht jemanden auf dem Kirchturm postiert. Gut zwei Dutzend Mann kamen. Sie dachten, sie kämen in ein leeres Dorf, dessen Einwohner davongelaufen wären, und dann schlugen wir los. Wir waren doppelt so viele wie sie, und wir haben sie völlig überrumpelt. Fünf von uns sind verletzt worden, einer wird es vielleicht nicht überleben. Dafür haben wir acht von ihnen erschlagen, und drei Verletzte mussten sie zurücklassen. Aber hier konnten wir nichts mehr tun. Bartels Hof ging in Flammen auf, und die beiden Knechte hier wollten ihre Sachen retten. Wir konnten sie nicht aufhalten. Und als Owelackers Männer vertrieben waren, war es zu spät. Wir konnten das Feuer nicht mehr löschen, und die beiden fanden wir hier tot. Wir werden alle helfen, wenn hier wieder aufgebaut wird. Das ist das Mindeste.«

Hedden zeigte mit der Hand in die Ferne. »Steffens und seine Familie auf dem Hof da draußen haben nicht so viel Glück gehabt. Er wollte ihnen nicht verraten, wo er sein Geld versteckt hat. Ihn und seine Frau haben sie umgebracht, nur die Kinder ließen sie am Leben.«

Hedden ballte die Faust, bis sie weiß wurde. »Ich weiß, was ich mit den drei Gefangenen machen werde. Ihre Köpfe werde ich in der Brandruine aufspießen.«

»Das werdet Ihr nicht tun«, brummte plötzlich eine Bassstimme. Sie drehten sich um. Häuptling Fockena stand hinter ihnen.

»Daran werdet Ihr uns nicht hindern«, erwiderte Hedden.

»Und wie ich das werde«, antwortete Fockena angriffslustig. »Gleich neben den drei Halunken werde ich persönlich noch einen vierten Pfahl aufstellen. Und ratet mal, welches hübsche Köpfchen dort aufgespießt wird. Aber bitte lasst Euch vorher noch Euren Bart stutzen.«

Hedden wollte sich auf den Häuptling stürzen, aber er sah plötzlich einen Dolch auf sich gerichtet. »Der gefällt mir gut, der Mann hier«, sagte Fockena gut gelaunt und wandte sich an Rimberti. »Der ist mir vorgestern schon aufgefallen. Es war übrigens klug von Euch, unsere Bekanntschaft verborgen zu halten. So war es mir ein wenig leichter, wieder einmal Euer Leben zu retten, mein lieber Rimberti.«

»Ihr kennt …?«, stieß Hedden hervor.

»Sehr gut sogar«, antwortete Rimberti. »Ihm würde ich mein Leben blind anvertrauen, und das Eure noch gleich mit dazu.«

Fockena grinste Hedden an.

»Frieden?«, fragte er und steckte den Dolch wieder weg. Hedden nickte. »Ich gönne Euch die Rache gern, aber lebendig nützen uns die drei vielleicht mehr. Wir wissen nicht, wo die Landsknechte ihr Lager haben. Dies wird nicht der letzte Überfall gewesen sein. Ich gratuliere Euch übrigens zu Eurem Sieg, Hedden. Viel besser hätte ich das vermutlich auch nicht hinbekommen. Wie viele Leute hatte Owelacker bei sich? Was schätzt Ihr?«

»Es waren etwa zwei Dutzend, jetzt natürlich weniger«, antwortete Hedden.

»Keine Sorge, die wachsen von selbst wieder nach. Bestimmt waren nicht alle dabei. Es ist das erste Mal, dass Owelacker mit seinen Männern ein Dorf überfallen wollte.«

»Es wird ihm eine Lehre sein«, erwiderte Hedden.

»Das wird es«, stimmte Fockena zu. »Das nächste Mal wird er es geschickter anstellen und mehr Männer mitbringen. Wo haben sie ihr Lager? So viele Männer können sich nicht einfach verstecken. Und so groß ist der Wald auch nicht, dass für mehr als ein Versteck Platz wäre.« Er sah Hedden durchdringend an.

Bestürzt starrte Hedden den Häuptling an. »Ihr wisst …?«

»Ich bin vorgestern Eurer Spur nachgeritten. Geht das nächste Mal getrennte Wege. Sonst macht Euch sogar ein Trottel wie Isko Onninga irgendwann ausfindig.«

»Habt Ihr nun endlich Euren Willen, Hedden?« Keno Middens' schneidende Stimmte tönte zu ihnen herüber. Schnellen Schrittes kam er auf die drei Männer zu. Mit zornigem Blick starrte er auf Folkert Hedden. »Ist es das, was Ihr wollt? Die Männer, die gekommen sind, Euch zu schützen, jagt Ihr davon, und so ist alles den Plünderern preisgegeben. Dies ist allein Euer Werk, Folkert Hedden. Andere mussten mit ihrem Leben und ihrem Gut bezahlen, was Ihr angerichtet habt. Seid Ihr nun zufrieden?«

»Nur ruhig Blut!« Fockena sah ihn durchdringend an. »Isko Onninga wäre hier kein Schutz gewesen. Er kann nur wehrlose Dörfler überrumpeln und ausplündern. Ihr glaubt doch wohl nicht, dass Onninga den Mut gehabt hätte, gegen Owelacker und seine Männer zu kämpfen.«

Keno Middens war verunsichert. »Nun«, erwiderte er, »als Mann in Graf Ennos Diensten scheint Ihr ja keine hohe Meinung von seinen Offizieren zu haben. Ich werde das bei nächster Gelegenheit ansprechen, wenn ich mit Graf Enno zusammentreffe.«

»Das müsst Ihr nicht, das werde ich mit Vergnügen selber tun. Organisiert Ihr lieber Hilfe für die Unglücklichen hier vor Ort.«

»Zunächst werden wir die drei Männer von Owelacker hängen«, entschied Middens. »In dieser Sache werden wir uns ja wohl einig sein.«

»Ich kann dazu nichts sagen«, bemerkte Fockena. »Hedden und seine Leute haben die drei gefangen genommen. Er soll entscheiden, wie wir mit ihnen verfahren sollen.«

»Das steht ihm nicht zu«, stellte Middens gereizt fest.

»Euch steht es auch nicht zu«, erwiderte Hedden. »Wir bringen sie zur Burg nach Jever. Dort sollen sie eingesperrt werden, und der Drost soll gemeinsam mit den Fräulein entscheiden, was aus ihnen wird.«

»Gut.« Middens schien beruhigt zu sein. Er nickte und ging davon.

»Stimmt es, Hedden, dass Euer Haus und Hof verschont geblieben sind?«, erkundigte sich Fockena.

Hedden nickte. »So ist es. Dem Himmel sei Dank.«

»Dann spricht sicher nichts dagegen, dass Ihr meinen Freund Rimberti und mich zu einem anständigen Essen einladet.«

Es war schon Abend, als sie nach Jever zurückkehrten. Die Fräulein hatten sich bereits zurückgezogen, und der Drost war noch nicht wieder zurück. Fockena gab Anweisung, die Gefangenen gut zu bewachen. Rimberti suchte unterdessen die Kanzlei auf, um sich einen ersten Eindruck zu verschaffen.

Der Burgschreiber war ein schmaler, übellauniger Mann, der Rimberti für einen Moment misstrauisch beäugte. Augen und Mund waren verkniffen und seine Schultern hochgezogen, als Rimberti sein Anliegen vorbrachte. Er antwortete mit einem kurzen Kopfnicken und führte seinen Besucher in die Kanzlei.

Vor den beiden bleiverglasten Fenstern stand ein großer Tisch mit einem wackeligen Stuhl davor. Die Tischplatte war leer. An der hinteren Wand waren zwei große Truhen aufgestellt, an den anderen beiden Wänden standen riesige Schränke aus schwerem dunklem Holz. Sonst befand sich nichts in diesem Raum.

Rimberti forderte den Burgschreiber auf, die Schränke aufzuschließen, aber der hob die Achseln noch höher und bemerkte kurz: »Das geht nicht.«

»Warum geht das nicht?«, fragte Rimberti nach und gab seiner Stimme einen ungeduldigen Ton.

»Der Rentmeister hat die Schlüssel«, antwortete der Burgschreiber kurz.

»Und? Wo ist der Rentmeister?«

Der Burgschreiber schien sich vor jeder Antwort zu sträuben. Er räusperte sich und sagte dann: »Rentmeister Scriver ist nach Hause gegangen. Wann er morgen wiederkommt, weiß ich nicht.«

Für einen Moment überlegte Rimberti, ob er den Gefangenen einen Besuch abstatten sollte. Aber er wollte nicht hinter dem Rücken des Drosten handeln.

Er hob ein Buch auf, das unter einem der Schränke lag und beschloss, es mit in sein Quartier zu nehmen.

In dem Moment, in dem er sich in sein Bett legte, schlief er auch schon und wurde erst wach, als es schon heller Morgen war.

5

»Unser lieber und verehrter Doktor Rimberti, der Rechtsgelehrte der kaiserlichen Statthalterin. Welche Ehre und Freude, Euch wiederzusehen!«

Lübbert Rimberti erstarrte, als er den Speiseraum der Burg betreten wollte. Er blieb im Türrahmen stehen. Zwischen Fräulein Anna und Fräulein Maria saß niemand anders als Graf Enno von Ostfriesland. Zwei Offiziere Ennos saßen mit ihnen an der Tafel. Neben Fräulein Maria saß ein griesgrämig blickender älterer Mann, den seine schlichte, aber teure Kleidung als Persönlichkeit von Rang auszeichnete. Trotz seines Alters wirkte er kraftvoll. Er warf einen kurzen misstrauischen Blick auf Rimberti und wandte sich dann wieder den Fräulein zu.

Rimberti verneigte sich und überbrachte seine Ehrerbietung und die Grüße von Königin Maria. Diese ritualisierte Begrüßung verschaffte ihm den Augenblick, den er benötigte, um klar zu denken.

Mit ausladender Geste forderte Enno ihn auf, Platz zu nehmen. Die Tafel war reich gedeckt mit frisch gebackenem Brot, Bratenfleisch, Schüsseln mit Grütze, Käselaiben, Kuchen und Obst. Dazu standen Kannen mit Wein und Bier auf dem Tisch.

»Ihr seht, lieber Rimberti, Ihr seid hier bei Freunden, und auch Ihr dürft Euch in dieser Runde als ein solcher fühlen«, sagte Graf Enno. »Auch wenn wir nicht immer eines Sinnes sind, so vergesse ich Euch nicht, dass Ihr mein Leben gerettet habt, als der Mörder mit der Armbrust auf mich schoss. Und den Verkauf der Herrlichkeit Hillersum an meine Widersacher habt Ihr ebenfalls verhindert. Das bisschen Ungemach, das Ihr mir bereitet habt, soll darüber vergessen sein. Ich bin kein nachtragender Mensch.«

Rimberti antwortete nicht und nahm ihm gegenüber Platz. Das Gesicht des älteren Mannes neben Fräulein Maria verfinsterte sich noch mehr.

Graf Enno fuhr fort: »Jetzt müssen wir beide, Ihr und ich, gute Freunde für unsere beiden Fräulein sein. Von Westen droht Junker Balthasar mit Krieg, und aus dem Oldenburgischen kommen Plünderer, ohne dass ihnen dort Einhalt geboten wird. Nun, ich habe Soldaten mitgebracht, die die Burg Jever beschützen. Und mein treuer Diener Isko Onninga wird morgen mit seiner Reitertruppe eintreffen, um die Landgemeinden zu schützen.«

Enno hielt seinen leeren Weinpokal einem Diener hin, der ihn auffüllte. »Gieß er gefälligst mehr ein! Sei er nicht so geizig!«, herrschte der Graf den Diener an. »Ich habe alles aus eigener Tasche bezahlt, was wir hier essen und trinken.« Fräulein Maria sah auf ihre gefalteten Hände. Der ältere Mann neben ihr schaute noch finsterer drein. Ihre Schwester Anna kaute gedankenverloren und schaute in den Raum, ohne dass Rimberti feststellen konnte, wohin ihr Blick schweifte. Auf dem Teller hatte sie kandierte Ingwerstücken. Enno trank den Pokal in einem Zug leer und stieß heftig auf.

»Ich hörte, es gab Ärger?«, fragte Graf Enno und taxierte dabei Rimberti.

»Grootewarden wurde angegriffen«, antwortete Fräulein Maria mit leiser, aber fester Stimme.

»Gestern wurde das Dorf von Owelackers Landsknechten geplündert, und vorgestern wurde es von Isko Onninga und seinen Leuten überfallen«, erklärte Rimberti und bemühte sich, dabei ruhig zu bleiben.

Graf Enno warf ihm einen ungehaltenen Blick zu. »Wie ich hörte, habt Ihr dafür gesorgt, dass Isko sich mit meinen Männern zurückziehen musste. Hättet Ihr ihn nicht in seinen Aufgaben behindert, hätte er die Plünderer vertrieben.«

»Ich glaube nicht, dass Isko Onninga den Schneid gehabt hätte, gegen Owelacker und dessen Leute anzutreten. Das sind gut ausgebildete Kämpfer. Männer wie Isko kämpfen nur gegen Schwächere.« Rimberti sah Enno herausfordernd an.

Graf Enno hielt seinem Blick stand. »Doktor Rimberti, Ihr seid nicht von der Königin geschickt worden, um Euch in die Geschicke unseres Landes einzumischen. Eure Aufgabe ist es, Papiere zu lesen, Paragrafen zu reiten und mit Tinte zu klecksen. Verseht Ihr Euren Dienst und lasst uns das Unsrige tun.«

Graf Enno winkte mit der Hand, um Rimberti zu entlassen. Der jedoch tat, als hätte er die beiläufige Geste nicht bemerkt und erklärte: »Die Statthalterin persönlich schickt mich, um die Urkunden und die Situation vor Ort zu prüfen. Ihr werdet erstaunt sein, wie genau die junge Königin alles und alle im Blick hat. Es ist noch nicht lange her, da hat Herzog Karl die Reichsacht gegen Euch gefordert. Hätte er es durchgesetzt, würde er selbst statt Eurer vermutlich als neuer Herr von Ostfriesland regieren oder Junker Balthasar. Ich habe die Königin beruhigt und ihr versichert, dass sie auf Euch als treuen Lehensmann setzen kann, und dass ich hier alles in wohlgeordneten Verhältnissen vorfinden werde.«

Für einen Moment war Enno verunsichert. Dann grinste er und hielt dem Diener seinen Pokal hin. Als der nicht sofort einschenkte, funkelte Enno ihn wütend an und zischte: »Will Er hier Maulaffen feilhalten? Schenk Er ein!«

Der Alte neben Fräulein Maria sah Rimberti aufmerksam an. Er kniff die Augen zusammen, als könne er nicht mehr gut sehen.

Nachdem der Diener rasch vorgetreten und den Pokal aufs Neue gefüllt hatte, stürzte Graf Enno den Wein hinunter. »Bestellt der Statthalterin, dass wir hier alles im Griff haben. Plünderer gibt es überall, und Isko Onninga wird sie aus dem Verkehr ziehen, sobald ihr Versteck gefunden ist.«

Rimberti wollte die Gefangenen erwähnen, entschied sich aber anders. Die Befragung der drei Männer würde er selber vornehmen.

»Ich hörte, wir haben drei von den Plünderern gefangen genommen«, erklärte Fräulein Maria und sah dabei auf den Tisch. »Sie befinden sich unten im Verlies. Wir werden sie verhören und erfahren, wo sich ihr Lager befindet.«

»Bestens«, erwiderte Graf Enno und stopfte sich ein Stück Weißbrot in den Mund. »Isko soll sich die drei vornehmen. Stellt eine Wache auf und sorgt dafür, dass niemand mit den Männern spricht. Und mit *niemand* meine ich genau, was ich gesagt habe.«

Auf seinen Wink erhob sich einer der Offiziere diensteifrig und verließ den Raum.

»Ist es nicht klüger …«, wollte Fräulein Maria einwenden.

Graf Enno unterbrach sie: »Ihr zweifelt nicht im Ernst an meiner Klugheit?« Er räkelte sich in seinem Stuhl mit den ausladenden Armlehnen und drehte sich wieder Rimberti zu.

»Seht, Rimberti, die Sache ist doch sehr einfach«, erklärte er. »Vor 20 Jahren verstarb Häuptling Edo Wiemken. Einige Jahre später erfolgte dann der unglückliche Tod seines Sohnes, Junker Christoph. Im gleichen Jahr haben die fünf Regenten, die noch von Häuptling Edo ernannt worden waren, meinem Vater die Treue geschworen und ihn als Bewahrer des Jeverlandes und als Beschützer der Fräulein von Jever anerkannt.«

Fräulein Anna steckte sich ein großes Stück von dem kandierten Ingwer in den Mund, während Maria den Grafen mit großen Augen ansah.

»Nun«, fuhr Enno fort, »seitdem haben mein Vater, mein Bruder Johann und ich unser Bestes getan, um diesem Amt gerecht zu werden. Wir lassen das Land durch unseren Drosten verwalten und durch unsere Soldaten beschützen. Und ich werde nicht aufhören, nach einer passenden Partie für unsere Fräulein Anna und Maria zu suchen. Rimberti, Ihr verfügt doch über so glänzende Verbindungen zum kaiserlichen Hof. Könnt Ihr da nicht etwas in die Wege leiten?«

Fräulein Anna sah zuerst den Grafen und dann Rimberti an. Dann senkte sie den Blick und sagte, während sie auf dem Ingwer kaute: »Habt Ihr da nicht etwas vergessen?«

Graf Enno brummte. »Nach dem Willen meines Vaters würden Maria und ich heute Morgen nicht als gute Freunde, sondern als Mann und Frau am Tisch sitzen. Aber es hat sich anders ergeben. Das ändert jedoch nichts an der engen Verbindung zwischen Eurem und unserem Haus.«

»Gibt es darüber einen Vertrag?«, erkundigte sich Rimberti.

Enno schüttelte den Kopf. »Nein!«

»Ja!«, hielt Fräulein Maria dagegen. »Graf Edzard hatte drei Söhne, und wir waren drei Schwestern. So sollten die beiden ältesten Kinder verheiratet werden. Würde aus dieser Ehe nichts, so sollten, dann …«

»Die Wünsche der Eltern werden nicht immer erfüllt«, unterbrach Enno. »Vor allem war es der Wunsch unserer Väter, Ostfriesland und Jever zu vereinigen, damit daraus ein einiges Friesland wird.«

»Ich glaube nicht, dass mein Vater derartige Pläne hatte.«

»Ihr wart noch ein Kind, als Euer Vater starb. Unsere Väter waren sich einig, und mein seliger Vater war immer ein treuer Freund und Beschützer des Jeverlandes.«

»Gibt es eine schriftliche Vereinbarung?«, hakte Rimberti noch einmal nach.

»Graf Edzard hat uns ein schriftliches Eheversprechen gegeben«, erklärte Fräulein Maria. »Darin ist alles genau geregelt.«

»Könnt Ihr es vorlegen?«, fragte Graf Enno lauernd.

»Natürlich nicht«, antwortete Maria mit leiser, aber klarer Stimme. »Euer Vater hat uns das Dokument vor einigen Jahren weggenommen.«

»Es war eher ein Brief«, wollte Enno richtigstellen und wandte sich wieder an Rimberti. »Ein Brief, in dem mein Vater seine Wünsche für eine gemeinsame Zukunft unserer Familien formuliert. Er wollte nicht, dass er in falsche Hände gerät und gegen ihn verwendet wird.«

Enno fasste Fräulein Anna in den Blick, die so damit beschäftigt war, mit einem kleinen Messer zu großes Stück Ingwer in winzige Stücke zu zerschneiden, dass es den Anschein hatte, dass sie von dem Gespräch nicht viel mitbekam. »Das wollt Ihr doch auch nicht, oder Fräulein Anna?«, fragte er mit Nachdruck.

»Maria und Ihr sollt ein Paar werden«, sagte Fräulein Anna, ohne ihren Blick von dem Teller vor sich zu nehmen. »Ihr beide seid die zweitältesten Geschwister. Ihr seid füreinander bestimmt. Enno, Ihr seid Marias rechtmäßig versprochener Ehemann.«

Für einen Moment wurde es still. Ennos Offizier sah betreten auf seinen Teller.

Enno sah Fräulein Anna scharf an. Dann drehte er sich zu Fräulein Maria hin. »Das schwere Essen und der süße Wein am frühen Morgen bekommen Eurer Schwester nicht. Ihre Rede ist genauso wirr wie ihr Blick. Lasst sie in ihre Räume begleiten.«

»Ich finde meinen Weg allein«, sagte Anna. Sie nahm ihren kleinen Teller mit den Ingwerstücken und verließ den Raum.

»War das nötig?«, fragte Maria verhalten.

»War das nötig?«, polterte Enno und fegte mit einer Handbewegung seinen Pokal und die Reste seiner Mahlzeit von Tisch. »Muss ich mich von dieser Irren beleidigen lassen?« Er sah beiläufig zu Rimberti. »Das könnt Ihr auch Eurer Königin melden, was ich mir hier bieten lassen muss.«

Der ältere Mann neben Maria schnappte nach Luft und wollte sich erheben, aber Maria umfasste sein Handgelenk, und er blieb auf seinem Platz.

Rimberti saß weiter unbeweglich aufrecht. »Euer Durchlaucht, ich werde der Stellvertreterin Eures Kaisers und Lehensherrn alles berichten, was ich höre und sehe. Die Sache mit dem Eheversprechen lässt sich ja überaus leicht klären.«

Enno sah ihn misstrauisch an, und aus Marias Blick war alle Skepsis verschwunden.

»Nun«, fuhr Rimberti fort, »wenn ich die Sache richtig verstanden habe, ist es etwa 14 Jahre her, dass Euer Vater dieses Heiratsversprechen …«

»Dieses vorgebliche Heiratsversprechen!«, unterbrach ihn der Graf.

»Umso besser«, erwiderte Rimberti. »Dann steht ja nichts zu befürchten. 14 Jahre sind eine lange Zeit, aber auch nicht so lang, dass sich niemand mehr finden lassen würde, der diese Ereignisse miterlebt und bezeugen kann. Es muss doch eine ganze Reihe von Personen geben, die dieses Schriftstück gesehen haben oder dabei waren, als alles so abgesprochen wurde. Diese Zeugen werde ich finden und befragen. Und dann werden alle Missverständnisse aus dem Weg geräumt sein.«

Graf Enno sah ihn verdutzt an, und der finstere Blick des älteren Mannes neben Maria erhellte sich für einen Moment.

»Verzeiht mir«, sagte Rimberti, »nun muss ich mich an meine Geschäfte begeben.«

Maria schenkte ihm die Andeutung eines sanften Lächelns.

6

»DER RENTMEISTER IST heute nicht mehr zu sprechen«, teilte der Schreiber der Burg kurz mit, als Rimberti zum zweiten Mal im Vorzimmer des Rentamtes stand. Diesmal hatte er seinen Schreiber Kobus dabei. Der Burgschreiber wandte sich gleich wieder einem Stoß Papiere zu, der vor ihm auf dem Tisch lag.

»Das bedeutet immerhin, dass er heute da ist«, antwortete Rimberti und bemühte sich, höflich zu bleiben.

»Gewiss«, erwiderte der Burgschreiber etwas herablassend, »der Herr Rentmeister ist wohl da. Aber er ist nicht für Euch da, wenn Ihr versteht, was ich meine.«

»Das ist wohl ein großer Unterschied«, entgegnete Rimberti. »Aber das Beste wird sein, wenn der Herr Rentmeister mir diese Entscheidung selber mitteilt.«

Der Schreiber blickte nicht von seinen Papieren auf. »Der Herr Rentmeister weiß das durchaus. Darum hat er schon heute früh entschieden, dass dieser Tag seinen Amtsgeschäften gehört und nicht Besuchern oder Bittstellern.«

Rimberti war für einen Moment sprachlos. Als er noch in gräflichen Diensten gestanden hatte, war es durchaus vorgekommen, dass er von Adeligen oder reichen Bürgern wie ein Hausbedienter behandelt worden war. Aber dass ein Schreiber so mit ihm redete, verunsicherte ihn für einen Augenblick.

»Er lügt«, stellte Kobus lakonisch fest.

Rimberti sah ihn fragend an, und sein Schreiber erklärte lakonisch: »Wäre sein Dienstherr anwesend, würde er sich als Schreiber so etwas nie herausnehmen. Also lügt er, vermutlich sogar im Auftrag seines Vorgesetzten.«

Rimberti war verblüfft über die Ausführlichkeit, in der sich sein Schreiber ausgelassen hat, noch mehr aber über den Inhalt.

»Stimmt das?«, fragte er nun den Burgschreiber unwirsch.

Der wollte gerade zu einer Erwiderung ansetzen, da stockte er.

Der ältere Mann, der vorhin an der Tafel neben Fräulein Maria gesessen hatte, stand plötzlich in der Tür.

»Was fällt dir ein, Aimo Herkens?«, fragte er mit harscher, befehlsgewohnte Stimme.

Der Burgschreiber Herkens sprang auf, als er den Mann sah. »Verzeiht, Herr, ich habe …«, stotterte er, aber der Alte war mit wenigen schnellen Schritte schon bei ihm und packte ihn am Kragen.

»Weißt du, dass du einen Hofrat des Kaisers vor dir hast?«, sprach der Alte auf einmal mit bebender Stimme. Dann ließ er ihn plötzlich los, und der Burgschreiber taumelte zurück.

»Ich will jetzt sofort wissen, was hier los ist. Wo ist Rentmeister Scriver?« Die Stimme des Alten klang bedrohlich.

Der Burgschreiber sah zu Boden. »Es stimmt. Scriver ist nicht hier. Er ist schon im Morgengrauen aufgebrochen. Ich sollte alle hinhalten, bis es zu spät ist, ihm zu folgen. Er hat mir diesen Befehl im Auftrag von Graf Enno gegeben.«

»Graf Enno hat hier nichts zu befehlen!«, herrschte ihn der Mann an.

Der Schreiber wich noch einen Schritt zurück.

Die Stimme des Alten wurde wieder ruhig. »Du führst uns jetzt sofort in Scrivers Amtsstube. Und du erzählst alles, was hier passiert ist. Und mit ›alles‹ meine ich auch ›alles‹. Wenn du nur ein Wort zurückhältst, wirst du das bereuen.«

Der Burgschreiber nickte. Er öffnete ein Schubfach, holte einen schweren Schlüssel heraus und öffnete die Tür zur Amtsstube des Rentmeisters. Der Alte schob Rimberti vor und folgte ihm mit dem Schreiber. Am Fenster stand ein großer Tisch. Darauf befanden sich nur Schreibfeder, Tintenfass, ein sorgfältig gestapelter Stoß Papier und zwei Bücher. Zwei Schränke waren verschlossen, und in einem Regal lagen ebenso sorgfältig geordnet Stapel von Urkunden und Papieren.

Der ältere Mann nickte ihm zu.

»Der Rentmeister schickte mich gestern Abend fort«, entschuldigte sich der Burgschreiber. »Er gab mir frei. Im Morgengrauen weckten mich meine Wirtsleute. Rentmeister Scriver wartete vor der Tür und wollte mich sprechen. Er hatte zwei Satteltaschen mit Akten gepackt. Ich konnte nicht erkennen, was er mitnehmen wollte. Es war schon alles verpackt. Er sagte, dass er im Auftrag von Graf Enno und den Fräulein diese Unterlagen unbedingt wegbringen müsse. Und dass niemand wissen dürfe, dass er fort sei. Ich sollte allen Besuchern sagen, dass er heute ungestört arbeiten müsse. Das tat ich auch auf seinen Befehl. Verzeiht mir …«

Der Alte schnitt ihm das Wort ab. »Was hast du noch zu erzählen?«

»Ich sah mir den Schreibtisch des Rentmeisters an. Und ich warf auch einen Blick in die Schränke. Ich kann sie aufschließen, die Schlüssel sind hier.«

»Und du weißt, was er mitgenommen hat?«, erkundigte sich Rimberti.

»Ja, Herr. Die meisten Papiere und Urkunden hier in der Kanzlei habe ich sortiert und geordnet.«

»Nun? Was fehlt«, fragte der ältere Mann ungeduldig.

»Alle Aufzeichnungen über Steuereinnahmen und Zahlungen an den Hof. Alles, was Graf Enno und seine Männer im Namen der Fräulein eingezogen und konfisziert haben, ist hier aktenkundig. Außerdem gibt es

Besitzurkunden über die Länder und Güter, die der Vater von Fräulein Maria und Fräulein Anna seinen Töchtern hinterlassen hat. Die fehlen auch.«

»Kennst du den Inhalt der fehlenden Dokumente?«, fragte Rimberti.

Der Burgschreiber zögerte. »Ich kenne den Inhalt vieler Vorgänge, aber bei Weitem nicht aller, die hier fehlen.«

»Gut«, fuhr Rimberti fort. »Deine Aufgabe in den kommenden Tagen ist, dass du über jede Urkunde, jeden Brief, jeden Vertrag, jedes Verzeichnis und was auch immer Scriver alles mitgenommen hat, ein Blatt anlegst. Und dort schreibst du auf, woran du dich erinnerst, und auch, woran du dich nicht mehr genau erinnerst. Aber notiere das dazu, damit wir das eine vom anderen unterscheiden können. Verstehst du, was ich will?«

Der Schreiber nickte.

Der alte Mann sagte: »Herkens, du weißt, ich kenne dich. Fast von Kind an. Und ich weiß, dass dein Vetter mit seiner Familie in Westrum lebt. Wenn du wegläufst und deine Herrschaft verrätst, bringst du Schande über ihn. Verstehst du das auch?«

Der Burgschreiber nickte stumm.

»Und jetzt lass uns allein und schließe die Tür.«

Eine kurze Zeit blieben die beiden Männer in der Amtsstube des Rentmeisters stehen. Dann knurrte der ältere: »Ubbo Scriver ist eine Kreatur, eingesetzt von den ostfriesischen Grafen. Ich habe ihm von Anfang an misstraut, aber die anderen Regenten wollten von meinen Verdächtigungen nichts wissen. Verzeiht.«

Er zögerte einen Moment und wandte sich Rimberti zu. »Ich weiß wohl, wer Ihr seid, aber Ihr kennt mich nicht. Ich bin Folpt Middens, Häuptling auf Sassenhusen. Ich bin einer der fünf Regenten des Jeverlandes. Edo Wiemken selbst hat mich noch in dieses Amt eingesetzt, und vermutlich bin ich der Einzige, der darauf noch etwas gibt. Sogar mein Neffe Keno ist den Schmeicheleien des Grafen erlegen. Sein Vater, mein älterer Bruder, stand noch treu zu Jever. Aber sein Sohn scheint ganz aus der Art geraten.«

»Ich bin ihm schon begegnet«, erwiderte Rimberti. »Er scheint sich viel von der ostfriesischen Herrschaft zu versprechen.«

»Eine Schande ist das. Aber ich kenne ihn kaum. Vor mehr als 25 Jahren ist er in auswärtige Dienste getreten. Seinem älteren Bruder sollte die Herrschaft zufallen, und sein Vater zahlte Keno eine großzügige Erbschaft schon zu Lebzeiten aus. Damit konnte er sich ein kleines Anwesen im Mecklenburgischen kaufen und in die Dienste des dortigen Hofes treten. Seinen Vetter Tjard, den Sohn unseres dritten Bruders, nahm er als Schreiber mit. Das ist eine lange Geschichte. Ich habe Keno in all den Jahren nicht wiedergesehen. Aber es war des Herrn Wille, dass mein älterer Bruder und sein erster Sohn vor über zwei Jahren an der Pest starben, und nun musste und durfte Keno doch sein Erbe antreten. Ich hatte gehofft, in ihm einen Verbündeten für die jeversche Sache zu finden. Aber ich habe ihn seit seiner Rückkehr nur zweimal flüchtig gesehen. Ich komme nur noch selten von Sassenhusen weg. Das Reisen fällt mir schwer, und ich sehe nicht mehr gut.

Ich habe die Verantwortung für alles längst an meinen Sohn Jelto übergeben.«

Folpt Middens atmete schwer aus. Er zauderte einen Moment. Hatte er zu viel gesagt? Er war nicht ein Mann vieler Worte, aber nun galt es, dem Beauftragten des kaiserlichen Hofes einen Einblick in die verworrene Situation der Herrschaft Jever zu geben, an der seine eigene Familie nun einmal maßgeblichen Anteil hatte.

»Verzeiht, wenn ich zu viel geredet habe«, begann er.

»Ohne Euch stünde ich vermutlich immer noch in der Schreibstube des Sekretärs«, erwiderte Rimberti. »Alles, was Ihr mir zu sagen habt, hilft mir, einen Einblick zu bekommen. Ich kann Eure Hilfe gut gebrauchen – zumal uns jetzt der Verwalter abhandengekommen ist, mitsamt seinen Büchern und Unterlagen.«

»Ich werde mich jetzt zurückziehen, denn der Vormittag war anstrengend für mich. Wir haben ein Haus hier in Jever. Ihr seid dort jederzeit herzlich willkommen, Doktor Rimberti.«

Folpt Middens nickte ihm zu und verabschiedete sich dann.

Rimberti sah ihm hinterher. Vielleicht war die Sache der Fräulein Anna und Maria doch nicht ganz hoffnungslos, dachte er. Und dann war da noch etwas. Eine schemenhafte Erinnerung, die er im Moment nicht greifen konnte. In dem Moment, in dem er ihr nachspüren wollte, war sie auch schon weg.

Rimberti beschloss, den Vorfall dennoch mit Fräulein Maria zu besprechen. Aber auf halbem Wege kehrte er um. Das Fräulein saß vermutlich noch mit Graf Enno am Tisch, und ihre Schwester machte einen verwirrten Eindruck auf ihn, sodass er Anna nicht mit diesen Problemen behelligen wollte. Er machte sich auf den Weg in sein Quartier.

Als Rimberti in seine Stube kam, wartete schon jemand auf ihn: Keno Middens. Er hatte am Tisch Platz genommen, während Rimbertis Sekretär Kobus eine Abschrift des Buches anfertigte, in dem alle Besitzrechte und die jeweils zu erbringenden Leistungen im Jeverland verzeichnet waren.

Keno Middens erhob sich. »Wenn ihr diese Bücher nicht gestern schon an Euch genommen hättet, wären sie vermutlich auch mit dem Rentmeister verschwunden«, stellte er fest.

»Vermutlich«, erwiderte Rimberti.

»Herkens, der Burgschreiber, hat mir alles erzählt.«

»Da war er bei Euch gesprächiger als in meiner Gesellschaft. Ihr habt Euren Onkel gerade verpasst. Er ist eben in sein Haus zurückgekehrt.«

»Ich würde eher sagen, ich habe es genau abgepasst. Ich verspüre nicht den Wunsch nach einer Begegnung mit ihm.«

»Das wundert mich«, antwortete Rimberti, »er sprach sehr gut von Eurem Vater. Mir schien, er hat den Wunsch, auch mit Euch in einer herzlichen Verbundenheit zu sein.«

»Herzlich?« In Middens Stimme lag Häme. »Aus seiner Sicht mag das sicher so sein. Er hat gut für sich gesorgt mit dem Familienbesitz. Fast alles wurde von unserem Großvater, Häuptling Tjardo Middens, auf ihn überschrieben. Mein Vater wurde mit dem Gut Garssum abgespeist, das wir von einem kinderlosen entfernten Verwandten erbten. Und der jüngste Bruder wurde mit einem kleinen Gut abgefunden. Er war kein Landwirt und hat alles heruntergewirtschaftet. Jetzt fristet er in einer kleinen Kate vor sich hin. Unwürdig.«

»Ihr habt viele Jahre im Mecklenburgischen gelebt?«

»Mein älterer Bruder sollte Garssum übernehmen. Für zwei Familien hätte es nicht gereicht. Immerhin konnte mir meine Familie so viel Geld mitgeben, dass ich dort nicht mittellos anfangen musste. Ich konnte Grund und Boden erwerben und habe im Auftrage eines Grafen ein großes Rittergut verwaltet. Dann kam die Nachricht, dass mein Vater und mein Bruder nur wenige Tage nacheinander verstorben sind. Ich habe mein Leben dort aufgegeben und bin wieder in die Heimat zurückgekehrt. Nur meinen treuen Vetter Tjard habe ich zurücklassen müssen. Er hat mir die ganzen Jahre treu gedient und sollte mit mir zurückkehren. Auf der Rückreise ist er zu Tode gekommen. Ihn hätte ich als zuverlässigen Freund gebrauchen können in diesem Sumpf.«

»Nun«, antwortete Rimberti, »wir werden anfangen, den Sumpf trockenzulegen.«

»Damit werden die Frösche aber nicht einverstanden sein«, entgegnete Keno Middens grimmig. »Und als Erster gehört mein Onkel Folpt dazu. Als junger Mann habe ich den alten Hero Wiemken noch erlebt. Ein kraftvoller Mann. Schon er hat gespürt, dass die Zeit der Häuptlinge zu Ende geht. Während unsere Häuptlingsfamilien untereinander heirateten oder ihre Männer sich gegenseitig totschlagen ließen, entstanden um uns herum große Herrschaften. Wir bluteten uns gegenseitig aus, während in Oldenburg, in Ostfriesland, Braunschweig und Lüneburg mächtige Grafschaften und Herzogtümer entstanden. Unsere Häuptlinge sind wie Kinder, die sich balgen. Die Großen bauen derweil ihre Herrschaften aus mit Städten, Kriegsheeren, Steuern, Eindeichungen und gelehrten Schulen. Und wenn sie damit fertig sind, werden sie uns schlucken. Ihr wisst, dass es so ist.«

Rimberti nickte. »Ihr habt einen Verdacht, was hinter der Flucht des Rentmeisters steckt?«

»Was wirklich in Ubbo Scriver vorgegangen ist, weiß ich nicht. Ich glaube, dass es kein Zufall ist, dass mein Onkel gerade jetzt der Burg und den Fräulein seinen Besuch abstattet.«

»Was wollt Ihr damit andeuten?«

»In den Unterlagen, die Scriver entwendet hat, sind viele Verträge und Besitzurkunden enthalten. Und man kann gewiss auch ersehen, welche Steuern und Dienste die Häuptlinge ihrer Herrschaft schuldig geblieben sind in über 20 Jahren. Die Deiche sind nicht wieder aufgebaut worden nach der großen Antoniflut, und die wenigen Flächen, die wiederhergestellt wurden, hat man untereinander aufgeteilt. Vielleicht hätte es dem neuen Drosten nicht gefallen, diese Dinge zu lesen.«

»Ihr betreibt den Zusammenschluss Eurer Herrschaft mit den ostfriesischen Grafen?«

»Eigentlich wäre er schon erfolgt, wenn nur Enno Cirksena und seine Brüder die Eheversprechen erfüllt hätten. Nur einer von ihnen hätte das tun müssen. So hätten wir eine große Herrschaft begründet. Aber Männer wie mein Onkel wollen das verhindern. Bis zum letzten Atemzug.«

Spät am Abend stolperte der Burgschreiber Aimo Herkens ins Haus. Er bemühte sich, leise zu sein. Das alte Ehepaar, das ihm die beiden oberen Kammern vermietete, hatte sich schon öfter darüber beklagt, dass er zu laut sei, wenn er so spät und so angetrunken nach Hause kam.

So leise wie möglich schloss er die Tür hinter sich. Als Schreiber verdiente er, genauso wie sein Vorgesetzter, nicht schlecht für das, was er tat, und besonders für das, was er nicht tat. So konnte er sich zwei große möblierte Kammern in einem Haus in der Nähe des Marktplatzes leisten. Vorsichtig trat er auf, als er die Treppe nach oben stieg. Sie schien ihm heute noch steiler als sonst.

Vielleicht hätte er weniger trinken und ausgeben sollen in der Schänke. Aber die meisten Münzen, die Scriver ihm vor seiner plötzlichen Abreise zugesteckt hatte, waren oben sicher verwahrt.

Oben angekommen, tastete er nach seiner Tür. Plötzlich trat jemand aus dem Dunkel und stand dicht vor ihm. Er stieß ihn heftig vor die Brust. Herkens taumelte zurück. Seine Füße traten ins Nichts. Er ruderte mit seinen Armen, und seine Hände griffen ins Leere.

7

Als Rimberti die Augen öffnete, stand ein Mann mit einer brennenden Kerze vor seinem Bett. Junker Boing.

»Verzeiht, dass ich Euch störe«, begann dieser. »Aber ich glaube, Ihr solltet mitkommen.«

Kurze Zeit später standen die beiden im Flur eines Hauses unweit des Marktplatzes. Am Fuß der Treppe lag der Burgschreiber. Arme und Beine lagen verdreht am Körper. Eine kleine Blutlache hatte sich neben dem Kopf gebildet.

»Das musste ja so kommen«, stellte die Frau des Hauses fest. Neben ihr stand ihr Mann und nickte.

»Mein Mann hat Herkens so oft gesagt, dass er das mit dem vielen Trinken lassen sollte«, fuhr sie fort. »Das konnte ja nicht gut gehen.« Ihr Mann schüttelte den Kopf.

»Wir müssen die beiden Kammern oben vermieten«, erklärte die Frau weiter. »Die Geschäfte meines Mannes gehen nicht gut. Wir brauchen das Geld.« Der Mann nickte verhalten.

»Wir hörten nur, wie er nach Hause kam. Es war schon nach dem Läuten. Wenn man so besoffen ist, kann man nicht leise sein.« Ihr Mann schüttelte wieder den Kopf.

»Und dann kam lautes Gepolter. Darauf war es ruhig.

Wir warteten einen Moment, ob er die Treppe wieder hochgehen würde. Aber es war ganz still. Da wussten wir, dass er nicht wieder aufstehen würde. Und dann sind wir sofort aufgestanden, um ihm zu helfen.« Ihr Mann nickte.

»Mausetot!«, fuhr die Frau fort. »Ihr seht ja selbst, wie er hier liegt. Sicher hat er alle Knochen und auch noch das Genick gebrochen. Das sahen wir gleich, dass wir nicht mehr helfen konnten. Darum habe ich meinen Mann geschickt, dass er die Wache holt.«

Bevor ihr Mann nicken konnte, zeigte Rimberti auf dessen Schuhe. »Die muss ich mir einmal ansehen.« Der Mann nickte und zog seine Schuhe aus.

»Kein Blut«, stellte Rimberti fest. Er wies Boing auf die Türschwelle hin. »Dort ist ein Teil eines blutigen Schuhabdrucks. Aber diese Schuhe waren es nicht.« Er wandte sich wieder an das Paar. »Stand die Tür auf?«

»Ja«, erklärte die Frau. »Die muss mit einem tüchtigen Ruck geschlossen werden. Und der als Letzter nach Hause kommt, muss den Balken einlegen, damit man die Tür nicht von außen öffnen kann. Vielleicht hat er, Gott sei ihm gnädig, in seinem Zustand vergessen, die Tür zu schließen. So ist es wohl gewesen.«

»Habt ihr sonst etwas Ungewöhnliches mitbekommen? Geräusche?«, fragte Rimberti weiter.

»Nein«, sagte die Frau.

Der Mann aber nickte. »Ja. Wir legen uns immer früh hin. Einmal bin ich aufgewacht, weil ich dachte, dass der Schreiber gerade die Treppe in seine Wohnung geht. Ich muss mich wohl verhört haben.« Seine Frau nickte.

»Ihr denkt auch, was ich denke«, stellte Boing von Oldersum fest, als er mit Rimberti im Wohnraum des toten Burgschreibers stand. Beide hielten eine brennende Kerze in der Hand, um den Raum durchsuchen zu können.

»Entweder hat der Einbrecher etwas gesucht und wurde überrascht ...«, überlegte Rimberti.

»... oder es war ein Mörder, und der unglückliche Herkens wurde überrascht«, beendete Boing den Satz.

»Was aber nicht ausschließt, dass man bei dem Burgschreiber wirklich etwas gesucht hat. Vielleicht hängt es mit der Flucht des Rentmeisters zusammen?«

»Scriver?« Boing lacht grimmig. »Das war wohl eher Verrat. Keno Middens hat mir vertraulich erzählt, dass die Fräulein Maria und Anna den Rentmeister überredet hätten, vertrauliche Dokumente außer Landes zu bringen.«

»Mir hat er verraten, dass sein Onkel und die alten Häuptlinge Scriver angestiftet hätten. Er sollte alle Verträge und Dokumente verschwinden lassen, die ihre Rechte und Besitzungen zugunsten der Landesherrschaft beeinträchtigen.«

»Vielleicht steckt noch etwas anderes dahinter. Doktor Rimberti, wo würdet Ihr hier etwas Wertvolles verbergen?«

»Ich schlage vor, dass wir erst einmal alle Schränke und Schubladen durchsuchen, bevor wir uns entlegeneren Verstecken zuwenden.«

Unter einem Stapel Kleidung fand Boing einen Beutel mit einigen Münzen, auf die das Porträt von Graf Enno von Ostfriesland eingeprägt war. Das war vermutlich das Geld, das der unglückliche Herkens von Scriver erhalten hatte, um dessen Flucht möglichst lange zu verschweigen.

Rimberti entdeckte auf dem Fußboden bei der Tür einen winzigen Rest verschmiertes Blut. Rückwärts stieg er mit einer Kerze die Treppe hinunter und nahm jede Stufe konzentriert in Augenschein. Auf einer Stufe in der Mitte entdeckte er einen weiteren Blutspritzer. Der Gast von Burgschreiber Herkens musste nach seiner Bluttat noch einmal nach oben gekommen sein. Vielleicht hatte er seine Suche fortgesetzt.

Boing und Rimberti suchten den Schrank nach Geheimfächern ab und betasteten den Fußboden, ob unter einer Diele noch etwas versteckt war. Ein Dielenbrett unter Herkens' Bett war locker. Der Drost nahm seinen Dolch und schob ihn vorsichtig in die kleine Spalte. Mühelos hob er das Brett an und zog es heraus. Auch das daneben liegende Brett konnte man nun wegnehmen.

Die beiden Männer schoben das Bett beiseite. Das Fach war leer.

»Hier hat jemand gefunden, was er gesucht hat«, bemerkte der Drost. Sie setzten ihre Suche fort. Eine weitere Diele war etwas locker, aber der Drost konnte sie nicht weiter bewegen.

Rimberti sah, dass über dem Bett ein kleines holzgeschnitztes Kruzifix hing. Er nahm es vorsichtig ab und drehte es um. Auf der Rückseite war mit Wachs ein Schlüssel befestigt.

Rimberti vergewisserte sich, dass der Drost noch mit den Fußbodenbrettern beschäftigt war, und steckte den

Schlüssel ein. Er hatte einen guten Eindruck von Junker Boing, aber er war immerhin der von den ostfriesischen Grafen eingesetzte Drost, der seinen Herren gegenüber loyal sein musste. Er entschied, den Fund des Schlüssels erst einmal für sich zu behalten.

»Wir verständigen uns darauf, dass es ein Unfall war«, stellte der Drost fest.

»Das ist sicher am besten«, stimmte Rimberti zu. »Vorerst.«

»Vorerst«, bestätigte Boing.

8

Den Rest der Nacht lag Rimberti wach. Hatte der Mord an dem Sekretär etwas mit dem Verschwinden von Rentmeister Scriver zu tun? Oder hütete er ein anderes dunkles Geheimnis, das er mit ins Grab nehmen sollte? Erst gegen Morgen fiel Rimberti in einen unruhigen Schlaf, aus dem er mit lautem Klopfen geweckt wurde.

Noch ehe er sich aufrichten konnte, stand Fockena mit einer Waschschüssel vor ihm. »Macht Euch fertig«, ordnete er an. »Ihr werdet gleich Besuch bekommen.«

In Windeseile wusch Rimberti sich und kleidete sich an, als es schon zaghaft an die Tür klopfte.

»Ich setze unseren Gast in Eure Schreibstube, beeilt Euch«, wies Fockena ihn an.

Als Rimberti und Fockena kurze Zeit später in seine kleine Schreibstube traten, saß Fräulein Maria auf seinem Stuhl, während Junker Boing auf dem Stuhl von Rimbertis Schreiber Platz genommen hatte.

Maria sah ihn einen Moment konzentriert an und richtete dann das Wort an Rimberti: »Ich glaube, dass ich Euch vertrauen kann.«

Rimberti nickte. »Das könnt Ihr. Uns beiden.« Er deutete auf Fockena, der sich im Hintergrund hielt.

»Wir möchten nicht, dass die Grafen etwas von unserem Gespräch erfahren. Und ich weiß nicht, wer von meinen Bediensteten für sie arbeitet. Darum treffen wir uns hier«, erläuterte der Drost und nickte Maria zu.

Maria begann zaghaft: »Der Drost berichtete mir von den Ereignissen in der Nacht. Ihr wollt, dass die Sache als Unfall behandelt wird. Aber Ihr vermutet etwas anderes.«

»Junker Boing und ich wissen, dass noch jemand in der Nacht im Haus war. Er hat das Haus nach dem Sturz des Sekretärs verlassen. Er ist mit dem Schuh in das Blut des Sekretärs getreten und hat mehrere Abdrücke hinterlassen. Das waren nicht die Schuhe der Hausbesitzer.«

»Was vermutet Ihr?«

»Entweder hat jemand etwas in der Kammer des Sekretärs gesucht und ist dabei von ihm gestört worden, oder man wollte ihn zum Schweigen bringen.«

»Ich glaube, das Letztere trifft zu.« Fräulein Maria sah ihn unglücklich an. »Und ich glaube, dass wir beide, Ihr, lieber Doktor Rimberti, und ich mitschuldig sind am Tod dieses unglücklichen Mannes. Wir haben gestern über den Vertrag gesprochen, und viele Ohren haben zugehört. Aimo Herkens war damals der Schreiber, der das Bündnis zwischen Jever und Ostfriesland verfasst hat. Und das Eheversprechen. Er hat beide Schreiben aufgesetzt. Meine Schwestern und ich waren dabei.«

Sie bemerkte Rimbertis fragenden Blick. »Meine Schwester Dorothea ist vor einigen Jahren verstorben. Nun leben von uns Vieren nur noch Anna und ich. Die Umstände von Christophs Tod habt Ihr sicher schon erfahren. Wenn er noch lebte, wären wir nicht hier. Ich würde dann vermutlich auf einer Burg residieren, hübsche Blumenmuster sticken und Süßigkeiten essen, genauso wie meine Schwester Anna.«

»Habe ich schlafende Hunde geweckt?«, fragte Rimberti.

»Ich weiß nicht«, erwiderte Fräulein Maria kleinlaut. »Ihr habt so deutlich von diesem Vertrag gesprochen, den uns der Graf damals weggenommen hat, damit wir nichts in der Hand haben. Wenn Königin Maria hier Nachforschungen anstellen lässt, könnten die Zeugen von damals auf einmal sehr wichtig sein.«

Rimberti hatte das Fräulein bei den bisherigen Begegnungen nie so viel reden gehört. Er nickte. »Besonders derjenige, der den genauen Wortlaut vielleicht noch in Erinnerung hat.«

»Mag sein«, knurrte Fockena. »Aber dann seid dennoch nicht Ihr am Tod des unglücklichen Mannes schuld, sondern der, der ihn von der Treppe gestoßen hat. Niemand anders.«

Maria schwieg. Dann begann sie mit bedachtsam gewählten Worten zu erzählen: »Meine beiden Schwestern und ich haben die meiste Zeit unseres Lebens wie Kinder gelebt. Wie Kinder, die sich schlecht behandelt fühlen. Immer haben andere für uns gedacht und entschieden.«

Sie warf Boing einen unschlüssigen Blick zu. Der nickte.

Maria fuhr fort: »Unsere Kindheit war eine unruhige Zeit. Fehden und Kriege. Unser Vater hat trotzdem gut für uns gesorgt. Aber er starb, als wir noch sehr jung waren. Die Regenten haben die Zeit nach Vaters Tod gut für ihre eigenen Interessen genutzt. Aber sie hatten nichts Schlechtes mit uns im Sinn und sorgten dafür, dass wir hier sorglos leben konnten. Graf Edzard war für uns wie ein Onkel. Nach dem Tod unseres Bruders Christoph besuchte er uns. Er wollte, dass die Cirksenas und die Wiemkens eine Familie mit einem Land werden. Meine Schwestern und ich waren naiv genug, das zu glauben.«

Sie schluckte. Das viele Sprechen schien sie anzustrengen. »Als die Grafen vor vier Jahren unsere Burg besetzten, wachten wir aus unserem Traum auf. Die Grafen haben uns hier in unserem eigenen Zuhause festgesetzt. Unsere Bediensteten und die Regenten mussten ihnen Treue schwören. Oben feierten sie das mit ihren Männern und den Regenten. Anna und ich mussten unten bleiben. Ihr Grölen und Trampeln höre ich heute noch. In dieser Nacht sind wir aufgewacht, zumindest ich. Aber da war es zu spät.«

»Es ist nicht zu spät, Fräulein Maria«, sagte Junker Boing.

»Doch. Es ist zu spät. Meine Schwester Anna lebt wieder in ihren Träumen. Nur zwischendurch wacht sie auf wie ein Kind aus einem unruhigen Schlaf. Dann trösten wir sie, und sie träumt weiter.«

»Jetzt ist es Zeit aufzustehen!« Auf einmal trat Fockena vor. »Verzeiht, ich bin nicht so ein gelehrter Mann wie Doktor Rimberti. Aber ich habe das Buch gelesen, das er mir geschickt hat. Doktor Luther hat es über Eure Namensmutter, die gelobte Jungfrau Maria, und ihren Lobgesang geschrieben. Die Gewaltigen stößt der Herr von ihren Thronen, auch wenn das mitunter lange dauert. Vier Jahre habt ihr nun gewartet, nun ist es Zeit. Aufgewacht seid Ihr schon vor vier Jahren. Jetzt müsst Ihr aufstehen.«

Verblüfft sah Maria ihn an. »Es ist zu spät. Ich bin allein. Ich muss es so annehmen, wie Gott es gibt.«

»Ja«, herrschte Fockena sie an und schlug mit der flachen Faust auf den Schreibtisch. »Gott gibt Euch das Amt, Regentin über dieses kleine Land zu sein. Dieses Amt müsst Ihr annehmen. Das ist Eure Bestimmung. Steht auf, und gewiss wird Hilfe nicht fern sein.«

Fockena atmete schwer aus.

Maria sah ihn jetzt wieder an wie ein großes Kind. »Ich habe Eure Worte gehört«, flüsterte sie. »Es … es ist zu viel für mich. Zu große Worte. Ich danke Euch für Eure Offenheit. Ich muss jetzt zu meiner Schwester …«

Langsam erhob sie sich aus dem Stuhl und ging zur Tür. Boing sprang auf und wollte sie begleiten, doch sie machte ihm ein Handzeichen. »Bitte lasst mich einen Moment allein und besprecht, was zu tun ist.«

»Es ist Eure Schuld«, schimpfte Fockena. »Ich habe keine Universität besucht wie Ihr. Aber was Luther schreibt, da ist Saft und Kraft darin, auch für ein schlichtes Gemüt wie mich.«

»In Euren Zornesausbrüchen steht Ihr Luther nur wenig nach«, antwortete Rimberti. »Er hätte wahrscheinlich nicht nur auf den Tisch geschlagen, sondern Fräulein Maria gepackt und durchgeschüttelt.«

»Den Mann muss ich kennenlernen«, erwiderte Fockena begeistert. »Ich gebe ihr darin recht, dass der Burgschreiber wohl sein Leben lassen musste, weil er den Ehevertrag geschrieben hat.«

»Aber es wird ja noch etliche andere geben, die den Vertrag zu Gesicht bekommen haben«, wandte Rimberti ein.

»Es ist 14 Jahre her«, erwiderte Fockena. »Und etliche, die davon wissen, sind am Ende damit einverstanden, dass das Jeverland von den Grafen übernommen wird. Wir müssen Zeit gewinnen.«

Boing von Oldersum seufzte und erklärte dann feierlich: »Die Zeit läuft ab, Ihr Herren. Wir können diese Sorgen nicht von den Fräulein fernhalten. Wir haben Kunde, dass Junker Balthasar, der Herr von Esens, einen Krieg gegen Jever vorbereitet. Und die Überfälle der Landsknechte Owelackers werden immer dreister. Keno Middens wird für die kommende Woche die Regenten auf die Burg einladen. Dann soll beschlossen werden, wie es weitergeht. Er wird vorschlagen, dass die Regenten und Häuptlinge den Eid auf die Grafen schwören und sie mit der Regentschaft über Jever beauftragen. Offiziell und für immer.«

Rimberti konnte sich gut an seinen kurzen Aufenthalt bei Junker Balthasar erinnern. Rimberti war als sein Gefangener großzügig bewirtet worden, war ihm dann aber doch in die Falle gegangen. Nur mit Hilfe von Ulfert Fockena war es ihm gelungen, einen Angriff von Balthasars Männern auf die Insel Bant zu verhindern. Gleichzeitig hatte er aber Balthasar vor einer Intrige der ostfriesischen Grafen bewahrt. Die kaltblütige Gewalt des Herrn von Esens schreckte ihn ab, aber gleichzeitig hatte er Respekt vor diesem Junker, der mit aller Kraft und allen Listen seine kleine Herrschaft vor den Angriffen der Grafen verteidigte.

Besorgt fragte er: »Und was wird aus den beiden Fräulein?«

»Fräulein Anna wird in ein Damenstift eingekauft«, erklärte Boing. »Und Maria wird einem Landjunker vermählt.«

»So einem wie Ihr und ich?«, fragte Fockena.

»Oder noch schlimmer«, schloss Boing.

9

Kurze Zeit später saßen Rimberti und Fockena bei einem Frühstück aus Brot, Butter, Käse und Dünnbier.

Entschlossen sagte Rimberti, ohne dabei den Blick von seinem Teller zu heben: »Wir müssen uns die drei Gefangenen vornehmen. Warum will Graf Enno nicht, dass wir sie hier verhören?«

»Vielleicht will er sie selber befragen«, antwortete Fockena kurz und biss herzhaft in ein Stück Brot.

»Aber dazu hatte er ja längst die Gelegenheit gehabt. Inzwischen ist er abgereist.«

Fockena erhob sich und wischte sich den Mund mit dem Ärmel ab. »Ihr gebt ja doch keine Ruhe. Kommt.«

»Und der Wachtposten?«

»Ich möchte den Wachtposten sehen, an dem ich nicht vorbeikomme.«

Mit einem Ruck ging Fockena kos, und Rimberti folgte ihm über den Burghof bis zum Burgverlies. Hier war kein Wächter. Rimberti sah durch die kleine Luke in der Tür zum Kerker, aber er konnte niemanden darin erkennen.

»Herr, was sucht Ihr?«, fragte plötzlich jemand. Ein junger Soldat stand hinter ihnen. Er japste nach Luft und war vermutlich schnell hinter ihnen hergelaufen. Die Krümel und Flecke auf seinem Wams verrieten, dass er wohl in der Küche gewesen war.

»Die drei Gefangenen. Wo sind sie?«

»Herr Isko Onninga war vorhin hier und hat sie abgeholt. Er kam im Auftrag von Graf Enno.«

»Hatte er ein Schreiben bei sich?«, knurrte Fockena.

»Das nicht«, antwortete der Soldat verlegen. »Aber jeder weiß doch, dass er als Offizier im Dienst der Grafen steht. Ich stand auch schon unter seinem Kommando.«

»Wohin will er sie bringen?«

»Danach habe ich nicht gefragt.«

»Hat nicht Graf Enno selbst verfügt, dass niemand zu den Gefangenen darf?«, fragte Fockena scharf nach.

»Herr Isko stand mit sechs Männern vor mir und verlangte die Herausgabe der Gefangenen. Im Auftrag der Grafen.« Der Wachsoldat schluckte.

Fockena wollte gerade zu einem Wutausbruch ansetzen, da legte Rimberti die Hand auf seinen Arm. »Lasst gut sein. Er kann nichts dafür.«

»Nur ein einziger Mann kann hier solche Anordnungen geben«, presste Fockena mit kalter Wut hervor, »und das ist euer Drost. Sonst niemand. Weder Herr Isko noch sonst jemand. Geht das in deinen Schädel?«

»Wann sind sie aufgebrochen?«, fragte Rimberti den Soldaten.

»Das ist noch keine Stunde her. Isko Onninga hat seine Männer und die drei Gefangenen mitgenommen. Er wollte mit ihnen zur Friedeburg. Sie haben den Dreien die Hände auf dem Rücken gefesselt und sie auf die Pferde gesetzt«, erklärte der Wächter sichtlich froh, wenigstens durch detaillierte Auskünfte hilfreich sein zu können.

Rimberti sagte: »Das hast du gut beobachtet. Denke daran, dass es hier nur einen Befehlshaber für dich gibt, und das ist der Drost. Wenn du das noch einmal vergisst, wird man dich bestrafen.«

Der Soldat nickte verlegen.

Drost Boing war über einen Brief gebeugt, als Rimberti und Fockena in seine Amtsstube kamen.

»Schlechte Nachrichten«, brummte er.

»Wir bringen noch schlechtere«, entgegnete Fockena. »Isko Onninga hat heute früh die drei Gefangenen aus dem Kerker geholt und mitgenommen.«

Der Drost sprang auf. »Isko …«, stieß er hervor. »Wir müssen ihnen hinterher. Wir müssen die drei Gefangenen verhören. Sonst werden wir nie erfahren, wo Ewert Owelacker und seine Strauchdiebe sich verstecken. Sie erscheinen wie aus dem Nichts und schlagen zu. Dann sind sie blitzschnell wieder verschwunden. Kommt, vielleicht können wir sie noch einholen.«

»Das glaube ich zwar nicht«, bemerkte Rimberti, »aber reitet lieber ohne mich.«

»Es ist mir wichtig, dass Ihr dabei seid, wenn ich die drei verhöre«, antwortete der Drost.

Fockena nickte. »Vielleicht nehmen wir noch ein paar Männer mit.«

»Besser nicht. Ich möchte nicht, dass die Fräulein etwas mitbekommen. Und wenn wir hier mit einer Truppe aufbrechen, werden sie merken, dass etwas nicht stimmt. Außerdem bin ich ihm im Rang übergeordnet. Er wird nicht wagen, mir zu widersprechen.«

»Da bin ich nicht so sicher«, antwortete Fockena trocken. »Aber er wird sicher nicht mit Gewalt gegen Euch vorgehen. Wenn Ihr dafür sorgt, dass drei Pferde für uns bereitstehen, werden Doktor Rimberti und ich noch einmal den Wächter im Kerker besuchen und ihm einschärfen, dass er den Mund hält.«

»Das muss er, denn ich …«, wollte Boing erklären.

»Das wird er«, bestätigte Fockena mit Nachdruck. »Dafür werde ich persönlich sorgen.«

Eine Viertelstunde später hatten die drei Männer Jever verlassen. Mit ihnen war ein junger Reitknecht aufgebrochen, der aus einem der Dörfer südlich von Jever stammte. Der Drost hatte ihn mitgenommen, weil der Junge wusste, wie man fernab von der üblichen Wegstrecke zur Friedeburg reiten und dabei den Weg abkürzen konnte.

Auch wenn es noch früher Vormittag war, brannte die Sonne schon heiß aus dem wolkenlosen Himmel auf die Reisenden herab. Die drei Männer hingen schweigend ihren düsteren Gedanken nach.

Als sie nach einer guten Stunde in eine Ansiedlung kamen, hielt der Junge kurz an und wechselte mit einem alten Mann ein paar Worte.

Dann wandte er sich an den Drosten: »Herr, er sagt, wir sind nicht die ersten Reiter, die heute diesen Weg nehmen. Sieben Mann zu Pferde mit drei Packpferden sind hier vor weniger als eine Stunde vorbeigekommen. Sie haben sich bewirten lassen, ohne etwas zu zahlen, und sind dann weitergeritten.«

»Dann hat er die Gefangenen freigelassen«, knurrte Fockena. »Sie sind vielleicht schon wieder unterwegs zu Owelacker.«

»Ich denke, wir sollten den Weg zurückreiten und die Augen offen halten«, schlug Rimberti vor. »Es hat wenig Sinn, Isko und seine Männer zu verfolgen. Vielleicht kommen wir den drei Gefangenen auf die Spur und finden heraus, wo sie ihr Lager haben.«

»Aber zuerst brauche ich etwas zu essen«, sagte Fockena bestimmt. »Mein Magen knurrt. Seit dem Stück Brot und einem Becher mit verdünntem Bier heute früh habe ich noch nichts zu mir genommen.«

»Das muss warten, Herr Ulfert«, stellte der Drost fest. »Wir dürfen jetzt keine Zeit verlieren.«

Fockena brummte etwas vor sich hin, aber er wusste, dass Boing recht hatte.

Der junge Reitknecht stand auf einmal mit dem alten Mann und zwei Frauen vor ihnen. »Jürnohm ist der Bruder meines Großvaters. Er ist der Meinung, Ihr solltet Euch kurz stärken, bevor wir wieder zurückreiten.« Sie reichten dem Drosten, Fockena und Rimberti Becher mit verdünntem Met, frisch gebackenes Brot und Käse.

Nachdem sie sich gestärkt und dem Verwandten des Jungen eine großzügige Bezahlung gegeben hatten, machten sie sich wieder auf den Weg. Sie suchten nach Spuren am Wegesrand, aber keiner von ihnen war in der Fährtensuche geübt. So ritten sie den Weg genauso schweigend zurück, wie sie ihn vorhin gekommen waren. Die Sonne stand jetzt hoch am Himmel. Sie waren erleichtert, endlich durch eine waldige Gegend zu kommen, die etwas Schatten bot.

Fockena hielt sein Pferd an und hob die Hand. »Seht hier. Das kann sogar ich erkennen.«

Hufspuren führten vom schmalen Weg durch den Wald ins Dickicht.

Boing wandte sich an den jungen Reitknecht. »Du wartest hier mit den Pferden. Ich weiß nicht, was uns dort im Wald erwartet. Aber ich möchte nicht, dass jemand die Tiere hört und auf uns aufmerksam wird.«

Der Junge nickte, ging ein Stück mit ihnen und leinte die Pferde dann an niedrigen Ästen an.

»Seid Ihr bewaffnet?«, fragte Drost Boing.

Fockena klopfte mit der Hand auf den Griff des Schwertes, das er an der Seite trug. Rimberti fasste nach seiner kurzen Klinge, die er bei Ausflügen dieser Art bei sich trug. Der Graf, bei dem er nach dem Studium als Jurist im Dienst gewesen war, hatte Wert darauf gelegt, dass all seine Beamten eine gute Ausbildung im Umgang mit einer Waffe erhielten. Der Fechtmeister wiederum hatte eine eiserne Disziplin bei der Ausbildung seiner Schüler an den Tag gelegt, sodass Rimberti eigentlich gegen seine Neigung doch ein guter Kämpfer mit der Klinge war.

Boing nickte, und sie folgten den Spuren.

Einen Weg konnte Rimberti nicht erkennen, aber die Reiter waren hintereinander geritten, sodass die Spuren im weichen Waldboden gut zu sehen waren. Jemand hatte genau gewusst, wohin er wollte. Machte am Ende Isko Onninga mit Owelacker und seinen Landsknechten gemeinsame Sache? Vielleicht gab er ihnen nützliche Ratschläge, wo sie ohne großes Risiko reiche Beute machen konnten. Und sie gaben ihm dafür einen Anteil an ihrem Raub. Und die Ängste, die durch ihre Überfälle geschürt wurden, spielten den ostfriesischen Grafen in die Hände.

Plötzlich blieb Boing stehen und hob die Hand. Auf einer kleinen Lichtung mussten Isko und seine Männer eine kurze Rast gemacht haben. Man sah, dass Gras und unten hängende Zweige von den Pferden abgefressen waren. Die Spuren führten nicht weiter.

»Sie sind umgekehrt«, sagte Fockena. »Und dann sind sie ihren Weg weiter geritten zur Friedeburg. »Darum waren sie so kurz vor uns bei den Häusern.«

»Und ihre drei Gefangenen haben sie hier freigelassen«, stellte der Drost fest.

»Aber warum?«, wollte Rimberti wissen. »Warum haben sie sie nicht einfach dort hinten am Weg freigelassen? Warum sind sie mit ihren Pferden diesen beschwerlichen Weg geritten?«

Seine beiden Begleiter sahen ihn ratlos an.

»Sie haben sich hier verborgen«, erklärte Rimberti mit gedämpfter Stimme. »Hier muss ein Versteck sein, und einer von Iskos Männern kannte sich hier aus.«

»Das ist gut möglich«, antwortete Drost Boing leise. »Einige von Iskos Männern stammen aus dem Jeverland. Sie sehen für sich hier keine Zukunft und dienen sich den neuen Herren an.«

»Ich denke, wir suchen, ob wir hier Spuren von den drei Gefangenen finden. Aber wir bleiben zusammen.«

Sie gingen vorsichtig in einem Bogen um die kleine Lichtung. Ewert Owelackers Männer waren erfahrene Soldaten. Sie würden jedes Geräusch, das nicht zum Wald gehörte, sofort wahrnehmen. Die drei mussten Owelackers Lager auf jeden Fall finden, bevor man sie entdeckte.

Fast gleichzeitig sahen Rimberti, Fockena und Drost Boing, was sie eigentlich nicht erwartet hatten. Im

Dickicht stand eine Holzhütte. Sie stand umgeben von dichtem Gebüsch, und das Strohdach war schon mit Moos überwachsen und eingesunken.

Fockena zog seine Waffe.

»Sollen wir nicht Verstärkung aus Jever holen?«, fragte Rimberti kaum hörbar. »Die Männer da drin sind erfahrene Kämpfer.«

»Nicht so erfahren wie wir«, flüsterte Boing und zog ebenfalls geräuschlos sein Schwert. »Wenn möglich, sollten wir einen von ihnen am Leben lassen, damit wir ihn befragen können.«

Auch Rimberti zog seine kurze scharf geschliffene Klinge, die ihm in der engen Hütte vermutlich bessere Dienste leisten würden als ein langes Schwert.

Fast geräuschlos näherten sich die drei der Hütte. Fast. In dem Augenblick, in dem Fockena den vertrockneten Ast unter seinem Fuß bemerkte, war es schon zu spät. Das Knacken war nicht laut, aber hörbar.

Im gleichen Moment sprang Boing von Oldersum auf und warf sich gegen die Tür. Das brüchige Holz brach sofort in Stücke, und Boing stolperte in den dunklen Raum. Im gleichen Moment waren Fockena und Rimberti über ihm und hielte ihre Waffen in die düstere Leere.

Ihre Augen brauchten einen Augenblick, um sich an den dunklen fensterlosen Raum zu gewöhnen, in den auch durch die kleine Tür wenig Licht kam. Nichts. Niemand regte sich dort. Sie verharrten kurz, während Boing sich wieder aufrichtete. Und dann sahen sie sie. Im hinteren Teil der Hütte lagen drei Männer. Regungslos.

Fockena beugte sich zu ihnen hinunter und drehte den ersten um. Er hatte immer noch die Hände auf dem Rücken gefesselt. Jemand hatte ihm die Kehle durchgeschnitten. Mit einem Blick sah Fockena, dass die beiden anderen Männer das gleiche Schicksal erlitten hatten.

Rimberti blieb der Atem weg. Er wusste, dass diese drei ein Dorf überfallen und unschuldige Einwohner umgebracht hatten, vermutlich ohne zu zögern. Und doch lagen hier drei Menschen vor ihm, die man einfach getötet hatte, um sie zum Schweigen zu bringen. Für immer. Ein jammervoller Anblick.

»Die werden niemanden mehr überfallen«, brummte Fockena.

»Isko Onninga«, zischte der Drost. »Irgendwann wirst du für all das bezahlen.«

»Hier hat es zumindest nicht die Falschen getroffen«, bemerkte Fockena. »Warum holt er die drei aus ihrem Verlies, um sie dann hier umzubringen?«

»Damit sie nicht mehr reden können«, antwortete Boing.

»Doch, sie werden reden, auf ihre Weise«, entgegnete Rimberti. »Wir müssen schweigen über das, was wir hier vorgefunden haben. Dann werden andere uns sagen, was wir über diese drei wissen müssen.«

10

Als die drei Gefährten in der Burg Jever angekommen waren, lief ihnen schon ein Bediensteter entgegen. Da Rimberti sein Pferd gerade einem Knecht übergab, konnte er nicht hören, was der Drost und der Bedienstete miteinander sprachen.

Der Drost schickte den Mann wieder fort und wandte sich Rimberti und Fockena zu. »Ich fürchte, Eure Mahlzeit muss noch etwas warten«, sagte er. »Die Fräulein sind in großer Aufregung und wollen sofort mit uns sprechen.«

»Das ist nicht Euer Ernst!«, platzte es aus Fockena heraus.

»Keine Sorge. In der Küche wird sich etwas finden. Aber vorerst müssen wir zu unseren Fräulein. Aber: Kein Wort von dem, was wir gesehen haben. Wir dürfen sie nicht über die Maßen beunruhigen.«

Fräulein Anna saß über ihre Stickerei gebeugt am Fenster, als die drei eintraten. Sie schreckte kurz hoch und wandte sich dann wieder ihrer Handarbeit zu.

Maria stand regungslos am anderen Fenster und blickte in den Innenhof. Mit einem Ruck drehte sie sich um und fuhr den Drosten an: »Wo wart Ihr, Boing? Wie könnt Ihr einfach davonreiten, ohne mir

Bescheid zu geben? Hier geschehen Dinge, die alles zerstören, und Ihr macht mit Euren Freunden einen Ausflug?«

Boing schnappte nach Luft. Fockena antwortete: »Wir mussten in einer dringenden Angelegenheit zur Friedeburg. Doktor Rimberti war auf der Suche nach einer Urkunde, die sich dort in der Kanzlei befinden soll. Es geht um Eure Sache, Fräulein Maria. Und der Drost ist persönlich mitgeritten, um der Sache Nachdruck zu verleihen.«

Offenbar fiel Fockena das Schwindeln mit leerem Magen nicht schwerer als in gesättigtem Zustand. Vielleicht wollte er aber das Gespräch abkürzen, um schneller zu seiner Mahlzeit zu gelangen, dachte Rimberti. Er nickte nur bestätigend.

»Wir wollen Euch nicht beunruhigen«, fiel Drost Boing ein.

»Das ist es ja, was mich beunruhigt«, antwortete Maria. »Ihr entscheidet immer, was mich beunruhigen darf und was nicht. Mir wäre wohler, wenn ich das selber bestimmen könnte.«

»Keno Middens will die Regenten zu einem Rat einberufen«, erklärte Fräulein Anna, ohne von ihrer Stickarbeit aufzublicken. »Es soll beraten werden, wie es mit der Herrschaft Jever weitergeht.«

Für einen Moment hielt sie inne und sah auf. »Und mit uns«, seufzte sie.

Rimberti sah Maria an. Hinter dem verschüchterten Fräulein sah er eine andere Maria. »Was mit Euch geschieht, das bestimmt Ihr selbst«, sagte er. »Eure Regenten haben seinerzeit die Vormundschaft übernommen, aber das ist nicht mehr nötig. Genauso wenig wie die erdrückende Freundschaft der ostfriesischen Grafen.«

Fassungslos schaute Boing von Oldersum ihn an.

»Verzeiht, Junker Boing«, erklärte Rimberti. »damit meine ich nicht Eure Freundschaft. Wer die hat, der kann einen wahren Freund auf seiner Seite zählen, der ihn in der Not niemals verlassen wird.«

Für einen Moment sagte niemand etwas. Rimberti hatte das Gefühl, sich aus der Rolle des neutralen Gutachters weit herausgewagt zu haben. Er hatte zu viel gesagt. Fräulein Maria blickte ihn an, ohne etwas zu erwidern. Fräulein Anna hatte ihre Stickarbeit unterbrochen und starrte nun auf das Stück Stoff, das in den Rahmen eingespannt war. Fockena blinzelte ihm zu.

Boing von Oldersum atmete pustend aus. Er nickte. »Wann kommen die Regenten?«

»In der kommenden Woche«, erklärte Maria.

»Wir müssen uns gut vorbereiten«, erklärte Boing. »Und nun werden wir Euch noch mehr beunruhigen müssen.«

Fräulein Anna starrte auf ihre Stickerei. Fräulein Maria hielt seinem Blick stand. So fuhr der Drost fort: »Unser Rentmeister ist uns verloren gegangen. Ubbo Scriver. Er ist zu den Ostfriesen übergelaufen und hat die Register für Steuern und Abgaben mitgenommen.«

»Habt Ihr noch mehr Nachrichten, von denen ich verschont werden sollte?«, fragte Maria.

»Aimo Herkens, Euer Burgschreiber, ist in der Nacht von der Treppe gestürzt. Er ist tot.«

Maria nickte. »Gibt es noch etwas, das mich nicht in Sorge versetzen sollte?«

Der Drost seufzte. »Die drei Gefangenen, die wir nach dem Versteck von Owelackers Bande verhören wollten, sind nicht mehr da. Isko Onninga hat sie wegbringen lassen.«

Fräulein Anna legte ihr Stickzeug geräuschvoll auf den Tisch. »Nach dem Essen könnt Ihr alle fortfahren«, verkündete sie. »Außer einer dünnen Milchsuppe haben meine Schwester und ich heute noch nichts zu uns genommen. Ich habe Anweisung gegeben, dass man uns ein reichhaltiges Mahl zubereitet. Leistet Ihr uns Gesellschaft?«

Fockena erhob sich im gleichen Moment und erklärte: »Dann darf ich Euch zu Tisch führen.« Er deutete eine galante Verbeugung an und reichte ihr den Arm.

11

Die beiden Fräulein und ihre drei Begleiter verzehrten schweigend das reichliche Mahl aus gebackenen Hühnchen, gekochtem Rindfleisch, Erbsen und frisch gebackenem Brot.

Als die Köchin gerade süße Weizenkuchen mit Honig auftischte, trat ein Bediensteter neben den Drosten und flüsterte ihm eine Nachricht ins Ohr. Der biss herzhaft in den kleinen Kuchen und sagte kauend: »Lasst sie alle gut versorgen. In einer Stunde reden wir dann.« Der Bedienstete nickte und ging.

Fräulein Anna aß bedächtig und starrte dabei auf ihren Teller. Maria sah den Drosten mit fragendem Blick an.

»Und?«, fragte sie. »Ist das auch etwas, das mir nur Kummer macht?«

»Kirchensachen«, antwortete Drost Boing. »Ermüdend.«

Fockena verabschiedete sich. Geschäfte führten ihn für die nächsten Tage nach Norden. Er nahm Rimberti das Versprechen ab, sich keinen Gefahren auszusetzen, und machte sich mit zwei Knechten auf den Weg.

Rimberti verspürte wenig Lust, der Sitzung beizuwohnen. Aber er würde vermutlich manches erfahren, das ihm von Nutzen sein konnte. Bis dahin suchte er die verwaiste Kanzlei auf. Er wollte sich einen Überblick verschaffen, was an Verzeichnissen, Akten, Urkunden und Briefen vorhanden war.

Er betrat den Raum. An einem Tisch am Fenster saß ein Mann. Vor sich hatte er einen Haufen Papiere und zwei aufgeschlagene Bücher ausgebreitet. Die Feder kratzte, als er einen Bogen Papier beschrieb.

Rimberti räusperte sich. »Verzeiht, ich …«.

Der Mann am Fenster schreckte hoch und drehte sich zu Rimberti um. Er war in Schwarz gekleidet und von mittlerer Statur. Der Mann musste etwas jünger als Rimberti, vielleicht Anfang 30 sein, obwohl sein kurz geschnittener Bart schon einige weiße Haare aufwies.

»Ich muss um Verzeihung bitten. Ich bin hier einfach so eingedrungen. Ich hörte, unseren Fräulein sind ihr Rentmeister und der Schreiber abhandengekommen. Da muss ich mir selber suchen, was ich brauche.«

Er musterte Rimberti. »Ihr seid der Jurist vom Hof der Statthalterin?«

Rimberti nickte.

»Ihr habt Euch turbulente Zeiten ausgesucht, aber sonst wärt Ihr sicher nicht hier. Ich hörte, der Rat der Regenten soll einberufen werden.«

»Ihr seid gut informiert«, antwortete Rimberti verhalten.

»Ich bitte um Entschuldigung, ich habe mich noch nicht vorgestellt. Mein Name ist Reimarius Theodorici. In Wirklichkeit heiße ich Remmer Tjarks aus Seediek, so wie Euer Name vermutlich Lübbo Reents ist.«

»Lübbert Reents. Ich erinnere mich kaum noch daran.«

»Ich schon. Ich unterschreibe inzwischen auch wieder mit meinem alten Namen. Ich bin Pfarrer einer Gemeinde, die es eigentlich gar nicht mehr gibt.«

Verwundert sah Rimberti ihn an.

Remmer Tjarks aus Seediek grinste. »Ich bin vor drei Jahren zum Priester geweiht worden und bin nun Inhaber der Pfarrstelle in Seediek, das ist mein Heimatort. Aber der größte Teil der Gemeinde ist der großen Antoniflut vor 20 Jahren zum Opfer gefallen. Die meisten Einwohner haben Haus und Hof verloren und sind weggezogen. Die Kirche steht noch, aber das Kirchspiel wird aufgegeben, und die Kirche soll abgebaut werden. Ein großer Teil des Landbesitzes, der zur Kirche Seediek gehört, liegt in anderen Gemeinden, die nicht von der Flut erreicht wurden. So bin ich nun ein Pfarrer ohne Gemeinde und bald auch ohne Kirche, aber immer noch mit guten Einnahmen, aus denen ich sogar einen Kaplan bezahlen kann. Die meisten nennen mich ›Seediek‹. So lebt wenigstens der Name meiner Heimat fort …«

»… der die Gemeinde benennt, die es nicht mehr gibt«, ergänzte Rimberti.

»Wir verstehen uns. Mein berühmter Großvater war Kirchgeschworener und verwaltete die Gelder der Kirchengemeinde. Außerdem war er Siel- und Deichrichter und hat viel für den Deichbau getan. Ich glaube, ich komme ihm nach und bin besser im Verwalten als im Predigen. Zurzeit besteht meine Hauptaufgabe in der Verwaltung von Kirchengeldern. Das sind leidige

Angelegenheiten. Da geht es um Stiftungen, Schenkungen, Testamente und Abgaben. Die Sturmfluten haben Besitzverhältnisse verändert. Abgaben und Steuern müssen neu geschätzt werden, Verträge werden geändert.«

»Wird sich daran etwas ändern, wenn das Jeverland von den ostfriesischen Grafen übernommen wird?«

»Von Übernahme kann ja wohl keine Rede sein. Unsere beiden Fräulein sind zwar schon in die Jahre gekommen, aber in die besten. Zumindest Maria kann noch heiraten und Mutter werden, und bei Fräulein Anna ist das auch nicht ausgeschlossen. Aber die Heiratskandidaten, die man ihnen bisher präsentiert hat, lassen den Schritt ins künftige Nonnenleben vielleicht in einem besseren Licht erscheinen, wenn Ihr versteht.«

»Ich verstehe«, erwiderte Rimberti, dem das Gespräch zunehmend Spaß machte. »Auch ein noch so ungehobelter und trunksüchtiger Edelmann kann heiraten und Kinder zeugen, und damit ist der Fortbestand der Herrschaft gesichert.«

»Immerhin, Graf Enno von Ostfriesland würde die Lehre des Wortes Gottes einführen und den papistischen Götzendienst abschaffen. Ich bin durchaus kein Bilderstürmer. Ich bin sogar ein Nutznießer des alten Systems. Ich bin Inhaber einer gut bezahlten Pfründe. Aber ich kann auch ohne sie leben. Sie ist mehr oder weniger ein Teil unseres Familieneinkommens. Pastor Hinrich Kremer, mit dem ich zusammen zum Priester geweiht wurde, hat hier in Jever den Anfang gemacht. Er hat Luthers deutsche Messe eingeführt. Die Gemeinde bekommt zur Hostie beim Heiligen Sakrament auch den Kelch, so wie der Herr es geboten hat. Die Fräulein sträuben sich dagegen. Sie haben leider keine gute Bildung erhalten. Und alles, was von den Ostfriesen kommt, scheint ihnen verdächtig. Sie wollen es sich vermutlich auch nicht mit dem kaiserlichen Hof verderben. Ich spreche ganz offen.«

»Das könnt Ihr. Ich war genauso wie Ihr für kurze Zeit Priester der evangelischen Lehre und habe vorher bei Melanchthon und Luther in Wittenberg studiert. Aber für das Priesteramt fühle ich mich nicht geeignet. Für das päpstliche nicht und leider auch nicht für das evangelische. Meine Familie ist auch nicht unvermögend, obwohl sie es mit Eurer vermutlich nicht aufnehmen kann. Aber ich konnte meine Studien fortsetzen und bin nun Jurist. Meine Stellung ist weit weniger bedeutsam, als Ihr meint. Ich bin einer von vielen Beamten am Hof der Statthalterin. Ich treffe keine Entscheidungen, sondern ziehe vor Ort Erkundigungen ein, die dann einem der Staatsräte vorgelegt werden. Nicht umsonst schickt sie mich in einen so entfernten Winkel im Weltreich ihres kaiserlichen Bruders.«

»Bescheiden gesprochen. Immerhin ist dies ein kleines, aber überaus reiches Land mit einer recht eigensinnigen Bevölkerung. Und es gehört noch zur päpstlichen Kirche. Das ist für Königin Maria vielleicht ein Grund, die Ansprüche der ostfriesischen Grafen abzuwehren. Der künftige Schwiegervater unseres Drosten, Junker Ulrich, hat die Reformation stark befördert. In seiner Burg verkehren Karlstadt und andere, für die Euer verehrter Doktor Luther nur verächtliche Bezeichnungen wie ›Schwarmgeister‹ übrig hat.«

»Dann sind die Jahre von Junker Boing hier gezählt?«, wollte Rimberti wissen.

»Das weiß ich nicht. Aber die Herrschaft Jever ist schon schlechter verwaltet worden. Meine Familie gehört nicht zu den Regenten. Ich weiß nicht, was bei der Versammlung herauskommen wird.«

»Aber Ihr kennt die Regenten und die anderen Häuptlingsfamilien.«

»Mehr, als mir lieb ist«, bestätigte Seediek. »Edo Wiemken, der Vater unserer Fräulein, wusste, dass er nicht mehr viel Zeit hatte. Er suchte die fünf Regenten aus, die der Oldenburger Graf dann eingesetzt hat. Die Regenten haben, genauso wie die anderen Häuptlinge, nur an ihren Vorteil gedacht. Die Deiche und Siele wurden nur da instand gehalten, wo es ihnen nützte. Die anderen sind verfallen. Sie dachten, neu eingedeichtes Land würde sowieso an die Herrschaft gehen, also warum sollte man dafür Geld und Leute abstellen. Das Jeverland ist reich, aber niemand hat etwas davon.«

»Jetzt redet Ihr genauso wie Keno Middens«, bemerkte Rimberti.

»Ich habe nur von seiner Rückkehr gehört, aber wir kennen einander nicht«, antwortete Remmer Seediek. »Sein Onkel Folpt hätte ihn gern als Verbündeten gehabt, so wie er mit seinem Bruder, Kenos Vater, aufs Engste verbunden war. Aber so sieht es wohl nicht aus. Ich denke, dass Keno Middens und Tido, der Herr über Innhausen und Knyphausen, sich an die Grafen von Ostfriesland halten werden. Ein ferner Herrscher ist ihnen lieber als einer, der sie immer im Blick hat. Folpt

Middens und ein anderer werden für die Selbständigkeit Jevers stimmen.«

»Und der fünfte Regent?«, fragte Rimberti. »Ist das eine Mehrheitsentscheidung?«

»Nicht nur«, fuhr Seediek fort. »Von den Häuptlingen verfügt Keno über den kleinsten Besitz. Garssum besteht nur aus einem kleinen Kirchdorf und zwei Bauernschaften. Sassenhusen und Knyphausen mit Innhausen sind die beiden größten Herrlichkeiten. Und Häuptling Folpt steht fest zu seinem Wort, das er Edo Wiemken, dem Vater der Fräulein, gegeben hat.«

»Was ist, wenn er nicht mehr da ist?«, wollte Rimberti wissen.

»Sein Sohn hat schon längst die Nachfolge über die Herrlichkeit angetreten, seit sein Vater so schwer erkrankt ist. Davon und vom Tod seiner Schwestern hat der alte Folpt sich nicht mehr richtig erholt. Aber er ist immer noch eine starke Persönlichkeit. Sein Wort hat Gewicht.«

»Und Keno Middens?«

»Keno hat über 25 Jahre nicht mehr hier gelebt«, erklärte Seediek. »Er hatte als nachgeborener Sohn keine Aussicht auf das Erbe und hat schon als sehr junger Mann die Heimat verlassen. Er war als Gutsverwalter bei einem weit entfernten Verwandten in Diensten. Seinen verarmten Vetter hat er gleich mitgenommen, der ihm als Schreiber gedient hat. Alle dachten, dass er so ist wie sein Vater oder sein älterer Bruder. Aber wie soll das gehen?«

»Sein Vetter ist auf der Rückreise verunglückt«, bemerkte Rimberti.

»Darüber weiß ich nichts, was Ihr nicht auch wisst«, stellte Seediek fest. »Folpt Middens hatte zwei Schwestern und zwei Brüder. Der dritte Bruder, Take, war immer das Sorgenkind der Familie. Er erhielt einen Hof mit gutem Land, aber nach ein paar Jahren musste alles verkauft werden, um seine Spielschulden zu bezahlen. Take Middens bekam dann eine Stelle als Burgvogt und wurde nach einem Jahr wegen Veruntreuung von Geld entlassen. Mein Vater hat ihm eine Stelle als Deich- und Sielrichter verschafft. Aber in den zwei Jahren, in denen er das Amt innehatte, hat er die ihm anvertrauten Deiche und Siele nicht ein einziges Mal besichtigt. Er ist völlig dem Trunk ergeben.«

»Wo lebt er jetzt?«, wollte Rimberti wissen.

»Seine Brüder haben ihm ein Haus in Garssum zur Verfügung gestellt und versorgen ihn mit. Sie bezahlen auch den Knecht und die Magd, die sich um ihn und seinen Haushalt kümmern. Nach dem Tod von Kenos Vater hat der alte Folpt dann weiter dafür gesorgt, dass sein Bruder Take versorgt ist. Eine traurige Geschichte. Take Middens hat vermutlich gar nicht begriffen, dass sein einziger Sohn verunglückt ist. Der alte Folpt hat bis auf diesen Unglücksvogel nun keine Geschwister mehr.«

»Was ist mit den beiden Schwestern?«

»Diese Geschichte ist noch trauriger«, leitete Seediek seine folgenden Ausführungen ein. »Beeke und Jabina Middens von Sassenhusen sind ins Kloster eingetreten. Sie wären durchaus mit einer großzügigen Mitgift ausgestattet worden, um einen guten Ehemann zu bekommen. Es war ihr eigener Entschluss. Sie lebten in einem Kloster in Mecklenburg. Ganz standesgemäß mit

Dienstmagd und guter Unterbringung und allem. Während meiner Studienzeit in Rostock habe ich die beiden hin und wieder besucht, um ihnen Briefe der Familie zu überbringen. Beeke war für Kräuter und die Bereitung von Arzneien für die Schwestern zuständig, und Jabina unterrichtete sie in Latein und Griechisch. Sie führten ein erfülltes Leben.«

Rimberti ahnte auf einmal, wie die Geschichte weitergegangen war. »Das Kloster wurde aufgelöst?«

»Ja«, antwortete Seediek. »So mussten die Schwestern am Lebensende noch einmal umziehen. Ihr Bruder hatte ihnen vorgeschlagen, in das Kloster Thedinga zu kommen. Dort war kurz vorher auch eine andere Nonne aus ihrem Kloster aufgenommen worden. Da der Landesherr ihnen die Mitgift für das Kloster zurückerstatten musste, führten sie auf der Reise in die neue Heimat viel Geld bei sich. Was ist?«

Rimberti starrte ihn an. Jetzt wusste er, woher er den Namen von Häuptling Folpt Middens kannte. »Sie wurden auf der Friedeburg durch einen Giftanschlag getötet«, erklärte er. »In derselben Nacht habe ich dort Quartier gehabt. Ich wurde auch am nächsten Morgen von dem Burgherrn befragt. Ich habe von allem aber nichts mitbekommen. Jemand hat von dem vielen Geld gewusst und es geraubt. Man hat den Täter nie gefunden.«

»Nein. Man hatte den Reitknecht in Verdacht, aber die Wache hat bezeugt, dass niemand den Gebäudeteil mit den Gästezimmern betreten hat.«

»Es hieß, die Dienstmagd habe den Anschlag überlebt.«

»Darüber weiß ich nichts«, erklärte Seediek. »Die beiden Schwestern wollten auf der Durchreise einen Umweg über die Heimat machen, noch einmal ihr altes Zuhause und den Bruder sehen und auch den Neffen, der sie im Kloster oft besucht hatte. Der alte Folpt musste dann die Leichen seiner beiden Schwestern abholen. Sie sind im Kloster Thedinga bestattet worden, dort, wo sie die restlichen Lebensjahre verbringen wollten.«

»Keno und sein Onkel scheinen nicht das beste Verhältnis zu haben«, sagte Rimberti. »Keno meint, dass sein Vater in einer Erbschaftssache von seinem Bruder übervorteilt worden ist.«

»Das stimmt nicht«, wandte Seediek ein. »Kenos Vater stand als jungem Mann das gleiche Los bevor wie später Keno selbst. Als Zweitgeborener sollte er in den Dienst einer auswärtigen Herrschaft treten, aber sein älterer Bruder Folpt verschaffte ihm die kleine Herrschaft Garssum. Kenos Vater hat ihm diese Hilfe nie vergessen und war sein Leben lang dankbar dafür. Die Seuche hat ihn und seinen ältesten Sohn hinweggerafft. Dass Keno nun nach seiner unverhofften Rückkehr auf der Seite der Grafen steht, war nicht zu vermuten. Aber er hat so viele Jahre nicht mehr hier gelebt. Wer will behaupten, dass er ihn kennt?«

12

Rimberti sass in seiner Kammer. Er hatte sehr viel erfahren in diesem Gespräch mit Pfarrer Remmer aus Seediek. Er konnte noch nicht abschätzen, was ihm davon für sein Gutachten von Nutzen sein könnte. So schrieb er alles nieder, was ihm wichtig erschien.

Dann legte er die Feder nieder. Der Mord an den beiden Schwestern. Daran musste er jetzt denken. Nur ganz kurz hatte er sie gesehen, als der Drost der Friedeburg sie begrüßt hatte. An dem Abendessen mit den Schwestern hatte er nicht teilnehmen können, weil er noch Briefe fertig machen musste, die ein Bote am nächsten Tag mitnehmen sollte. Und ihre vollen Namen hatte er damals auch nicht erfahren, weil sie als Ordensschwestern nur mit ihren Vornamen benannt wurden. So hatte Rimberti bis jetzt nicht gewusst, zu welcher Familie die beiden gehörten.

In den Monaten danach hatte er öfter an den Vorfall denken müssen. Bei seinem nächsten Aufenthalt auf der Friedeburg hatte ihm der Drost mitgeteilt, dass er wirklich sämtliche Burgbewohner mehrfach befragt und in alle Richtungen seine Untersuchungen angestellt hatte. Ohne Ergebnis. Die Sache schien dem Drosten, der als erfahrener Offizier sicher schon viel Leid und Tod gesehen hatte, doch nahezugehen. Immerhin hatten die Schwestern unter seinem Schutz Quartier gehabt, und er fühlte sich verantwortlich.

Nun hatte Rimberti es also mit der Familie dieser beiden Schwestern zu tun, einer der reichsten und bedeutendsten Häuptlingsfamilien der Region, und auch einer Familie, an der Kummer und Tod nicht vorübergegangen waren.

Es klopfte leise.

Der Drost trat ein. »Doktor Rimberti, es wäre gut, wenn Ihr an der Verhandlung gleich als Beobachter teilnehmen könntet. Möglicherweise bekommt Ihr einen weiteren Einblick in die gegenwärtige Situation. Sogar der Propst aus Grootewarden ist gekommen.«

Drost Boing und Rimberti kamen als Letzte in den großen Raum, in dem auch das Mahl mit Graf Enno vor einigen Tagen stattgefunden hatte. Vorn am Tisch saß Fräulein Maria, die beiden Plätze neben ihr waren leer. Auf den einen Stuhl würde sich gleich der Drost setzen, und der andere war wohl Fräulein Anna zugedacht, die aber nicht gekommen war.

Rimberti setzte sich auf einen der Plätze an der Tür, während Drost Boing den Stuhl rechts neben Fräulein Maria einnahm. Ein paar Plätze von Rimberti entfernt saßen Seediek und ein weiterer in schwarzes Tuch gekleideter Mann. Ihnen gegenüber hatten zwei Priester Platz genommen. Beide waren mit hellgrauen Gewändern bekleidet. Ihr Haupthaar war geschoren, sodass ihr Schädel nur von einem Haarkranz umgeben war. Der eine von ihnen war groß, das verbliebene Haar und der Bart leuchteten schwarz. Er saß aufrecht und schaute mit gebieterischem Blick in die Runde. Das musste der Propst sein. Sein Sitznachbar hatte den Kopf eingezogen. Er sah eher aus wie ein junger Bauer, ein stämmiger, gedrungener Mann, dessen blonder borstiger Haarkranz nach allen Seiten abstand. Zwischen den beiden Priestern und dem Drosten saß ein großer schwerer Mann, dessen Kleidung in bunten Farben leuchtete. Er sah aus wie ein wilder Eber, voller Energie und kampfbereit. Seine kleinen Augen musterten mit listigem Blick die Gesellschaft. Er richtete sich auf, als er angesprochen wurde.

»Häuptling Folrat Iken. Ihr seid gekommen, um wegen der Pfarrstelle in Seediek vorzusprechen«, begann der Drost das Gespräch.

»Ich bin nicht gekommen, um vorzusprechen«, knurrte der Angesprochene und kniff seine Augen noch weiter zu. »Ich teile mit, dass die Ländereien, die meine Familie für die Pfarrstelle Seediek gestiftet hat, nunmehr einem anderen Zweck zugeführt werden. Nur noch wenige Seelen wohnen in der Gemeinde Seediek. Wir können die Kirche nicht länger halten. Wir werden mit dem Abriss beginnen, um die Steine woanders zu gebrauchen.«

»Nun«, ergriff der größere der beiden Geistlichen das Wort. »Welchem anderen Zweck gedenkt Ihr denn, die Stiftung zuzuführen? Auch wenn die Pfarrgemeinde Seediek nicht mehr besteht, so kann die Stiftung doch einem anderen Zweck zugeführt werden. Ein verbliebener Teil der Pfarrländereien ist gutes fruchtbares Land und liegt in anderen Gemeinden, die nicht von der Flut betroffen waren.«

»Das stimmt«, antwortete Folrat Iken, »einen Teil der Ländereien nehme ich zurück in unseren Besitz. In Seediek haben wir fast 50 Grasen Land durch die Sturmfluten verloren.«

Er machte eine kurze Pause. Niemand sagte etwas. Iken schien einen Moment verunsichert, weil niemand auf seine Erklärung reagierte. Er fuhr fort: »Den anderen Teil des Landbesitzes will ich einer anderen frommen Stiftung zuführen. Ich dachte an die zweite Pfarre in Grootewarden. Zurzeit ist sie vakant, und eine bessere Ausstattung wird dafür sorgen, dass ein geeigneter und fleißiger Priester hier seinen Dienst aufnehmen wird.«

»Darüber können wir reden«, antwortete der Propst.

»Und Ihr habt schon gleich einen geeigneten Kandidaten mitgebracht?«, fragte Boing von Oldersum.

Der Propst ergriff wieder das Wort: »Mein Neffe Idbertus aus Eilsum hat in Köln studiert. Er soll noch dieses Jahr im Dom zu Bremen zum Priester geweiht werden. Er war für eine Pfarrstelle in Ostfriesland vorgesehen. Aber die wurde nun mit einem Ketzerprediger des Wittenberger Irrglaubens besetzt.«

Er warf Seediek und dessen Nebenmann einen giftigen Blick zu und fuhr fort: »Der ehrwürdige Domdekan hat mich beauftragt, stellvertretend für ihn die Amtsgeschäfte des Archidiakonats wahrzunehmen. Der Kampf gegen die neue Ketzerei und den sittlichen Verfall macht es erforderlich, mich von einem Teil der priesterlichen Aufgaben zu entlasten. Dem dient die Wiederbesetzung der zweiten Priesterstelle in Grootewarden.«

Rimberti bemerkte, dass Drost Boing während der Erklärungen des Propstes den jungen Theologen Idbertus eingehend musterte.

Der bemerkte gar nicht, dass er beobachtet wurde, und schien aus dem Fenster zu sehen. Er machte einen teilnahmslosen Eindruck. Sein Interesse an der Pfarrstelle schien nicht groß zu sein. Vermutlich war er von seiner Familie für den kirchlichen Dienst vorgesehen, weil er als nachgeborener Sohn keine Aussicht auf ein angemessenes Erbe hatte oder weil er durch eine kirchliche Karriere den Einfluss und die Aussichten seiner Familie vermehren sollte. Rimberti betrachtete die großen, schweren Hände des jungen Mannes. Das waren Hände, die anpacken wollten. Der Drost hatte vielleicht etwas Ähnliches gedacht, er warf Rimberti einen vielsagenden Blick zu.

»Der ehrwürdige Domdekan ist mit dieser Vereinbarung sehr einverstanden und versichert Euch seiner Segenswünsche«, schloss der Propst seine feierliche Ansprache.

»Remmer Tjarks aus Seediek hat im Archiv Nachforschungen angestellt«, erklärte Boing.

Seediek begann: »Häuptling Folrat hat die Ländereien für die Kirche in Seediek gestiftet, aber er ist nicht der Inhaber der Patronatsrechte dieser Kirche. Das ist so, als wenn Ihr jemandem etwas schenkt. Verstirbt der Beschenkte, so fällt Euer Geschenk dem Erben zu, und es geht nicht wieder an Euch zurück. Es sei denn, es gibt darüber einen Vertrag.«

Häuptling Folrat schnaubte und kniff seine kleinen Äuglein noch enger zusammen.

»Der Patronatsherr der Seedieker Kirche war Häuptling Edo Wiemken«, erläuterte Seediek. »Von ihm stammt auch ein erheblicher Teil des Landes, das der Kirche zugeeignet war. Und etliche andere haben auch etwas gegeben.«

»Herr Folrat, sollen wir nun eine Rechnung aufmachen und allen ihren Anteil zurückzahlen?«, fragte der Drost höflich. »Was meint Ihr, Seediek?«

Der Angesprochene schüttelte den Kopf. »Das ist so gar nicht möglich. Und Verträge darüber, wie mit den Stiftungen von Land und Geld bei Aufgabe der Kirche umzugehen ist, existieren nicht.«

»Oder hat sie der Rentmeister mitgenommen, als er zu den Ostfriesen geflüchtet ist? Damit keiner genau weiß, wer was zurückbekommt, und am Ende könnt Ihr alles einstreichen?«, fragte Folrat Iken und lachte grunzend.

»Davon kann nicht die Rede sein«, verbesserte ihn Drost Boing. »Ich schlage den Fräulein vor, die Landflächen für Kirche und Pfarre, die nicht überflutet sind, dem neuen Deich- und Sielrichter für die Dauer seiner Amtsführung zuzusprechen. Das ist gutes Land, und ein großer Teil kann in Pacht gegeben werden. Da brauchen wir einen entschlossenen jungen Mann, der Verstand im Kopf und einen Sinn für das Praktische hat. Der Amtsinhaber bereitet sich auf sein Altenteil vor und ist bereit, einen jungen Nachfolger einzuarbeiten.«

Boing machte eine kurze Pause, um die Worte wirken zu lassen. Dann blickte er den jungen Mann an. »Wäre das nichts für Euch, Herr Idbertus aus Eilsum? Was ihr studiert habt, könnt Ihr hier gut gebrauchen, und dass Ihr fest anpacken könnt, das sehe ich Euch an. Als Deichrichter Ibo Eilers werdet Ihr da ein gutes Auskommen haben.«

Idbertus' Augen leuchteten. »Wenn Ihr meint, will ich es mir gern ansehen. Was denkt Ihr, Onkel?«

Der angesprochene Propst sah Idbertus für einen Moment zornig an.

»Gut«, schloss Boing. »Von dem Land, das unser neuer Deichrichter in den nächsten Jahren eindeichen wird, soll die Familie von Häuptling Folrat Iken so viel Land erhalten, wie von seinem Land in den Fluten untergegangen ist.«

Der Häuptling wiegte den Kopf hin und her. Dann nickte er und brummte: »Einverstanden.« Er wusste, dass hier nicht mehr für ihn zu holen war, und das war immerhin mehr, als er vorher gehabt hatte.

13

»Da ist noch eine andere leidige Sache«, meldete sich nun der Propst wieder zu Wort. Er schien sich schnell von seiner Niederlage erholt zu haben. Sein Neffe war nun zwar nicht sein Handlanger auf einer gut dotierten Priesterstelle geworden, aber immerhin hatte er eine weit einträglichere und machtvollere Position bekommen. Und diese Arbeit schien in der Tat für ihn passender zu sein.

Der Propst sprach Fräulein Maria direkt an: »Verehrtes Fräulein Maria, unserem Bischof und der kaiserlichen Statthalterin Königin Maria ist nicht verborgen geblieben, dass Ihr und Eure Schwester die ketzerischen Umtriebe in Eurer Herrschaft scharf missbilligt. Es muss für Euch ein großes Herzeleid sein, dass mitten in Eurer Residenz eine der Irrgläubigen als Priester sein Unwesen treibt, noch dazu an der Kirche, die wie Ihr selbst den Namen unserer heiligen Gottesmutter trägt.«

Der Propst warf dem Mann neben Seediek einen herablassenden Blick zu. Das musste also Pastor Hinrich Kremer sein, von dem Rimberti schon gehört hatte. Kremer bewahrte Ruhe. Er ahnte wohl, dass der Propst sich gleich auf ihn einschießen würde, und wartete ab.

Fräulein Maria sah den Propst etwas ratlos an. Der nahm das als Aufforderung, seine Ausführungen fortzusetzen: »Ich muss Euch nicht sagen, wohin die Ketzereien aus Kursachsen und der Eidgenossenschaft das Land gebracht haben. Schaut Euch nur in Eurer Nachbarschaft um. Klöster werden aufgelöst, die Grafen bereichern sich am Schatz der Kirche, Sektenprediger verbreiten Unruhe und predigen Ungehorsam gegen die Obrigkeit. Es kam zu Aufständen und Plünderungen durch Anhänger der Ketzerlehre. Diese Irrlehren werden Eure gnädige Herrschaft untergraben und Euch aus der Obhut der Statthalterin direkt in die Arme der ostfriesischen Grafen treiben.«

Maria hielt den Blick gesenkt. Leise, aber mit klarer Stimme antwortete sie: »Ich danke Euch für Eure Sorge, ehrwürdiger Propst.« Dann hob sie den Blick und sah ihn an.

»Vielleicht kommt Ihr zu Sache, Propst«, sagte Boing ungeduldig.

»Nun«, fuhr der Propst fort, und sein Bart konnte nicht verbergen, dass er Mühe hatte, sein selbstzufriedenes Lächeln zurückzuhalten. »Es geziemt sich nicht, über Personen zu sprechen, die nicht anwesend sind und zu den Anschuldigungen nicht Stellung nehmen können. Umso erfreulicher ist es, dass Ihr, Hinrich Kremer, meiner Vorladung gefolgt seid.«

Kremer zeigte keine Regung. Der Propst räusperte sich kurz. »Nun, es gibt Beschwerden, dass Ihr hier Wittenberger Neuerungen einführt, die nicht mit den Lehren der heiligen Kirche in Einklang stehen. So wird in Eurer Kirche der Gottesdienst in deutscher Sprache gehalten, Gebete und Lesungen ebenfalls. Und vor allem teilt Ihr das Sakrament nicht in rechter Weise aus.«

Kremer antwortete nicht, sondern warf dem Propst nur einen erstaunten Blick zu.

»Es heißt«, fuhr dieser fort, »dass Ihr beim Abendmahl nicht nur die Hostie als wahren Leib unseres Herrn darreicht, sondern auch den Kelch nach der Sitte der hussitischen Ketzer. So etwas kann nicht geduldet werden. Das ist gegen Gottes Wort.«

»Gegen Gottes Wort?«, fragte Kremer zurück.

»Gegen Gottes heiliges Wort«, erklärte der Propst mit Nachdruck.

Ruhig erhob sich Kremer und nahm das Buch zur Hand, das Seediek vor sich liegen hatte. Er ging zum Propst und legte ihm das Buch aufgeschlagen vor. »Nun, ehrwürdiger Propst. Lest die Stelle, aus der Ihr seht, dass es gegen Gottes Wort ist, den Kelch auszuteilen.«

Der Propst sah in das Buch. Er presste die Lippen aufeinander. Nur mit Mühe konnte er seinen Zorn unterdrücken. Rimberti erkannte sofort, welches Buch Kremer ihm vorgelegt hatte. Es war die Ausgabe des Neuen Testaments in der griechischen Originalsprache, vor 15 Jahren herausgegeben von Erasmus. Natürlich konnte der Propst kein Griechisch, das konnten nur wenige Priester. Und das wusste auch Kremer.

»Was soll das sein?«, stieß der Propst hervor. »Ist das die Ketzerbibel von Erasmus?«

»Wenn Ihr die heiligen Evangelisten Matthäus, Markus, Lukas und Johannes und den heiligen Paulus als Ketzer bezeichnet, mögt Ihr wohl recht haben. Vielleicht ist ja sogar unser Herr Christus in Euren Augen ein Irrlehrer«, spottete Kremer. Dann deutete er mit dem Finger auf den Text und las mit lauter Stimme:

»Piete ex autou pantes. Das heißt: Trinket alle daraus. Hochgelehrter Propst, Ihr wollt uns weismachen, was Gottes Wort ist? Und Ihr könnt es noch nicht einmal lesen? Wie soll das angehen?«

Gemessenen Schrittes ging Kremer wieder zu seinem Platz. Plötzlich schlug der Propst mit der flachen Hand auf den Tisch. »Wie könnt Ihr es wagen, so mit mir zu reden. Ihr wollt mich über den wahren Glauben belehren, und heute Abend geht Ihr wieder mit Eurer Hure ins Bett!«

Kremer war erstarrt hinter dem Drosten stehen geblieben. Bevor er reagieren konnte, stand der Drost auf und fasste Kremers Unterarm. »Wir danken Euch für Eure Ausführungen, Herr Pastor. Bitte nehmt nun wieder Platz und lasst uns die Verhandlung weiterführen.«

Nur mit Mühe gelang es Kremer, die Fassung zu bewahren. Häuptling Folrat Iken lehnte sich behaglich zurück. Er verfolgte das Schauspiel und erwartete, dass noch etwas kommen würde.

»Nun«, begann der Drost und sah den Propst scharf an, »mit dem Wort ›Hure‹ bezeichnet Ihr vermutlich Thalke Kremer geborene Ennen. Ist das richtig?«

Wortlos nickte der Propst.

»Dann muss ich Euch zur Zahlung von einem Rheinischen Gulden verurteilen. Frau Thalke ist seit vier Jahren ehrbar verheiratet. Oder wisst Ihr etwa, dass sie mit einem anderen Mann Verkehr hat? Ehebruch ist eine ernsthafte Sache, hochwürdiger Herr Propst. Ihr seid doch selber Mitglied des Sendgerichts, wenn der Domdekan zweimal im Jahr hier zu uns kommt.«

»Sie ist mit einem Priester verheiratet«, stieß der Propst hervor. »Und die Fräulein haben schon angeordnet, dass Kremer die Pfarrstelle verlassen muss. Nur das unrechtmäßige Eingreifen des Grafen Enno hat verhindert, dass hier Recht waltet.«

»Das ist mir bekannt«, erwiderte der Drost. »Pfarrer Kremer ist mit der Frau verheiratet, die er liebt und mit der er, wenn ich richtig unterrichtet bin, zwei Kinder hat.«

»Darüber gibt es eine Urkunde«, erklärte Seediek. »Ist es nicht besser, ein Mann ehelicht die Frau, mit der er zusammen ist und Kinder hat? So ist es bei uns in Friesland auch bei den Priestern viele Jahre guter Brauch gewesen. Nur wenige Menschen sind für das Alleinsein geschaffen. So hat es der Schöpfer selber verfügt. Besser eine ehrbare Ehe als ein Priester, der die Frauen in seiner Gemeinde bespringt. Oder was denkt Ihr darüber, ehrwürdiger Propst?«

Der Propst erstarrte.

Der Drost sagte: »Ich kann dem nur beipflichten, was auch Seediek vorgebracht hat, auch wenn die Fräulein und ich in dieser Sache nicht übereinstimmen. Aber gleich im Anschluss an unser Gespräch wird bei mir eine Abordnung aus einer Gemeinde vorsprechen, deren Priester nicht mit der Mutter seiner Kinder verheiratet ist. Das kann er auch nicht, weil es gleich vier Frauen sind, mit denen er jeweils ein Kind gezeugt hat. Die gehörnten Ehemänner wollen ihn am liebsten verjagen. Man wird einen Teil der Einkünfte seiner Pfarrei in Zukunft dazu verwenden, einen Schadensersatz zu zahlen. Oder was denkt Ihr?«

Dem Propst stand der Mund offen. Er war kreidebleich und musste sich an der Tischkante festhalten.

»Haben wir alles besprochen, ehrwürdiger Herr Propst?«, fragte Drost Boing. »Es geht ja noch um die Besetzung der Pfarrstelle in Neuende.«

Der Propst erhob sich in aller Würde, die er jetzt noch zur Schau stellen konnte. Er taumelte, als er zur Tür ging und den Raum verließ.

Fräulein Maria flüsterte dem Drosten etwas ins Ohr. Der lächelte und nickte.

»Herr Remmer Tjarks von Seediek«, begann Maria und sprach jedes Wort bedachtsam aus, »Eure Pfarrstelle gibt es ja nun nicht mehr. Ich berufe Euch darum auf die Pfarrstelle in Neuende. Die priesterlichen Aufgaben werden dort von einem tüchtigen Kaplan wahrgenommen. Darum müsst Ihr Euch nicht sorgen. Ich möchte Euch mit den Aufgaben des entflohenen Rentmeisters beauftragen. Wir brauchen einen tüchtigen Verwalter, nicht für ein Kirchspiel, sondern für das gesamte Jeverland. Wie steht Ihr dazu?«

Seediek sagte nichts. Er brauchte einen Moment, die Worte und das damit verbundene Angebot zu verstehen. Dann nickte er. Zuerst verhalten und dann deutlich sichtbar.

Häuptling Folrat Iken stand von seinem Platz auf. »Auch wenn ich heute nicht alles bekommen habe, was ich wollte«, erklärte er, »das hier war es wirklich wert!« Er machte eine galante Verbeugung und verließ den Raum.

»Drost Boing?«, fragte Maria verhalten. »Sagtet Ihr nicht vorhin, Kirchensachen seien ermüdend?«

Im Burghof wartete Hinrich Kremer auf Rimberti. »Entschuldigt, wenn ich Euch anspreche«, sagte er bescheiden.

»Nur zu«, ermunterte Rimberti ihn. »Ich bewundere Euren Mut und die Geduld, mit der Ihr solche Beleidigungen hinnehmt.«

»Das war in diesem Fall nicht schwierig«, antwortete der Pfarrer. »Ihr ahnt, um welchen hochwürdigen Geistlichen es ging, als davon die Rede war, dass von seinen Einkünften die Versorgung seiner Kinder bestritten werden soll.«

»Vom Gesichtsausdruck zu schließen, war es vermutlich der Propst selbst.«

»So ist es. Er kann sich glücklich schätzen, wenn er nicht fortgejagt wird. Ich hoffe nur, dass ich ein ähnliches Glück habe. Verzeiht mir, dass ich Euch deshalb belästige.«

»Was kann ich für Euch tun?«, erkundigte sich Rimberti freundlich.

»Legt ein gutes Wort bei den Fräulein für mich ein, wenn sich die Gelegenheit ergibt«, bat Kremer. »Die Fräulein halten am päpstlichen Glauben fest, und ihre Burgkapläne sind Mönche, die sie darin auch noch bestärken. Ich finde auch in einer anderen Gemeinde ein Pfarramt. Aber meine Frau möchte hier bleiben. Sie unterstützt ihre Eltern, die ihre Hilfe brauchen.«

»Das will ich gern tun«, erwiderte Rimberti. »Vielleicht darf ich Euch in den nächsten Tagen einen Besuch abstatten.«

»Ihr werdet uns herzlich willkommen sein und bringt gern Remmer Tjarks mit. Wir haben beide in Rostock studiert und haben zusammen in Bremen die Priesterweihe empfangen. Aber ich will nicht, dass er für mich spricht. Auch er lehrt das wahre Wort Gottes und wird vielleicht selber einmal auf Fürsprache angewiesen sein.«

Kremer zögerte einen Moment. »Mein Neues Testament. Ich habe es auf dem Platz des Propstes liegen gelassen. Er wird es sicher nicht eingesteckt haben.«

»Ich hole es gleich und bringe es heute Abend mit, wenn Ihr erlaubt.«

Auf dem Weg zum Sitzungszimmer kam ihm eine Magd entgegen, die den Krug und die Becher auf einem Holztablett in die Küche trug. Rimberti trat in den Raum. Eine andere Magd saß am Tisch und hatte das Wischtuch neben sich gelegt. Sie las so konzentriert im Neuen Testament, dass sie ihn gar nicht bemerkte. Erst nach einer Weile schien sie zu merken, dass Rimberti sie ansah.

»Verstehst du auch, was du liest?«, fragte Rimberti.

»Wie kann ich, so mich nicht jemand anleitet«, antwortete sie.

»Eine schriftgelehrte Magd arbeitet hier in der Burg? Vielleicht kann ich bei der Köchin noch ein paar Lektionen Hebräisch nehmen?«, fragte Rimberti belustigt.

»Wenn es um die Anfänge geht, kann ich Euch wohl behilflich sein«, antwortete die Magd. »Ich war für einige Jahre Schülerin in einem Kloster. Ich hatte es gut getroffen. Die Nonnen lehrten mich Latein und Griechisch und so manches andere. Ich kann auch einen Kräutergarten bewirtschaften und Bücher führen.«

»Und nun bist du hier.«

»Nun bin ich hier. Mein Kloster gibt es nicht mehr. Meine Brüder haben den geringen Besitz unserer Familie durchgebracht, und das Wenige, was geblieben ist, reichte gerade, um meine beiden älteren Schwestern unglücklich zu verheiraten. Ich habe kein Zuhause, in das ich zurückkehren kann. Mein Onkel ist hier der Stallmeister. Er hat mir diese Arbeit besorgt, bis sich etwas für mich ergibt. Zupacken und arbeiten kann ich. Das habe ich auch im Kloster gelernt.«

Sie schloss das Buch und reichte es Rimberti.

14

Ubbo Scriver schreckte auf. Folgte ihm jemand? Es war noch nicht ganz dunkel, aber die Dämmerung war schon weit fortgeschritten. Um diese Zeit sollte niemand mehr auf der Straße sein, aber er konnte jederzeit glaubhaft machen, dass er in wichtigen Amtsgeschäften für die Grafen in der Stadt unterwegs war.

Bis gerade eben hatte er in der Kanzlei der gräflichen Burg in Emden Steuerlisten und andere Dokumente durchgesehen. Listen und Dokumente, die er aus Jever mitgenommen hatte. Gestohlen. Er würde gern ein anderes Wort dafür nehmen. Aber genau das hatte er getan. Er hatte die beiden Fräulein hintergangen. Und er hatte wichtige Dokumente entwendet, um sie den Grafen zuzuführen.

Die Grafen hatten ihn in der Hand. Und das konnte er noch nicht einmal laut aussprechen. Vielleicht würde sich alles noch zum Besten wenden, wenn die Grafen auch das Jeverland übernehmen und seine Arbeit an den Steuerlisten für eine gute Verwaltung des Landes nutzen würden. Und die Fräulein würden verstehen, dass es auch zu ihrem Besten wäre, wenn sie gut versorgt in einer zufriedenstellenden Ehe oder in einem Stift für adelige Damen ohne die Sorgen leben könnten, die sie jetzt bedrückten.

Scriver hielt einen Moment inne. Er wusste, dass er ihnen in Wirklichkeit nie wieder unter die Augen treten konnte.

Er drehte sich um. Ein Mann ging ein ganzes Stück hinter ihm. War er ihm gefolgt, seit er die Burg verlassen und den Weg in sein Quartier angetreten hatte? Scriver beschleunigte seinen Schritt. Er musste über den Neuen Markt am Delft vorbeigehen, um zu der Wohnung zu kommen, die die Grafen ihm am Torfmarkt zugewiesen hatten. Soweit hatte er es gebracht, vom Rentmeister Jevers zum einfachen Schreiber in der gräflichen Burg zu Emden, der sich vor Verfolgern ängstigen musste. Aber wenn die Grafen von ihrer Reise zurückkämen und er ihnen seine Aufstellung und seine Ideen präsentierte, dann würden sie seine Dienste belohnen.

Er sah noch einmal hinter sich. Der Mann strebte in schnellem Gang direkt in seine Richtung. Scriver packte die Angst. Für einen Moment war er wie gelähmt. Er konnte sich für einen Moment nicht von der Stelle bewegen. Aber dann rannte er los. Er lief über den Neuen Markt durch eine der Straßen, die vom Markt auf die Große Straße führten und dann gleich wieder in eine der Seitenstraßen.

Er war nun schon wieder in der Nähe der Burg, aber um diese Zeit würde er jetzt wohl kaum Einlass bekommen, ohne einen triftigen Grund glaubhaft machen zu können. Sollte er den Wachsoldaten wirklich sagen, dass er sich verfolgt fühlte? Wohl kaum.

Scriver nahm allen Mut zusammen. Er nahm schnellen Schrittes den Weg zum Delft und eilte am Wasser entlang zu seiner Wohnung. Im Haus war alles dunkel und still. Seine Wirtsfamilie, die auch seinen Haushalt versorgte, schlief. Er hatte im hinteren Teil des Hauses zwei Zimmer.

Er öffnete die Tür. In seiner Stube brannte eine Kerze. Ein Mann saß an seinem Tisch, vor sich einen Krug und zwei Becher. Scriver erstarrte.

»Scriver«, begrüßte ihn der Mann, »Eure Wirtsleute waren so freundlich, mich einzulassen. Aber ich hatte nicht damit gerechnet, dass Ihr so lange noch in der Kanzlei arbeitet. Ich wäre sonst morgen gekommen.«

Nur langsam entspannte Scriver sich. Er erkannte seinen Gast. Es war einer der älteren Offizieren der Grafen. »Herr Ulfert Fockena«, stieß Scriver atemlos hervor. »Ihr seid es, ich bin erleichtert.«

»Hattet Ihr Sorge, dass ich ein Einbrecher bin?«, fragte Fockena belustigt. »Vielleicht auf der Suche nach geheimen Dokumenten?«

Scriver lachte hart. »Nein, das kann ja nicht ... ich meine ...«

Fockena unterbrach ihn. »So abwegig ist das nicht, Scriver. Eure überstürzte Abreise hat doch Aufsehen erregt in Jever. Dazu sind wichtige Unterlagen verschwunden: Listen, Verträge, Urkunden ...«

»Ihr wollt doch nicht sagen, dass ich sie entwendet habe«, entrüstete sich Scriver mit gespielter Empörung.

»Doch«, erwiderte Fockena ruhig. »Ihr seid ein Dieb. Nichts weiter.«

»Wie könnt Ihr ...?«, wollte Scriver entgegnen.

Aber Fockena sprach gleichmütig weiter: »Keine Sorge, mich kümmert das nicht im Geringsten. Was geben die Grafen Euch für den Verrat? Soll Eure Familie vor dem Ruin bewahrt werden? Hofft Ihr auf eine Stellung als Kanzler hier in Ostfriesland? Glaubt Ihr im Ernst, dass die Grafen einem Verräter und Dieb eine solche Position anvertrauen würden?«

Für einen Moment beschämten Scriver die Worte des Häuptlings. »Die Kriege werden heute nicht mehr mit Schwertern und Lanzen gewonnen, sondern mit Geschützen und mit Papier. Ich habe für unsere Grafen einen Sieg errungen, von dem Isko Onninga mit seiner Bande nur träumen kann.«

»Ihr versteigt Euch da in etwas, Scriver«, wies Fockena ihn zurecht. »Ich muss Euch warnen. Euer Leben ist in Gefahr.«

Wie ein Guss mit kaltem Wasser überkam Scriver wieder die Furcht.

»Ich will Euch keine Angst einjagen«, sagte Fockena und bemerkte mit Genugtuung, wie die Furcht sein Gegenüber packte.

Verzagt blickte ihn der ehemalige Rentmeister an.

»In der Nähe der Friedeburg wurden drei Männer aufgefunden, gefesselt mit durchschnittener Kehle«, erklärte Fockena. »Man erzählt in Jever, dass sie etwas vom Verbleib der Dokumente wussten«, log er.

Scriver sagte nichts.

Er fuhr fort: »Herkens, Euer Schreiber in Jever …«

»Was ist mit ihm?«, fragte Scriver. »Er wollte doch nachkommen. Ich warte seit Tagen auf ihn.«

Fockena machte ein sorgenvolles Gesicht. Er würde nun den Pfeil abschießen, der exakt ins Herz traf. »Herkens, ja …«, zögerte er. »Nun, Ihr werdet es ohnehin irgendwann erfahren. Das ist eine traurige Geschichte. Sehr besorgniserregend.«

Scriver stand stocksteif im Türrahmen. Wieder konnte er sich nicht bewegen oder etwas sagen.

»Euer Schreiber hat zwei Kammern in der Nähe des Marktes«, erklärte Fockena. Er ging davon aus, dass der entlaufene Rentmeister das natürlich schon wusste. Aber er hatte gute Erfahrungen damit gemacht, Unwahrheiten mit einer gehörigen Portion wahren Informationen zu mischen.

Scriver nickte vorsichtig.

»Nun, er machte Andeutungen, dass er etwas von den verschwundenen Papieren wusste, besonders über einen bestimmten Vertrag.« Fockena tat, als müsste er sich mühsam an eine belanglose Einzelheit erinnern. »Ich glaube, es war eine Art Ehevertrag oder Eheversprechen. Ich erinnere mich nicht genau.«

Scriver hielt sich zurück.

»Wir gehen davon aus, dass es sich nicht um einen Mörder handelt, sondern um mehrere«, erklärte Fockena. »Es sind die gleichen, die auch die drei Männer getötet haben. Sie haben die Spur der verschwundenen Dokumente aufgenommen. Sie haben Herkens in seinem eigenen Zuhause ermordet. Vermutlich hätten sie auch noch den Hausbesitzer und dessen Familie umgebracht, wenn der Drost und seine Männer nicht rechtzeitig dort gewesen wären. Leider nicht rechtzeitig genug, um die Täter zu erwischen. Für Euren armen Schreiber konnten wir nichts mehr tun.«

Die Mischung aus Fakten und Unwahrheiten tat ihre Wirkung. Scriver war schockiert über den Tod seines Burgschreibers.

»Vermutlich haben die Männer, die das getan haben, Eure Spur aufgenommen«, sagte Fockena. »Wir müssen damit rechnen, dass Ihr in großer Gefahr seid. Hattet Ihr schon einmal den Eindruck, dass Euch jemand verfolgt?«

Nun hatte Scriver wieder die Angst gepackt. Er nickte heftig. »Vorhin, auf dem Weg hierher, bin ich verfolgt worden.«

Fockena zog ein besorgtes Gesicht. In Wirklichkeit war er zufrieden, dass seine kleine Verfolgungsjagd durch Emden erfolgreich gewesen war.

»Dann sind sie Euch auf der Spur, Scriver. Die skrupellosen Männer, die schon vier Menschen auf dem

Gewissen haben, wissen, wo Ihr seid. Sie haben erfahren, dass alle Listen und Urkunden bei Euch sind.«

Scriver warf ihm einen flehenden Blick zu. »Ich werde mich in der Burg einquartieren. Dort bin ich sicher.«

»Ja. Aber nur, solang Ihr dort hinter den Mauern seid. Eines Tages werdet Ihr unvorsichtig sein. Und bedenkt, dass die Mörder vielleicht auch Verbündete hier in Emden haben. Vielleicht sogar in der Burg.«

»Gibt es denn nichts, was ich tun kann?«

»Lasst mich nachdenken. Vielleicht gibt es einen Weg, um Euch zu helfen. Dabei müsst Ihr aber selber mithelfen.«

»Ich bin zu allem bereit, Herr Ulfert.«

»Gut. Wir müssen diejenigen, die nach den Dokumenten suchen, davon überzeugen, dass Ihr die Dokumente nicht habt.«

»Wie soll das gehen?«

»Das ist ganz einfach. Ihr gebt sie mir, und ich nehme sie wieder mit nach Jever. Und dort werden wir jedem, der es hören oder nicht hören will, erzählen, dass der Schreiber sie sicher verwahrt hat und sie nun wieder aufgefunden wurden.«

Scriver war verzweifelt. »Ich kann sie nicht zurückgeben. In ein paar Wochen sind die Grafen wieder da. Und sie bestehen darauf, dass ich Ihnen alles übergebe.«

»Dachte ich es mir doch, dass die beiden dahinterstecken. Nun, da weiß ich Rat. Ich habe gute Verbindungen zu den Franziskanern im Kloster Faldern. Dort leben noch etliche Mönche, die die große Kunst des Schreibens verstehen. Ich bin dem Abt hin und wieder behilflich gewesen. Es wird ihm eine Freude sein, mir einen Gefallen zu tun und die Dokumente aus Jever abschreiben zu lassen.«

»Und wo soll ich solang bleiben?«

»In dieser Zeit bringe ich Euch im Kloster unter. Da seid Ihr sicher. Die Abschriften nehme ich mit nach Jever. Die Originale sehe ich durch, und einiges davon bleibt auch unter Verschluss in Jever. Den größten Anteil könnt Ihr dann den Grafen ausliefern. Sobald die Schriftstücke in Jever wieder aufgetaucht sind, lasse ich das Gerücht von ihrer Auffindung verbreiten. Und die, die Euch suchen, wissen, dass sie die falsche Spur verfolgen und dass die Dokumente sicher verwahrt sind.«

»Aber das sind sie hier doch auch, wenn ich sie den Grafen ausliefere. Ich kann sie schon jetzt in der Kanzlei der Burg abgeben.«

»Und Ihr wollt den Triumph verpassen, sie den Grafen persönlich auszuhändigen, um Euren Lohn für den Diebstahl zu empfangen? Nun gut, dann seht Euch vor. Bis zur Rückkehr der Grafen dauert es noch einige Wochen. Und man ist Euch dicht auf den Fersen, wie Ihr heute Abend bemerken konntet. Bestimmt weiß man jetzt schon, wo Euer Quartier ist. Ich kann Euch nur raten, gut abzuschließen. Sonst werdet Ihr, genau wie Aimo Herkens, in Eurem eigenen Blut auf der Diele liegen.«

Scriver zitterte. »Ihr habt recht, Herr Ulfert. Wir machen es so, wie Ihr vorgeschlagen hab. Ich kann Euch nicht genug danken …«

»Doch, das könnt Ihr«, sagte Fockena, und schenkte sich aus dem Krug einen Becher ein.

15

Drei Tage lang hatten Rimberti und Seediek eine Bestandsaufnahme in der Kanzlei der Burg Jever vorgenommen. Das Archiv war nicht sonderlich gut geordnet. Viele Unterlagen fehlten, manches hatte der ehemalige Rentmeister mitgenommen, als er sich aus seinem Dienst entfernt hatte. Und manches war einfach nicht auffindbar.

Rimberti und Seediek hatten den Eindruck, dass es weder Unterlagen dafür gab, dass das Jeverland jemals Teil der Herrschaft der ostfriesischen Grafenfamilie Cirksena gewesen war, noch Dokumente, die eindeutig eine Herrschaft der Häuptlinge von Jever über die Häuptlinge und Grundherren der umliegenden Gebiete auswiesen. Edo Wiemken, der Vater der beiden Fräulein Maria und Anna, hatte sich klug allerlei Vorrechte, besondere Verträge und Kirchenpatronate erworben. So waren die Wiemkens bei seinem Ableben tatsächlich die mächtigste und wohlhabendste unter den Familien des Jeverlandes. Aber die anderen Häuptlinge und Familien, die über stattlichen Grund und Boden verfügten, waren weit davon entfernt, ihre Untertanen zu sein.

Die nächsten Tage bis zum Zusammentreffen der Regenten hatten Rimberti und Seediek damit verbracht, die Archive der umliegenden Klöster, Kirchen und Häuptlingssitze zu besuchen. Die meisten Archive der Häuptlinge bestanden nur aus einer Kiste mit einem ungeordneten Haufen von Testamenten, Verträgen und Besitzurkunden. Aber in den Archiven der Sendkirchen, in denen halbjährlich Gericht gehalten wurde, und in den Klosterarchiven war eine größere Anzahl von Dokumenten gesammelt worden. Die bedeutenderen Herrlichkeiten verfügten ebenfalls über Schreibstuben mit eigenen Schreibern und kleinen Archiven.

Eine genaue Übersicht ließ sich in der kurzen Zeit nicht gewinnen. Aber Rimberti und Seediek bekamen doch einen guten ersten Einblick. In den nächsten Monaten könnten Schreiber die Aufgabe übernehmen, die Bestände in Rüstringen, Östringen und im Wangerland einer genauen Sichtung zu unterziehen und wichtige Dokumente abzuschreiben.

Heute Nachmittag würden Rimberti und Seediek in Sassenhusen eintreffen. Folpt Middens hatte sie durch einen Boten eingeladen, in seiner Burg zu nächtigen, um am nächsten Tage gemeinsam den Weg nach Jever anzutreten.

Sie kamen in Garssum an, einer kleinen Geestinsel umgeben von fruchtbarem Marschland. Das Dorf bestand aus weniger als zwei Dutzend Häusern, in deren Mitte sich die Warft mit der kleinen Dorfkirche erhob. Diese war aus Granitsteinen gebaut, das Glockenhaus daneben war aus Backsteinen aufgemauert. Einen Steinwurf von den anderen Häusern entfernt stand auf einer zweiten Warft ein lang gestrecktes Bauernhaus mit großem Scheunenteil. Das musste der Wohnsitz von Folpt Middens Bruder gewesen sein, der jetzt von Keno weitergeführt wurde.

Der Ort zeugte vom Wohlergehen seiner Bewohner. Das Korn stand prächtig, das Vieh auf den Weiden machte einen gut genährten Eindruck. Manche Häuptlinge hatten begonnen, von ihren Pächtern so viele Abgaben und Arbeitsdienste zu verlangen, dass deren eigene Häuser und Felder vernachlässigt wurden. Folpts Bruder schien nicht so gehandelt zu haben.

Die Reisenden wussten nicht, ob der Häuptling noch in Jever oder schon wieder zurückgekehrt war. Der Verwalter begrüßte sie respektvoll und erklärte, dass Häuptling Keno noch nicht wieder eingetroffen sei, und lud sie ein, eine kurze Rast zu machen. Rimberti und Seediek wollten den Hof eigentlich nicht in Kenos Abwesenheit aufsuchen, aber sie wollten die Einladung auch nicht ablehnen. So nahmen sie mit dem Verwalter in der Diele Platz, und der ließ Linsensuppe mit Speck und dunkles Brot auftischen.

»Was habt Ihr hier zu suchen?« Ein älterer Mann baute sich an ihrem Tisch auf. Sein Gesicht war rot und aufgedunsen, seine Kleidung wies Flecke auf. Er stand unsicher und musste sich am Tisch festhalten. »Kaum ist mein Sohn nicht hier, … da werden fröhliche Feste gefeiert.« Er lallte mehr, als dass er sprach. Er taumelte einen Schritt zurück.

Der Verwalter stand auf. Er legte eine Hand auf die Schulter des Mannes und fasste ihn mit der anderen Hand am Oberarm, damit er nicht umfiel. »Herr Take, wir sind alle hier. Euer Sohn hat seine Gäste schon vorausgeschickt. Er wird später eintreffen. Er hat angeordnet, dass wir sie gut bewirten.«

Take sagte etwas, das nicht zu verstehen war. Der Verwalter sprach deutlich, aber freundlich zu ihm: »Euer

Sohn kann sich ganz auf seinen Vater und seine Leute verlassen. Wir werden ihm keine Schande machen und seine Gäste ehrenvoll behandeln. Seht Ihr?«

Take lachte laut auf. »Du meinst wohl, ich merke nicht, was hier gespielt wird. Ihr wollt … du willst …« Er konnte nicht mehr weitersprechen.

»Danke für Euren Besuch. Ihr seht, wir befolgen genau die Anweisungen von Herrn Keno. Alle haben gut zu essen und zu trinken. Weert und Lüko werden Euch jetzt wieder nach Hause bringen. Was haltet Ihr von Linseneintopf und einem großen Krug Wein?«

»Die Linsen kannst du dir …«, Take musste laut rülpsen. »Aber den Rotwein, den kannst du mir bringen.«

Der Verwalter geleitete den Mann nach draußen, was eine gewisse Zeit dauerte, da der alte Take immer wieder stehen blieb und den Gästen etwas sagen wollte. Schließlich gelang es dem Verwalter, ihn mit sanftem Druck nach draußen zu bringen, wo zwei Knechte sich weiter um ihn kümmerten.

»Ich dachte, der Vater des Häuptlings lebt nicht mehr«, sagte Rimberti.

»Nein, das tut er auch nicht. Er ist vor gut zwei Jahren verstorben. Dies ist der Vater von Tjard Middens. Der andere Bruder von Häuptling Folpt. Sein Sohn Tjard war mit Herrn Keno viele Jahre fort. Er ist auf der Rückreise in die Heimat verunglückt. Der junge Häuptling hat ihm diese traurige Nachricht bei seiner Ankunft selbst überbracht. Und er hat ihn hier aufgenommen. Ihr seht ja, dass der alte Take nicht mehr Herr seiner Sinne ist. Seine Brüder haben sich auch immer um ihn gekümmert, aber der junge Herr hat ihn dann hierher geholt. Tjard hat ihm in all den Jahren treue Dienste geleistet. Ich denke, er möchte es ihm vergelten, indem er Tjards Vater ein gutes Zuhause bietet, wie sein Sohn es sicher auch getan hätte. Da Keno und Tjard sich ähnlich sehen und so lange von zu Hause fort waren, hat der alte Take wieder vergessen, dass sein Sohn nicht mehr lebt. Wir haben es ihm oft erklärt, aber er bleibt dabei, dass Keno sein Sohn ist. Und wir lassen es dabei. Dann haben alle ihren Frieden.«

Nach diesem Aufenthalt machten die Reisenden einen kleinen Umweg über Seediek. Sein Begleiter wollte Rimberti den Ort zeigen, an dem er geboren war, bevor davon nichts mehr zu sehen war. Von Weitem sah man die Kirche auf der Warft stehen. Und um das Gotteshaus duckten sich die Häuser wie vor einem Unwetter.

Einige Häuser waren noch bewohnt. Die Leute hatten ihre Gärten und Felder bestellt, auf den Weiden standen Schafe und Kühe. Andere Häuser waren stark beschädigt oder wirkten verlassen und heruntergekommen. Gleich neben der Kirche erhob sich ein Steinhaus.

»Hier bin ich geboren und aufgewachsen«, erklärte Seediek. »Obwohl es eigentlich mein Zuhause ist, komme ich nur noch selten hierher. Verwandte bewohnen das Haus, so lange es noch geht. Der Deich ist notdürftig repariert, aber bald wird hier wieder alles unter Wasser stehen. Die wenigen, die hier wohnen, wissen, dass ihre Zeit zu Ende geht. Manche nutzen die Äcker und Felder, so lange es geht. Viele sind schon weggezogen.«

Die Kirche selbst schien noch in gutem Zustand zu sein. Ein Teil der Warft war der Sturmflut zum Opfer gefallen, das Wasser hatte den Fuß der Warf abgetragen. Ein gutes Stück der Mauer war eingesackt, und es war nur eine Frage der Zeit, bis sie einstürzen würde.

»Die Glasfenster hat Folrat Iken schon herausnehmen und in sein Haus einsetzen lassen«, sagte Seediek. »Er war der Meinung, dass seine Vorfahren alles gestiftet hätten. Bald soll die Kirche abgebrochen werden. Mit den Steinen will der Häuptling seine Burg vergrößern.«

Er sah in den Himmel. »Ein Gewitter zieht auf. Wir sollten uns auf den Weg machen.«

Rimberti sah ebenfalls die wenigen Wolken, die sich in weiter Ferne abzeichneten. Er konnte sie nicht deuten, aber er nickte, und sie brachen auf.

Als sie eine Stunde später Sassenhusen erreichten, waren die Wolken bedrohlich dunkelgrau. Zwischen zwei fast schwarzen Wolkenungetümen schien noch einmal die Sonne auf das Dorf. Eine große, lang gestreckte Kirche erstrahlte im Sonnenlicht, der untere Teil der Mauer bestand aus viereckig behauenen Granitsteinen in unterschiedlichen Farben, von Dunkelgrau bis Rosa. Darüber hatte man die Mauer bis zum Dach aus Backsteinen gebaut und großzügige Spitzbogenfenster eingelassen. Neben der Kirche standen ein gedrungener Glockenturm und ein zweigeschossiges Steinhaus, vermutlich das Pfarrhaus.

Sassenhusen war kein kleiner Ort, stellte Rimberti fest. Um den Dorfplatz vor der Kirchwarft standen größere Bauernhäuser mit Giebel zum Dorfplatz und dem Scheunenteil nach hinten gerichtet. Er hörte das Hämmern aus der Schmiede und sah den Rauch aufsteigen.

Ein Schneider räumte seinen Tisch, den er vor seiner Werkstatt platziert hatte, ins Innere des Hauses, bevor der Regen begann. Zwei Dutzend Familien wohnen hier sicherlich, dachte Rimberti. Aus der Ferne war ein leises, aber bedrohliches Grollen zu hören.

Der Wohnsitz von Häuptling Folpt Middens lag eine gute Viertelstunde vom Dorf entfernt. An der Burg vorbei führte der Weg auf der einen Seite nach Sassenhusen und ins Hinterland und in der anderen Richtung nach Jever und ins Landesinnere.

Die Burg bestand aus einem lang gestreckten zweigeschossigen Steinhaus mit hohen Treppengiebeln. Sie war von einem Wassergraben umgeben, der zur Zeit der Häuptlingsfehden gute Dienste getan hatte und in diesen unruhigen Zeiten vielleicht auch bald wieder tun würde. Neben dem Steinhaus waren Stallgebäude und eine große Scheune mit Vorderhaus errichtet. Durch den Wassergraben standen die Gebäude wie auf einer großen Insel. In Friedensjahren hatte man den Graben aber an einer Stelle zugeschüttet, sodass nun ein breiter Weg zur Burg hinführte.

Rimberti war beeindruckt von diesem stattlichen Bau, der die Macht und den Wohlstand seiner Besitzer zum Ausdruck brachte, den Anwohnern aber auch Sicherheit und Schutz verhieß. In diesem Moment knallte es über ihnen, und sogleich begann ein strömender Regen.

16

Sie sassen in der Upkamer von Sassenhusen, die die ganze Breite des Hauses einnahm. Durch die großen Fenster, deren kleine rechteckige Scheiben in Blei gefasst waren, schauten sie nach draußen. Der Regen prasselte, der Graben war schon randvoll. In der Dunkelheit zuckten Blitze, und der laute Donner, der gleichzeitig knallte, zeigte, dass das Unwetter direkt über ihnen war. Es war so düster, dass man Kerzen angezündet hatte.

»Den Regen brauchen wir dringend«, sagte Häuptling Folpt Middens. »Die letzten Wochen war es zu trocken. Das Korn braucht noch einmal einen guten Regen und dann noch ein paar heiße Sonnentage.«

Er schenkte eigenhändig aus dem großen Krug Apfelwein in die Becher und schob sie Rimberti und Seediek hin. Sein Sohn Jelto saß mit ihnen am Tisch. Er war eine etwas größere und kräftigere Ausführung seines Vaters. Beide trugen gutes, einfaches Tuch in dunklen Farben und waren nicht annähernd so modisch gekleidet wie Häuptling Folrat Iken vor einigen Tagen.

Jelto hatte kurzes schwarzes Haar und einen akkurat geschnittenen Vollbart. Obwohl er Ende 40 oder Anfang 50 sein musste, hatte er noch kein graues Haar. Er war ein schwerfälliger Mann, der seine Worte mit

Bedacht wählte. »Herr Remmer Tjarks«, begann er. »Es ist schon länger her, dass wir uns gesehen haben.«

Der Angesprochene nickte. »Bis auf wenige Monate sind es zwei Jahre her, seit die ehrwürdigen Schwestern auf so traurige Weise ihr Leben lassen mussten.«

»Sie waren hochbetagt und dankbar für ihr langes Leben«, erwiderte Folpt Sassen. »Sie werden nun schauen, worauf sie gehofft und was sie geglaubt haben. Der Arzt in der Burg erklärte mir, dass das Gift im Schlaf gewirkt hat und sie nichts gespürt haben. Das ist ein sanfterer Tod, als viele ihn ohne die Hand eines Verbrechers haben.«

Der alte Mann war immer noch sichtlich bewegt von den Umständen des Ablebens seiner Schwestern.

Rimberti hatte den Eindruck, dass er seiner eigenen Trauer mit diesen Worten Einhalt gebieten wollte. »Verzeiht, wenn ich Euch so direkt anspreche«, begann er. »In jener Nacht hatte ich auch mein Quartier auf der Friedeburg. Ich habe Eure Schwestern aber nur einen kurzen Moment gesehen. Der Drost hat uns zum gemeinsamen Nachtmahl eingeladen, aber ich musste noch meinen treuen Schreiber mit Briefen auf den Weg bringen. So konnte ich Eure Schwestern nicht kennenlernen.«

»In den vielen Jahren, in denen meine Schwestern in Annenwolde gelebt haben, habe ich sie nur dreimal besuchen können«, erzählte Folpt. »Wenn wir uns wiedersahen, waren wir immer um mehr als ein Jahrzehnt gealtert. Und trotzdem war unter uns das gleiche Einverständnis wie in Kindertagen. Sicher war ich Ihnen an Lebenserfahrung voraus, aber Jabina und Beeke verfügten über eine Bildung, bei der ich mich wie ein einfältiger Tölpel vom Land fühlte. In gewisser Hinsicht bin ich das ja auch. Sie konnten die Worte unseres Heilands in der Sprache lesen und schreiben, in der er selber gesprochen hat. Sie wären trotz ihres Alters eine Bereicherung für die Gemeinschaft in Thedinga gewesen. Schade, dass ihr Weg so endete.«

»Der Drost hat mich gleich am Morgen von dem Vorfall unterrichtet und mich befragt. Er war ernsthaft erschüttert von diesem Anschlag. Er fühlte sich verantwortlich, den Täter zu finden, weil die Tat unter dem Schutz seiner Burg geschehen war. Ich musste meine Reise damals sogleich fortsetzen und habe die Sache nicht weiter verfolgt. Aber ich wusste die Angelegenheit bei ihm in guten Händen.«

»Das war sie auch«, antwortete Folpt Middens. »Der Drost hat damals in alle Richtungen seine Erkundigungen angestellt. Er hat sein Wachpersonal befragt, und auch die Begleiterin der beiden Nonnen musste ausführlich schildern, was geschehen war. Sogar den Reitknecht, den ich meinen Schwestern entgegengeschickt hatte, ließ er durch den Burgschreiber befragen.«

»Durch den Burgschreiber?« Rimberti wurde hellhörig.

Häuptling Folpt erklärte: »Aimo Herkens. Er stammt aus Garssum. Sein Vater war Kirchgeschworener, und mein Bruder und ich haben seinem nachgeborenen Sohn die Stellung in der Burg verschafft. Mein Bruder hat ihn mit seinen eigenen Söhnen unterrichten lassen. Im Lesen und Schreiben war er so geschickt, dass er dem Verwalter zur Hand gehen konnte. Auch er hat ein trauriges

Ende gefunden. Es heißt, er sei aus der Schenke nach Hause gekommen und die Treppe hinuntergestürzt.«

Rimberti zögerte einen Moment. Dann wählte er seine Worte sorgfältig. »Ich werde in der kommenden Zeit noch einmal die Friedeburg besuchen und mit dem Drosten sprechen. Er ist ein ehrenwerter Mann und wird alles getan haben, was in seiner Macht stand, um den Täter zu finden. Aber wenn Ihr erlaubt, will ich noch einmal Erkundigungen einziehen.«

Folpt Middens antwortete nicht. Er nickte nur stumm.

Jelto Middens sprach nun für ihn: »Mein Vater und ich wissen seine Schwestern in Gottes Hand. Sie haben ein frommes Leben geführt und waren dankbar für ihr hohes Alter. Aber ihr gewaltsamer Tod betrübt uns alle. Wenn Ihr etwas erfahrt, was uns hilft, den Schuldigen zu finden oder die Sache endgültig dem Gericht Gottes anzubefehlen, sind wir Euch dankbar.«

»Ich kann nur zusagen, dass ich Fragen stellen und Erkundigungen anstellen werde. Ich werde mich bemühen.«

»Mehr kann niemand von uns tun«, antwortete Folpt. In der Ferne grollte der Donner. Das Gewitter schien langsam abzuziehen.

17

Über dem Emder Abendhimmel hatten sich düstere Wolken zusammengezogen. Fockenas Gesicht jedoch hellte sich auf, als die Brüder im Franziskanerkloster ihm eine üppige Mahlzeit aus Rinderbraten, Bohnen und frischem Roggenbrot auftischten. Und noch mehr strahlte er, als Prior Anselmus ihm einen großen Packen mit Schriftstücken vorlegte.

»Ich habe zurzeit noch drei erfahrene Scriptoren, die aus anderen Klöstern zu uns gekommen sind. Und zwei gelehrige Schüler haben auch ihr Bestes gegeben. So konnten wir in den letzten Tagen alles kopieren. Und wer sich mit den Originalen nicht zu gut auskennt, wird es schwer haben, den Unterschied festzustellen.«

Fockena wollte den kleinen Lederbeutel mit Geld hervorholen, aber der Prior machte eine abwehrende Handbewegung.

»Der Abt sagt, es ist uns eine Freude, Euch einen Dienst zu erweisen«, erklärte Anselmus. »Ihr habt vor zwei Jahren mit dafür gesorgt, dass unser Kloster nicht aufgelöst wurde. Wir stehen in Eurer Schuld, Häuptling.«

Fockena legte den Lederbeutel trotzdem auf den Tisch. »Ihr könnt es brauchen«, erklärte er. »Vielleicht werde ich eines Tages einmal nicht so gut bei Kasse sein. Dann will ich gern auf Eure Hilfe ohne Bezahlung zurückgreifen.«

Der Mönch wollte etwas erwidern, aber Fockena unterbrach ihn. »Es gehört noch ein weiterer kleiner Dienst dazu, den ich von Euch erbitte. Sind dies die Originale?«

Bruder Anselmus schüttelte den Kopf. »Die sind in den Packtaschen, die uns Euer Mann gebracht hat.«

»Gut, dann tauscht sie aus. Sagt Scriver nicht, dass er die Kopien hat.«

»Er wird es vermutlich gar nicht bemerken.«

»Und wenn, dann gebt mir die Schuld.«

»Das will ich tun, denn Ihr seid ja auch derjenige, der den Austausch veranlasst.«

»Die Grafen werden etwas Unrechtmäßiges damit unternehmen«, erklärte Fockena. »Sie werden diese Schriftstücke nutzen, um eine fremde Herrschaft an sich zu reißen. Und falls es ihnen nicht gelingen wird, werden sie sie nutzen, um Intrigen und Verrat zu spinnen. Oder sie verbrennen sie einfach.«

»Also meint Ihr, dass wir durch eine kleinere Sünde, die wir begehen, verhindern, dass jemand anders eine größere Sünde begeht?«

Fockena seufzte. »Manchmal verstehe ich, warum Lehren von Martin Luther so viele Anhänger finden.«

»Auf jeden Fall ist es eine Sünde, wenn Ihr den Braten kalt werden lasst«, schloss der Prior den Diskurs und schenkte ihm noch einen Becher von dem dunklen, süffigen Bier ein.

Im Morgengrauen des nächsten Tages brach Fockena mit zwei Knechten auf. Außer ihren Pferden hatten sie noch ein Packpferd dabei, das die beiden kleinen Holzkisten trug. Die Schriftstücke waren in diesen Truhen verpackt, die mit Wachs versiegelt und in Leinentücher eingewickelt waren, damit die Dokumente nicht nass wurden. Der Regen würde ihnen nichts ausmachen. Sie würden in einigen Stunden in Aurich ankommen und nach einer kurzen Rast nach Jever weiterreiten, das sie am Abend erreichen wollten. Am Tag darauf sollten die Regenten eintreffen, und diese Versammlung wollte Fockena auf keinen Fall verpassen.

18

MISSMUTIG SAH FOLPT Middens in den Morgen, der durch die Regenwolken dunkelgrau wirkte. »Der Regen macht mir nicht viel«, sagte er zu Rimberti, der neben ihm vor dem großen Eingang des Steinhauses stand. »Aber die Wege sind schlecht. Alles ist aufgeweicht. Und das Moor ist voll Wasser. Schon bei Trockenheit ist es kaum passierbar.«

»Die Regenten treffen sich erst morgen Abend«, sagte Rimberti.

»So ist es«, antwortete Folpt Middens. »Und da gibt es erst einmal ein großes Gelage und reichlich zu trinken. Geredet und verhandelt wird übermorgen. Wir bleiben heute noch hier.«

Nach einem guten Frühstück mit gebratenen Eiern und Hafergrütze saßen Rimberti und Seediek in der Upkamer und schrieben einige Dokumente ab. Sie stammten aus Middens' kleinem Archiv, das aus einer großen, schweren Holzkiste bestand. Es ging um Verpachtungen, Testamente und Verkäufe.

Der Regen draußen ließ langsam nach, aber die Gräben um die Sassenborg waren voller Wasser. Die Kühe standen auf zwei niedrigen Warfen inmitten der Wasserfläche, die bis gestern ihre Weide gewesen war und es nach Ablauf des Wassers auch wieder sein würde.

Auf einmal stand Folpt Middens im Raum. Er hatte einige weitere Schriftstücke bei sich und legte sie auf den Tisch. »Dies sind noch einige Urkunden und Verträge aus dem Haus des Priesters. Ich weiß leider nicht, was davon für Euch noch von Nutzen ist. Meine Sehkraft hat in den letzten Jahren sehr nachgelassen.«

»Habt Ihr einmal daran gedacht, Euch Augengläser anfertigen zu lassen?«, fragte Seediek.

»Ich habe gehört, dass es so etwas gibt. Aber schreiben kann ich auch, wenn ich die Buchstaben nur verschwommen sehe. Und die Menschen um mich herum kenne ich gut genug. Ich weiß mir zu helfen.«

Rimberti spürte, dass der Alte noch etwas auf dem Herzen hatte.

»Mein Neffe Keno hat mir einen Boten geschickt, der sich den beschwerlichen Weg hierher bemüht hat. Keno wird heute kommen und morgen mit uns nach Jever reiten. Er will den Abend für eine Aussprache nutzen.«

Rimberti sah ihn an.

»Da stimmt etwas nicht«, sagte Folpt Middens. »Seit seiner Rückkehr ist Keno kein einziges Mal hier gewesen. Das war nicht nur unhöflich, sondern passte auch nicht zu ihm, so wie wir ihn kannten. Aber das ist lange her, dass ich ihn zuletzt sah. Er war gerade ein junger Mann geworden, 17 oder 18 Jahre alt. Und Tjard war noch gut zwei Jahre jünger. Er sollte die Heimat nie wiedersehen.«

»Euer Sohn Jelto kennt seinen Vetter vermutlich noch aus der gemeinsamen Kinderzeit. Vielleicht ist es gut, wenn er bei der Aussprache dabei ist«, schlug Seediek vor.

»Jelto war ab seinem zehnten Lebensjahr in Emden. Er hat dort bei meinem Schwager und seiner Familie gelebt und die Lateinschule besucht. Aber an die Universität wollte er dann doch nicht. Ihn zog es wieder hierher. Nicht wenige Häuptlingssöhne haben in Rostock, Leipzig oder Köln studiert, neuerdings sogar in Wittenberg. Aber ich war froh, meinen Sohn wieder bei mir zu haben und ihn als Erben zu wissen. In der Zeit, in der Keno und sein Bruder als Kinder häufig hier waren, lebte mein Sohn in Emden. Ich hatte gehofft, dass sie einander nach Kenos Rückkehr kennenlernen und sich anfreunden könnten. Vielleicht ist der heutige Abend ja eine gute Gelegenheit dafür.«

»Das wünsche ich Euch sehr«, antwortete Rimberti.

»Aber Ihr glaubt es genauso wenig wie ich«, entgegnete Folpt Middens. »Vielleicht lebe ich schon zu lange und verstehe nicht mehr, was heute von uns gefordert ist.«

»Den Eindruck habe ich wirklich nicht«, entgegnete Rimberti.

Gegen Mittag hörte der Regen auf. Frischer Wind von der Küste vertrieb die Wolken, und die Sonne schien für einige Stunden hell und warm vom fast wolkenlosen Himmel. Gegen Abend sorgte der Wind dann wieder für dunkle Wolken, die den frühen Abend verfinsterten. Es regnete erneut.

Obwohl es noch nicht spät war, hatte Rimberti die Kerze angezündet, die auf seinem Tisch stand. Der alte Häuptling hatte ihm und Seediek für den Aufenthalt auf der Sassenborg je eine Kammer herrichten lassen. Rimberti las in den *De Rudimentis Hebraicis*, einem Lehrbuch der hebräischen Sprache. Neben Erasmus' griechischer Ausgabe des Neuen Testamentes, die er bei allen Reisen mit sich führte, war nun auch dieses Werk sein ständiger Begleiter. Ein Onkel von Rimbertis Lehrer Melanchthon hatte es verfasst, der Gelehrte Johannes Reuchlin.

Es klopfte. Jelto Middens stand in der Tür. »Mein Vetter ist gerade angekommen. Es wäre gut, wenn Ihr bei dem Gespräch zugegen wärt«, sagte er. »Mein Vetter ist damit auch sehr einverstanden. Er sagt, dass Ihr für neue Ideen aufgeschlossen seid und wisst, wie es anderswo im Reich zugeht.«

»Aufgeschlossen für neue Ideen seid Ihr auch«, antwortete Rimberti und löschte die Kerze, als er sich erhob. »Und anderswo im Reich geht es genauso zu wie hier.«

19

In der Upkamer war es dämmrig. Auf dem Tisch stand ein versilberter Leuchter mit zwei Kerzen, die spärliches Licht gaben. An der Tafel hatten Keno und Folpt Platz genommen. Es gab Brot, kalten Braten und Bier. Jelto und Rimberti setzten sich dazu.

»Für Euch ist es so, als käme ich nach Hause«, erklärte Keno. »Aber für mich ist das nicht so. Ich habe länger im Mecklenburgischen gelebt als hier. Ich war 16, als ich fortging, und mein Vetter Tjard war gerade 15 geworden. Über 25 Jahre habe ich dort gelebt und gewirkt, wo dann schließlich meine Heimat war. Nur zweimal war ich in all den Jahren zu einem kurzen Besuch bei meinem Vater.«

Keno schenkte sich Bier nach und trank dann einen kräftigen Schluck aus dem Becher. Dann fuhr er fort: »Meine Dienste ließen es nicht anders zu. Ich ging dem Gutsverwalter in den ersten Jahren zur Hand, und nach seinem Tod hatte ich das große Gut zu verwalten. Mit den Jahren wuchsen meine Aufgaben. Getreide und Kohl wurden angepflanzt, Schweine, Schafe und Rinder hielten wir. Alles wurde auf dem Gut verarbeitet. Bier wurde gebraut und Fisch gepökelt. Und wir handelten reichlich mit Schweden und mit der Hanse. Ich habe mir dort ein gutes Leben aufgebaut, und nun komme ich nicht in meine Heimat, sondern in ein Land und in eine Familie, die mir fremd geworden sind. Und ich bin auch für Euch ein Fremder.«

Folpt und Jelto schwiegen. Sie wussten, dass er recht hatte. Schließlich ergriff der Alte das Wort: »So, wie du es sagst, ist es.«

»Das ist der Grund, warum ich in einigen Fragen anders denke als Ihr«, erklärte Keno. »Und das ist auch der Grund, warum ich wenig Kontakt pflege. Viele, an die ich mich erinnere, leben nicht mehr. Und die wenigen, die sich vielleicht noch vage an mich erinnern, sind mir genauso fremd wie ich ihnen.«

»Das schließt nicht aus, dass wir mit der Zeit vertrauter mit einander werden können«, antwortete Folpt. »Du bist mir auch als fremder Neffe willkommen. Wir denken nicht gleich über die Zukunft des Jeverlandes. Aber das soll uns nicht daran hindern, einander mit Achtung und Freundschaft zu begegnen. Ich bin gern dazu bereit.«

»Mein Vater …«, presste Keno hervor.

»Dein Vater und ich waren innig miteinander verbunden. Wir waren Brüder nicht nur im Blut, sondern wir waren es auch im Herzen. Meine Großeltern hatten bestimmt, dass Sassenhusen niemals geteilt werden dürfte. So hat mein Vater als nachgeborener Sohn das Erbe angetreten, nachdem sein älterer Bruder an seiner Seite im Kampf bei der Wittmunder Burg fiel. Ich war wiederum auch ein nachgeborener Sohn. Und mir war derselbe Weg beschieden, der vor deinem Bruder und dann vor dir lag: das Priesteramt oder der Dienst für einen fremden Herrn. Mein älterer Bruder starb, als ich erst vier Jahre alt war. Für deinen Vater konnten wir etwas tun, als meine Frau die Herrschaft Garssum erbte. Wir konnten den Miterben auszahlen und Garssum deinem Vater übergeben. Und gemeinsam haben wir für unseren jüngeren Bruder Take, Tjards Vater, einen Hof mit reichlich gutem Land gekauft, große Ackerflächen und gutes Weideland.«

Keno richtete sich auf. Während er den bisherigen Vortrag ohne Reaktion verfolgt hatte, hörte er nun konzentriert zu, was Folpt erzählte.

»Euer Onkel Take hat alles verkommen lassen und verspielt. Dein Vater und ich haben in den vergangenen Jahren für seinen Unterhalt gesorgt. Er musste sich um nichts Sorgen machen. Dass du ihn aufgenommen hast, ehrt dich. Das ist die Geschichte – deine, meine, unsere. Einen Großteil davon haben wir uns nicht ausgesucht.«

»Eine neue Zeit beginnt, Onkel. Die Zeit der Häuptlinge und freien Bauern geht dem Ende zu. Der Herr, in dessen Land ich diente, wurde nicht durch Kriege reich, sondern durch Handel. Fleisch, Getreide und

Bier verschiffte er nach Schweden, Polen und Livland. Einer der freien Ritter überfiel mit seinen Leuten hin und wieder die Wagen, die zum Hafen fuhren. Solange kein Mensch zu Schaden kam und es nur hin und wieder geschah, ließ der Herzog ihn gewähren. Einmal aber überfiel er gleich drei Transporte und tötete beim letzten alle Fuhrknechte. Der Herzog belagerte die stark befestigte Burg des Ritters. Zwei Geschütze schossen sie in wenigen Tagen zu einem Steinhaufen zusammen. Der Ritter und seine Hauptleute wurden auf dem Marktplatz hingerichtet. Bei einem zweiten Raubritter löste er kurzerhand dessen Wechsel ein. Er kaufte die Burg und das Land einfach auf.«

»Das ist die neue Zeit?«, fragte Folpt.

»Handkanonen schießen die Ritter aus ihren Sätteln, und Geschütze verwandeln die alten Burgen in Trümmerhaufen. Schon jetzt kommen Schiffe mit Silber und Gold aus der neuen Welt. Eine Schiffsladung bringt mehr, als wir alle zusammen hier in vielen Jahren erwirtschaften können. Edo Wiemkens Töchter sind zu schwach. Sie verkriechen sich in ihrer Burg und halten noch am papistischen Aberglauben fest. Die Grafen machen es uns vor. Sie ziehen die Vermögen der Klöster ein und stellen von dem Geld ein starkes Heer auf und errichten neue Befestigungen. Und das ist erst der Anfang. Nur eine starke Herrschaft kann unsere Freiheit sichern. Die Oldenburger Grafen und der Herzog von Geldern warten nur darauf, unser Land zu erobern. Solchen Strauchdieben wie Ewert Owelacker und seinem Gesindel sind wir schutzlos ausgeliefert ohne die Grafen. Das ist unsere neue Geschichte.«

Keno sah seinen Onkel eindringlich an. »Morgen reiten wir nach Jever. Ich werde morgen schon sehr früh vor euch aufbrechen. Wir sehen uns morgen Abend zum Festmahl oder übermorgen bei unserem Treffen. Bitte entscheidet klug. Lasst uns nicht festzuhalten, was vorbei ist. Wir brauchen freie Hände für unsere Zukunft.«

Folpt wiegte den Kopf. »Gut gesprochen. Ich sehe, dass du nicht leichtfertig bist. Für mich macht es keinen Unterschied, ob die Ostfriesen oder die Oldenburger uns ausnehmen. Wir werden für unsere beiden Fräulein gute Männer finden und werden mit ihnen unseren Weg machen.«

Keno erhob sich. »Ich danke für die Gastfreundschaft.«

Es war schon spät, als Fockena mit seinen beiden Knechten und den Packpferden in der Burg Jever ankam. Er wollte Rimberti oder den Drosten nicht mehr stören. Niemand wusste, was er in den beiden Holzkästen mit sich führte. Und er würde mit seinen beiden Männern gut darauf aufpassen. Sie holten eine Küchenmagd aus dem Bett, die ihnen noch Brot, getrocknete Mettwürste und einen Krug Wein herausgab, und begaben sich dann in ihr Quartier.

20

Im Morgengrauen machten sich Folpt und Jelto Middens, Seediek und Rimberti auf den Weg. Jelto Middens bestand darauf, dass sie zehn bewaffnete Männer als Begleitung mitnahmen, da die Landsknechte Owelackers die Gegend unsicher machten. »Wenn Sie uns von Nutzen sind, ist es gut, Vater«, sagte Jelto. »Und wenn sie nicht gebraucht werden, umso besser.«

Der Alte nickte. Vermutlich ging es ihm dabei nicht so sehr um die eigene Sicherheit als darum, seinen Sohn zu beruhigen.

Im Morgengrauen streckte sich Fockena noch einmal in seinem Bett aus. In der Vorkammer schnarchten seine beiden Männer. Wegen des aufgeweichten Bodens hatte die Reise von Emden nach Jever lange gedauert. Aber da sie außer den Kisten für die beiden Packpferde kein Gepäck dabei gehabt hatten, waren sie zwar langsam, aber trotzdem ohne Schwierigkeiten vorangekommen.

Mitten in der Nacht war er einmal durch Pferdegetrappel wach geworden. Vermutlich war der Drost mit seinen Männern so spät von einem Einsatz zurückgekehrt. Fockena war gleich wieder eingeschlafen. Aber nun war er doch neugierig geworden.

Im Morgengrauen machten Isko Onninga und seine Männer sich bereit. Sie waren noch in der Nacht aus Jever aufgebrochen und hatten sich in dem kleinen Wäldchen am Weg nach Sassenhusen noch ein paar Stunden ausgeruht. Nun verbargen sie sich in dem dichten Gebüsch am Weg. Durch die Regenfälle stand noch viel Land unter Wasser. Etliche Wege waren kaum passierbar. Die, auf die sie warteten, konnten also keine andere Strecke nehmen.

»Da!« Einer seiner Männer wies ihn auf einen einzelnen Reiter hin, der sich in der Ferne als Silhouette vor der aufgehenden Sonne abzeichnete.

»In Ordnung«, brummte Onninga. »Haltet euch verborgen. Lasst ihn vorbeireiten.«

Fockena aß im Vorraum der Küche die noch warmen Haferkuchen, die ihm die Köchin serviert hatte, als sich ein Mann vor ihn hinstellte. Er war von eher kleiner, aber überaus kräftiger Statur und trug ein Wams aus Leder. Sein Gesichtsausdruck hätte nicht übellauniger sein können.

Fockena sah an ihm hoch. »Womit kann ich Euch dienen?«

»Das ist die verkehrte Frage«, entgegnete der Mann und beäugte Fockena skeptisch. »Seid Ihr Doktor Rimberti?«

»Das bin ich nicht, aber wir können gleich zu ihm gehen. Er hat sein Quartier auch hier in der Burg.«

»So ist er in der Nacht mit Euch angekommenen?«

»Nein. Aber ich hoffe, ihn hier anzutreffen.«

»Nun, in dieser Hoffnung werdet Ihr wohl fehlgehen«, belehrte ihn der Mann. »Ich bin gestern mit meinen Männern hier angekommen und hoffte, Rimberti sprechen zu können. Aber der Burgvogt erklärte mir, er sei unterwegs.«

Erstaunt sah Fockena ihn an. »Darf ich fragen, wer Ihr …?

Der Mann verzog seine Miene, soweit das überhaupt noch möglich war. »Hauptmann Burkert«, erklärte er. »Ich bin im Auftrag der Statthalterin hier, um Rimberti auf seinem Rückweg nach Brüssel zu eskortieren. Sie hörte von den Überfällen durch Landsknechte und beorderte mich, nach Erledigung meines letzten Auftrags den restlichen Aufenthalt und die Rückkehr ihres Beamten sicherzustellen. Ich habe zwei Botschafter von Brüssel nach Kopenhagen geleitet.«

Fockena stellte sich vor und lud den Mann ein, sich zu ihm zu setzen. Nach ein paar Haferkuchen hellte sich dessen Miene etwas auf. Er hatte in der Burg Quartier bekommen. Da hier aber noch weitere Männer eines Offiziers der Grafen untergebracht waren, hatte man seine Leute auf einem Hof in der Nähe einquartiert und von der Burg aus mit Lebensmitteln versorgt.

Jemand betrat den Raum und stand hinter Fockena. Er drehte sich um.

»Fräulein Maria?«, sagte er erstaunt. Beide Männer erhoben sich, als die Frau an den Tisch trat.

»Häuptling Ulfert, Hauptmann Burkert«, begann sie. »Ich hatte gestern keine Gelegenheit, Euch zu begrüßen.« Sie zögerte einen Moment und schien ihre Antwort genau abzuwägen. »Man hat mir Eure Ankunft nicht mitgeteilt.«

»Doktor Rimberti macht eine Inspektionsreise?«, fragte der Hauptmann.

Maria nickte. Sie deutete den Männern mit einer Handbewegung an, wieder Platz zu nehmen. Sie selber setzte sich auf einen Schemel. »Rimberti ist vor vier Tagen mit dem Pfarrer von Seediek aufgebrochen. Er wollte gestern wieder hier eintreffen. Ich nehme an, sie wollten das Unwetter abwarten und heute von Sassenhusen aus zusammen mit dem alten Häuptling aufbrechen.«

»Und der Drost ist in der Nacht fortgeritten?«, wollte Fockena wissen.

»Der Drost wurde gestern Nachmittag nach Hohenkirchen gerufen. Er hat die wenigen Männer mitgenommen, die noch hier waren. Der Burgkommandant ist schon vorgestern mit 20 Mann auf die Friedeburg bestellt worden. Angeblich hatte er ein Schreiben der Grafen erhalten. Er hat es dem Drosten und mir natürlich nicht vorgelegt.«

»Warum ...?«, wollte Fockena fortfahren.

»Es hieß, Owelacker würde mit seinen Männern die Höfe um Hohenkirchen überfallen. Der Drost hat einige Soldaten und ein paar Knechte mitgenommen. Eine kleine Wachtruppe hat er hier gelassen. Ich denke, er wird heute zurückkehren. Er wird unbedingt beim Treffen der Regenten zugegen sein wollen.«

Fockena hakte nach: »Ich bin in der Nacht durch Pferdegetrappel wach geworden. Es müssen mehrere Reiter gewesen sein.«

Fräulein Maria machte für einen Moment ein bedrücktes Gesicht. Dann fasste sie sich wieder. »Eine Stunde, nachdem Boing mit den Männern abgerückt war, stand Isko Onninga mit gut 50 Reitern vor der Burg. Die Wachen ließen ihn sofort ein.«

Sie wandte sich an den Hauptmann. »Das ist auch der Grund, warum ich Euren Männern kein Quartier auf der Burg geben konnte. Isko Onninga bestand darauf, dass seine Männer auf der Burg untergebracht und versorgt werden müssten. Angeblich handelte er im Auftrag der Grafen. Diese sind auf einer Reise, und darum hätten sie ihm befohlen, die Sicherheit beim Treffen der Regenten zu garantieren. Warum er in der Nacht aufgebrochen ist, weiß ich nicht. Er hat angeordnet, dass meine Schwester und ich unsere Räume nicht verlassen dürfen.«

Für einen Moment sagte niemand etwas. Nur das Gesicht von Hauptmann Burkert verzog sich wieder. Dann sprang Fockena auf. »Fräulein Maria«, stieß er hervor, »waren es Soldaten der Grafen, die Onninga bei sich hatte?«

Maria zögerte einen Moment, bevor sie antwortete: »Wenn Ihr mich fragt, sahen die Männer eher aus wie eine Bande Strauchdiebe.«

»Wohin sind sie aufgebrochen?«

»Ich … das kann ich Euch nicht sagen. Wir durften ja unsere Räume nicht verlassen. Ich lasse die beiden Männer holen, die heute Nacht Wache am Tor hatten.«

»Wenn möglich, auf der Stelle«, sagte Fockena so freundlich, wie er irgend konnte. Dann drehte er sich zu Burkert. »Hauptmann, wie groß ist Eure Truppe?«

»Truppe?« Für einen Moment hellte sich Burkerts Gesicht wieder auf. »Nur zwölf Mann. Aber sehr kampferprobte Männer. Der Geleitschutz für wichtige Gesandte, und auf dem Rückweg auch für weniger wichtige.«

»Wie schnell könnt Ihr Eure Männer zum Aufbruch fertig machen?«

»Ich werde sie sogleich aus ihrem Quartier holen lassen«, antwortete der Hauptmann belustigt. »Ich nehme an, Ihr erklärt mir unterwegs, worum es geht.«

»Oder später«, antwortete Fockena.

21

Es DAUERTE EINE knappe halbe Stunde, da fand sich Burkert mit seinen Männern vor der Burg ein. Er selbst und zehn seiner Männer zu Pferd und zwei auf dem Wagen. Der Hauptmann bestand darauf, den Wagen mitzunehmen. Fockena hatte seine beiden Männer dabei.

Fräulein Maria kam mit vier Soldaten dazu, die ihre Pferde mit sich führten. »Ich weiß nicht, was Eure Mission an diesem frühen Morgen ist«, sagte sie. »Aber die

Hälfte meiner stolzen Streitmacht stelle ich Euch gern zur Verfügung.«

»Seid Ihr sicher?«, fragte Fockena.

»Ich denke, dass acht Mann gegen eine Übermacht nicht mehr ausrichten können als vier«, erklärte sie.

»Dann danke ich Euch für Eure Hilfe«, erwiderte Fockena. Der Hauptmann nickte stumm. Sie hatten von der Wache erfahren, dass Isko mit seinen Männern den Weg in Richtung Sassenhusen und Garssum genommen hatte. In dem Moment, in dem die Sonne aufging, machten sie sich auf.

»In gut anderthalb Stunden sind wir da«, erklärte der alte Häuptling Folpt seinen Begleitern. Schon im Morgengrauen waren sie von Sassenborg aufgebrochen. Inzwischen schien die Morgensonne warm und kraftvoll auf die feuchten Wiesen und Wasserflächen, und Dunst stieg auf. Das Waldstück, das sie gleich durchqueren würden, stand wie im Nebel.

»Ich wollte, wir wären gestern schon aufgebrochen. Da hätte ich noch Zeit gehabt, zwei meiner Mitregenten zu bearbeiten. Aber vielleicht ergibt sich heute auch noch eine Gelegenheit.«

Folpt Middens und seine Begleiter ritten in eine Wolke aus Dunst und Sonnenlicht.

»Und?«, fragte Rimberti Seediek, der sich neben ihm hielt. »Ihr lächelt schon den ganzen Morgen so zufrieden. Raus mit der Sprache.«

»Der junge Häuptling ist damit einverstanden, dass Bruder Idbertus die Stelle als Deich- und Sielrichter bekommt«, erklärte Seediek. »Ihr erinnert Euch an den jungen Mann, den der Propst auf die Pfarrstelle hieven wollte. Der alte Deichrichter will die Verantwortung abgeben. Idbertus soll ihm ein, zwei Jahre zur Hand gehen. Und wenn er sich bewährt, wird er der neue Deichrichter.«

Rimberti blinzelte in das Sonnenlicht. »Nachdem Ihr ihm die Aussicht auf eine gute Stelle als Priester weggenommen habt, ist das ja auch wohl das Mindeste.«

Seediek grinste. »Keine Sorge. Einer meiner vielen Neffen hat mit Idbertus in Köln studiert. Er ist nicht zum Gelehrten oder zum Priester geschaffen. Er hat nur mit viel Mühe den Abschluss gemacht. Er ist ein anständiger Kerl. Seine Mutter ist mit dem älteren Bruder des Propstes verheiratet, darum hat der sich für ihn ins Zeug gelegt.«

Sie ritten durch den Dunst in das Waldstück.

»Als künftiger Deichrichter Ibo wird Bruder Idbertus seinen Weg besser machen, glaubt mir. Ich werde in den nächsten Tagen nach ihm schicken lassen, damit wir die Angelegenheit in Ruhe besprechen können. Und dann müssen wir nur noch eine gute Frau für ihn suchen.«

Rimberti erwiderte: »Ich glaube, da habe ich schon eine Idee.«

Plötzlich waren sie da. Von vorn und von beiden Seiten kamen sie angestürmt. Einen der Knechte rissen sie vom Pferd, einen zweiten griffen gleich zwei Männer an. Und sie waren viele.

Geistesgegenwärtig zog der alte Folpt Middens sein Schwert. Der Mann, der ihn vom Pferd holen wollte, rannte in seine Klinge. Middens zog das Schwert aus dem Leib des Mannes und schlug sofort nach einem zweiten Angreifer. Der taumelte zurück und riss zwei seiner Mitstreiter mit sich. Die Pferde wieherten und scheuten, einige stiegen hoch. Einer der Angreifer bekam einen Huftritt ins Gesicht und ging zu Boden. Einen Moment später hatten alle Männer aus Sassenhusen ihre Waffen zur Hand.

Auch Rimberti zog sein Schwert. Es war kurz und scharf, aus härtestem Stahl. Er war bereit. Seine Ausbildung beim Fechtmeister seines alten Dienstherrn war ihm schon einige Male zugutegekommen. Er hoffte, dass das auch jetzt so sein würde, als ein Mann mit gezogenem schartigem Schwert feixend auf ihn zukam. Für einen Moment war er wie gelähmt. So, wie er sein Schwert im Griff hatte, hielt die Angst ihn für einen Augenblick umklammert.

Rimberti stieg von seinem Pferd ab. Er fühlte sich im Sattel unsicher, und sein Pferd begann zu scheuen. Ungeschickt schlug der Angreifer nach ihm. Rimberti wich geschickt aus und durchbohrte die Schulter seines Gegners. Der jaulte vor Schmerz auf und ließ das Schwert fallen.

Da spürte Rimberti eine Bewegung hinter sich und stolperte beiseite, gerade rechtzeitig, um einem Hieb von hinten auszuweichen. Er konnte seine Angst für einen Moment vergessen und war jetzt wach und konzentriert. Er drehte sich um, da wollte der Mann hinter ihm schon ein zweites Mal zuschlagen. Mitten in der Bewegung erstarrte der Mann und fiel kopfüber auf die Erde. Hinter ihm kam Seediek zum Vorschein. Er hatte einen schweren Knüppel in den Händen. »Los«, rief er, »sie greifen den alten Folpt an.«

Die zwei Reiter, die Hauptmann Burkert vorausgeschickt hatte, kamen in schnellem Tempo zurück. Atemlos berichteten sie ihm und Fockena, dass in dem Wäldchen, das nur wenige Minuten entfernt lag, bewaffnete Männer waren. Einige von ihnen waren sofort auf sie losgestürmt, und sie hatten gerade noch umkehren und entkommen können.

»Eine Falle«, stellte Fockena fest.

»Es fragt sich nur, für wen«, überlegte Hauptmann Burkert verdrießlich und zog seine Waffe. Er deutete auf die zwei Männer auf dem Wagen. »Ihr kommt so schnell wie möglich nach! Ich kann jeden Mann gebrauchen.«

Die anderen Männer hatten ihre Schwerter gezogen. »Ich kann mir denken, wen die Männer im Wald überrumpeln wollen, aber mit etwas Glück werden wir sie jetzt überraschen. Los jetzt.«

Zwei der Angreifer versuchten, das Pferd des alten Häuptlings still zu halten, während ein dritter ihn mit dem Schwert angriff. Mit einem Mal war einer der Knechte aus Sassenhusen zwischen ihnen, mehr als zwei Köpfe größer als alle anderen. Sein Knüppel hatte die Größe eines kleinen Baumstamms. Gerade wollte einer von Onningas Männern mit beiden Händen nach Folpt Middens greifen, um ihn aus dem Sattel zu ziehen, da schlug der Knecht mit seinem Knüppel auf seine Arme, und man hörte, wie die Knochen brachen.

Rimbertis Schreiber Kobus Temmen hatte einem der Angreifer dessen Kurzspieß entrissen. Mit dem Schaft verpasste er ihm einen so kräftigen Schlag, dass sein Gegner zu Boden ging und nicht mehr aufstand. Sofort wendete er die Spitze gegen den nächsten Mann und bedrängte ihn so hart, dass der davonlief.

Mit so heftiger Gegenwehr hatten die Angreifer nicht gerechnet und wichen zurück. Für ein paar Momente ruhte der Kampf. Drei der Knechte aus Sassenhusen lagen am Boden, einer lehnte verletzt an einem Baum. Jelto Middens hatte eine blutende Wunde an der Stirn, aber er hielt sich aufrecht im Sattel. Der alte Häuptling schien verletzt und hatte Mühe, sich auf dem Pferd zu halten.

Da tauchten weitere Männer auf, Verstärkung für die Angreifer. Es waren mehr als zwei Dutzend Mann. In ihrer Mitte befand sich Isko Onninga. Rimberti erstarrte. Hatte er bisher keine Zeit gehabt, sich zu fürchten, war die Angst jetzt auf einmal da. Dieser Mann würde keinen von ihnen am Leben lassen.

»Was wollt Ihr, Onninga?«, rief Jelto Middens.

»Ich bin nicht gekommen, um mit Euch zu reden. Ich bin gekommen, um Euch zu töten. Alle. Und dann wird Sassenhusen mir gehören.« Er zog sein Schwert.

Bevor er den Befehl zum Angriff geben konnte, wurde hinter ihm laut gerufen, Schreie waren zu hören, Waffenklirren. Seine Männer stoben plötzlich auseinander wie eine Herde Gänse.

Eine Gruppe bewaffneter Männer ritt mitten zwischen den Angereifern hindurch und teilte nach beiden Seiten Hiebe aus. Onningas Männer flohen ins Unterholz.

22

Burkerts Leute verteilten sich und hielten Ausschau, um einen erneuten Angriff rechtzeitig zu erkennen. Inzwischen machte sich Rimberti mit Burkert bekannt.

»Ich wusste nicht, dass die Statthalterin Euch gesandt hat«, sagte er zu dem Hauptmann. »Ich habe schon viel von Euch gehört, und jetzt seid Ihr mehr als willkommen.«

Ein leichtes Grinsen schien im Gesicht Burkerts sichtbar zu werden, aber dann verzog sich seine Miene wieder. »Da hinten kommt der Wagen. Da können wir unsere Verletzten mitnehmen. Wir müssen uns gleich wieder auf den Weg machen. Die Angreifer haben fast dreimal so viele Männer wie wir. Es wird nicht lange dauern, bis sie das merken. Wir brechen nach Jever auf.«

»Das können wir nicht«, widersprach Jelto Middens ruhig. »Damit geben wir Onninga den Weg nach Sassenhusen und Garssum frei. Und wenn sie uns nicht kriegen, dann werden ihnen die Dörfer und Bewohner zum Opfer fallen.«

Burkert brummte etwas, was sich als Zustimmung deuten ließ. Dann fragte er: »Wie weit ist es bis Sassenhusen?«

»Wir brauchen mit dem Wagen über eine Stunde. Es

hat zwei Tage und Nächte geregnet. Die Wege sind zäher Schlamm.«

»Gut. Dann also los.«

Zwei der Knechte aus Sassenhusen waren im Kampf schwer verletzt worden, ein anderer war durch einen Schlag auf den Kopf bewusstlos. Folpt Middens nahm neben dem Mann auf dem Wagen Platz. Er hatte eine Wunde am rechten Bein, und seine linke Schulter hatte auch etwas abbekommen. Die anderen Verletzten wurden im Wagen so gelagert, dass sie nicht zu Schaden kommen konnten. Burkert schickte einen seiner Männer mit Jelto Middens nach Sassenborg voraus, damit sie dort schon Vorbereitungen treffen konnten. Niemand wusste, ob Onninga nicht noch einmal angreifen würde.

Unterwegs befragte der Hauptmann Rimberti und Seediek. Fockena ritt hinter ihnen. Er hörte, was sie sagten, hielt sich aber zurück. Der Hauptmann wollte nicht nur wissen, was Rimberti und Seediek beobachtet hatten, sondern befragte sie auch nach ihren Verdächtigungen und Mutmaßungen.

Rimberti erklärte: »Es mag sein, dass Owelacker hier sein Unwesen treibt. Merkwürdig, dass seine Angriffe immer die treffen, die die Oberherrschaft der Grafen ablehnen.«

»Ihr denkt, dass Onninga dahintersteckt?«, fragte Burkert.

»Hinter diesem Hinterhalt auf jeden Fall. Wir haben ihn alle gesehen. Er war so sicher, dass keiner von uns den Angriff überleben würde, dass er sich zeigte. Hochmut.«

»Superbia«, brummte Seediek. »Nun muss er uns töten, damit sein Geheimnis gewahrt bleibt.«

»Ja«, stimmte Fockena zu. »Ihr habt Euch sehr tapfer geschlagen. Alle. Aber der richtige Kampf steht uns noch bevor.«

»Wo hast du gelernt, so gut zu kämpfen?«, fragte Rimberti seinen Schreiber, als sie nebeneinander ritten.

»Ich war auch eine Zeit lang Soldat«, antwortete Kobus.

Eine Weile ritten sie schweigend weiter, und Rimberti sah seinen Schreiber mit fragendem Blick an. Der aber erklärte nur: »Das ist lange her.«

Rimberti wusste, dass er nicht mehr zu diesem Thema hören würde.

»Viel Zeit bleibt uns nicht«, erklärte Hauptmann Burkert, als sie auf Sassenborg eingetroffen waren. Sie standen vor der Häuptlingsburg auf der Warft und hatten von da aus einen weiten Blick ins Land. Jelto Middens hatte schon Knechte zur Brücke über dem Tief geschickt, um jede zweite Holzbohle herauszunehmen und die Brücke für Pferde unpassierbar zu machen. Das Tief war nur gut vier Schritt breit, aber es führte reichlich Wasser, und der Weg durch das Tief würde Onningas Männer viel Zeit kosten.

»Onninga hat wohl eine Handvoll Männer verloren«, sagte Fockena. Aber er muss noch über 40 haben. Wie viele sind wir?«

»Weniger als die Hälfte«, antwortete Jelto Middens.

»Macht Euch darüber keine Gedanken«, wollte ihn der Hauptmann beruhigen. »Meine Männer sind sehr erfahrene Söldner aus England. Sie haben in mehreren

Schlachten gekämpft, und jeder zählt für drei oder vier von diesen Halsabschneidern. Und sie haben schöne Begrüßungsgeschenke dabei.«

Er deutete auf seine Männer, die gerade den Wagen entluden. Einige schnürten lange, in Tuch eingewickelte Pakete auf.

»Langbogen«, staunte Fockena. »Ich wusste nicht ...«

»Nein«, unterbrach ihn Hauptmann Burkert. »Diese Waffe ist aus der Mode gekommen. Dafür gib es jetzt Kanonen und Büchsen. Aber einige kultivieren diese alte Waffentechnik immer noch. Und meine Leute haben mir damit bisher gute Dienste geleistet. Früher wurden Schlachten und Feldzüge damit gewonnen, heute muss es für dieses Scharmützel reichen.«

»Onninga wird nicht die Burg angreifen, sondern das Dorf«, warnte Fockena.

»Der Weg nach Sassenhusen führt am Steinhaus vorbei«, erklärte Jelto Middens. »Er muss diesen Weg nehmen. Das Moor ist durch den Regen schlecht passierbar, und durch das dichte Unterholz kann er mit so vielen Männern auch nicht.«

»Dann müssen wir den Weg über den Wassergraben befestigen«, ordnete Hauptmann Burkert an. »Könnt Ihr noch Verstärkung aus dem Dorf holen?«

»Was ist, wenn er doch durch das Moor kommt und das Dorf überfällt?«, fragte der Häuptling besorgt.

»In Edenhusen hat es vor einigen Wochen auch einen Überfall gegeben«, erklärte Fockena. »Dort haben die Bewohner vom bevorstehenden Angriff Wind bekommen. Sie haben sich auf den Überfall vorbereitet und auch Hilfe geholt. Dann haben die Angreifer eine Bauernschaft nicht weit entfernt in Brand gesetzt. Als die Edenhusener aufgebrochen waren, um ihren Nachbarn gegen das Feuer beizustehen, wurde ihr Dorf überfallen. Die Angreifer hatten ein paar Männer losgeschickt, um die Häuser anzuzünden. Die Hauptmacht hat gewartet, bis die Männer aus dem Dorf weg waren.«

Jelto Middens überlegte einen Moment. »Gut. Die Männer im Dorf sollen sich bereit machen. Sie sollen den Weg durch das Moor bewachen. Und wir werden uns hier bereit machen.«

»Ich habe da noch eine Idee«, sagte Fockena.

23

Sie kamen zu zweit. Vorsichtig gingen sie Tritt für Tritt den Pfad durch das Moor. Am Gürtel trugen beide ihren Zunderbeutel.

Sie würden sich unentdeckt dem Dorf nähern. Dann würden sie eine günstige Gelegenheit finden, eine abgelegene Scheune und einen Moment, in dem niemand hinsah. Und wenn sie doch jemand bemerkte, würden ihre scharfen Klingen ihren blutigen Dienst tun. Aber soweit wollten sie es nicht kommen lassen.

Die brennenden Gebäude würden Verwirrung im Dorf schaffen und die Männer des Häuptlings von der Burg hierherholen. Aber dann würden sie beide schon längst wieder auf dem Weg zurück sein.

Einer der beiden war diesen Weg schon vor ein paar Tagen abgegangen. Unter einem Vorwand hatte er sich von einem Hirtenjungen durch das Moor ins Dorf führen lassen. Der Junge hatte ihm vertrauensselig auch die Holzstäbe gezeigt, die hier und da im Boden steckten, um den Weg zu markieren. Er hatte sich alles eingeprägt, so gut es ging. Aber der starke Regen in den letzten Tagen hatte das Moor in eine Landschaft von Teichen und Sümpfen verwandelt. Nur langsam kamen sie voran.

»Geht es nicht ein bisschen schneller?«, brummte sein Gefährte, der ihm dichtauf folgte. »Wenn du so langsam gehst, werden wir bis zum Nachtmahl nicht zurück sein.«

»Sei leise! Willst du, dass sie uns hören? Ein Tritt daneben, und keiner kann dich retten.«

Sein Gefährte brummte etwas Unverständliches, und sie setzten ihren Weg fort. In großen Abständen steckten die mit Schnitzzeichen versehenen Holzstöcke im Boden. Sie waren auf den ersten Blick leicht zu übersehen, aber er hatte vor ein paar Tagen gut aufgepasst.

Etwa ein Dutzend Schritte weiter konnte er die nächste Wegmarkierung entdecken. Unmittelbar dahinter saß ein Mann im Gebüsch. Er lehnte mit dem Rücken an einer niedrig gewachsenen Birke. Der Mann sah genau in ihre Richtung.

Er gab seinem Gefährten ein Zeichen, dass er stehenbleiben sollte und deutete auf den Wachtposten.

Der Mann bei der Birke rührte sich nicht. Es war ein alter Mann. Vermutlich hatte man ihn für diese Aufgabe ausgesucht, weil er nicht mehr kämpfen konnte. Und nun war er eingeschlafen.

»Der schläft«, raunte sein Gefährte und zog seine Klinge. »Und wir werden dafür sorgen, dass er nicht wieder aufwacht.«

»Sei leise. Sonst wird er munter und warnt die anderen.«

»Ich werde ihm die Kehle durchschneiden, noch bevor er den Mund aufmachen kann!«

Tritt für Tritt gingen sie vorsichtig auf den Markierungsstock und den Wächter zu, ihre Dolche griffbereit. Der Weg wurde sumpfiger, die Füße sanken ein und machten ein schmatzendes Geräusch beim nächsten Schritt.

Er behielt den schlafenden Mann und die Wegmarkierung im Blick. Da sah er, wie der Mann am Baum sich erhob. Beherzt zog er seinen Dolch und machte den nächsten Schritt. Der Boden gab nach, und er versank mit dem linken Bein bis zum Oberschenkel im Moor. Sein Gefährte zog ebenfalls seine Waffe und machte schnell einen Satz auf den Mann zu. Im gleichen Moment war er im schwarzen Wasser versunken.

Sein Gefährte tauchte wieder auf und versuchte, nach ihm zu greifen. Aber er saß so fest im Moor, dass er seinem Kameraden nicht helfen konnte. Noch einmal tauchte sein Gefährte auf, fuchtelte mit den Armen und verschwand endgültig.

Er hatte seine Waffe längst verloren und griff mit beiden Händen nach dem Gestrüpp, um sich herauszuziehen. Er fand keinen Halt und versank immer tiefer. Der Mann am Baum stand da und rührte sich nicht. Er hatte einen schweren Holzknüppel bei sich.

Regungslos sah der der alte Frerk zu, wie der Mann, der sein Dorf überfallen wollte, immer tiefer einsank. Der andere war schon im Moor versunken. Frerk hielt den Knüppel fest in beiden Händen. Wenn es dem Strauchdieb gelänge, sich wieder aus dem Moor herauszuziehen, würde er zuschlagen. Ohne Mitleid. Einer seiner Neffen war bei dem Überfall vor wenigen Wochen von Männern wie diesen beiden getötet worden. Er hätte diesen Sommer heiraten wollen.

Frerk hatte vorgestern gehört, wie der Nachbarjunge von einem Fremden erzählte, den er durch das Moor geführt hatte. Genau diese Geschichte hatte er den Jungen nun auch Häuptling Jelto Middens und dem Pfarrer von Seediek berichten lassen, die sie vorhin auf einen möglichen Angriff der Landsknechte vorbereitet hatten.

So gut wie Frerk kannte sich niemand im Moor aus. Er hatte die beiden schon von Weitem gesehen. Sie gingen genau den Weg, den sie gehen sollten. Sorgfältig hatte er die markierten Stöcke umgesteckt.

Von dem Mann war nur noch die Hand zu sehen, die nach etwas greifen wollte, bis sie im Morast verschwand. Frerk wartete noch einige Zeit und überzeugte sich, dass keiner der beiden noch einmal auftauchte.

Die Stäbe mit den Schnitzzeichen würde er erst später wieder an die richtigen Stellen stecken. Wenn alles vorüber war. Er vergewisserte sich noch einmal, dass die beiden Angreifer wirklich verschwunden waren, und ging dann zum Dorf zurück.

Dort wartete man schon auf ihn. Zwei große Holzhaufen hatten die Leute im Dorf aufgeschichtet, einer in der Mitte des Dorfes und einer am Dorfende zum Moor hin. Sie hatten zusätzlich allerhand Unrat darauf gepackt, damit der dunkle Qualm weithin sichtbar war.

Jelto Middens und Seediek sahen Frerk fragend an.

»Zwei Männer«, erklärte der alte Mann. »Die sind beide weg, die kommen nicht wieder. Jedenfalls nicht heute. Vielleicht in ein paar Jahren.«

Jelto stieg auf sein Pferd. »Wartet noch eine halbe Stunde und zündet dann das Feuer an. Herr Remmer, bleibt Ihr hier und haltet mit den Männern im Dorf die Stellung, falls hier noch jemand kommt?«

»Hier wird niemand durchkommen«, erklärte Seediek.

Jelto drehte sich noch einmal im Sattel um und rief dem alten Frerk zu: »Gut gemacht!«

Frerk winkte ab. »Das Moor hat uns beschützt. Ich habe nur zugeschaut.«

24

Als die beiden Rauchsäulen über dem Dorf in der Ferne aufgestiegen, dauerte es noch eine Weile, und dann kamen sie. Sie hatten noch so lange gewartet, bis die Männer des Häuptlings im Dorf angekommen sein mussten. Aber jetzt waren sie da.

Rimberti, Seediek, Fockena und Burkert standen mit den zwölf Bogenschützen und einigen weiteren Männern an der schnell errichteten Schanze. Die beiden Häuptlinge hielten sich mit gut einem Dutzend kampftüchtiger Knechte noch im Hintergrund.

Die wenige Zeit, die Onninga ihnen gelassen hatte, weil er seinen Angriff vorbereiten und den Rauch aus dem Dorf abwarten musste, hatte nur ausgereicht, um nach den Anweisungen des Hauptmanns eine dürftige Befestigung zu errichten, die vom Wassergraben quer über den Weg bis zum Rand des Moores führte. Der Ausläufer war nicht sehr tief, sah aber aufgrund der Regenfälle durchaus bedrohlich aus.

Umgedrehte Wagen, angespitzte Pfähle, Unmengen von dornigem Gebüsch. Davor hatte man einen Verbindungsgraben zwischen Wassergraben und Moor angelegt, der weder besonders tief oder breit war, aber doch ein Hindernis darstellte.

Die Männer von Burkert hatten ihre Bogen bereit

gemacht. Der Wagen mit Unmengen von Pfeilen und Waffen für den Nahkampf stand in der Nähe der Schanze.

Dann kamen Onninga und seine Männer. Der Weg war breit genug, aber so schlammig, dass sie bei jedem Schritt bis zu den Knöcheln im Schlamm steckten. Sie kamen nur langsam vorwärts.

»Wie schätzt Ihr unsere Erfolgsaussichten ein?«, fragte Fockena. »Onninga scheint noch etwas Verstärkung bekommen zu haben. Ich schätze, dass er über 50 Männer bei sich hat.«

»Nicht einer dieser Halunken wird die Burg oder das Dorf betreten«, sagte Burkert entschlossen. »Männer, macht euch bereit.«

Auch wenn die Männer untereinander Englisch sprachen, waren sie nun schon so lange mit Burkert unterwegs, dass sie seine deutschen Befehle problemlos verstanden und sich einigermaßen in der fremden Sprache verständlich machen konnten. Einer von ihnen erklärte Fockena, dass er den Weg abgegangen und ausgemessen hatte. Sie verständigten sich kurz untereinander und beschlossen, noch etwas zu warten. Burkert nickte.

Dann legten sie die Pfeile an und schossen einzeln ohne Kommando. Fockena bewunderte, mit welcher Kraft sie die Sehne zogen und in welcher Geschwindigkeit sie einen Pfeil nach dem anderen anlegten. Die zwölf Bogenschützen verursachten einen spärlichen, aber ständigen Beschuss auf die sich nähernde Schar. Immer wieder ging ein Mann zu Boden oder taumelte verletzt zurück.

Entschlossen gingen die Angreifer auf die Sperre zu. Sie näherten sich nur langsam, aber sie kamen doch unaufhaltsam. Während Burkerts Männer bisher in hohem Bogen auf die Angreifer geschossen hatten, begannen sie nun, direkt auf Onningas Schar zu zielen. Zwei Männer stürzten getroffen zu Boden. Ein dritter ging in die Knie, ein weiterer ließ seinen Spieß fallen, weil ein Pfeil ihn in die Schulter getroffen hatte. Und schon flogen die nächsten Pfeile. Jetzt fielen die beiden Männer, die ganz vorn gingen.

Die Angreifer blieben stehen und zögerten einen Moment. Onninga schrie etwas, um sie aufzumuntern, und sie ließen einen lauten Kampfschrei hören, der die Verteidiger einschüchtern sollte. Die Antwort war wieder ein Dutzend Pfeile, die drei Männer zu Boden rissen.

Rimberti sah sich das Geschehen an wie ein Zuschauer. Noch knapp 100 Schritte, und Onningas Haufen würde ihre armselige Befestigung erreichen. Daran würden auch die wenigen Männer nichts ändern, die mit Folpt und Jelto Middens in der Scheune warteten, um gleich einzugreifen.

Onningas Männer begannen, auf die Barrikade loszustürmen, so schnell das in dem schlammigen Gelände möglich war. Furchtlos standen Burkert und seine Männer hinter der Wehr und setzten den Beschuss fort. Je näher die Gegner kamen, umso treffsicherer und tödlicher waren die Pfeile. Etliche seiner Männer musste Onninga schon zurücklassen.

Nun gab der Hauptmann das Zeichen. Das Scheunentor tat sich auf, und johlend stürmten Folpt und Jelto mit ihren Männern auf die Barrikade zu, alle bewaffnet mit langen Spießen. Auch einige der Mägde waren dabei, bewaffnet und gekleidet wie die Männer.

Die Angreifer waren davon so überrascht, dass sie einen Moment innehielten. Das wiederum gab den Bogenschützen Zeit, noch einmal ihre Pfeile abzuschießen und ein halbes Dutzend von Onningas Männern zu fällen.

Rimberti und seine Gefährten nahmen ihre Spieße auf und stellten sich hinter die Barrikade, um die Bogenschützen zu verteidigen und ihr Handwerk weiter tun zu lassen. Eine Handvoll Männer aus Onningas Schar wollte die Barrikade umgehen und verließ den Weg. Das Moor war an dieser Stelle nicht tief, aber sie standen bis zu den Oberschenkeln im braunen Wasser und kamen viel langsamer voran als ihre Gefährten. Sofort nahmen die Bogenschützen sie unter Beschuss, und nur drei von ihnen konnten sich unverletzt wieder zurück auf den Weg retten.

Die Angreifer berannten die Barrikade und rissen mit bloßen Händen das dornige Gestrüpp weg. Die Männer und Frauen hinter der Barrikade stießen mit ihren Spießen zu. Die Bogenschützen schossen jeder noch einen Pfeil, und fast jeder fand sein Ziel. Dann packten sie ihre Schwerter und griffen zusammen mit ihrem Hauptmann an. Die anderen schlossen sich an und stürzten sich auf die verdutzten Angreifer. Es war so, wie Burkert versichert hatte. Sie waren kampferprobte Söldner und brachten einen nach dem anderen von Onningas Männern zu Boden.

Lautes Rufen war plötzlich zu hören. Seediek und die Männer vom Dorf kamen. Sie hatten sich bewaffnet und auf den Weg gemacht. Nun waren sie entschlossen, gegen die zu kämpfen, die ihr Dorf niederbrennen wollten.

Wie ein Schwarm Vögel, der plötzlich die Richtung ändert, wichen die Angreifer zurück.

Die Verteidiger verharrten in ihrer Position, unschlüssig, wie sie sich verhalten sollten. Hauptmann Burkert entschied: »Los, ihnen nach. Sonst haben wir sie beim nächsten Mal wieder im Nacken.«

Rimberti widersprach: »Seht da hinten, Hauptmann.«

In der Ferne, wo der Weg aus dem Wäldchen trat, hatte sich eine große Schar versammelt. Waffen blinkten im Sonnenlicht. Es waren mehr Männer, als Onninga bei seinem ersten Angriff angeführt hatte. Das musste Owelacker selber sein. Nun konnte sie nichts mehr aufhalten. Die Streitmacht in der Ferne schritt langsam voran. Onningas Männer liefen ihnen entgegen, um sich dem erneuten Angriff anzuschließen. Mehr als die Hälfte seiner Männer hatte Onninga verloren. Etliche waren tot, viele lagen oder saßen mit schweren Verletzungen auf der Erde.

»Macht Eure Bogen bereit«, ordnete Burkert an und wandte sich an Folpt und Jelto Middens. »Am besten, wir verschanzen uns mit den Leuten aus dem Dorf in der Burg.«

Wieder unterbrach ihn Rimberti und machte ihn auf das Schauspiel aufmerksam, das in der Ferne zu sehen war. Onningas Männer, die gerade noch Owelackers Truppe entgegengelaufen waren, kehrten wieder um und kamen auf die Burg zu. Einige brachen zur Seite ins Dickicht oder ins Moor aus.

»Das ist nicht Owelacker«, stellte Rimberti fest. »Das ist der Drost mit seinen Männern.«

25

Am grossen Tisch der Upkamer des Steinhauses saßen Jelto und Folpt Middens, Rimberti und Seediek, Hauptmann Burkert und Drost Boing von Oldersum.

Drei von Burkerts Männern waren im Kampf verletzt worden, einer so schwer, dass er es wohl nicht überleben würde. Einer der Knechte von Sassenhusen war ebenfalls getötet worden, einige weitere hatten Verletzungen davongetragen. Doch diese Verluste waren nicht annähernd so hoch wie die Zahl der Toten und Schwerverwundeten auf Seiten der Angreifer. Und es war wirklich so eingetreten, wie der Hauptmann es vorausgesagt hatte: Keiner von Onningas Männern hatte das Gelände der Sassenborg betreten.

»Ich wurde von zwei Boten um Hilfe gebeten«, erklärte der Drost. »In Hohenkirchen sollen Owelackers Männer Überfälle verübt haben. Also bin ich mit meinen Männern zu Hilfe gekommen. Aber dort hatte es gar keinen Angriff gegeben. Brandstifter hatten Feuer an zwei Scheunen und ein Bauernhaus gelegt. Die beiden Boten, die uns angeblich geschickt wurden, um uns zu Hilfe zu holen, waren dann plötzlich verschwunden. Ich habe mit meinen Männern die Gegend abgesucht und bin in allen Gemeinden gewesen. Vergeblich. Niemand wusste etwas von den Überfällen. Es war eine Ablenkung. Als wir heute Morgen zurückgekommen sind, hat uns das Fräulein sofort nach Sassenhusen beordert.«

»Das war keineswegs vergeblich«, antwortete Fockena. »Ihr kamt keinen Moment zu früh.«

»Ihr hattet Onningas Schergen schon in die Flucht geschlagen«, erklärte der Drost. »Wir mussten nur noch die einsammeln, die übrig geblieben waren. Etliche mussten wir aus dem Moor oder dem Dickicht herausholen, aber nun sind alle versammelt.«

»Was sind das für Männer, die Ihr bei Euch habt, Boing?«, wollte Fockena wissen. »Sind das die Soldaten, die Graf Enno in Jever stationiert hat?«

»Ich habe eine Truppe Söldner aus dem Braunschweigischen angeworben«, antwortete Boing. »Der untreue Ubbo Scriver hat zwar die wichtigen Dokumente entwendet, aber die Kasse der Jeverschen Stände hatte ich vorher sichergestellt. Das ist schließlich meine Aufgabe als Drost. Und ich habe auch dafür gesorgt, dass sie zwischendurch gut gefüttert wurde.«

»Ihr habt von den Abgaben an die Grafen etwas abgezweigt?«, fragte Rimberti erstaunt.

»Ich habe von dem Geld, das die Grafen für sich abzweigten, wieder etwas seiner ursprünglichen Bestimmung zugeführt. Es kann nicht sein, dass die reiche Herrschaft Jever keine eigene bewaffnete Truppe hat und den Grafen ausgeliefert ist.«

»Zumal Isko Onningas Männer das Land nicht beschützt haben, sondern im Gegenteil«, warf Fockena ein. »Vermutlich sind alle Überfälle Onninga zu verdanken, und Ewert Owelacker ist in Wahrheit weit weg von hier.«

»Das denke ich nicht«, entgegnete Boing. »Aber damit, dass Onningas Männer die letzten Überfälle verübt haben, habt Ihr sicher recht. Onninga wollte sich bereichern und das Land den Grafen in die Arme treiben. Seine Überfälle konzentrierten sich auf die Gemeinden, die als besonders widerspenstig galten.«

»Was wird mit Onningas Männern geschehen?«, fragte Rimberti.

»Das will ich Euch sagen«, erklärte Hauptmann Burkert. »Diese Männer haben im Frieden mehrere Dörfer überfallen und Bewohner getötet. Sie haben die Wahl: Entweder sie werden mit dem Tode bestraft, oder sie dienen mindestens zehn Jahre im Krieg gegen die Türken.«

»Und Isko Onninga?«, fragte Rimberti.

Der Drost seufzte und erhob sich. Er ging zur Tür und rief der Wache etwas zu. Als er sich wieder auf seinen Platz gesetzt hatte, führten zwei Soldaten Onninga herein. Seine Hände waren auf dem Rücken gefesselt.

»Es handelt sich um ein Missverständnis«, stieß Isko Onninga angriffslustig hervor. »Ich musste davon ausgehen, dass Owelacker Verbündete hat, die ihm verraten, wo unsere Truppen sind. Nur so konnte er immer erfolgreich zuschlagen. Eigenartig, dass Sassenhusen bisher von ihm verschont wurde.«

Der alte Häuptling Folpt schnappte nach Luft.

Onninga fuhr fort: »Jemand hat mir zugetragen, dass er mit bewaffneten Männern nach Jever aufbrechen wollte. Da musste ich eingreifen. Schließlich war davon auszugehen, dass er den Rechtsgelehrten unserer kaiserlichen Statthalterin in der Hand hatte.«

Rimberti schlug mit der flachen Hand auf den Tisch. »Darum haben mich gleich zwei Eurer Mordbuben angegriffen.«

»Weiß ich, ob Ihr am Ende mit den Verrätern unter einer Decke steckt? Es sind die Edelleute, die das Land ausnehmen und die Landesherrschaft betrügen.«

Der alte Folpt erhob sich. »Wie könnt Ihr es wagen, in meinem eigenen Haus so mit mir zu reden?«

»Schont Eure Gesundheit, Herr Folpt«, sagte Hauptmann Burkert mit kalter Ruhe. »Er wird seine Strafe empfangen.«

Onninga verstummte für einen Moment. Er starrte den Hauptmann ungläubig an. Dann fing er sich wieder und setzte ein Grinsen auf. »Ihr werdet mir kein Haar krümmen. Drost Boing, Ihr seid Graf Enno Rechenschaft schuldig genau wie ich. Ich habe einen Fehler gemacht, gewiss. Aber mein Vater ist einer der einflussreichsten Häuptlinge, ein Mann, der über Ansehen und Reichtum verfügt. Auch wenn ich nur der nachgeborene Sohn bin, so werdet Ihr keinen Sohn von Aiko Onninga anrühren. Das werdet Ihr nicht wagen.«

»Du bist eine Schande für deinen Vater«, zischte Folpt Middens.

Der Drost räusperte sich. Dann sagte er kleinlaut zum Hauptmann: »Ich fürchte, Onninga hat nicht ganz unrecht. Sein Vater steht in großem Ansehen. Ich kann nicht …«

»Meinen Respekt«, unterbrach ihn Burkert. »Onninga ist nicht Euer Gefangener. Er gehört mir. Onninga hat Beauftragte des kaiserlichen Hofes seiner Schwester und ihre Soldaten angegriffen, und er wollte die töten, die ihnen Schutz gegeben haben.«

»Mein Vater wird …«, stieß Onninga hervor.

»Euer Vater wird gar nichts. Königin Maria, die Statthalterin des Kaisers, hat mir umfassende Vollmachten gegeben. Ich spreche hiermit im Namen des kaiserlichen Hofes das Todesurteil über Euch aus. Mit Rücksicht auf Euren Vater und Eure Familie halte ich die Vollstreckung noch zurück. Ich handle im direkten Auftrag des kaiserlichen Rates, Graf Christan von Wittenvelde. Rimberti und ich werden ihn in einer Woche in Groningen treffen.«

Onninga sah ihn sprachlos an.

Burkert fuhr fort: »Wagt Ihr noch ein einziges Mal, der Herrschaft Jever oder einem ihrer Bewohner einen Schaden zuzufügen, dann werdet Ihr ohne Prozess hingerichtet. Und glaubt mir, ich werde Euch überall aufspüren.«

Wie benommen stand Onninga vor den Männern. Dann kehrte langsam Leben in ihn zurück. »Mein Vater …«, begann er.

Wieder ließ Burkert ihn nicht zu Wort kommen. »Wenn Euer Vater oder jemand anders aus Eurer Familie Euch dann Schutz gewährt, wird er neben Euch hingerichtet. Glaubt mir: All Eure Nachbarn werden begierig darauf sein, zusammen mit meinen Truppen gegen Euch Krieg zu führen. Denn im Anschluss werde ich Euer Land an sie verteilen und Eure Burg zur Begleichung der Schulden verkaufen.«

Onninga sah den Hauptmann ungläubig an. Der jedoch zog ein Schriftstück hervor und sagte: »Dies ist Euer Schuldbekenntnis. Ihr gebt zu, im Auftrag der Grafen mit Euren Männern Überfälle auf Dörfer in der Herrschaft Jever verübt und Bewohner der Herrschaft misshandelt und getötet zu haben. Ihr bekennt Euch ferner schuldig, die drei Gefangenen vom Überfall auf Grootewarden getötet zu haben und mit Euren Männern am heutigen Tage zwei Häuptlinge des Jeverlandes sowie einen Beamten und einen Offizier des kaiserlichen Hofes mit ihren Begleitern angegriffen zu haben.«

Onninga sah ihn ungläubig an. Aber Burkert sprach ungerührt weiter: »Pfarrer Remmer von Seediek hat das hier aufgesetzt. Ihr werdet es dreimal abschreiben und unterzeichnen, falls Ihr des Schreibens mächtig seid. Ein Exemplar wird hier an Doktor Rimberti gegeben, das andere nimmt der Drost an sich, und das dritte bleibt bei mir. Keiner von uns wird einen Augenblick zögern, es einzusetzen.«

Wie ein bockiges Kind stellte sich Onninga vor Hauptmann Burkert hin. »Und wenn ich das nicht schreibe?«

»Dann habe ich genügend hochgestellte Persönlichkeiten, die mit Eid bezeugen, dass all diese Anklagen zutreffen. Die Häuptlinge von Sassenhusen üben in ihrer Herrlichkeit die volle Gerichtsbarkeit aus, ein Jurist der Königin ist anwesend. Wir werden noch in dieser Stunde Gericht über Euch halten, und Ihr werdet noch am heutigen Tag hingerichtet werden. Der Pfarrer von Seediek ist gern bereit, Euch die Beichte abzunehmen oder die Echtheit der Schreiben zu bezeugen.«

Onninga entgegnete nichts. Willenlos ließ er sich von den beiden Wachsoldaten zu einem Tisch führen und sich Papier und Schreibfeder reichen.

26

An der Spitze von gut 50 Landsknechten, den Soldaten des Hauptmanns und den Begleitern von Vater und Sohn Middens ritten Drost Boing und Hauptmann Burkert am nächsten Morgen durch die Vorburg. Seediek und Rimberti ritten am Schluss des Zuges. Fräulein Maria und Fräulein Anna standen zusammen mit Keno Middens und dem Kommandanten der gräflichen Soldaten vor dem Tor.

»Wir sind dankbar, dass Ihr wohlbehalten wieder zurück seid«, sagte Fräulein Maria mit erhobener Stimme.

»Wir danken Euch«, antwortete der Drost, der auf dem Pferd sitzen blieb. Er sah auf den Kommandanten der Besatzungssoldaten und sprach ihn direkt an: »Die Häuptlinge von Sassenhusen und unsere Gäste vom Hof der Statthalterin sind überfallen worden. Herr Kommandant, wärt Ihr so freundlich zu erklären, warum Ihr mit dem Großteil der Männer in der Stunde der Bedrohung aus Jever abgezogen seid?«

Der Kommandant schwieg einen Moment betreten. Dann antwortete er: »Befehle. Wie ich Euch vorgestern mitteilte, lag mir ein Befehl der Grafen vor, mit meinen Männern zur Friedeburg abzurücken.« Er kniff die Lippen zusammen.

»Vielleicht habt Ihr die Güte, mir diesen Brief vorzulegen.«

»Das steht Euch nicht zu«, antwortete der Kommandant.

Es gelang dem Drosten nur mit Mühe, seinen Zorn zu unterdrücken. »Ihr werdet schon erklären müssen, warum Ihr Jever und die Fräulein in einer solchen Gefahr alleingelassen habt.«

»Ich muss Euch gar nichts erklären, Junker Boing, weder Euch noch den Fräulein. Ich unterstehe allein Graf Enno.«

Nur Rimberti bemerkte, dass der Drost zu den Fräulein sah. Maria nickte ihm zaghaft zu.

Dann trat sie vor und erhob die Stimme: »Meine Schwester und ich danken Euch und Euren Männern für Eure Dienste. Die Stände des Jeverlandes haben jetzt Soldaten zum Schutz der Burg und des Landes aufgestellt. Sie werden fortan Eure Aufgaben übernehmen. Eure Dienste werden nicht mehr benötigt. Ihr werdet abziehen und die Burg und die Herrschaft Jever verlassen. Noch heute.«

»Dies anzuordnen, steht nicht in Eurer Befugnis«, erwiderte der Kommandant.

»Meine Schwester und ich sind die Regentinnen von Jever. Wer sonst soll denn eine solche Befugnis haben, Kommandant?« Marias Stimme wurde fester.

»Ihr habt gehört, was Fräulein Maria gesagt hat«, sagte Boing. »Zieht mit Euren Männern in Frieden ab, Kommandant.«

»Ihr mischt Euch in Sachen, die Euch nichts angehen, Drost«, meldete sich Keno Middens zu Wort.

»Der Schutz von Burg und Herrschaft ist sehr genau meine Sache«, erwiderte der Drost. »Es waren Männer der Grafen, die die Überfälle der letzten Wochen durchgeführt haben. Es waren nicht Owelacker und seine Leute.«

»Das ist ungeheuerlich, was ihr da vorbringt«, fiel ihm Keno Middens ins Wort.

»Noch ungeheuerlicher sind die Taten«, sagte Drost Boing mit schneidender Stimme. »Isko Onninga, den Ihr überall als Beschützer des Jeverlandes hofiert, hat selbst die Bande angeführt. Scheinbar wusste er ganz genau, wo er zuschlagen musste.«

Für einen Moment herrschte eisige Stille. Dem Kommandanten der ostfriesischen Besatzungssoldaten wurde in diesen Augenblicken deutlich, dass er sich mit seinen Männern gegen die Söldnertruppe, die der Drost mitgebracht hatte, nicht ernsthaft wehren konnte. Und mit dem Hauptmann der Königin wollte er sich gar nicht erst anlegen.

»Was jetzt geschieht, habt Ihr zu verantworten, Boing«, sagte er drohend. »Mit diesem Schritt sagt Ihr Euch von Euren treuen Herren los und werdet dafür die Konsequenzen tragen. Ihr auch, Fräulein Anna, Fräulein Maria.«

Fräulein Anna lachte einmal laut auf, während Maria ihn mit unbewegtem Gesichtsausdruck ansah.

»Nun gut, in zwei Stunden rücken wir ab.«

»Ihr seid so gütig, Eure Waffen hierzulassen. Sie sind mit jeverschem Geld bezahlt«, sagte Maria.

Die Sitzung der fünf Regenten war nach einem ausgiebigen Essen eher kurz ausgefallen. Man hatte die beiden

Fräulein in das Sitzungszimmer der Burg gebeten, das diese ihnen vorher freundlicherweise und mit großzügiger Bewirtung für ihr Treffen zur Verfügung gestellt hatten. Man hatte Rimberti und Hauptmann Burkert als Vertreter des kaiserlichen Hofes und den Drosten als Vertreter der ostfriesischen Grafen dazu gebeten.

Das Ergebnis teilte Keno Middens mit dünner Stimme mit: »Zwei der fünf Regenten sind dafür, den Grafen die Schutzherrschaft über Jever zuzusprechen.«

»Diese beiden«, unterbrach ihn der Drost, »haben sicher auch erwogen, dass es ein Offizier der ostfriesischen Grafen war, der mit seinen Leuten das Jeverland überfallen hat, statt es zu schützen.«

»Wir müssen an die Zukunft denken«, zischte Keno Middens.

»Welche Zukunft sehen die Grafen denn für Euch, wenn sie das Jeverland in Besitz genommen haben«, fragte Fräulein Maria.

Middens machte eine wegwerfende Geste. Dann verschränkte er die Arme und lehnte sich zurück.

Die anderen Probleme des Rats der Regenten waren schnell gelöst. Die Häuptlinge aus Sassenhusen stellten einen jungen Mann, Ibo Eilers, als Assistenten für den alten Deichrichter vor, der nach einer Bewährungszeit das Amt übernehmen sollte. Dem ehemaligen Kaplan Idbertus war die Tonsur mittlerweile ausgewachsen, und so standen seine borstigen blonden Haare nun auf dem ganzen Kopf nach allen Seiten ab. Die beiden anderen Häuptlinge, deren Ländereien von dem Deichabschnitt geschützt wurden, waren ebenfalls einverstanden. Und auch eine stärkere Befestigung der Burg in Jever wurde akzeptiert, auch wenn die Regenten keine Zusagen auf eine finanzielle Beteiligung machten.

Als man sich am Abend zum Abschlussessen traf, hatte sich Fräulein Anna bereits zurückgezogen, und Keno Middens und Tido von Knyphausen waren schon abgereist.

Mit einem Mal schreckte Rimberti hoch. Es war mitten in der Nacht. Hatte jemand gerufen? Oder war es sein eigener Schrei gewesen, der ihn aus dem Schlaf aufgeschreckt hatte?

Er hatte geträumt. Er hatte noch einmal den Mann gesehen, der mit dem Schwert auf ihn losgegangen war, und den Angreifer, auf den er mit dem Spieß eingestochen hatte, als der über die Schanze klettern wollte. Hatte er ihn getötet? Rimberti zitterte. Seine Muskeln waren angespannt und schmerzten wie nach einem Krampf. Gleichzeitig fühlte er sich unendlich erschöpft.

Er ging an das schmale Fenster und öffnete es. Er stand für eine ganze Weile dort und atmete die kühle und klare Nachtluft ein.

27

»Woher habt Ihr das?«, fragte Rimberti erstaunt, als Fockena am nächsten Morgen einen großen Stoß von Urkunden und Dokumenten vor ihm aufbaute. Nach dem Frühstück saßen sie in Rimbertis Quartier. Danach wollte Rimberti mit den Fräulein von Jever über den weiteren Fortgang des Verfahrens sprechen und ihnen vor seiner Abreise Lebewohl sagen.

»Sagen wir mal, der ehemalige Rentmeister hatte sie bei seiner überstürzten Abreise versehentlich mitgenommen und sie mir dann ausgehändigt, damit ich sie zurückbringe«, erklärte Fockena.

»Das bedeutet, dass ich besser nicht erfahren sollte, wie Ihr das angestellt habt.«

»Das würde Euch belasten. Wann ist Eure Abreise geplant? Morgen?«

Rimberti warf einen sorgenvollen Blick auf die Schriftstücke. »Eigentlich muss ich das alles noch einmal durchsehen. Ich brauche jemanden, der gut im Lateinischen ist und mir helfen kann. Leider kann mein Schreiber das nicht. Vielleicht kann mir die Novizin helfen, die in der Küche mitarbeitet.«

»Die gelehrte Magd?«, fragte Fockena.

»Sie kann sogar Griechisch.« Rimberti nahm aus der

Schublade den Schlüssel aus der Kammer von Burgschreiber Herkens.

»Der Schlüssel für alle Geheimnisse?«, fragte Fockena.

»Vielleicht«, erwiderte Rimberti. »Ich habe ihn in der Schlafkammer von Herkens gefunden, als wir nach seinem Tod alles durchsucht haben. Der Drost weiß nichts davon. Noch nicht. Ich war mir nicht sicher, wie weit man ihm vertrauen kann.«

»Und jetzt seid Ihr das?«, raunte Fockena.

»Ich denke, das bin ich.«

»Da bin ich ganz auf Eurer Seite. Was öffnet dieser Schlüssel?«

»Für eine Tür ist er zu klein«, erklärte Rimberti. »Er müsste zu einem Schrank oder einer kleinen Truhe passen. Wir haben in seinen beiden Kammern im Haus der Schusterleute nichts gefunden. Nur ein Fach unter den Fußbodenbrettern gab es, aber das war schon leer. Der Eindringling muss mitgenommen haben, was sich dort befand.«

»Oder Herkens hat sie dort gar nicht versteckt. Wir suchen also eine Truhe oder eine Kiste, die so klein ist, dass sie in das Versteck hineinpasst. Sie muss aus Eisen und fest verschließbar sein, denn sonst bräuchte man keinen Schlüssel. Jeder, der an den Inhalt wollte, müsste die Truhe ja nur mit der Axt kaputtschlagen.«

»So kann es sein. Sollen wir den Drosten informieren?«

»Das werden wir«, antwortete Fockena. »Aber zuerst werden wir das Kästchen finden und seinen Inhalt begutachten.«

Die restlichen Morgenstunden verbrachten die beiden damit, die Schreibstube des Burgschreibers und die Kanzlei des Rentmeisters zu durchsuchen. Nach dieser Zeit gab es wohl kein Fußbodenbrett, bei dem sie nicht probiert hatten, ob es sich herausnehmen ließ, und keinen Schrank, der nicht sorgfältig von ihnen nach Geheimfächern untersucht worden war. Am späten Vormittag waren auch die Wände abgetastet und die Nebenräume gründlich durchsucht.

»Also muss doch der Eindringling mitgenommen haben, was sich im Versteck in Herkens Wohnung befand«, fasste Rimberti das Ergebnis ihrer Suche zusammen.

»Dann muss er vorher viel Zeit gehabt haben, um das Versteck zu suchen.«

»Das hätten die Wirtsleute gehört. Sie haben ihre Schlafkammer direkt darunter. Und wenn jemand Bretter aus dem Fußboden entnimmt, bekommen die beiden das auch mit.«

»Ich werde dem noch einmal nachgehen«, sagte Fockena.

Wenige Minuten später stand Rimberti in der Küche der Burg. »Ich möchte gern die gelehrte Küchenmagd sprechen«, sagte er zur Köchin.

»Oh, ich weiß, wenn Ihr meint«, antwortete sie. Die Köchin war eine stämmige kleine Frau, die vor Energie nur so strotzte. Sie nahm einen Fisch, dem sie Kopf, Schwanz und Flossen abschnitt, während sie weitersprach: »Sie heißt Grit. Sie ist auf dem Markt. Ich kann sie nachher zu Euch schicken. Sie ist sehr geschickt mit allem. Sie ist gut im Lesen und Schreiben, das habe ich wohl schon mitbekommen, da kann ich nicht mithalten. Aber sie kann auch tüchtig zupacken und ist sehr fleißig. Aber wenn ich etwas sagen darf …«

»Bitte.«

Die Köchin war nun dabei, den Fisch mit dem Messer zu entschuppen. »Auf Dauer ist das hier nicht das Richtige für unsere Grit. Hier unten geht es mitunter rau zu. Grit sollte lieber den beiden Fräulein dienen. Und vielleicht findet sich ja sogar ein guter Mann für sie. Versteht mich nicht falsch. Ich kann sie sehr gut leiden, und sie ist mir eine große Hilfe. Aber Ihr solltet einmal ein gutes Wort für sie einlegen.«

»Das will ich gern tun«, antwortete Rimberti. Da kam ihm ein Einfall. »Der Schreiber Herkens hat hier auch gegessen?«

»Der ließ sich sein Essen oft nach oben in die Kanzlei bringen. Der hielt sich von uns fern. War wohl etwas Besseres.« Die Köchin öffnete den Fisch mit einem einzigen Schnitt, und entnahm ihm mit einer Handbewegung seine Innereien.

»Er war eng mit der Familie Middens befreundet«, erklärte Rimberti.

»Die beiden alten Häuptlinge haben ihm diese Stellung besorgt. Aimo Herkens hat mit ihren Söhnen lesen und schreiben gelernt, auch wohl etwas Latein und Geschichte. Aber es heißt, der dritte Bruder der Häuptlinge, Take Middens, hätte den Jungs das Saufen beigebracht. Sein eigener Sohn Tjard ist schließlich auch Schreiber geworden. So ist mir das erzählt worden.«

»Tjard ist bei der Rückkehr in die Heimat verunglückt.«

»Ja, das habe ich auch gehört. Ich lebe ja bloß hier unten in meiner Küche, aber hier bekomme ich viel erzählt. Die meisten Dienstboten essen hier, und die haben immer eine Menge zu berichten. Und dann kommt ein bisschen aus der großen Welt zu mir in meine kleine Küche.«

Rimberti wollte das Gespräch wieder auf seine Fragen bringen. Er sagte beiläufig: »Ich habe gehört, dass der verstorbene Tjard als Schreiber für seinen Vetter Keno gearbeitet hat.«

»Ich habe Herrn Keno erst nach seiner Rückkehr kennengelernt«, erzählte die Köchin. Geschickt hatte sie die Gräten aus dem Fisch entfernt und legte ihn in einen Korb. »Aber Aimo Herkens kannte ihn noch von früher, auch wenn die beiden sich viele Jahre nicht gesehen haben und auch wohl nicht richtig befreundet waren. Das habe ich jedenfalls gehört.«

Er wurde hellhörig. »Nicht richtig befreundet?«

Die Köchin sah zu Boden. Dann nahm sie den nächsten Fisch und trennte wieder mit kräftigen scharfen Schnitten Flossen, Kopf und Schwanz ab. »Ich muss mich jetzt um das Essen kümmern.«

Rimberti sah sich um, ob sonst niemand in der Nähe war. Dann neigte er sich vertrauensvoll zu der Köchin hin und sprach mit sanfter Stimme: »Ich muss mich darum kümmern, dass mögliche Gefahren von euren Fräulein abgehalten werden. Und wenn der Burgschreiber der beiden Fräulein unter geheimnisvollen Umständen zu Tode kommt, dann ist es nicht auszuschließen, dass auch Fräulein Anna und Fräulein Maria in Gefahr sind.«

»Ich habe das nur gehört. Am besten erzählt Grit Euch das nachher selbst«, sagte die Köchin nun ebenfalls mit leiser Stimme. Sie hatte für einen Moment aufgehört, den Fisch zu bearbeiten. »Das ist ein paar Wochen her. Grit wollte Herkens das Essen in seine Schreibstube bringen. Es gab Kaninchenpastete und eingesalzene Bohnen. Da hörte sie hinter der Tür einen heftigen Streit. Sie dachte, dass der Rentmeister Scriver und sein Schreiber stritten. Sie blieb mit der Pastete eine Weile im Gang stehen, bis die beiden sich beruhigt hatten, und brachte dann das Essen ins Zimmer. Aber es war nicht Scriver, der sich mit Herkens in der Kanzlei aufhielt. Der war an dem Tag unterwegs. Es war Häuptling Keno Middens.«

»Konnte sie hören, um was es bei dem Streit ging?«

»Davon weiß ich nichts«, antwortete die Köchin und begann, mit dem Messer die Schuppen abzustreifen. »Da müsst Ihr sie selber fragen.«

»Vielleicht erkundige ich mich auch einmal bei den Wirtsleuten von Herkens.«

»Da wünsche ich Euch viel Vergnügen. Er kann nur nicken oder den Kopf schütteln, und sie spricht gleich für ihn mit. Mir ist zu Ohren gekommen, dass der Burgschreiber ein guter Mieter war. Und mit ihrer armseligen Schusterwerkstatt konnten die beiden das Geld auch gut gebrauchen.«

Rimberti wusste, dass er eigentlich zu viele Fragen gestellt hatte, aber die Köchin war wie eine Quelle, die immer weiter sprudelte. »Ich hatte das vorhin so verstanden, dass Herkens oft betrunken war.«

»Also … davon habe ich noch nie etwas gehört«, erwiderte die Köchin und befreite den Fisch mit einem geschickten Handgriff von seinem Innenleben.

Als es zum zweiten Mal laut an die Tür pochte, eilte die Frau zur Tür. Ihr Mann, der Schuster, hatte das Klopfen wohl nicht gehört. Er wurde morgens nicht wach, ehe er nicht zwei, drei Becher Bier getrunken hatte. Und danach nickte er meistens in seinem Stuhl in der Werkstatt ein. Oft sperrte er die Tür dann zu, und die wenigen Kunden kamen an die zweite Tür zu ihrer Wohnung.

Die Frau war überrascht, keinen Kunden zu sehen, der sich wegen schlecht ausgeführter Schusterarbeit beschweren wollte, sondern zwei gut gekleidete Männer. Den jüngeren erkannte sie. Er war in der Nacht hier gewesen, als ihr Mieter, der Burgschreiber Herkens, die Treppe hinuntergestürzt war. Sie bat die Männer leise ins Haus. Sie wollte ihren Mann nicht wecken.

»Ich bin schon einmal hier gewesen«, eröffnete Rimberti das Gespräch.

»Niemals werde ich diese Nacht vergessen«, antwortete sie und schüttelte heftig den Kopf. »Unser lieber Herkens! Was für ein trauriger Tod. Gerade hat er wohl noch mit Freunden in der Schänke gesessen, und kurz darauf liegt er tot in seinem eigenen Blut. Und er hat immer pünktlich seine Miete bezahlt.«

»Gewiss«, antwortete Rimberti. »Der Drost und die Fräulein lassen euch beiden noch einmal danken, dass wir so schnell benachrichtigt wurden.«

»Ja, das war ja nur leider zu spät. Viel zu spät.« Ergriffen kniff sie die Augen zu und nickte einen Moment stumm. Dann erklärte sie: »Die beiden Kammern sind auch wieder vermietet. Wir brauchen das Geld.«

»Darum sind wie nicht hier«, sagte Rimberti. »Aus dem Nachlass des bedauernswerten Schreibers vermissen wir eine kleine Kiste oder eine Truhe, vielleicht auch ein eher kleines Kästchen, worin er wichtige Schriftstücke aus der Burg aufbewahrt hat.«

»Schriftstücke?«, fragte die Frau des Schusters misstrauisch.

Da meldete sich Fockena mit einer plausiblen Erklärung zu Wort: »Sein Vorgesetzter hatte ihn gebeten, einige Urkunden mitzunehmen und abzuschreiben. In der Burg ist das eine oder andere verloren gegangen. Und es sollten nicht alle mitbekommen, dass die Urkunden kopiert wurden. So wollte er es wohl bei Herkens in sicheren Händen und in einem guten Haus in Jever aufgehoben wissen.«

»Oh ja, das verstehe ich«, entgegnete die Schusterfrau und wollte gerade bestätigend nicken. Da hielt sie inne und blinzelte ihre beiden Gäste an. »Und Ihr glaubt, mein Mann und ich hätte diese Truhe beiseite geschafft? Verdächtigt Ihr uns? Seit Jahren flicken wir die Schuhe aus der Burg, und das ist nun der Dank …«

»Liebe Frau«, unterbrach Fockena sie. »Weder der Drost noch die Fräulein kämen auf so eine Idee. Wir glauben vielmehr, dass Herkens das Gesuchte ohne euer Wissen hier versteckt hat. Gibt es einen Keller? Oder auf dem Dachboden? Vielleicht im Stall. Der Schreiber wollte sichergehen, dass niemand es findet, auch wenn seine beiden Kammern durchsucht würden.«

Die Frau behielt Fockena genau im Blick. Dann begann sie, zaghaft den Kopf zu schütteln. »Davon weiß ich nichts.«

»Das war auch der Sinn der Sache«, erklärte nun Rimberti. »Vermutlich wollte der Burgschreiber Eure Gutmütigkeit nicht weiter ausnützen, und hat das Versteck ohne Euer Wissen ausgesucht. Ein Ort hier im Haus oder auf dem Grundstück, wo es immer nahe ist, ohne dass man darauf stößt.«

Die Frau schöpfte Luft, um darauf zu antworten. Aber als Fockena ihr einen Emder Gulden auf den Tisch legte, hielt sie die Luft an und atmete dann langsam aus. »Ihr meint, Ihr wollt mich bezahlen, damit ich danach suche?«

»So viele Umstände werden wir nicht machen«, antwortete Fockena. »Wir kommen heute Nachmittag mit ein paar Dienern aus der Burg und werden alles durchsuchen, um Herkens Versteck zu finden. Es wird nichts kaputt gemacht, und es wird nachher alles wieder aufgeräumt. Das Geld ist nur eine Entschädigung für die Unruhe. Und egal, ob wir etwas finden oder nicht, am Ende bekommt Ihr ein zweites Geldstück.«

»Und wenn wir das nicht erlauben?«, fragte die Frau.

Fockena nahm die Münze wieder in die Hand. »Dann gibt es kein Geld. Und trotzdem wird hier alles auf den Kopf gestellt.«

Entschlossen streckte die Frau die Hand aus. »Gebt schon her. Aber kommt nicht vor dem Mahl. Und alles, was kaputt gemacht wird, stelle ich der Burg in Rechnung.«

Die Schusterfrau sah Rimberti und Fockena hinterher und verschloss dann die Tür. Dann war sie mit einem Satz in der Werkstatt und rüttelte ihren Mann wach. »Das Kästchen, das Kästchen!«

Der Schuster schreckte vom Stuhl hoch. »Was ist damit?«

»Sie kommen nachher von der Burg, um es zu suchen. Wir müssen das Kästchen verstecken, aber nicht hier im Haus.«

»Aber wo denn?«

Sie dachte einen Moment nach. »Hinter dem Schweinestall. Unter dem Misthaufen. Und wenn sie es doch finden, dann werden sie denken, der Schreiber hätte es dort versteckt.«

Wenige Augenblicke später gruben beide mit den Händen eine Bucht in den Misthaufen. Dann nahm der Schuster den Holzspaten mit der Eisenkante und fing an zu graben.

»Noch tiefer«, sagte sie und nahm die kleine Metalltruhe in die Hände. »Noch tiefer.«

Mit einer Handbewegung gebot sie ihrem Mann Einhalt. Dann kniete sie sich hin und setzte das Kästchen in die Vertiefung.

»Ich gratuliere«, sagte auf einmal eine tiefe Stimme hinter ihr.

Erschrocken drehten die beiden sich um. Fockena und Rimberti standen hinter ihnen. Fockena sagte: »Ihr habt das Kästchen gefunden. Ihr habt uns sehr geholfen. Ihr könnt es uns nun übergeben.«

Der Mann drehte sich um, kniete sich in den Misthaufen und hob die Metalltruhe heraus. Er reichte sie den beiden Besuchern.

Rimberti nahm das kleine verschmutzte Behältnis an sich.

Fockena reichte dem Mann ein Geldstück. »Für Eure Mühe«, sagte er, ohne eine Miene zu verziehen.

Der Schuster nahm das Geldstück und sagte ebenfalls unbewegt: »Immer gern zu Diensten.« Seine Frau sagte kein Wort und nickte nur.

28

FOCKENA HATTE DIE kleine Truhe aus Metall mit einem nassen Tuch von Mist und Erde gereinigt. Rimberti holte den Schlüssel hervor, den er in Herkens' Schlafkammer gefunden hatte.

»Schließt uns das Geheimnis des Burgschreibers auf«, sagte Fockena gespannt.

Rimberti musste erst ausprobieren, wie weit der Schlüssel in das Schloss gesteckt werden musste. Dann drehte er den Schlüssel knirschend und öffnete den Deckel.

Obenauf lagen zwei Schriftstücke, und darunter kamen gut zwei Dutzend Silber- und Goldmünzen zum Vorschein.

Rimberti musterte einige der Geldmünzen. »Das sind Gulden und Taler, wie sie in den Städten der Hanse geprägt werden«, stellte er fest. »Über den Handel kommen sie auch hierher. Meistens sind sie bei Kaufleuten in Gebrauch. Das ist eine stattliche Summe Geld. Ich kann mir nicht erklären, wie ein Burgschreiber aus Jever an so viel Geld kommt.« Er zählte alle Münzen auf den Tisch.

»Und woher ein Einbrecher davon wissen konnte, wissen wir auch nicht«, fuhr Fockena fort. Er entfaltete eines der beiden Schriftstücke. »Sein Testament. Pfarrer Hinrich Kremer von Sankt Marien hat es beurkundet. Der Burgschreiber vermacht seinen gesamten Besitz seinem Vetter und dessen Familie in Westrum.«

Rimberti nahm das zweite Schriftstück. Es war gesiegelt. Er platzierte es so, dass er und Fockena es gleichzeitig lesen konnten. Vor sich hatten sie eine Abschrift des Vertrages, den Graf Edzard 14 Jahre zuvor zwischen seinen drei Söhnen und den drei Jeverschen Fräulein geschlossen hatte. Darin waren die Eheversprechen zwischen den drei Grafensöhnen und den drei Töchtern des Häuptlings von Jever geregelt. Außerdem war festgeschrieben, dass dieser Vertrag innerhalb von sieben Jahren einzulösen war.

Unter dem Wortlaut des Vertrages war hinzugefügt, dass Graf Edzard eine der beiden Ausfertigungen des Vertrages an sich genommen und die andere den drei Fräulein ausgehändigt habe. Diese Ausfertigung habe nun dem Abt des Oldeklosters vorgelegen, der auf Wunsch von Fräulein Dorothea eine Abschrift dieser Ausfertigung hergestellt und gesiegelt habe. So trug sie nicht die originale Unterschrift des Grafen und der Regenten, war aber dafür von Abt und Prior bestätigt und mit dem Siegel des Klosters beglaubigt worden.

»Dafür musste er also sein Leben lassen«, brummte Fockena. »Und was machen wir nun mit all dem?«

Rimberti nahm die Abschrift des Ehevertrages. »Von diesem Schriftstück darf niemand etwas wissen, zuerst auch nicht der Drost und die Fräulein von Jever. Es kann sie in große Gefahr bringen. Es kann aber auch ihre Rettung sein. Man muss genau überlegen, wie es einzusetzen ist. Ich werde es an einem sicheren Ort lassen. Pfarrer Kremer von Sankt Marien muss das übernehmen. Er wird das Schriftstück auch aufbewahren. Trotzdem steht es immer hier zur Verfügung, wenn es gebraucht wird.«

»Was die Gerissenheit angeht, habt Ihr gut von mir gelernt«, sagte Fockena. »Ich muss Euch nun für einige Zeit alleinlassen und nach Hause zurückkehren. Meine Frau hat mir geschrieben. Ich habe mich um einiges zu kümmern. Lasst mich wissen, wann Ihr wieder nach Jever kommt.«

»Das kann schon bald sein«, antwortete Rimberti. »Der kaiserliche Staatsrat Wittenvelde erwartet mich in Groningen. Ich bin gespannt darauf, ihn kennenzulernen. Ich hoffe, er wird sich meine Ausführungen anhören. Er hat Vollmachten von der Königin. Vielleicht kommt er sogar selbst hierher.«

»Ich denke, das Kästchen mit dem Testament und dem Geld müssen wir dem Drosten geben.«

»Ihr übernehmt diese Mission, bevor Ihr abreist«, entschied Rimberti. »Ihr werdet auch eine gute Erklärung haben, wie wir an diese Dinge gekommen sind.«

Vom Flur wurden laute Stimmen hörbar. Ohne ein Wort zu sagen, verstaute Fockena alles in der kleinen

Truhe. Er stellte sie beiseite und deckte das Tuch, mit dem er sie vorher abgewischt hatte, darüber.

Einen Moment später stand Keno Middens im Raum. Ohne Umschweife kam er zur Sache: »Ich bitte Euch, dem Drosten und den beiden Fräulein zuzureden. Sie haben einen großen Fehler gemacht. Das Jeverland wird seinen Feinden schutzlos preisgegeben sein, wenn wir nicht einen starken Landesherrn haben. Und unser Land wird wieder in viele kleine Häuptlingsländereien zerfallen, die einander bekriegen und das Land in den Abgrund treiben.«

»Nun«, knurrte Fockena, »die letzten Überfälle gehen aber doch auf einen Offizier zurück, der im Dienst eines starken Landesherrn steht. Und statt das Jeverland und seine Bewohner zu schützen, hat er ihre Dörfer ausrauben und unschuldige Menschen töten lassen. Und hinterher hat er behauptet, es wären Owelacker und seine Landsknechte gewesen.«

Fockena machte eine kurze Pause und fuhr dann bedeutsam fort: »Beinahe wärt auch Ihr sein Opfer geworden. Vermutlich hätte Onninga mit seinen Leuten als Nächstes Euer Garssum angegriffen.«

Keno Middens nickte heftig. »Männer wie Onninga werden in unsicheren Zeiten groß«, erklärte er. »Und die beiden Fräulein Maria und Anna können diese Sicherheit nicht geben. Fräulein Anna hat mit sich selbst genug zu schaffen, und auch Maria benötigt Schutz und Sicherheit wie ihre gesamte Herrschaft. Bedenkt das bitte, wenn Ihr der Königin Bericht erstattet. Ich will Euch keine Ratschläge erteilen, Doktor Rimberti. Aber das Land und die Menschen brauchen Sicherheit und

Frieden. Und auch der Drost ist nur für eine Übergangszeit hier. Er wird bald heiraten und muss sich dann um seine Güter kümmern.«

Middens wollte noch etwas sagen, schwieg dann aber.

»Ich danke Euch für Euren Rat«, erwiderte Rimberti. »Ich werde Eure Bedenken ernst nehmen.«

Es klopfte zaghaft, und die Tür wurde geöffnet. Eine Magd aus der Küche trat zu ihnen. »Verzeiht. Die Köchin sagte, Ihr wolltet …«, begann sie.

»Ich will Euch nicht weiter aufhalten«, sagte Keno Middens und wandte sich zur Tür. Er drängte die Magd beiseite und drehte sich dann noch einmal um. »Danke, dass Ihr mich angehört habt. Ich wünsche Euch, dass Ihr wohlbehalten ans Ziel kommt.« Dann ging er.

»Ein guter Auftritt«, stellte Fockena fest.

»Grit, die gelehrte Magd«, staunte Rimberti. Er erkannte die ehemalige Novizin, die in der Burg eine Anstellung gefunden hatte. Erst jetzt bemerkte er, wie erschrocken die junge Frau war. Er erhob sich. »Ist dir nicht wohl? Was ist?«

Grit hatte sich ganz an die Wand gedrückt. »Verzeiht, ihr Herren«, stammelte sie verlegen. »Ich … ich weiß gar nicht, was ich …«

»Du musst nichts sagen«, erklärte Rimberti. »Ich habe nur eine Bitte und wollte das nicht ohne dein Einverständnis mit der Herrschaft besprechen.«

Die junge Frau erwiderte nichts und sah ihn verwirrt an. Sie war kreidebleich geworden.

»Vielleicht kannst du mir in der Schreibstube helfen. Es sind etliche Schriftstücke zu übersetzen, und mein

Schreiber Kobus kann gut kopieren, aber sein Latein ist weniger als mangelhaft. Pastor Remmer aus Seediek muss ein paar Tage auf seine Güter, sodass ich etwas Hilfe gebrauchen kann.«

»Wenn die Fräulein und der Drost das wünschen, will ich gern helfen«, antwortete sie. Nur langsam gewann sie ihre Fassung zurück.

»Gut«, erwiderte Rimberti. »Ich muss alles vor meiner Abreise wenigstens einmal durchsehen.«

»Verzeiht«, sagte Grit noch einmal, »ich war verwirrt. Die Köchin machte Andeutungen, dass Ihr einen Ehemann für mich suchen wolltet, und nun sah ich Euch mit zwei Begleitern, und da dachte ich …«

In diesem Moment erhob sich Fockena und sagte feierlich: »Das wäre sicherlich eine große Ehre und eine gute Partie für dich. Das Hindernis dafür ist aber unüberwindlich. Es ist nicht der Altersunterschied zwischen uns, sondern vielmehr meine Frau, die in eine Trennung niemals einwilligen würde.«

29

Am nächsten Morgen fand die frühere Novizin Grit sich schon frühzeitig in der Schreibstube des Rentmeisters ein. Rimberti war schon dabei, sich einen Überblick über die Schriftstücke zu verschaffen, die der ehemalige Rentmeister beiseitegeschafft hatte und die nun dank Fockena wieder hier vor Ort angekommen waren.

Rimberti konnte auch anspruchsvollere lateinische Texte mühelos lesen. Er hatte in Wittenberg bei Melanchthon studiert, der ein Meister der alten Sprachen war. Melanchthon verstand es, auch die kompliziertesten Satzgebilde und Sprachformen antiker Autoren säuberlich zu sezieren. Danach konnte er sie wieder zu einem Ganzen zusammenfügen und ihnen Leben einhauchen.

Außerdem hatte Rimberti durch seine Arbeit in der Kanzlei der kaiserlichen Statthalterin eine gewisse Routine darin, hinter manchmal künstlich aufgeblähten Formulierungen und grammatischen Konstruktionen das zu erkennen, was eigentlich der Sachgehalt eines Textes war.

Dazu war Grit natürlich nicht in der Lage, aber sie konnte mühelos längere lateinische Texte lesen und auch kompliziertere Satzgefüge auflösen.

Die meisten Texte boten aber andere Schwierigkeiten. Die Verfasser verfügten mitunter über begrenzte und fehlerhafte Lateinkenntnisse. Manche waren vielleicht auch nur wenig geübt darin, selber Texte zu formulieren. Hier und da waren Wörter falsch gewählt, grammatische Formen waren fehlerhaft, oder die Sätze waren so konstruiert, dass man auch ein gutes Maß an Erfahrung und Fantasie brauchte, um den Sinn zu erfassen.

Die auf Niederdeutsch verfassten Texte konnte Rimberti auch seinem Schreiber Kobus geben, der fehlerhafte oder unleserlich geschriebene Textstellen meisterhaft entziffern konnte.

So verbrachten die drei den Rest des Tages fast stumm in der Kanzlei. Unterbrochen wurden sie nur, wenn aus der Küche Speisen und Getränke für sie gebracht wurden. Ansonsten hätte ein Lauscher an der Tür vermuten können, das sich in den Schreibstuben niemand aufhielt, es sei denn, er hielt sein Ohr so nah an die Tür, dass er das gelegentliche Flüstern der drei oder das Rascheln von Papier hören könnte.

Einmal – Rimbertis Schreiber war für eine kurze Zeit nach draußen gegangen – berührten sich versehentlich Rimbertis rechter und Grits linker kleiner Finger, als ihre Hände unbeabsichtigt nach dem Blättern im Papierstapel nebeneinander lagen. Die Nähe zu der intelligenten jungen Frau war ihm nicht unangenehm. Sie tauschten keinen Blick aus, sondern lasen weiter konzentriert in ihren Texten. Auch Grit zog ihre Hand nicht weg.

Es polterte an der Tür. Fast gleichzeitig legten beide ihre Hände wieder an ihre Papiere. Vermutlich war es besser so. Rimberti wusste, dass er fast 20 Jahre älter als Grit war. Und schließlich …

Die Tür wurde geöffnet, und Fräulein Maria trat ein.

Rimberti erhob sich, und Grit stand ebenfalls auf und trat zwei Schritte zurück.

Maria trug ein dunkelblaues, fast schwarzes Kleid. Ihre Haare waren unter einer gestärkten weißen Haube verborgen, sodass ihre Stirn bis zum Haaransatz zu sehen war. Sie wirkte angespannt. Ihre blauen Augen blickten für einen Moment unruhig im Raum umher, bis sie Rimberti direkt ansah. Nun schien die Anspannung etwas nachzulassen. »Verzeiht, wenn ich Euch störe«, begann sie. »Gerade kam ein Bote von Pastor Remmer aus Seediek. Er wird übermorgen hier eintreffen und wird dann die Geschäfte des Rentmeisters übernehmen.«

»Das ist gut«, antwortete Rimberti. »Morgen müssen wir abreisen. Der Hauptmann drängt. Wir müssen in Groningen den kaiserlichen Staatsrat von Wittenvelde treffen. Er wird dann entscheiden, wie wir in Eurer Sache vorgehen.«

Maria sah sich in der Kanzlei um. Vermutlich hatte sie diese Räume heute zum ersten Mal betreten.

Rimberti deutete auf die Schriftstücke. »Wir drei hier sind dabei, alles einmal durchzusehen und zu sortieren. Von den Schreiben, die später für das rechtliche Gutachten gebraucht werden, fertigen wir eine Auflistung an. Ich gebe dem Drosten einen Brief für Herrn Remmer, in dem ich erkläre, wie ich vorgegangen bin, und mache auch einen Vorschlag, wie er weiterarbeiten kann. Wir beide hatten in den letzten Tagen viel Zeit zum Reden.

Er ist schon jetzt gut informiert und wird Eure Verwaltung gut aufstellen. Da bin ich mir sicher.«

Aufmerksam hörte Maria zu. Mit leiser, aber fester Stimme sagte sie: »So soll es sein. Meine Schwester und ich sind Euch zu großem Dank verpflichtet, Doktor Rimberti. All das, was Ihr hier tut, übersteigt bei Weitem Eure Pflichten. Ihr habt sogar Euer Leben und das Eures Schreibers großen Gefahren ausgesetzt, um Eure Nachforschungen gründlich anzustellen. Ich weiß nicht, wie diese Sache ausgehen wird, aber ohne Eure Hilfe wäre sie vielleicht schon zu Ende. Das werde ich Euch nicht vergessen. Auch Häuptling Ulfert Fockena werde ich meinen Dank aussprechen. Ich hoffe, sein Weg wird ihn einmal wieder hierher führen.«

Rimberti deutete eine Verneigung an. In der Tat hatten die Auseinandersetzungen um die Besitzansprüche auf Jever zunächst wie ein Rechtsstreit ausgesehen, der nach Vorlage der Urkunden und Akten entschieden werden konnte. Und nun befand sich Rimberti inmitten von Mordanschlägen, Kampfhandlungen und Intrigen.

Maria wandte sich Grit zu. »Dein Onkel dient mir seit vielen Jahren treu als Stallmeister. Als seine Nichte bist du hier jederzeit willkommen. Und auch deine Hilfe nehmen wir dankbar an. Wenn du etwas brauchst, werden meine Schwester und ich für dich da sein.«

Grit deutete einen Knicks an. »Ich danke Euch für die Aufnahme hier. Ich bin dankbar, wenn ich mich nützlich machen kann.«

»Dir blüht ein ähnliches Schicksal wie mir.« Fräulein Maria lächelte, aber ihr Gesichtsausdruck hatte etwas Wehmütiges. »Entweder man findet einen einigermaßen anständigen Mann für dich, oder du kommst wieder in ein Kloster. Dieses Schicksal haben die Grafen und Regenten auch für mich vorgesehen. Langsam verstehe ich, dass ich selber entscheiden muss. Aber dazu brauche ich Menschen, denen ich vertrauen kann.«

»In Drost Boing habt Ihr jemanden, auf den Ihr Euch verlassen könnt«, erklärte Rimberti.

Maria lächelte. »Bitte versäumt nicht, Euch noch einmal persönlich zu verabschieden, bevor Ihr morgen abreist.«

Einen Augenblick war es still, nachdem Maria gegangen war. Dann sah Rimberti Grit an. »Willst du das?«

Sie sah ihn fragend an.

Er erklärte: »Heiraten oder in ein Kloster? Hast du dir schon Gedanken gemacht, welchen Weg du gehen willst?«

»Habt Ihr einen guten Ehemann für mich auf Lager?«, fragte sie amüsiert.

»Ja«, antwortete er bemüht ernsthaft. »Die Regenten haben einen Assistenten für den alten Deichrichter bestellt. Nach ein, zwei Jahren Einarbeitungszeit soll er dem alten Deichrichter nachfolgen. Idbertus ist ein vielversprechender junger Mann, ehrlich, fleißig. Der Drost sucht jetzt noch eine gute Frau für ihn.«

»Ich weiß nicht, ob ich mich für eine gute Frau eigne.«

»Idbertus war sogar an der Universität. Aber er sieht sich wohl nicht so recht als Priester und hat gern eingewilligt, diese Stelle anzutreten. Ich glaube, er ist ein anständiger Mann, auf den man sich verlassen kann. Er wird es zu etwas bringen.«

»Das hört sich gut an. Habt Ihr noch andere Vorschläge für mein Leben?« Grits Stimme klang immer noch belustigt.

»Bei den Klöstern und Stiften kenne ich mich nicht aus. Aber ich will mich gern erkundigen und eine neue Heimstatt für dich suchen.«

»Doktor Rimberti?«

Rimberti bemühte sich, freundlich zu erklären: »Ich bin doppelt so alt wie du und verfüge über keinen Hausstand. Ich glaube, ich bin nicht …«

Grit unterbrach ihn: »Es ehrt mich, dass Ihr nun schon der zweite Mann seid, der mir heute erklärt, mich nicht heiraten zu wollen. Aber vielleicht bleibe ich noch einige Wochen hier und wähle dann ein Kloster aus. Meine älteste Schwester hat einen Mann geheiratet, der durchaus vermögend war, aber auch dreimal so alt wie sie. Sie wäre bei der Geburt ihres sechsten Kindes fast gestorben und ist seitdem kränklich. Und meine andere Schwester hat einen Mann, der grob ist und sie schlecht behandelt. Sie schreiben mir hin und wieder.«

Grit sah für einen Moment auf ihre Hände und sprach dann weiter: »Das Leben im Kloster ist kein Leben in Erniedrigung und Gefangenschaft. Es ist ein Leben in einer sehr kleinen Welt mit strengen Regeln. Aber darin gibt es Freiheiten, die meine Schwestern niemals erleben werden. Also verzeiht mir, wenn ich Euch nicht bitte, mir einen Antrag zu machen.«

Rimberti lächelte, aber er spürte in sich auch einen Hauch Traurigkeit.

»Außerdem …«, fuhr Grit fort.

»Ja?«

Die junge Frau sah Rimberti an, und um ihre Augen bildeten sich Lachfalten. »Fräulein Maria. Ich glaube, Sie mag Euch, Doktor Rimberti.«

30

KURZ NACH SONNENAUFGANG verließen Rimberti und sein Schreiber am nächsten Tag Jever. Hauptmann Burkert und seine Männer begleiteten sie. Fockena war schon am Tag zuvor mit seinen Männern abgereist, um sich um seine Güter zu kümmern.

Rimberti hatte sich zuvor trotz der frühen Morgenstunde vom Drosten und Fräulein Maria verabschiedet. Er hatte den beiden einen Brief an Pastor Remmer von Seediek dagelassen, indem er ihm einen kurzen Überblick über die vorhandenen Schriftstücke gab und einen Vorschlag für eine sinnvolle Archivierung machte. Und er bat Maria und Boing auch, für die ehemalige Novizin Grit zu sorgen.

Hauptmann Burkert hatte drei Männer in der Burg Jever zurückgelassen. Die beiden Männer mit den leichten Verwundungen sollten in Ruhe genesen und ihrem schwer verletzten Kameraden in seinen letzten Tagen oder bei der langsamen Gesundung beistehen.

Burkert war ein angenehmer Reisegenosse, der nicht viel redete und einen scharfen Blick für das Land hatte, in dem sie unterwegs waren. Ostfriesland hatte sich langsam von den Verwüstungen des großen Krieges vor fast 15 Jahren erholt. Die Heere mehrerer Herzöge und Grafen waren damals in Ostfriesland eingefallen und hatten Ortschaften zerstört und ganze Landstriche verwüstet. Viele Menschen hatten damals Vieh, ihr Zuhause oder sogar ihr Leben verloren. Wenn es eines gab, das Ostfriesland in den Jahren gewiss nicht brauchen würde, wäre es ein weiterer Krieg. Und doch kamen sie auch an Spuren der Zerstörung vorbei, die aus jüngster Zeit stammten. Der unsinnige Krieg gegen Balthasar von Esens fügte dem Land schwere Schäden zu, als wenn ein schwer verletzter Patient sich mühsam vom Krankenlager erheben und eine Schlägerei beginnen würde, die ihm weitere neue Verwundungen zufügte.

Nach drei Tagen erreichten sie Groningen. Rimberti war vor einigen Jahren schon einmal hier gewesen. Der hohe Turm der Martinikirche war wieder ein Stück gewachsen. Der alte Turm war im vorigen Jahrhundert eingestürzt, und nun baute man einen neuen, der alle Türme in der weiten Umgebung überragen sollte.

In ihrem Quartier erwartete Rimberti die Nachricht, dass der kaiserliche Staatsrat Christian van Wittenvelde ihn schon am nächsten Morgen sprechen wollte. Rimberti hatte einen Brief verfasst, den der Rat auf den Weg bringen sollte. Rimberti hoffte, dass der Adressat es nicht unter seiner Würde fand, umfassend darauf zu antworten.

Am nächsten Morgen fand sich Rimberti in der Residenz ein. Ein Bediensteter führte ihn in die Kanzlei. Dort saß an einem großen runden Tisch ein großer, kräftiger Mann in weinrotes Tuch gekleidet, eine schwere Goldkette um den Hals. Er war gerade dabei, aus einem Bierkrug zu trinken, den er auch bei Rimbertis Eintreten nicht absetzte. Neben ihm saß ein ebenfalls großer Mann in schlichtem Schwarz mit weißem Kragen. Am Fenster standen zwei Pagen vor einem Tisch mit dampfenden Schüsseln.

Der rotgekleidete Mann setzte den Krug ab und wies Rimberti mit einladender Geste an, Platz zu nehmen.

Rimberti verneigte sich, stellte sich kurz vor und setzte sich. Der Mann in Rot rülpste laut. Rimberti und der Mann in Schwarz wurden in eine säuerlich riechende Wolke eingehüllt.

»Fangt an, fangt an«, sagte der Mann in Rot zu Rimberti. Rimberti wollte gerade beginnen, als er bemerkte, dass diese Aufforderung vor allem den beiden Pagen galt. Der erste brachte einen Teller. Der Mann in Rot ließ sich von Rimberti den Sinn seiner Mission in Jever erläutern und nagte in dieser Zeit eine Entenkeule und einen Entenflügel ab.

Als Rimberti seinen Vortrag beendet hatte, stieß sein Zuhörer auf und bedeutete den beiden Pagen, den nächsten Gang zu servieren. Während Rimberti die rechtlichen Probleme erläuterte und vom plötzlichen Verschwinden und Wiederauftauchen der Dokumente sprach, löffelte sein Gegenüber einen Teller mit Eintopf aus Kohl und Rindfleisch in sich hinein. Nach Beendigung dieser Mahlzeit schnaufte er schwer.

»Seid Ihr schon fertig?«, fragte er. Rimberti beschrieb nun seine Erlebnisse der letzten Tage und erzählte von den Überfällen. Der Mann vor ihm verspeiste zwei dicke Scheiben Schweinebraten mit Möhren. Er spülte den letzten Bissen mit einem Pokal Weißwein hinunter. Plötzlich beugte er sich vor. »Geht in Deckung«, flüsterte er, und ihm entfuhr ein grollender Furz. Ein leicht fauliger Schwefelgeruch erfüllte den Raum. Der in Schwarz gekleidete Mann wandte den Blick ab und sah zum Fenster.

Der Mann in Rot lachte laut auf. »Den eignen Wind riecht jeder gern. Ist es nicht so? Sprecht weiter, Rimberti.«

Er ließ sich eine Schüssel mit goldgelber Grütze kommen, auf der eine Schicht flüssiger Butter schwamm. Er goss aus einem Kännchen, das ihm ein Page reichte, Honig darauf. Der andere Page hielt ihm eine Schüssel hin, aus der er eine Handvoll kandierter Walnüsse nahm und auf die Grütze streute. Nun setzte er seine Mahlzeit fort und löffelte den Brei in sich hinein, während Rimberti die bedrückende Situation der beiden Fräulein von Jever schilderte.

Rimberti berichtete lebhaft von dem Angriff Isko Onningas und seiner Männer. Er erzählte von den Söldnern, mit denen der Drost die Soldaten der Grafen zum Abzug gezwungen hatte. Der Mann neben ihm hatte sich inzwischen zurückgelehnt und hörte mit geschlossenen Augen zu.

Rimberti beschrieb am Ende seiner Ausführungen

die drohende Gefahr eines Angriffs durch die Soldaten der ostfriesischen Grafen und die bedrückende Situation der beiden Fräulein Maria und Anna.

Als Rimberti mit seinem Bericht geendet hatte, war es für einige Momente ganz still im Raum. Dann ertönte ein lautes, zufriedenes Schnarchen.

Rimberti seufzte tief. Er sah kurz zu dem anderen Mann am Tisch, der ihn aufmerksam anschaute. Fast meinte Rimberti, die Andeutung eines Lächelns auf dessen Lippen zu sehen.

Rimberti nickte ihm zu und erhob sich. »Zu Diensten«, sagte er und ging zur Tür.

Vor der Tür blieb er einen Moment stehen. Mit einem Mal packte ihn der Zorn. Er bekam Lust, seinem Vorgesetzten die Reste seiner Hafergrütze über den Kopf zu gießen und ihm seine Meinung zu sagen.

Im gleichen Moment wandelte sich seine Wut in Traurigkeit und Leere. Zu häufig hatte er solche Situationen schon erlebt, in denen arrogante und unfähige Vorgesetzte, die ihm aufgrund ihres Standes überlegen waren, ihn auf so herablassende Weise behandelt hatten.

Jeder Versuch, sich dagegen zu wehren, war sinnlos. Er liefe nur Gefahr, sein Amt zu verlieren oder sich Feinde zu machen, die jeden seiner Schritte blockieren und überall gegen ihn intrigieren würden.

Er drehte sich zu dem schwarz gekleideten Mann um und sagte: »Ich werde morgen noch einmal vorsprechen.« Dann wandte er sich wieder zur Tür.

»Wartet, Rimberti«, hörte er eine Stimme hinter sich. Er drehte sich um. Der Mann in Schwarz war aufgestanden. »Eure Sache ist vielleicht nicht so hoffnungslos, wie Ihr denkt.«

»Meint Ihr?«, fragte Rimberti zurück.

»Ihr befindet Euch vermutlich im Irrtum über die Persönlichkeit, die Ihr bei der Mahlzeit gestört habt«, erklärte der Mann in Schwarz, »Der kaiserliche Staatsrat Christian von Wittenvelde bin ich. Unser Freund hier ist Herzog von Bellinghusen. Er steht auch im Dienst der Statthalterin und soll die Verteidigungsanlagen der Stadt Groningen inspizieren. Und da er im Rang höher steht als ich, fühlt er sich während seiner Anwesenheit für sämtliche Amtsgeschäfte zuständig. Er sieht mich eher als eine Art Sekretär.«

Rimberti sah ihn fragend an.

»Verzeiht mir, dass ich den Irrtum nicht sofort aufklärte«, fuhr Wittenvelde fort. »Aber so hatte ich die Gelegenheit, Eure Ausführungen in Ruhe zu hören und die Ernsthaftigkeit Eurer Anliegen kennenzulernen. Ich kann mir vorstellen, dass Ihr sicher wieder schnell nach Jever zurückkehren wollt, um Eure Arbeiten dort weiterführen und die Fräulein zu unterstützen.«

»Das muss ich. Die Schriftstücke wurden vom ehemaligen Rentmeister gestohlen und konnten erst vor einigen Tagen wieder beschafft werden. Außerdem sind die beiden Fräulein in Gefahr.«

Wittenvelde schwieg einen Moment. Dann sprach er in einem ruhigen Tonfall, der keinen Widerspruch zuließ: »Daraus wird vorerst nichts werden. Ihr werdet mich in der kommenden Woche nach Brüssel begleiten. Dort werden wir der Königin berichten.«

Rimberti wollte etwas entgegnen, aber Wittenvelde unterbrach ihn. »Ich habe Euch zugehört. Das Fräulein Maria hat in ihrem Drosten einen guten Beschützer. Mit Pfarrer Remmer hat sie einen tüchtigen Verwalter. Und ausreichend Soldaten haben sie auch. So werden sie sich eine Zeit lang halten können, bis wir Rat haben.«

Im Spätsommer 1531

31

Mit einem Ruck erwachte Rimberti. Draußen wurde es langsam hell. Er brauchte einen Moment, um sich zu orientieren. Er befand sich auf der Friedeburg, sogar im selben Raum, in dem er vor fast zwei Jahren übernachtet hatte, als die beiden Schwestern von Häuptling Folpt ihr Leben verloren hatten.

Rimberti hatte den kaiserlichen Rat von Wittenvelde nach Brüssel begleitet. Königin Maria, die Schwester Kaiser Karls, hatte erst im Januar die Regentschaft in Brüssel angetreten, nachdem ihre Tante, Königin Margarete, verstorben war. Nun regierte sie im Auftrag ihres kaiserlichen Bruders den nordwestlichen Teil seines Reiches. Rimberti hatte sie erst einmal aus der Ferne gesehen.

Die Königin war eine junge Frau. Mit 21 Jahren war sie schon Witwe geworden, und nun war sie mit 26 Jahren Regentin über die Siebzehn Provinzen und angrenzende Territorien.

Bei der Audienz hatte sie Wittenvelde und Rimberti aufmerksam zugehört und sich genau nach der Ursache der Überfälle und dem Verhalten der ostfriesischen Grafen erkundigt. Dann hatte sie sich von Rimberti bestätigen lassen, dass er Fräulein Maria für fähig hielt, ihre Herrschaft über ihr kleines Land auch auszuüben.

Danach hatte sie dann erklärt, dass sie in dieser Sache eine Bedenkzeit brauche. Im kommenden Jahr wollte sie mit den ostfriesischen Grafen und den beiden Fräulein von Jever in Brüssel über die Sache verhandeln. Bis dahin sollten Rimberti und ihr Rat Wittenvelde noch einmal nach Jever reisen, um einen ausführlichen Bericht über die Situation vor Ort zu erstellen. Bis zu den Verhandlungen im kommenden Jahr hatten beide Seiten den Frieden zu wahren.

Rimberti stand auf. Bis zur Friedeburg war er mit dem kaiserlichen Rat Wittenvelde in dessen Kutsche gefahren. Nun war Wittenvelde nach Oldenburg weitergereist, um Verhandlungen mit den zerstrittenen Grafenbrüdern zu führen und in ein paar Tagen nach Jever nachzukommen. Rimberti sollte die Häuptlinge und führenden Persönlichkeiten der Herrschaft nach Jever bestellen, wo Wittenvelde sie in einer Woche empfangen und anhören wollte.

Rimberti hätte Fräulein Maria und Drost Boing gern eine endgültige Entscheidung des Hofes überbracht. Aber er wusste auch, dass die Statthalterin dazu mehr Informationen brauchte und auch beide Seiten hören musste. Mit dem Schreiben, das Wittenvelde bei sich führte, war aber die Sicherheit des Jeverlandes und der beiden Fräulein bis zum Abschluss der Verhandlungen garantiert. Das war immerhin etwas.

Nachdem Rimberti und sein Schreiber ihr Morgenmahl eingenommen hatten, machten sie sich auf den Weg. Der Drost hielt sich für einige Tage auf der Festung Leerort auf, sodass Rimberti ihn nicht antreffen konnte. Rimberti schrieb ihm einige Zeilen, die ein Bote von der Friedburg überbringen würde. Er kündigte seinen Besuch in den nächsten Wochen an. Er hatte Folpt Middens zugesagt, noch einmal Nachforschungen über den rätselhaften Anschlag auf die beiden Schwestern des Häuptlings anzustellen. Hoffentlich würde er in der kommenden Zeit dafür eine Möglichkeit finden. Schon damals hatte ihn dieses unheimliche Ereignis nicht losgelassen. Und durch seine Begegnungen mit dem alten Häuptling wuchs in ihm das Gefühl, er müsse diesem Geheimnis auf die Spur kommen und eine Erklärung für den Tod der beiden Ordensfrauen finden.

Schweigend ritten Rimberti und sein Schreiber Kobus nebeneinander her. Das Laub der Bäume hatte sich in ein sattes, dunkles Grün verwandelt. Hier und da waren auch schon bräunliche Blätter zu sehen. Die Morgensonne flackerte golden zwischen Zweigen und Blättern.

Bald kamen die beiden an der Stelle vorbei, an der Rimberti mit Fockena und Boing die Leichen der drei gefangenen Landsknechte gefunden hatte. Rimberti schauderte es bei dem Gedanken, dass Onninga vermutlich seine eigenen drei Männer hatte umbringen lassen, damit nicht herauskam, dass die Überfälle von Onningas Männern und nicht etwa von Owelackers Landsknechten verübt worden waren. Drei Tote und noch viele andere Opfer. Und der Schuldige konnte nicht bestraft werden, da er von den Grafen protegiert wurde und sein Vater ein einflussreicher Häuptling war.

Nachdem sie häufig Pausen eingelegt hatten, kamen sie erst in der Mittagszeit in die Nähe von Jever. In weiter Ferne konnte Rimberti schon den massiven Turm sehen, der sich über der Burg erhob.

Plötzlich standen drei Soldaten auf dem Weg.

»Steigt ab«, kommandierte einer von ihnen.

»Soll ich sie töten?«, fragte auf einmal Kobus.

Überrascht sah Rimberti ihn an. »Lieber nicht«, antwortete er.

Die drei Soldaten richteten ihre Hellebarden auf Rimberti und seinen Begleiter.

Rimberti blieb ruhig in seinem Sattel. Eigentlich war er kein mutiger Mann, aber die Ereignisse der vergangenen Wochen hatten ihn viel von seinen Ängsten vergessen lassen. Herablassend erklärte er den Männern, dass er ein Beamter des Kaisers sei und sie nicht wagen sollten, ihn zu belästigen. Etwas verunsichert traten die Männer einen Schritt zurück, und einer von ihnen ging davon. Vermutlich wollte er seinen Kommandanten herbeiholen. Seine Kameraden hielten ihre Waffen weiter auf die beiden Reiter gerichtet. Irgendwie hatte sie die Drohung des Schreibers, sie im Handumdrehen zu töten, doch verunsichert.

Rimberti wollte nichts riskieren, so wartete er geduldig.

»Rimberti!« Mit einem höhnischen Grinsen kam Isko Onninga aus dem Gebüsch, mit weiteren Bewaffneten im Gefolge. »Hat Euch das Schicksal doch in meine Hände gegeben?«

»Nur zu Eurem Besten«, erwiderte Rimberti ungerührt. »Graf Wittenvelde, der persönliche Gesandte von Königin Maria, ist hierher unterwegs. Er wird spätestens übermorgen nach Jever kommen. Wir werden gemeinsam die weiteren Verhandlungen führen.«

Onninga antwortete nicht. Rimberti führte die Sache fort. »Und von Hauptmann Burkert soll ich Euch einen

Gruß bestellen. Er ist wegen seiner Verdienste zum Oberst befördert worden und wird mit einer großen Anzahl Soldaten hierher kommen. Er soll Owelacker und seine Landsknechte vertreiben.«

Das war eine glatte Lüge, aber sie verfehlte durchaus nicht ihre Wirkung. Onninga erstarrte. Bei ihrem letzten Treffen hatte Burkert angekündigt, die Burg von Onningas Vater mit Kanonen zu beschießen und ihn selbst mit eigener Hand zu töten, würde Onninga Rimberti oder jemandem anders auch nur einen Schritt zu nahe treten. Und Onninga wusste, dass Burkert nicht einen Moment zögern würde, genau das mit Freuden zu tun.

»Ihr müsst Euch keine Sorgen machen, ich habe ein gutes Wort für Euch eingelegt«, erklärte Rimberti weiter.

»Ihr seid nicht nachtragend«, erwiderte Onninga, »dann will ich es auch nicht sein.« Er rief seinen Männern zu, die beiden passieren zu lassen, und wandte sich grußlos ab. Noch einmal dreht er sich um: »Seht Euch vor, die Grafen sind wieder zurück. Sie haben Truppen aufgestellt und werden sich zurückholen, was ihnen zusteht.«

»Der Staatsrat des Kaisers wird sehr erfreut sein, die Grafen zu empfangen«, entgegnete Rimberti.

Er und sein Schreiber setzten ihren Weg fort.

Dann konnte Rimberti seine Frage nicht mehr zurückhalten. »Hättest du sie wirklich töten können? Alle drei?«

Sein Schreiber zuckte gleichmütig die Achseln. »Vielleicht. Vielleicht auch nicht.«

32

Rimberti wurde sogleich nach seiner Ankunft in das Sitzungszimmer gebeten. Die Fräulein Maria und Anna, Drost Boing und Seediek erwarteten ihn schon. Und alle vier sahen ähnlich sorgenvoll auf.

Und die Launen verbesserten sich nicht sehr, als Rimberti die Ergebnisse seiner Reise nach Groningen und Brüssel präsentierte.

»Immerhin«, resümierte Seediek, »wir haben einen Aufschub. Und in der kommenden Zeit müssen die Grafen uns in Ruhe lassen.«

»So? Tun sie das?«, fragte Fräulein Maria angriffslustig. »Konntet Ihr ungehindert zu uns nach Jever kommen, Doktor Rimberti? Die Grafen haben alle Straßen und Wege ins Jeverland gesperrt. Sie behaupten, dass sie ihre Grenzen gegen die Angriffe von Owelackers Landsknechten schützen müssen. In Wirklichkeit haben sie die Schlinge um uns gelegt.«

»Nein!« Fräulein Anna schlug empört mit der flachen Hand auf den Tisch. Ihr Kleid war voller Kuchenkrümel. Weinerlich fuhr sie fort: »Das dürfen sie nicht. Dein Gemahl! Er ist doch dein versprochener Gemahl. Und du bist seine Braut, Maria.« Plötzlich wurde sie laut: »Könnt Ihr ihm das sagen, dass Maria immer noch auf ihn wartet?«

Einen Augenblick war es still, dann wandte sich Anna wieder der Schale mit den Rosinenküchlein zu. Sie biss in eines und kaute konzentriert, als hätte sie nichts gesagt.

»Es ist so«, erklärte Seediek. »Man kann nur über Ostfriesland ins Jeverland gelangen. Nur auf dem Wasser sind wir noch nicht abgeschnitten. Aber da kreuzen die Kaperschiffe von Junker Balthasar.«

Fräulein Anna lachte auf. »Balthasar ist unser Vetter.«

»Ja«, bestätigte Fräulein Maria ruhig, »Balthasar ist unser Vetter. Das macht es nicht unbedingt einfacher. Man hasst niemanden so sehr wie seine eigenen Verwandten.«

Rimberti bemerkte, dass Maria in den Wochen seiner Abwesenheit an Selbstbewusstsein gewonnen hatte. Das stand ihr gut. Er hoffte, dass Maria dieses selbstsichere Auftreten in Zukunft von Nutzen sein könnte. Auf einmal kam ihm seine Audienz in Groningen in den Sinn. Er hoffte, dass sie nicht die restlichen Jahre als Ehefrau an der Seite eines furzenden Vielfraßes mit Grafentitel verbringen müsste.

»In wenigen Tagen wird der kaiserliche Rat hier eintreffen«, verkündete Rimberti. »Er ist jetzt schon in Oldenburg, um im Streit zwischen den Grafen zu vermitteln. Hier wird er alle Parteien anhören. Die Statthalterin des Kaisers hat angeordnet, dass bis zur endgültigen Entscheidung im kommenden Jahr Frieden zu halten ist.«

»Die Grafen blockieren alle Zuwege«, seufzte der Drost.

»Nur Mut«, sprach ihm Seediek zu. »Wir können uns lange Zeit aus dem Land ernähren. Und der kaiserliche Gesandte wird zu dieser Blockade wohl ein Wort sagen.«

»Gewiss«, antwortete Rimberti und sprach sich damit auch selbst Mut zu. »Auf jeden Fall müssen wir jeden Konflikt bis zur Anhörung vermeiden.«

»Was ist bis zur Ankunft des Gesandten zu tun?«, erkundigte sich Seediek.

Rimberti zog eine Liste hervor und breitete sie auf dem Tisch aus. »Diese Männer sind einzuladen, damit sie in vier Tagen vom Gesandten empfangen werden können. Es sind die Regenten sowie die Häuptlinge und alle freien Bauern, die mehr als 1000 Grasen Land haben.«

»Habt Ihr ihm diese Liste diktiert?«, fragte Fräulein Maria.

»Viele Namen stammen von Seediek und von mir. Die anderen hat er einem Brief entnommen, der ihn vor wenigen Tagen erreicht hat. Ein Brief von Keno Middens. Graf von Wittenvelde will eine Versammlung mit ihnen abhalten. Danach will er mit den Regenten sprechen. Am Tag darauf werden Graf Enno und Graf Johann kommen.«

»Und?«, fragte Fräulein Maria. »Wenn der Rat der Königin schon auf meiner Burg zu Gast ist, vielleicht hat er die Gnade, auch einmal mit mir und meiner Schwester zu sprechen?«

33

Drei Tage später traf Graf Christian von Wittenvelde ein. Rimberti stellte erfreut fest, dass der Staatsrat mit seiner Kutsche und den wenigen Begleitern von den ostfriesischen Soldaten zunächst an der Weiterreise gehindert worden war und nur durch energisches Auftreten und die Vorlage eines kaiserlichen Beglaubigungsschreibens seine Weiterfahrt hatte erzwingen können. Noch erfreuter war Rimberti darüber, dass Wittenvelde den ganzen Nachmittag über mit den beiden Fräulein von Jever und dem Drosten sprach. Überdies hatte er auch noch einen ausführlichen Brief für Rimberti dabei, der von einem Boten gebracht worden war. Es war die ersehnte Antwort auf ein Schreiben, das Rimberti vor einigen Wochen in Groningen aufgesetzt und durch den Rat weitergeleitet hatte.

Am nächsten Vormittag reisten die Gäste an: die Regenten, die Häuptlinge und die freien Bauern mit großem Grundbesitz. Seediek hatte dem Staatsrat vorher erklärt, dass ein Bauer im Jeverland nicht zu vergleichen war mit dem Bauernstand im übrigen Reich, und dass ein freier Bauer in den friesischen Gemeinden sich in Bezug auf Wohlstand, Landbesitz, Gefolgsleute und Bildung mit vielen Landadeligen in anderen Herrschaften durchaus messen konnte.

Etliche der Gäste wohnten in unmittelbarer Nähe, sodass sie am Abend wieder auf ihre Güter reisen würden. Andere hatten sich bei Verwandten in Jever oder einem der benachbarten Dörfer als Gäste einquartiert, oder sie besaßen hier ein Haus. Und einige hatten die Gastfreundlichkeit der Fräulein von Jever angenommen und ein Quartier in der Burg bekommen.

Nach einer schlichten Mahlzeit in der Burg saßen gut zwei Dutzend Häuptlinge und wohlhabende Bauern des Jeverlandes im Saal. Ein üppiges Mahl sollte es erst nach der Versammlung geben. In der Mitte saß Graf Wittenvelde als Vertreter der kaiserlichen Statthalterin. Links neben ihm hatte Oberst Burkert Platz genommen, der ebenfalls am Vortag mit einem Kontingent Soldaten eingetroffen war. Die Beförderung zum Oberst hatte sein Gesicht nicht weniger mürrisch gemacht. Fräulein Anna war nicht erschienen, und so saß Fräulein Maria allein zur Rechten von Wittenvelde. Rimberti, der Drost und Seediek saßen abseits bei der Tür.

Staatsrat Wittenvelde legte der Versammlung dar, dass die Königin, die die Regentschaft für ihren kaiserlichen Bruder ausübte, von den Leiden der Bevölkerung durch Überfälle, Sturmfluten und Kriegsgefahr gehört habe, und dass diese Nöte nun noch drängender durch die Streitigkeiten zwischen den einst befreundeten Häusern der Cirksena und Wiemken geworden seien.

»Königin Maria hat darum nun die streitenden Parteien für das kommende Frühjahr an den kaiserlichen Hof nach Brüssel geladen«, erklärte Wittenvelde. »Sie wird mit ihnen die Sache verhandeln und dann entscheiden.«

Wittenvelde war einen Moment verunsichert, als sich unwilliges Raunen im Raum breitmachte. Er sah zu Rimberti hin, der eine beschwichtigende Geste machte. In diesem Moment merkte Wittenvelde, dass er dabei war, einen Fehler zu machen. Für die Anwesenden war es eine abwegige Vorstellung, dass eine Königin in Flandern für ihren noch ferneren kaiserlichen Bruder über die Geschicke der Menschen in den friesischen Landen zu bestimmen hatte.

»Es ist der besondere Wunsch der Königin, in diesem Zwist zu vermitteln«, fuhr der Rat fort. »Ihr liegt daran, dass Frieden und Wohlstand in den friesischen Landen einkehren.«

Langsam legte sich der Unmut, und es wurde wieder still. Rat Wittenvelde sprach weiter: »Ich habe Euch gebeten, zu dieser Versammlung zu kommen, um Eure Beschwerden und Eure Forderungen zu hören.«

Nun breitete sich verhalten zufriedenes Gemurmel aus, und hier und da deutete sich ein leichtes Kopfnicken an.

»Graf Wittenvelde«, sagte plötzlich Häuptling Folrat Iken und erhob sich von seinem Platz. »Wir können nicht Abgaben an die Fräulein und Abgaben an die Cirksena zahlen. Und dann müssen wir auch noch uns selber helfen, wenn Plünderer kommen.«

Zustimmendes Raunen war zu hören.

Rimberti erhob sich. »Der letzte große Angriff wurde von den Häuptlingen von Sassenhusen abgewehrt mit tatkräftiger Unterstützung von Oberst Burkert und den Soldaten der Königin. Und als der Kampf auf Messers Schneide stand, kam der Drost mit den Soldaten der beiden Fräulein aus Jever zu Hilfe. Keiner der Soldaten der ostfriesischen Grafen hat auch nur einen Finger gerührt, um zu helfen.«

»Ihr habt nicht das Recht, in dieser Versammlung zu sprechen«, herrschte ihn Keno Middens an.

Oberst Burkert sprang von seinem Stuhl hoch. »Dieser gelehrte Mann hat wie ein Krieger gekämpft, während Ihr im Morgengrauen davongeritten seid. Oder wollt Ihr uns ernsthaft weismachen, dass Ihr von den herannahenden Angreifern nichts bemerkt habt? Sie kamen aus der Richtung, in die Ihr davongeritten seid.«

Keno Middens stand der Mund vor Empörung offen. Er zitterte vor Zorn. Dann drehte er sich zu Fräulein Maria und zischte: »Ihr steckt dahinter. Ihr habt die Landsknechte angeheuert, um Angst und Unfrieden zu schüren. Ihr wolltet so erreichen, dass die Häuptlinge und freien Bauern sich Eurer Herrschaft unterwerfen. Die Grafen Cirksena würden uns hier die Freiheit lassen, die unsere Verwandten in ihrer Grafschaft auch haben. Aber unsere Fräulein wollen ihre Treue und ihren Gehorsam gegen die Grafen aufkündigen und dafür uns die Freiheit nehmen.«

Maria wurde kreidebleich. Ihre Augen waren groß und aufgeschreckt wie die eines Kindes. So hatte Rimberti sie erlebt, als er im Frühsommer nach Jever gekommen war. Aber aufgrund der Ereignisse der vergangenen Wochen hatte sie sich zu einer selbstbewussten Frau entwickelt. Durch diese falschen Beschuldigungen war sie auf einmal wieder zu dem ängstlichen Mädchen geworden, das sie vor einem Vierteljahr noch gewesen war.

»Für all das habt Ihr sicher Beweise, Häuptling«, redete ihn der Gesandte direkt an.

»Morgen werde ich sie Euch vorlegen. Ich habe schriftliche Aussagen, und einer der Offiziere, die von unseren Fräulein bestochen wurden, wird morgen hier erscheinen und seine Angaben machen.«

Auf einmal redeten alle durcheinander. Der Gesandte des Kaisers klopfte ein paar Mal auf den Tisch, und es wurde ruhiger. Er wusste, dass er über einen so schwerwiegenden Vorwurf nicht hinweggehen konnte.

»Isko Onninga?«, fragte der Drost höhnisch. »Ist das Euer Zeuge?«

»Eure Zeit hier ist vorbei«, zischte Keno Middens. »Wir werden Eure Herrschaft nicht länger dulden. Morgen wird abgerechnet.«

Von Wittenvelde sah Rimberti fragend an, aber der wirkte ebenso ratlos. Dann erhob er sich und verkündete: »Morgen nach dem Mittagsmahl werden wir uns hier wieder einfinden. Ich hoffe, Ihr seid gut präpariert, Herr Keno. Auch wir sind unterrichtet über die Vorgänge. Glaubt nicht, dass Ihr uns hinters Licht führen könnt.«

»Morgen werde ich die Verschwörung aufdecken«, verkündete Keno Middens.

Nach einem kurzen Moment des Schweigens sprachen alle durcheinander, verunsichert, empört, aufgeregt.

Grit stand auf einmal mit zwei Küchenmädchen vor Boing, Seediek und Rimberti.

»Sollen wir jetzt das Essen bringen?«, fragte sie leise.

»So schnell wie möglich«, befahl der Drost.

Seediek ergänzte: »Und so viel wie möglich!«

34

»Einem so schwerwiegenden Vorwurf muss ich nachgehen«, erklärte Graf Wittenvelde, als er am Nachmittag mit Rimberti und Boing von Oldersum allein im Saal der Burg saß. »Hattet Ihr noch Gelegenheit, mit Häuptling Keno zu sprechen?«

»Er ist gleich nach der Versammlung abgereist«, erwiderte Rimberti. »Er ist nicht zum Essen geblieben. Er hat nur dem Burgverwalter mitgeteilt, dass er am späten Abend wieder eintreffen werde und dass man für ihn ein Quartier und ein Nachtmahl bereit halten solle.«

»Ich bin gespannt, wen er als Zeugen mitbringen will«, sagte Boing. »Er wird sicher nicht so dumm sein und Isko Onninga präsentieren.«

»Vorhin ist ein Bote von Graf Enno gekommen«, erklärte Wittenvelde. »Er und sein Bruder werden morgen Vormittag hier eintreffen.«

»Was können wir bis dahin tun?« Boing seufzte.

Rimberti schüttelte den Kopf. »Er kann nichts gegen die Fräulein in der Hand haben. Er wird eine Intrige gesponnen haben. Aber ich fürchte, diese Falle erkennen wir erst in dem Moment, in dem sie zuschnappt.«

Rimberti diktierte seinem Schreiber noch einige Briefe und zog sich dann in seine Kammer zurück.

Eine Weile saß er noch am offenen Fenster, blätterte bei Kerzenschein in seinem Lehrbuch der hebräischen Sprache. Er hörte, wie die Geräusche des Betriebs in der Burg leiser wurden und sich schließlich legten, und sah, wie ein Licht nach dem anderen erlosch. Nur im Bereich des Tores brannten einige Fackeln.

Rimberti musste bei seinen Studien eingeschlafen sein. Plötzlich waren Pferdegetrappel und Stimmen zu hören. Rimberti pustete die Kerze aus, um nicht gesehen zu werden. Reiter kamen in den Burghof. Er erkannte Keno Middens, der schwungvoll von seinem Pferd absaß. Sein Begleiter war ein großer Mann, den Rimberti nicht erkennen konnte. Es war zu dunkel im Burghof.

Einige weitere Männer zu Pferde waren bei ihnen. Schließlich kamen Boing von Oldersum und Graf von Wittenvelde in den Innenhof. Die Stimmen wurden lauter. Der Burgvogt kam dazu. Die Stimmen wurden wieder leiser. Ein Bediensteter geleitete die Reiter aus dem Innenhof. Boing führte Keno Middens' Begleiter zu einem der Eingänge in den Wohntrakt der Burg. Keno Middens blieb noch einen Moment mit dem Gesandten von Wittenvelde im Innenhof, dann verabschiedeten sie sich mit einem Kopfnicken voneinander und gingen in entgegengesetzte Richtungen davon.

Rimberti blieb noch einen Moment am Fenster stehen. Plötzlich kam ein Mann in den Burghof. Es war Middens' Begleiter. Er blieb vor der Tür stehen und sah genau zu Rimbertis Fenster hoch. Im flackernden Schein der Fackel erkannte Rimberti sein Gesicht. Balthasar von Esens.

35

Rimberti wachte auf. Jemand stand in seinem Zimmer. Er setzte sich mit einem Ruck auf.

»Fräulein Maria«, sagte er erschrocken.

Sie stand vor ihm, angetan mit einem schwarzen Kleid und mit weißer Haube und weißem Kragen und sah plötzlich wieder sehr jung und verletzlich aus. »Ihr müsst kommen. Jetzt. Es ist etwas geschehen.«

»Ich …«, versuchte Rimberti zu antworten und bemerkte erst jetzt, dass er nicht vollständig angezogen war. Er war in der Nacht dicht daran gewesen, Junker Balthasar aufzusuchen und ihn zur Rede zu stellen. Doch dann hatte er die Idee wieder verworfen und war einige Zeit später in einen unruhigen Schlaf gefallen.

»Ihr müsst kommen«, wiederholte Fräulein Maria noch einmal. »Er ist tot.«

»Junker Balthasar?«

»Nein. Kommt jetzt, wir brauchen Eure Hilfe. Ich warte vor Eurer Tür, bis Ihr angekleidet seid.«

Kurze Zeit später stand Rimberti mit Maria, Seediek und Boing in der Kammer von Keno Middens. Der Häuptling lag auf seinem Bett, vollständig bekleidet, die Augen zugekniffen, der Mund offen und die Hände in das Bettzeug gekrallt.

»Ist Rat von Wittenvelde verständigt worden?«, fragte Rimberti.

»Noch nicht«, antwortete Seediek. »Wir wollten erst selbst alles in Augenschein nehmen.«

»Wittenvelde ist ein neutraler Zeuge«, sagte Rimberti.

»Das seid Ihr auch«, erwiderte Seediek.

»Nein, das bin ich nicht«, entgegnete Rimberti. »Holt ihn. Und bringt den Oberst auch mit.«

Seediek verließ die Kammer.

»Wer hat ihn gefunden?«, fragte Rimberti.

»Einer der Bediensteten. Middens hatte dem Burgvogt aufgetragen, ihn kurz nach Sonnenaufgang zu wecken. Der Diener hat geklopft und dann die Kammer betreten. Er hat ihn so vorgefunden und dann sofort dem Vogt Bescheid gegeben.«

Rimberti sah sich im Raum um. Die Kammer war schlicht eingerichtet, auf dem Tisch befanden sich die Reste des Nachtmahls, und an der Wand lehnte eine große Packtasche.

»Gerade ist ein Bote gekommen«, sagte eine Stimme vom Gang, und Graf Christian von Wittenvelde trat ein. »In einer Stunde werden die Grafen hier …« Er verstummte abrupt.

»Ist er …?«, stammelte er tonlos.

Rimberti beugte sich hinunter zu Keno Middens. Er fühlte seinen Puls und hielt sein Ohr an den Mund des Liegenden. Es wurde auf einmal ganz still.

Rimberti erhob sich wieder. »Ich glaube, er lebt noch. Könnt Ihr einen Arzt holen?«

Plötzlich legte sich eine schwere Pranke auf Rimbertis Schulter, und der Dunst sauren Bieres umgab ihn.

»Doktor Rimberti, mein lieber Freund. Dass wir einander noch einmal wiedersehen, das hätten wir wohl beide nicht erwartet.«

Junker Balthasar von Esens stand auf einmal neben ihm. Balthasars große Hand packte seine Schulter so fest, dass es schmerzte.

Rimberti drehte sich zu ihm um. »Umso größer ist die Freude, Junker. Ich hoffe, sie wird noch genauso groß sein, wenn wir wieder Abschied nehmen müssen.« Mit diesem Worten entwand sich Rimberti seinem Griff.

36

RIMBERTI WAR ALLEIN in Keno Middens' Kammer. Der Häuptling lag auf seinem Lager und atmete in kurzen, kaum wahrnehmbaren Atemzügen. Man hatte ihn zugedeckt. Gleich würde ein Arzt kommen und ihn zur Ader lassen. Rimberti nahm die Tasche des Kranken und durchsuchte sie. Er fand einen Beutel mit Münzen und, in Leinen eingeschlagen, einige Schriftstücke. Die würde er sich nachher vornehmen.

Die Überreste des Nachtmahls waren inzwischen abgeräumt. Er hätte sie gern noch einmal genau untersucht. Eine große Kanne und ein Becher hatten vorhin noch auf dem Tisch gestanden. Schon einmal war auf zwei Mitglieder der Familie Middens ein Giftanschlag verübt worden.

Er nahm die Papiere und brachte sie in seine Kammer. Dann ging er in die Küche.

»Grit?«, fragte die Köchin erstaunt, als Rimberti in der Küche stand und sein Anliegen vorbrachte.

»Ja, die ehemalige Nonne«, erklärte er.

»Ich weiß nicht, wo sie ist. Ich habe sie heute früh schon gesehen. Ich glaube, sie holt frische Kräuter aus dem Garten für das Essen.«

»Wenn sie wieder hier ist, schicke sie zu mir. Sofort!«, ordnete er an.

»Wo sind die Reste von Middens' Nachtmahl?«

»Bei den Schweinen«, antwortete die Köchin.

»Und das Bier auch?«

»Wein. Wein mit Honig. So hat es der Vogt angeordnet. Den wird das Küchenmädchen weggeschüttet oder selber ausgetrunken haben. Die Kanne und der Becher stehen schon wieder sauber im Regal, bereit für die nächsten Gäste.« Die Köchin stemmte die Fäuste in die Hüften. »Heute Mittag werden wir drei Dutzend hungrige Männer verköstigen müssen. Wir sind hier schon seit dem Morgengrauen bei den Vorbereitungen.

Wenn Ihr nichts dagegen habt, kümmere ich mich wieder um meine Arbeit.«

»Du willst die Burg verlassen?«

Grit war gerade dabei, in der Kammer der Mägde ihre wenigen Habseligkeiten zusammenzupacken. Erschrocken drehte sie sich um.

»Doktor Rimberti!«

»Wohin willst du?«

»In das Zuhause, das ich nicht habe, und zu meiner Familie, die es nicht gibt.«

»Wir werden eine gute Möglichkeit für dich finden.«

»Ich kann hier nicht bleiben.«

»Gib uns noch ein paar Tage Zeit.«

»In ein paar Tagen kann viel geschehen.«

Wutschnaubend wie ein Stier stand Junker Balthasar im Innenhof, als Rimberti eine Weile später mit den Schriftstücken aus Keno Middens' Tasche auf ihn zukam.

»Könnt Ihr mir erklären, was hier gespielt wird?«, herrschte der Junker ihn an.

»Gern«, antwortete Rimberti mit gespielter Ruhe. »Aber vielleicht folgt Ihr mir in die Kanzlei des Rentmeisters. Ich möchte, dass Ihr die Dinge erfahrt, bevor andere sie zu Gehör gebracht bekommen.«

Zufrieden grunzte der Junker und folgte Rimberti.

»Ihr befindet Euch mit den ostfriesischen Grafen im Krieg, Junker Balthasar«, begann Rimberti.

»Glaubt Ihr, das weiß ich nicht?«, fuhr Balthasar ihn an. »Es läuft gut für mich. Meine Männer treiben die Soldaten der Grafen wie Hasen vor sich her.«

»Ihr brennt Kirchen und Klöster nieder und bringt unschuldige Menschen um.«

»Unschuldig ist niemand, Doktor«, erwiderte der Junker und wurde immer lauter. »Vor Jahren zogen die Grafen mit ihren Soldaten durch meine Herrschaft. Sie plünderten, raubten und töteten, wie es ihnen in den Kram passte. Ich musste vor ihnen knien und um einen Friedensvertrag betteln. Sie haben mich gedemütigt und mir mehr als die Hälfte meiner Herrschaft genommen. Enno und Johann haben mich das Fürchten gelehrt, nun lernen sie es von mir.«

»Warum seid Ihr hier?«

Mit einem Mal sprang Balthasar auf und wischte Papiere, Federn und das Tintenfass vom Tisch. »Was erlaubt Ihr Euch, mich zu verhören! Ihr seid nichts weiter als ein Schreiberling!«

»Ein Schreiberling, der mit einem treuen Gefährten die Bewohner der Insel Bant vor Eurem Angriff gerettet und Eure wilde Horde in den nassen Tod geschickt hat«, erwiderte Rimberti ungerührt. Im vorletzten Jahr hatten Fockena und er eine Gruppe von Landsknechten, die die Insel überfallen sollten, im Nebel auf einer Sandbank ausgesetzt.

Der Junker legte die Hand an seinen Schwertgriff.

»Krümmt mir ein Haar, und Ihr kommt in die Reichsacht«, antwortete Rimberti. Dass ihm das Herz bis zum Halse schlug, bemerkte der Junker glücklicherweise nicht.

»Niemand hat etwas von Eurem missglückten Angriff erfahren«, betonte Rimberti.

Balthasar ließ die Waffe wieder los und lachte dröhnend. »Ihr imponiert mir, das muss ich sagen. Aber treibt es nicht zu weit. Ich bin nicht Euer Feind, aber ich bin auch nicht Euer Freund. Was ist mit Keno Middens?«

»Es heißt, der Schlag hat ihn getroffen.«

»Ihr lügt fast so gut wie ich, Rimberti.«

»Ich denke, man hat ihm ein Gift verabreicht. Er lebt noch, aber er ist noch nicht wieder aufgewacht. Der Arzt hat ihn zur Ader gelassen, aber ob das hilft, wage ich zu bezweifeln«, erklärte Rimberti. »Warum seid Ihr hier?«

»Ich habe ein Schreiben, das der Rat Wittenvelde im Namen der Königin Maria unterzeichnet hat und das mir freies Geleit zusichert. Und ich habe ein Bündnis mit Herzog Karl von Geldern. Beides zusammen sollte genügen, dass die Cirksenas die Finger von mir lassen.«

Rimberti sah ihn schweigend an.

Balthasar hielt dem Blick eine kurze Zeit stand und brach dann wieder in lautes Gelächter aus. »Also gut. Ich bin von Häuptling Keno gebeten worden, in dem Streit um die Herrschaft Jever eine Aussage zu machen.«

Rimberti starrte ihn weiter an.

»Meine Base Maria hat mir vor einigen Wochen ein Bündnis gegen die Ostfriesen vorgeschlagen. Aber ich bin darauf nicht eingegangen.«

»Warum nicht? Ihr seid der Vetter der beiden Schwestern.«

»Ja, vielleicht sollte ich eine der beiden ehelichen, aber danach ist mir nicht. Fräulein Anna verfällt immer mehr dem Irrsinn, und Maria war immer ein verhärmtes Mädchen. Ich brauche aber ein richtiges Weib, wenn Ihr versteht. Allerdings hat sie sich in den letzten Monaten verändert.«

»Ist das der Grund …?«

»Nein. Sie hat ein falsches Spiel gespielt. Ihre Männer haben Dörfer in meiner Herrschaft überfallen. Sie haben Bauern getötet und Vieh gestohlen. Und es heißt, dass diese Männer auch alle Häuptlinge einschüchtern, die sich nicht den Fräulein in der Burg unterwerfen.«

»Und das sollt Ihr aussagen?«

»Keno Middens wird der neue Drost, wenn Anna und Maria in einem Damenstift untergebracht sind. Unter seiner Regentschaft wird das Jeverland sich nur dann den Cirksena unterwerfen, wenn die Häuptlinge frei bleiben, und wenn es einen ewigen Frieden mit dem Harlingerland gibt. Die Fehde läuft zurzeit nicht schlecht für mich, aber auf Dauer kann ich mir nicht so viele Kriege leisten.«

Jetzt begann Rimberti zu lachen. »Wenn ihr das glaubt, seid Ihr ein noch größerer Narr, als ich dachte.«

Balthasar stürzte sich auf ihn und drückte ihn an die Wand. »Noch ein Wort und …«

»Die Männer, die Euer Land überfallen haben, waren Söldner der ostfriesischen Grafen. Sie drangsalieren die Häuptlinge und Bauern, die zu den Fräulein von Jever stehen. Vor einigen Wochen haben sie Grootewarden und Sassenhusen überfallen. Aber das ist ihnen schlecht bekommen.«

Balthasars Griff ließ etwas nach. »Häuptling Keno hat Beweise. Er hat sie mir vorgelegt.«

»Das Verhör mit den drei Gefangenen?«

Balthasar ließ ihn los. »Was ist damit?«

»Seht.« Rimberti rückte seine Kleidung wieder zurecht und holte aus dem Leinentuch ein Schriftstück hervor. Es war eine Erklärung der drei Gefangenen, dass sie von Drost Boing im Auftrag von Fräulein Maria dafür bezahlt wurden, Dörfer in der Herrschaft Jever und im Harlingerland zu überfallen. Unterschrieben war es mit zwei krakeligen Unterschriften »Janto« und »Foke« und einem Kreuz, neben das der Protokollant den Namen »Reent« geschrieben hatte.

»Befragt sie«, forderte Balthasar ihn auf.

»Alle drei sind angeblich auf ihrer Flucht getötet worden, bevor sie verhört werden konnten. Isko Onninga hat die drei mitgenommen. Sie wurden mit gefesselten Händen und durchschnittenen Kehlen in einer alten Hütte im Wald bei Friedeburg gefunden.«

»Wie kann …«, wollte Balthasar unterbrechen, aber Rimberti fuhr fort: »Der Protokollant Aimo Herkens ist auch tot. Angeblich hat er sich das Genick gebrochen, als er die Treppe hinuntergefallen ist. Nur der Offizier, der hier unterschrieben hat, lebt noch: Isko Onninga. Er hat allein im Dienste der Grafen gehandelt, um die Häuptlinge in die Arme der Ostfriesen zu treiben und Euer Bündnis mit den Fräulein zu verhindern. Er hoffte wohl, dass Ihr dumm genug seid, darauf hereinzufallen.«

Balthasar schnappte nach Luft, er war kurz vor einem neuerlichen Wutanfall. Dann zog ein breites Grinsen über sein Gesicht. »Es ist wohl besser, wenn ich abreise, ohne meine Aussage zu machen. Bin ich Euch zu Dank verpflichtet?«

»Ich komme darauf zurück, wenn es mir nützt«, antwortete Rimberti.

Junker Balthasar verkniff sich seine Erwiderung und nickte stattdessen.

37

Die Tische im Saal waren zu einem großen Viereck aufgebaut und mit weißen Tüchern gedeckt. Überall standen Leuchter mit Kerzen, die nicht brannten, und große Kannen mit Bier und Krüge mit Wein, denen eifrig zugesprochen wurde. Auf allen Tischen waren Platten mit frisch gebackenem Weizenbrot, kaltem Braten und geräuchertem Fisch aufgelegt. Dazwischen standen noch Schüsseln mit Äpfeln, Birnen und Pflaumen.

Den Vorsitz hatte der kaiserliche Gesandte, Graf Wittenvelde, rechts an seiner Seite Doktor Rimberti. Neben Rimberti saßen Fräulein Maria und Boing von Oldersum. Links neben Wittenvelde hatte Oberst Burkert die beiden Grafen Enno und Johann Cirksena neben sich. Nahe bei ihnen saß Isko Onninga, der nur in seinen Becher starrte. Die beiden Grafen blickten finster drein.

Balthasar von Esens war mit seinen Begleitern schon abgereist, nicht ohne vorher noch einmal kurz mit Wittenvelde zu sprechen.

An den anderen Tischen saßen etwa 20 Häuptlinge und wohlhabende Bauern mit großem Landbesitz, von denen die meisten schon beim ersten Treffen gewesen waren. Sie unterhielten sich mit ihren Sitznachbarn.

Graf Wittenvelde erhob sich und begrüßte die Grafen, die Regenten und Häuptlinge, die freien Bauern und mit Rimberti den Beauftragten des kaiserlichen Hofes in Brüssel. Im Namen aller dankte er den beiden Fräulein für die Gastfreundschaft auf ihrer Burg und erhob seinen Becher auf das Wohl der Gastgeberinnen.

Alle prosteten einander zu, nur die beiden Grafen schauten verdrießlich auf ihre Becher.

»Ihr trinkt nicht auf das Wohl unserer Gastgeberinnen, Graf Enno, Graf Johann?«, fragte Wittenvelde.

»Wir haben nicht das Gefühl, als Gäste respektiert zu werden. Wir werden hier mit einem Verräter am Tisch platziert. Junker Boing genoss unser Vertrauen, als wir ihn in sein Amt einsetzten. Dieses Vertrauen hat er ausgenutzt, um hinter unserem Rücken in Kriegsnot gegen uns zu intrigieren. Wir werden seine Besitzungen einziehen und ihn aus seinem Amt entfernen.«

»Das könnt Ihr Euch sparen, Enno«, erwiderte Fräulein Maria mit heller Stimme. »Er ist von meiner Schwester und mir in sein Amt als Drost eingesetzt. Es steht Euch nicht länger zu, Ämter in meiner Herrschaft zu besetzen. Oder soll Euer nächster Kanzler von mir ernannt werden?« Raunen ging durch den Saal.

Rimberti sah, dass die Tür geöffnet wurde. Fockena war gekommen und setzte sich auf einen Stuhl außerhalb des Vierecks von Tischen.

»Wie kannst du es wagen?«, zischte Graf Enno hervor. »Wir befinden uns im Krieg, meine Soldaten beschützen dein Land, und du zettelst einen Aufstand gegen mich an!«

»Einen Aufstand? Meine Schwester und ich sind die rechtmäßigen Herrinnen von Jever. Dazu bedarf es keines Aufstands. Meine Soldaten haben den Schutz Jevers übernommen, damit Euch Eure Männer wieder zur Verfügung stehen. Ich hörte, das Kriegsglück steht nicht auf Eurer Seite. Und Balthasars Verbündeter, der Graf von Geldern, hat bereits ein großes Heer aufgestellt, das schon bald Euer Land besetzen will.«

»Und diesen Räuber und Piraten Balthasar habt Ihr heute Nacht unter Eurem Dach beherbergt?«

»Er kam auf meine Einladung und auf Einladung der Häuptlinge des Jeverlandes«, erklärte Graf Wittenvelde. »Euer Verbündeter, Herr Keno Middens, hat ihn selbst eingeladen.«

»Ich hörte«, erwiderte Graf Enno, »Balthasar wollte Beweise für die Intrigen von Fräulein Maria und Fräulein Anna vorlegen. Sie haben Söldner angeheuert, die die Besitzungen derjenigen Häuptlinge und Bauern überfallen, die die ostfriesischen Ansprüche auf Jever anerkennen.«

Ein unruhiges Raunen begann.

»Nun, ich kenne mich mit den Verhältnissen im Jeverland vermutlich nicht so aus.« Eine Bassstimme war von der Tür zu vernehmen. Fockena hatte sich erhoben.

»Die Angriffe der Landsknechte konzentrierten sich auf Grootewarden und auf Sassenhusen. Knyphausen und Garssum wurden von ihnen verschont«, erklärte er. »Bedeutet das, dass die Häuptlinge von Sassenhusen und Folkert Hedden mit den Bauern aus Grootewarden Parteigänger der ostfriesischen Grafen sind? Und Tido von Knyphausen und Keno Middens, die niemals Opfer solcher Angriffe waren, sind diejenigen, die eine solche Verbindung entschieden ablehnen. Ist das so?«

Niemand sagte etwas.

Fockena fuhr fort. »Ich war dabei, als die Plünderer besiegt wurden. Die Gefangenen wurden verhört. Niemand von ihnen wurde von Fräulein Maria in den Dienst genommen. Es waren Owelackers Männer. Sie kämpfen jetzt in der kaiserlichen Armee in Ungarn. Dort erzielen sie hoffentlich mehr Ehre. Es waren Drost Boing und die Soldaten aus Jever, die uns im Auftrag von Fräulein Maria unterstützt haben.«

»Und dafür habt Ihr Zeugen?«, fragte Graf Johann belustigt.

Mit einem Ruck erhob sich Rimberti. »Ich war dabei mit einem kleinen Kontingent von Soldaten der Königin von Oberst Burkert. Und viele weitere Zeugen waren auch dabei. Zum Beispiel die hier anwesenden Häuptlinge von Sassenhusen und Remmer Tjarks aus Seediek, Häuptling Ulfert Fockena, mein Schreiber und … bevor ich es vergesse: Einer der Zeugen sitzt ja direkt neben Euch.«

Isko Onninga rutschte unruhig auf seinem Stuhl hin und her und sah wieder auf seinen Becher. Graf Enno sah auf Onninga und erstarrte. Er hatte eine Ahnung, was jetzt kommen würde, und das gefiel ihm überhaupt nicht. Aber es kam ganz anders.

»Herr Isko kann es ebenso bezeugen«, erklärte Rimberti. »Mit seinen Männern hat er die Plünderer verfolgt und an unserer Seite in Sassenhusen gekämpft. Nicht einer der Landsknechte stand im Dienst der Fräulein. Im Gegenteil. Isko Onninga kann sogar beeiden, dass es so ist. Oder?«

Onninga erstarrte. »Das kann ich«, sagte er verhalten.

»Und Ihr würdet es bei Eurer Ehre und bei der Ehre Eurer Familie beeidigen?«, fragte Fockena.

Onninga antwortete gleichmütig: »Bei der Ehre meiner Familie. Und bei meiner auch.«

Rimberti nickte mit einem Ruck und setzte sich wieder. »Wir haben das Wort eines Offiziers, der im Auftrag der Grafen handelt«, sagte er feierlich. »Damit hat sich dieser Vorwurf dann wohl erledigt.« Er warf den Grafen einen fragenden Blick zu.

»Erledigt«, brummte Graf Johann unwillig.

»Sind das die Beweise, die Keno Middens vorlegen wollte?«, fragte jemand, den Rimberti nicht kannte.

»Warum ist Häuptling Keno Middens von Garssum nicht selber hier, um seine Beweise vorzulegen?«, wollte Graf Enno wissen.

»Er ist ans Krankenbett gefesselt«, erklärte Boing. »Die Bediensteten haben ihn wie gelähmt in seinem Bett aufgefunden. Er sieht aus, als hätte ihn der Schlag getroffen. Er lebt, aber er kann nicht sprechen. Der Arzt ist schon bei ihm. Ich denke, er wird uns berichten.«

»Da stimmt doch etwas nicht«, rief Tido von Knyphausen in den Saal. »Gestern wollte er Beweise vorlegen, dass die Fräulein Maria und Anna hinter den Überfällen stecken, und nun soll er auf einmal schwer krank sein?«

Graf Enno erhob sich. »Häuptling Keno war ein guter Vermittler zwischen Jeverland und Ostfriesland«, begann er. »Seit seiner Rückkehr vor gut zwei Jahren hat er sich unter den Häuptlingen und Regenten Respekt erworben und war gleichzeitig für uns als Beschützer des Jeverlandes und seiner Fräulein ein Mann unseres besonderen Vertrauens. Nach dem Ausscheiden Junker

Boings als Drost wäre ihm diese Stellung übertragen worden, sodass dann ein Mann des Jeverlandes hier die Regierungsgewalt ausgeübt hätte. Dieser Anschlag …«

»Dann ist es gewiss in Eurem Sinne«, unterbrach ihn Fräulein Maria, »dass nun eine Frau des Jeverlandes die Regierung übernommen hat.«

Ein dunkelgrau gekleideter Mann stand auf einmal in der Tür. Boing war mit schnellen Schritten bei ihm. Mit einem Mal wurde es still im Saal. Alle wollten hören, was der Mann zu berichten hatte. Der aber sprach so leise, dass auch der Drost Mühe hatte, alles zu verstehen.

»Wenn er der Arzt ist, soll er gefälligst laut sprechen«, rief Knyphausen. »Ein Anschlag auf uns geht uns alle an.«

Der graugekleidete Mann räusperte sich und sprach dann leise, aber so klar, dass alle ihn hören konnten. »Häuptling Kenos Atem ist sehr schwach. Sein Puls ist kaum zu spüren. Er liegt da, als hätte ihn der Schlag getroffen. Aber er hat ein wenig Schaum in den Mundwinkeln. Ich vermute, dass man ihm Gift verabreicht hat.«

Gerade wollte Graf Enno zu einer Frage ansetzen, da rief Maria in den Saal: »Wie bei meinem Bruder Christoph!«

Mit einem Mal schlug die Stimmung um. Der rätselhafte plötzliche Tod von Edo Wiemkens einzigem Sohn lag schon mehrere Jahre zurück, aber die meisten Anwesenden hatten dieses Ereignis in Erinnerung. »Mein Bruder Christoph brach zusammen, ohne dass er vorher krank gewesen war«, stieß Maria hervor. »Und kurz nach seinem Tod hat Graf Edzard unser Jeverland besetzt. Jeder, der eins und eins zusammenzählen kann, weiß, was hier geschehen ist.«

»Willst du mich etwa beschuldigen?«, schrie Enno sie an.

Alle redeten und riefen plötzlich durcheinander, und es gab kaum jemanden im Saal und auch wohl nur wenige außerhalb des Saales, über die nicht Verdächtigungen ausgesprochen wurden.

Graf Wittenvelde ließ die Unruhe für eine kurze Zeit zu. Dann schlug er ein paar Mal mit der flachen Hand auf den Tisch und erhob sich. Langsam verebbten die Gespräche.

»Morgen werde ich im Auftrag der Königin noch einmal nach Oldenburg reisen. Ich werde es so einrichten, dass ich in ein paar Tagen wieder hier sein kann. Dann werden wir die Stände wieder einberufen. Rimberti?«

Graf Wittenvelde hatte gesehen, dass sein Sitznachbar die Hand gehoben hatte. Rimberti stand auf und richtete sein Wort an die Versammlung: »Vor fast zwei Jahren war ich schon einmal hier. Mein Weg führte mich über die Friedeburg. In der Nacht, in der ich dort mein Quartier auf der Durchreise hatte, wurde ein Anschlag auf zwei ehrwürdige Schwestern und ihre junge Begleiterin verübt. Die beiden Nonnen waren die Schwestern von Häuptling Folpt und die Tanten von Häuptling Keno. Der Schreiber der Burg, der vor wenigen Wochen zu Tode gekommen ist, ist ebenfalls in Sassenhusen groß geworden und war als Kind ein Gefährte von Häuptling Keno. Ich denke, dass man diese Verbrechen zusammen betrachten muss. Vielleicht ergeben sie einen gemeinsamen Sinn.«

Ein allgemeines brummendes Zustimmen im Saal war von mehrfachem Kopfnicken begleitet.

Rat Wittenvelde ergriff wieder das Wort: »Eine Kommission soll sich der Vorfälle annehmen. Die ostfriesischen Soldaten ziehen sich aus der Herrschaft Jever zurück. Ich habe heute Morgen auch Junker Balthasar gebeten, mit seinen Männern die Grenzen des Jeverlandes nicht zu überschreiten. Er hat eingewilligt. Es wird von keiner Seite eine Blockade auf den Straßen errichtet.«

Graf Enno machte Anstalten, etwas einzuwenden, aber Rat von Wittenvelde fuhr fort: »Doktor Rimberti erhält den Auftrag, Untersuchungen zum Anschlag auf Häuptling Keno und die vermutlich damit zusammenhängenden Verbrechen anzustellen. Als Jurist des kaiserlichen Hofes ist er in den Zwistigkeiten neutral.«

Wieder wollte Graf Enno etwas einwenden, und wieder war jemand anderer schneller. »Sonst hätte die Königin selbst ihn wohl kaum mit dieser Mission betraut«, stellte Fräulein Maria fest.

»Um jeden Verdacht einer Parteinahme zu zerstreuen, beauftrage ich Hochwürden Remmer aus Seediek und Häuptling Fockena als Offizier im Dienste der Grafen, ihn dabei zu unterstützen. So ist jede der Parteien gut vertreten.«

Graf Enno sagte: »Erlaubt mir, dass ich einen Verbindungsmann auswähle, der auch unsere Interessen wahrnimmt und uns informiert.«

»So soll es sein«, stimmte Wittenvelde zu.

»Dann wähle ich Herrn Isko für diese Aufgabe aus. Er wird während dieser Zeit sicher hier in der Burg ein Quartier bekommen können.«

Isko Onninga wandte sich schnell zu Graf Enno um. Dabei stieß er seinen Becher um, und der Wein färbte das Tischtuch blutrot.

38

Der kleine Lüke sah sie als Erster. Er war auf einen Baum geklettert, um seiner Familie und den anderen bei der Ernte zuzusehen. Sie arbeiteten im ockergelben Kornfeld. Die Männer schwangen die Sensen im Halbkreis und gingen Schritt für Schritt voran. Hinter ihnen banden die Frauen und älteren Kinder das Korn zu Garben, die sie zusammenstellten, damit sie richtig trocknen konnten.

Lüke konnte von seinem Baum aus sehen, wie sich hinten am Horizont etwas näherte. Leute kamen auf sie zu. Sie waren ganz klein, so weit waren sie noch weg. Staub wirbelte in Wolken auf. Das war viel spannender als die Arbeit hier unten im Kornfeld.

Zwei alte Frauen und zwei Mädchen kamen aus dem kleinen Dorf. Sie brachten Körbe mit Essen und Trinken. Eines der Mädchen sah in den Baum hoch und erkannte dort seinen kleinen Bruder. »Lüke, bist du da ganz allein hochgeklettert?«

Lüke winkte und lachte. Er deutete in die Ferne und rief: »Da hinten!«

»Komm wieder herunter!«, rief seine Schwester. »Es gibt Essen.«

Sogleich kletterte er geschickt vom Baum. Was er in weiter Ferne gesehen hatte, war schnell wieder vergessen.

Er bekam eine Holzschüssel mit einer ordentlichen Portion Grütze und darauf einen großen Klacks Butter. Die Grütze war mit etwas Honig gesüßt, und er schaufelte sie mit einem Holzlöffel in sich hinein. Es schmeckte herrlich.

Die Erwachsenen aßen auch davon. Im Korb lagen noch zwei Laibe Brot und ein Stück Schinken.

Dann hörte Lüke Rufe und Schreie. Sein Vater griff nach seiner Hand und riss ihn hoch. Die Schüssel mit der leckeren Grütze kippte um. Alle liefen auf ihre Hütten zu, und Lüke rannte, so schnell seine kurzen Beine konnten.

Gemächlich näherte sich ein Trupp von gut 50 Mann dem kleinen Dorf. Der Anführer ging seinen Männern voran.

Mochten sich die Einwohner in ihr Dorf flüchten, so würden sie gleich von dort in den Wald fliehen. Mochten sie ihr Vieh vertreiben, seine Männer würden das meiste wieder einfangen. Mochten sie in der Eile ihr Hab und Gut verstecken, seine Männer würden das meiste finden. Sie kannten alle Verstecke. Mochten die wenigen Männer und Halbwüchsigen ihr Dorf verteidigen, seine Soldaten würden sie töten.

Er musste Beute machen. Seine Kriegskasse leerte sich langsam, und so viele Mäuler zu stopfen, war nicht billig. In wenigen Wochen begann die kalte Jahreszeit. Bald würden sie ein Quartier brauchen. Vielleicht ergab sich durch den Krieg eine Möglichkeit, in den Dienst der Grafen oder des Junkers zu treten. Aber nun wollten sie sich erst einmal diese kleine Siedlung vornehmen.

Der Anführer sah, wie die Bewohner schon dem nahe gelegenen Wald entgegenliefen. Einige versuchten, ihre Tiere mitzunehmen. Vergeblich.

Schon vor einigen Wochen war ihm zugetragen worden, dass Männer unter seinem Namen ihr Unwesen im Oldenburgischen und im Jeverland getrieben hatten. Vielleicht hatte ihn das erst auf die Idee gebracht.

Jetzt war Ewert Owelacker mit seinen Männern wirklich da.

Rimberti und Fockena begleiteten Graf Wittenvelde auf dem alten Heerweg bis zur Friedeburg. Dort waren sie Gäste an der Tafel des Drosten. Als der Rat dann mit seiner Kutsche und seiner Begleitung aufbrach, blieben Rimberti und Fockena im Burgtor stehen.

»Ich hoffe, dass Ihr noch etwas bleiben könnt«, sagte der Drost.

»Wir müssen reden«, erwiderte Rimberti.

»Ich weiß«, antwortete der Drost. »Und so sehr es

mich bekümmert, so sehr wünsche ich auch, dass wir hoffentlich etwas Licht in diese traurige Geschichte bringen. Seit jener Nacht belastet mich der Tod der beiden Schwestern. Und es vergeht kein Tag, an dem ich nicht an sie denke und ihr Bild vor Augen habe, wie sie an meiner Tafel saßen. Sie waren meinem Schutz anvertraut, aber ich habe sie nicht beschützt.«

»Drost …«, begann Rimberti, aber der Drost fiel ihm ins Wort: »Ich kann mir denken, was Ihr sagen wollt. Der alte Häuptling versicherte mir, dass er mir keine Vorwürfe macht und dass es Menschen wie den Eindringling damals gäbe, deren Gerissenheit man mitunter nicht gewachsen sei. Häuptling Folpt tröstet sich damit, dass seine Schwestern nun bei Gott sind, dem sie ihr Leben geweiht haben. Aber mich tröstet das nicht, Ihr Herren. Und wenn Ihr die Suche nach so langer Zeit noch einmal angehen sollt, dann habt Ihr mich ganz auf Eurer Seite.«

»Es gibt keine anderen Zugänge außer durch das Burgtor?«, fragte Fockena unvermittelt.

»Keine geheimen Gänge, wenn Ihr so etwas meint. Nein«, antwortete der Drost. »Der Graben ist tief, das Gelände ist sumpfig. Ich habe jedenfalls nie davon gehört. Bei der Belagerung vor 14 Jahren war ich hier noch nicht Drost. Aber mir ist nie zu Ohren gekommen, dass eine so praktische Einrichtung jemals benutzt worden wäre. Soll ich die alten Bediensteten und Wachen danach fragen?«

»Ich denke, diese Möglichkeit können wir ausschließen«, schloss Rimberti. »Und es gab keine Möglichkeit für einen Fremden, durch den Graben hier hereinzukommen?«

Der Drost schüttelte den Kopf. »Ein Eindringling müsste erst den Wassergraben überwinden und dann die Mauer hochklettern.«

»Das ist für ein angreifendes Heer sicherlich schwierig, aber einem Einzelnen könnte das gelingen«, entgegnete Fockena.

»Das ist vermutlich richtig«, bestätigte der Drost. »Aber dann muss unser Eindringling in den Burghof gelangen, um in die Gebäude zu kommen.«

»Wie viele Wachen stellt Ihr nachts auf?«, wollte Fockena wissen.

»In diesen unruhigen Zeiten sind zwei Mann vor der Brücke, zwei vor dem Tor, zwei auf dem Turm und zwei im Innenhof.«

»An den Wächtern im Burghof kommt also niemand vorbei?«, fragte Rimberti.

»Nein. Wir haben die beiden befragt. Zweimal sogar, zuerst der Kommandant, dann ich. Sie haben nichts gesehen. Niemand außer den zwei Schwestern und ihrer Magd hat den Teil der Burg betreten, in dem sich die Kammern für Gäste befinden. Außer Euch natürlich und Eurem Schreiber.«

»Der Knecht …«, begann Fockena.

»Er schlief bei den Bediensteten des Schlosses. So ist das hier üblich.«

»Und er ritt nach den Ereignissen wieder nach Hause?«

»Nachdem er ausführlich befragt und die wenigen Sachen, die er dabei hatte, durchsucht worden waren. Er wollte seinem Herrn Bericht erstatten. Dazu gab ich ihm einen Brief mit.«

»Und die Begleiterin der Schwestern?«

»Auch ihre wenigen Habseligkeiten wurden durchsucht. Sie blieb ein paar Tage hier, um wieder zu Kräften zu kommen. Der Medicus aus dem Kloster Östringfelde kam und kümmerte sich um sie. Wir konnten sie erst am Tag danach ausführlich befragen, sie war noch völlig panisch. Es hätte nicht viel gefehlt, und sie hätte auch ihr Leben verloren.«

»Wo ist sie jetzt?«

»Verwandte haben sie aufgenommen.«

»Dass der Anschlag geschehen ist, steht außer Frage«, erklärte Fockena. »Es ist nicht ausgeschlossen, dass jemand von außen kam. Es könnte aber auch jemand gewesen sein, der unbemerkt über den Hof in das Quartier der Nonnen gelangt ist. Oder es war die Novizin. Sie hatte jederzeit Zugang zur Kammer der Frauen.«

»Das halte ich für ausgeschlossen«, sagte der Drost. »Die beiden Becher und die Weinkanne gehören nicht zum Inventar unseres Schlosses. Es ist schwer vorstellbar, dass die junge Frau unbemerkt diese Gefäße, den Wein und das Gift während der ganzen Reise mit sich geführt hat. Und dann hätte sie genau wissen müssen, wie viel sie von dem Wein trinken darf, um nur beinahe daran zu sterben. Und warum hätte sie das tun sollen? Das Heimatkloster wird aufgelöst, sie hätte also jederzeit zu ihrer Familie oder woandershin gehen können. Von den wenigen Begegnungen mit den drei Nonnen hatte ich eher den Eindruck, dass sie freundschaftlich miteinander umgingen. Das bestätigte die junge Frau auch später.«

»Können wir die beiden Männer sprechen, die damals die Nachtwache im Burghof hatten?«

»Janko und Siebelt. Siebelt steht nicht mehr im Dienst hier.«

Fockena und Rimberti sahen den Drosten neugierig an, doch der winkte ab. »Siebelt hat auch nach den Vorkommnissen weiterhin seinen Dienst hier getan. Er war immer ein Mann, auf den man sich verlassen konnte, was man von seinem Gefährten nicht unbedingt sagen konnte. Noch mehr als anderthalb Jahre hat er immer zuverlässig auf seinem Posten gestanden. Eigentlich hatte ich ihn für den Posten des Stellvertreters meines Kommandanten vorgesehen. Aber im Frühjahr hat seine Frau eine Erbschaft gemacht, und sie konnten sich eine Schänke in einem Dorf hier in der Nähe am Heerweg kaufen. Die beiden sind nun Wirtsleute. Ich erkläre Euch den Weg dorthin.«

»Was ist mit dem anderen Mann?«

»Janko? Den lasse ich holen.«

»Lasst nur«, antwortete Fockena. »Wir sehen selber nach ihm.«

»Soweit ich weiß, ist er mit Ausbesserungen bei den Reitställen beschäftigt. Dort hinten.«

Zwei Männer waren vor dem Reitstall dabei, eine neue Tür einzusetzen. Ein dritter Mann stand weiter entfernt, an die Wand gelehnt, und sprach mit einer der Mägde.

»Janko?«, erkundigte sich Fockena. »Ist einer von euch Janko?«

Einer der beiden Männer an der Tür schüttelte nur kurz den Kopf, der andere wies mit einer Geste auf den dritten Mann, der in das Gespräch mit der Magd vertieft zu sein schien. »Da hinten«, brummte er. »Der Schwager des Kommandanten.«

Fockena und Rimberti gingen auf Janko zu.

Janko drehte sich zu ihnen um. Sein Gesicht wies eine fast violette Farbe aus, seine Nase ging eher ins Bläuliche. »Die beid'n komm' gut allein klar mit der Tür«, sagte er. »Ich hab' schon mitgeholf'n, die da hinzutra'n.« Er stieß beim Reden mit der Zunge an.

»Wir müssen reden«, ordnete Fockena an und machte der Magd ein Zeichen, sich zu entfernen.

Janko musste aufstoßen und atmete die saure Luft zischend aus.

»Du hattest die Nachtwache vor gut anderthalb Jahren, als die beiden Nonnen vergiftet wurden«, begann Fockena.

»Da kann ich mich nich' dran erinnern«, antwortete der Soldat.

»Kannst du dich überhaupt an etwas erinnern?«, fragte Fockena weiter.

»Mein Schwester is' die Frau von unser'm Kommandanten. Mir kann hier keiner was. So, und nu' muss ich weitermachen.«

Mit einem Satz packte Fockena ihn und zerrte ihn in den Reitstall. Er versetzte ihm einen Schlag in die Magengrube und hielt ihn dann über den Trog. Janko übergab sich. Dann stieß Fockena ihn ins Stroh, wo der Soldat wimmerte und sich krümmte.

Rimberti sah bei dem Eingang zum nächsten Stall einen Eimer Wasser stehen. Er holte ihn und schüttete das Wasser auf Jankos Gesicht. Der wollte sich prustend erheben, taumelte aber wieder zurück ins Stroh.

Im nächsten Moment sah er Fockena über sich.

»Du wirst uns jetzt ganz genau sagen, was in jener

Nacht geschehen ist«, zischte Fockena. »Sonst wird es dir ganz übel ergehen.«

»Ich bin … ich bin …«, stammelte der Soldat.

»Du bist der Schwager des Kommandanten. Und deshalb lässt er es dir durchgehen, dass du schon am frühen Morgen betrunken bist. Und was ist, wenn du Nachtwache hast?«

»Ich habe nichts gesehen in der Nacht, als die beiden Nonnen …«, jammerte der Mann.

»Du hast nichts gesehen und nichts gehört, weil du betrunken warst und geschlafen hast. Wie immer, wenn du nachts Wache hast. Ist es so?«

Janko nickte und schluchzte.

»Also hatte nur ein einziger Mann in der Nacht Wache im Burghof, und du hast irgendwo deinen Rausch ausgeschlafen.«

»Siebelt kriegte von meinem Schwager immer einen Taler extra Sold, weil er für mich mit aufpassen musste. Ich hab' nichts mitbekommen. Überhaupt nichts.«

Drohend sagte Fockena: »Durch deine Schuld konnte ein schweres Verbrechen geschehen. Und deinen Kommandantenschwager, den kriegen wir auch dran.«

»Bitte«, flehte Janko und versuchte abermals aufzustehen. Wieder fiel er zurück ins Stroh.

»Du hast nur eine Möglichkeit, eure beiden Hälse zu retten. Du sagst mir alles, was du über deinen früheren Kumpanen weißt: seine Familie, Freundschaften, Besitz und vor allem seine Erbschaft. Und mit ›alles‹ meine ich genau das. Wenn du uns nur eine Kleinigkeit verschweigst, werden du und dein Schwager das bitter bereuen.«

Janko nickte. Mit einem Mal schien er stocknüchtern zu sein. Er wischte sich mit dem Ärmel den Rotz und das Wasser aus dem Gesicht. Und dann redete er und hörte gar nicht wieder auf.

39

»Und jetzt nehmen wir uns den anderen Wächter vor«, beschloss Fockena.

»Ich denke, das hat noch Zeit bis morgen. Wir können hier auf der Friedeburg nächtigen. Und wir sollten das Gespräch mit Siebelt gut vorbereiten. Nach dem, was der Drost über ihn sagt, scheint er kein übler Kerl zu sein.«

»Und wenn von dem, was Janko sagte, nur die Hälfte stimmt, ist das auch so«, antwortete Fockena und zog einen Geldbeutel hervor.

»Habt Ihr …?« Rimberti war erstaunt, als Fockena ihm eine Handvoll Münzen aus Gold und Silber präsentierte. »Das kommt aus dem Versteck des Burgschreibers.«

»Ich will mich daran nicht bereichern«, beruhigte ihn Fockena. »Drost Boing stellte uns das Geld für unsere Untersuchungen zur Verfügung, für den Fall, dass jemand bestochen werden muss. Was habt Ihr?«

»Ich möchte dieses Mal das Pferd von hinten aufzäumen.«

Fockena sah ihn mit fragendem Blick an.

»Hier!« Die Wirtin sah sie mit übellaunigem Blick an und stellte Fockena und Rimberti zwei Becher mit wässrigem Bier und zwei Schüsseln mit einer graubraunen klumpigen Masse auf den Tisch. Die beiden hatten eine Schänke in einem Dorf aufgesucht, das am Heerweg lag. Die Schänke des ehemaligen Soldaten Siebelt und seiner Frau musste nach den Schilderungen des Friedeburger Drosten gut anderthalb Wegstunden von hier entfernt liegen.

»Ein Eintopf aus Linsen und Hammelfleisch«, brummte die Wirtin und legte einen kleinen Laib Brot dazu. »Das Brot ist von vorgestern.«

»Von vorletzter Woche, meinst du wohl«, sagte Fockena in scharfem Ton und griff nach dem Geldbeutel.

Die Miene der Wirtin verdüsterte sich. Gerade wollte sie einen Kübel von Beschimpfungen über Gäste, die ihre Kost nicht zu schätzen wüssten, über die beiden ergießen, da erblickte sie eine Goldmünze in Fockenas Hand. Ihre Augen weiteten sich.

»Wünschen die Herren noch etwas?«

»Ist dies die letzte Schänke auf dem Heerweg nach Jever?«, erkundigte sich Rimberti.

»Seid Ihr mit meinem Essen nicht zufrieden? Ich habe noch kalten Braten, Räucherfisch, Schinken …«

»Beantworte einfach die Frage«, sagte Fockena.

»Zwei Stunden von hier, da ist noch die Schänke von den beiden alten Fissers. Die sind schon ziemlich in die Jahre gekommen, und die Wirtschaft wohl auch.«

»Wir hörten da etwas ganz anders«, sagte Fockena und machte Anstalten, das blinkende Geldstück wieder verschwinden zu lassen.

»Uns wurde erzählt, vor einiger Zeit hätten ein neuer Wirt und seine Frau alles übernommen«, erklärte Rimberti.

Die Wirtin kräuselte angestrengt die Stirn und kniff die Augen zu, als ob sie angespannt nachdenken würde. Dann hellte sich ihr Gesicht wieder auf, und ihre Augen suchten sogleich nach der goldenen Münze. »Ach, jetzt, wo Ihr es sagt, fällt es mir wieder ein. Die beiden Alten haben das Wirtshaus verkauft. Die Frau des neuen Wirts hat wohl Geld geerbt, und es heißt, dass er vorher Soldat auf der Friedeburg gewesen war.«

»Wo leben die beiden Alten jetzt?«, wollte Rimberti wissen.

»Die haben von dem Erlös mit ihrem Sohn einen Hof mit etwas Land hier in der Nähe gekauft. Wenn Ihr wollt, kann ich Euch den Weg zeigen.«

»Das wollen wir«, sagte Fockena, und steckte das Geldstück wieder ein. »Das sollst du nachher für deine Mühe bekommen.«

Die beiden Alten setzten sich auf die Bank unter dem großen Kastanienbaum. Bei der Arbeit auf dem Hof konnten sie immer noch gut anpacken. Aber nun brauchten sie eine kurze Pause. Auch in all den Jahren, in denen sie Wirtsleute gewesen waren, hatten zwei Kühe, ein paar Schweine, Schafe, Ziegen und Hühner immer dazugehört, genauso wie die Weide hinter dem Haus, die Apfelbäume und die drei Acker für Getreide und Gemüse. Aus der Gerste hatten sie das Bier gebraut.

»So«, sagte die Schwiegertochter in singendem Ton, und stellte ihnen zwei Becher mit Buttermilch auf den wackligen Tisch.

Die beiden Alten waren zufrieden. Ihr Sohn arbeitete hart, und ihre Schwiegertochter war fleißig und gut zu ihnen. Mit dem Erlös für die Schänke hatten sie das hier alles gemeinsam kaufen können, und ihr Sohn konnte den Pachthof aufgeben und endlich eigenes Land bewirtschaften.

Fast gleichzeitig tranken die beiden und lehnten sich mit dem Rücken an die Scheunenwand, die vom Sonnenschein erwärmt war. Sie sahen, wie drei Leute den Feldweg hochkamen. Zwei führten Pferde mit. Sie blieben einen Moment stehen, dann verabschiedete sich eine Person und ging zurück zum Dorf. Die beiden anderen führten ihre Pferde geradewegs auf ihren Hof zu.

Kurz darauf saßen die beiden Alten zwischen Sohn und Schwiegertochter in der Stube, und ihnen gegenüber hatten Rimberti und Fockena Platz genommen. Die drei Kinder bestaunten die Besucher, denen man ihren hohen Stand ansehen konnte.

Rimberti hatte gleich von Anfang an das Gefühl, dass sie es hier mit anständigen Leuten zu tun hatten, und er vermutete, dass Fockena den gleichen Eindruck hatte.

Sie warteten, bis die Schwiegertochter ihnen ebenfalls zwei Becher mit Buttermilch vorgesetzt hatte.

Dann begann Rimberti, indem er sich und seinen Gefährten kurz vorstellte, was auf die Familie eher einschüchternd als vertrauenerweckend wirkte.

Rimberti trank seinen Becher halb leer. Dann erklärte er: »Wir müssen mit euch sprechen. Es geht um einen Diebstahl. Wir wissen, dass niemand von euch damit etwas zu tun hat, aber vielleicht habt ihr davon gehört.«

Die beiden Alten nickten, Sohn und Schwiegertochter tauschten Blicke aus.

»Ein Kästchen mit viel Geld wurde gestohlen«, fuhr Rimberti fort. »Der Täter konnte nie gefasst werden.«

Die vier Erwachsenen erstarrten. Dann schickte die Schwiegertochter die Kinder nach draußen.

»Der Dieb gab viel von diesem Geld aus. Er brachte es in Umlauf, und so kam etwas von diesem Geld auch in die Hände ehrlicher Leute, die ihm dafür etwas verkauft haben. Nun müssen wir die Spur des Geldes verfolgen, um den Täter zu finden.«

Die jungen Bauersleute und das alte Paar sagten nichts und wirkten erschüttert.

»Auf Umwegen ist von diesem Geld vermutlich etwas zu euch gelangt, ohne dass ihr davon wusstet«, erklärte Rimberti so vorsichtig, wie es ging. Fockena verhielt sich ruhig.

»Wir haben in all den Jahren immer etwas zurückgelegt«, sagte der alte Mann mit brüchiger Stimme. Wir haben immer hart gearbeitet. Dann konnten wir die Schänke verkaufen.«

»Es kann sein, dass Siebelt und seine Frau mit diesem Geld eure Schänke bezahlt haben, ohne zu wissen, dass das Geld aus dem Diebstahl stammt«, erklärte Rimberti. Er wusste, dass dies nicht stimmte. Aber er beschloss, diese Familie nicht mit mehr Einblicken in dieses Verbrechen zu belasten.

»Siebelt und seine Frau sind fleißige und ehrliche Leute«, antwortete der alte Fisser eifrig. »Ihre Eltern kennen wir, und er war im Dienst auf der Burg. Sie hatten Geld geerbt, und davon konnten sie die Wirtschaft kaufen. Zusammen mit unserem Ersparten und dem Geld unserer jungen Leute haben wir dann den Hof und das Land hier gekauft. Es ist gutes Land. Wir haben nichts Unrechtes getan. Und wenn wir unrechtes Geld genommen haben, dann geben wir es zurück.«

»Wir haben kein unrechtes Geld genommen«, empörte sich der Sohn.

»Wir wissen, dass ihr das nicht getan habt«, sagte Fockena mit seiner dröhnenden Bassstimme. »Für euer Geld habt ihr hart gearbeitet, und das werdet ihr auch weiterhin tun. Ist von dem Geld, das euch Siebelt für die Schänke bezahlt habt, noch etwas übrig?«

Fockena öffnete den Geldbeutel, den er mitgebracht hatte, und zählte die Geldmünzen auf den Tisch, die sie im Versteck des Burgschreibers gefunden hatten. »Seht her. Das sind Geldmünzen, die für Lübeck, Hamburg und Bremen hergestellt werden. Habt ihr solches Geld bekommen?«

Der Alte erhob sich und öffnete die Tür zur Schlafbutze. Er streckte den Arm ganz nach unten aus und suchte etwas. Dann hatte er es gefunden. Er zog ein Tuchknäuel hervor und öffnete es auf dem Tisch. Acht Goldmünzen und zehn Silbermünzen. »Das haben wir vom Kauf übrig«, sagte er mit leiser Stimme. »Für schlechte Zeiten. Wir wussten nichts über das Geld.«

Rimberti und Fockena sahen sich die Münzen an. Jeweils vier goldene und silberne Münzen gehörten zum Hansegeld. Fockena zählte aus einem anderen Geldbeutel fünf große goldene und sechs silberne Münzen auf den Tisch. »Wir kaufen euch diese acht Münzen ab. Was ihr dafür bekommt, ist sogar noch etwas mehr. Vielleicht hilft es uns bei unserer Suche.«

Der Sohn schob Fockena die acht Münzen hin und wischte die anderen Münzen zusammen. Dann hielt er einen Moment inne und fragte: »Hat Siebelt etwas mit dem Diebstahl zu tun?«

»Er hat keinen Diebstahl begangen«, erklärte Rimberti. »Das Geld ist durch viele Hände gegangen. Er ist ebenso unschuldig an dem Verbrechen wie ihr und wir. Ihr habt nichts Unrechtes getan. Niemand wird etwas über unser Gespräch erfahren.«

Ewert Owelacker beschloss, mit seinen Männern in dem kleinen Dorf zu übernachten. Er hatte die Bewohner fliehen lassen. Sie würden wiederkommen und das Dorf neu bewirtschaften. Kühe waren zum Melken da, nicht zum Schlachten. So sah er die Sache. Wenn er in zwei oder drei Jahren mit seinen Männern wieder hierherkommen sollte, dann gäbe es neues Vieh und neue Lebensmittel, und er würde wieder melken können. Nur wenn die Bewohner Widerstand leisteten, machte er kurzen Prozess.

Owelacker hatte gehört, dass es auf der Burg Jever Soldaten gab. Die Männer, die im Frühsommer unter seinem Namen geplündert hatten, waren von ihnen und den Häuptlingen besiegt worden. Mit dem Drosten und den ostfriesischen Grafen wollte er sich nicht unbedingt anlegen. Ihm ging es mehr darum, Beute zu machen und einer der kriegführenden Parteien eine kampftüchtige Truppe anzubieten.

Einer seiner Hauptleute näherte sich. »Follrich ist nicht mehr da.«

»Follrich?« Owelacker erinnerte sich an den Mann, der erst vor einer Woche zu ihnen gestoßen war.

»Er kommt aus dieser Gegend. Vielleicht ist er abgehauen. Nach Hause«, erklärte der Hauptmann.

»Nach Hause«, sagte Owelacker verächtlich. »Stellt heute Nacht doppelte Wachen auf.«

40

Am nächsten Morgen suchten Rimberti und Fockena den Pfarrer der kleinen Dorfgemeinde auf. Sie wollten den Namen der Verstorbenen erfahren, die der Frau des Soldaten angeblich ein Erbe hinterlassen hatte.

Der Pfarrer war ein großer, schlanker Mann, der in einer winzigen Kate neben der kleinen Kirche lebte, weil das Pfarrhaus vor zwei Jahren von einem Blitz getroffen worden und abgebrannt war. Ihn kümmerte das wenig. Er lebte in aller Bescheidenheit in der Nachfolge Christi. Er hatte seine Ausbildung bei den Brüdern vom Gemeinsamen Leben in Münster erfahren und sich in die Lehre der Demut vertieft. Er lebte mit wenigen, einfach zusammengezimmerten Möbeln. Auf dem kleinen Tisch stand ein einfach geschnitztes Kreuz mit einer Christusfigur, davor lag eine aufgeschlagene Bibel. In dem kleinen, sauber ausgefegten Raum war gerade genug Platz für sie drei. Der Priester kauerte auf dem Boden, weil er die beiden Hocker höflich seinen Gästen angeboten hatte.

Rimberti sah sich interessiert die Bibel an. Es war ein Exemplar der in Wittenberg gedruckten Übersetzung des Neuen Testaments von Martin Luther.

»Ich bin kein Ketzer«, sagte der Priester. »Wenn ich das Wort Christi predigen soll, muss ich es auch lesen können. Einer meiner Brüder hat mir das Buch gekauft und hierher geschickt. Ich könnte es mir gar nicht leisten. Was kann ich für Euch tun?«

»Ich stehe im Dienst von Königin Maria, Schwester und Statthalterin des Kaisers«, ließ Rimberti verlauten. Er merkte, dass solch große Worte fast zu viel für diese kleine Behausung waren. »Wir stellen Untersuchungen in einem Rechtsstreit an. Dabei geht es um das Testament einer Witwe, die in Eurer Gemeinde in diesem Frühjahr verstorben ist.«

»Die alte Witwe Sina. Sie ist fast 90 geworden.«

»Es heißt, sie hat alles der Frau eines Soldaten auf der Friedeburg vererbt.«

»So ist es«, bestätigte der Geistliche. »Sie und ihr Mann hatten keine Kinder, aber viele Geschwister und darum auch eine Vielzahl von Neffen und Nichten und deren Kindern. Sie wollte ihr kleines Haus und das Stück Land der Enkelin ihrer jüngsten Schwester vererben. Es ist nur eine kleine Landstelle, aber wegen der vielen Angehörigen hat sie bei mir ein Testament aufsetzen lassen. Ich habe es im Kirchenbuch notiert. Wollt Ihr es sehen? Dann hole ich es.«

»Wir müssen nur wissen, ob alles seine Richtigkeit hat«, bemerkte Fockena.

»Ihre jüngste Schwester heißt Tjede, und die Enkeltochter hat den gleichen Namen. Sie ist mit dem Soldaten auf der Friedeburg verheiratet. Er heißt Siebo oder Siebelt.«

»Handelte es sich um eine große Geldsumme?«, wollte Fockena nun wissen.

»Nein«, antwortete der Priester. »Sina und ihr Mann hatten nur ein kleines Stück Land und ein Häuschen, das nicht viel größer war als dieses hier. Ihr Mann war Schneider. Nach seinem Tod hat Sina von dem bisschen gelebt, was sie anbauen konnte. Ihre Geschwister haben sich um sie gekümmert. Sie hatte keine Not und wurde gut versorgt. Ein reiches Erbe hat sie nicht hinterlassen. Aber mit dem Erbe ging alles rechtens zu.«

Der Eintopf aus Kohl und Rindfleisch duftete köstlich, und die beiden Krüge waren randvoll mit Bier.

»Das ist frisch gebrautes Bier«, erklärte die Wirtin, während sie auftischte und ihren beiden Gästen noch warmes Weizenbrot kredenzte. »Wir dürfen hier selber brauen. Die Wirtsleute, die hier vorher waren, haben uns alles überlassen und uns gezeigt, wie gebraut wird. Ich hoffe, es schmeckt Euch, Ihr Herren.«

»Das tut es«, bestätigte Fockena mit vollem Mund.

»Ist Euer Mann auch da?«, fragte Rimberti.

»Ich kann ihn holen, er ist gerade bei den Tieren.«

»Holt ihn, wir haben etwas zu besprechen.«

»Wenn Ihr meint«, sagte die Wirtin verunsichert und verließ die Wirtsstube.

Kurz darauf kam sie mit ihrem Mann, dem ehemaligen Wachsoldaten Siebelt zurück. Siebelt war ein schmaler, eher kleiner Mann. Man sah ihm aber an, dass er gut zupacken konnte.

Mit einem offenen Blick sah er die beiden Gäste an und fragte sie direkt: »Ihr Herren? Es gibt etwas zu besprechen?«

Fockena zählte mehr als 20 goldene und silberne Münzen auf den Tisch.

»Dies sind vor allem Taler und silberne Staatsmark

aus Lübeck«, stellte er fest. »Sie sind hier nicht oft in Umlauf. Dieses Geld stammt aus dem Vermögen, das die beiden Schwestern Beeke und Jabina von Sassenhusen mit sich führten, als sie auf der letzten Reise ihres Lebens waren. Sie wollten noch einmal ihre Heimat und ihre Familie wiedersehen, bevor sie ihre letzten Lebensjahre im Kloster Thedinga zubrächten. Aber da sind sie nie angekommen. Das wisst Ihr.«

Die Frau schlug die Hände vors Gesicht und wandte sich ab. Der Mann erstarrte und begann zu zittern.

Rimberti wartete ab, bevor er weitersprach. »Wir wissen, dass dies die Münzen sind, mit denen Ihr das Wirtshaus gekauft habt. Wir wissen auch, dass das Erbe der Großmutter nicht annähernd so groß war, um dies alles hier zu bezahlen.«

Rimberti ließ seine Worte noch einen Moment wirken, bevor er fortfuhr. »Junker Fockena und ich meinen auch zu wissen, dass Ihr kein Mörder oder Verbrecher seid. Deshalb werdet Ihr uns jetzt alles sagen. Wirklich alles, und Ihr werdet nichts verheimlichen.«

Der Mann rührte sich nicht, aber seine Aufgeregtheit war ihm anzumerken. Die Frau drehte sich wieder um. »Du musst es ihnen sagen«, schluchzte sie.

Einen Moment später saßen die vier am Tisch, und Siebelt fing an zu erzählen. »Meistens hatten Janko und ich zusammen Wachtdienst. Jankos Schwester ist die Frau des Kommandanten, darum hat er diesen Posten bekommen.«

»Und dein lieber Kumpan schlief während der Nachtwache seinen Rausch aus«, bemerkte Fockena.

»Meistens schläft er, und ich hielt für uns beide Wache. Mir machte es nichts aus, und der Kommandant legte dann bei meinem Sold etwas drauf. Wir brauchten das Geld. Wir hatten immer vor, etwas Eigenes zu kaufen.«

»Und dann kam die Nacht vor Michaelis«, fuhr Fockena fort.

»Es war nicht viel los. Der Beamte vom Hof in Brüssel, das wart Ihr? Und Euer Schreiber?«

Rimberti nickte. »Außer uns und den Schwestern war niemand zu Gast.«

»Es passiert nicht so oft, dass Durchreisende in der Burg übernachten«, erklärte Siebelt. »Der Bruder der beiden Nonnen war schon vorher auf der Friedeburg gewesen und hatte um das Quartier für seine Schwestern gebeten. Er ist eine Respektsperson im Jeverland, einer der Regenten. Darum hat der Drost sich selbst darum gekümmert. Der alte Häuptling hat einen seiner Knechte geschickt, um die Schwestern in Oldenburg abzuholen. Bis dahin hatte sie ein Knecht aus ihrem alten Kloster begleitet.«

»Und das hast du alles erfahren?«, wollte Fockena wissen.

»Der Knecht hat es uns selber erzählt«, antwortete Siebelt. »Als die Schwestern zum Nachtmahl beim Drosten waren, kam er zu mir. Janko lag schon im Stroh und schlief. Er wollte gern einmal kurz in das Quartier der Nonnen. Er sagte, dass es auf der Reise Unstimmigkeiten zwischen ihm und den Schwestern gegeben habe.«

»Hat er auch gesagt, warum?«, erkundigte sich Rimberti.

»Der Knecht wollte unbedingt vor Einbruch der Dunkelheit auf der Friedeburg sein, und den Schwestern ging es zu schnell. Sie waren das lange Reiten nicht gewohnt. Der Knecht hatte einen Sack bei sich und zeigte mir den Inhalt: eine Kanne und zwei Becher, alles aus Ton. Er hatte gehört, dass die Schwestern gewürzten Wein lieben, und unterwegs etwas davon besorgt. Mit dieser kleinen Überraschung wollte er für seine Ungeduld um Verzeihung bitten. Er hatte wohl Angst, dass die beiden sich bei ihrem Bruder über ihn beschwerten.«

»Die junge Nonne war bei dem Abendessen nicht dabei«, sagte Rimberti.

»Die beiden hatten sie beauftragt, schon alles für die frühe Abreise am nächsten Morgen vorzubereiten. Sie war in der Küche, um mit den Bediensteten zu sprechen. Sie hat nicht mitbekommen, dass der Knecht im Quartier war, und ich habe es ihr auch nicht gesagt. Der Knecht hatte mich gebeten, es niemandem zu sagen, weil es eine Überraschung sein sollte. Er wollte es den Schwestern erst am nächsten Tag sagen, vom wem der Wein gekommen war. Und …«

»Und?«, fragte Rimberti.

»Er gab mir ein Geldstück für meine Verschwiegenheit. Der Knecht kam wieder zurück und ging dann in seine Unterkunft bei den Bediensteten der Burg. Kurz darauf war er wieder bei mir. Er hatte wieder den Sack dabei und öffnete ihn. Darin war ein Kästchen. Er sagte, darin befände sich Geld, das seiner Familie gehörte. Sein Bruder habe ein Stück Land verkauft, und er habe das Geld für seinen Bruder auf der Reise nach Oldenburg vom Käufer abgeholt. Nun wollte er es nicht in der Unterkunft der

Bediensteten haben. Er hatte Angst, dass man es stehlen würde. Er bat mich, das Kästchen sicher unterzubringen; er würde es am nächsten Morgen wieder abholen.«

»Am nächsten Morgen fand man die Toten.«

»Meine Wache war zu Ende, und ich wollte nach Haus. Wir wohnten nicht weit weg von der Burg damals. Die Schwestern hatten angekündigt, früh abreisen zu wollen, aber noch war von ihnen nichts zu sehen. So schickte man eine Magd, um sie nach dem Rechten sehen zu lassen. Sie kam verstört wieder und berichtete, dass alle drei Nonnen tot wären. Sofort war alles in Aufruhr, man holte den Drosten, man alarmierte die Soldaten.«

»Und du hast nichts von dem Kästchen gesagt?«

»Ich wusste zuerst nicht, dass in dem Kästchen das Geld der Schwestern war. Und dann stand der Knecht auf einmal neben mir und sagte, dass man alles durchsuchte. Und der, bei dem man das Kästchen finden würde, sei damit als Mörder und Dieb entlarvt. Und er sagte, dass er schwören könnte, mich am späten Abend gesehen zu haben, wie ich aus dem Quartier der Schwestern gekommen sei. Ich hatte ihm vorher erzählt, dass der andere Wachsoldat ein Schläfchen machte, und so wusste er, dass es keinen weiteren Zeugen gab.«

»Und so habt Ihr geschwiegen«, stellte Rimberti fest.

»Alle in der Burg wussten, dass meine Frau und ich eine Schenke erwerben wollten und dass ich mich für viele zusätzliche Dienste meldete, um mehr Geld zu verdienen. Ich hatte Angst, dass mir niemand glauben würde.«

»Und bei der Durchsuchung hat niemand das Kästchen gefunden.«

»Ich war schon mehrere Jahre im Dienst auf der Burg. Ich kannte auch manche Verstecke, die anderen verborgen waren. Erst ein paar Tage später kam der Knecht zu mir nach Hause. Er sagte, dass alles ein schreckliches Unglück sei und er den Schwestern nur ein Schlafmittel hatte verabreichen wollen. Nun brauchte er das Geld, um in ein anderes Land gehen zu können. Ich wusste, dass das eine Lüge war, aber nun steckte ich zu tief in der Sache drin. Er versprach mir eine große Summe Geld aus dem Kästchen. So holte ich es nach Hause. Es war voller goldener und silberner Münzen. Er gab mir viel Geld. Etwa die Hälfte von dem, was im Kästchen war. So wurde ich unfreiwillig sein Komplize. Der Komplize eines Mörders, aus Dummheit und Habgier.«

»Ich würde sagen, Habgier macht immer dumm, aber in deinem Fall ist es doch mehr Dummheit«, bemerkte Fockena.

»Der Knecht riet mir, das Geld nicht sofort auszugeben, damit man mir nicht auf die Schliche käme. Ich sollte mindestens ein Jahr warten. Dann ergab sich eine Gelegenheit. Meine Frau hatte sich um ihre alte Großmutter gekümmert, und sie sollte als Dank das geringe Erbe erhalten: eine kleine Hütte und etwas Land. Das hätte nie für den Kauf gereicht, aber mit dem Geld der Nonnen würde es gehen. Vor einem halben Jahr ist sie dann verstorben, und so hatten wir eine Erklärung für das viele Geld.«

»Habt ihr den Knecht noch einmal wiedergesehen?«, fragte Rimberti.

»Nein. Zweimal war der alte Häuptling Folpt noch auf unserer Burg, aber unter seinen Begleitern war dieser Mann nicht. Ich gehe davon aus, dass er fortgegangen ist und sich ein neues Leben aufgebaut hat.«

»So wie du«, sagte Fockena mit hartem Ton.

»So wie ich«, gab Siebelt zu. »Es vergeht kaum ein Tag, wo ich nicht an jene Nacht denke und mir Vorwürfe mache. Was werdet Ihr nun mit uns machen?«

»Vorläufig nichts«, antwortete Rimberti. »Ihr beide werdet mit keiner Menschenseele über uns Gespräch reden. Aber wenn wir deine Hilfe brauchen, musst du unverzüglich zur Stelle sein.«

»Das werde ich«, erwiderte Siebelt mit tonloser Stimme. »Das werde ich.«

41

SEEDIEK WAR ZUFRIEDEN. Gerade hatte er Isko Onninga, der überall in der Burg herumschnüffelte, vor die Tür gesetzt. Die gelehrte Küchenmagd Grit war mit ihm die

Verzeichnisse der Deiche durchgegangen, und sie hatten gemeinsam eine Aufstellung der Abgaben und verpflichtenden Dienste zum Bau und zur Erhaltung der Deiche begonnen.

Da klopfte es, und Seediek begrüßte den erwarteten Gast: »Idbertus. Wie gut, dass Ihr hier seid. Wir sind gerade dabei, die Register für Euren Deichabschnitt zu erstellen. Da ist es bestimmt nicht verkehrt, wenn Ihr von Anfang an dabei seid. Habe ich nicht recht?«

Idbertus nickte. »Das ist eine sehr gute Idee. Ich danke Euch.«

»Grit hat mir bei allem sehr geholfen, und sie wird uns auch weiterhin unterstützen. Sie war bis vor Kurzem Novizin und ist durch …«, Seediek zögerte und sprach dann weiter, »… ist durch ein Unglück hier bei uns gelandet. Und das ist wiederum unser Glück, denn sie ist ausgebildete Schreiberin und ist auch der Verwalterin ihres Klosters zur Hand gegangen. Sie wird Euch in alles einweisen, ich muss eine kurze Unterredung mit den Fräulein führen.«

Mit einem Sprung war Seediek draußen.

Idbertus setzte sich an den großen Tisch, auf dem Grit alle Schriftstücke ausgebreitet hatte. In der Mitte lag ein gebundenes Buch mit leeren Seiten.

Für eine Weile war es still im Raum. Grit sah auf die Schriftstücke vor sich, Idbertus schaute konzentriert aus dem Fenster.

Für einen Moment trafen sich ihre Blicke.

Und dann fingen sie gleichzeitig zu sprechen an.

»Ich weiß, warum ich hierherkommen sollte«, stellte

Idbertus fest, und Grit sagte im gleichen Moment: »Ich weiß, warum wir hier sind.«

Für einen Augenblick schwiegen sie wieder.

»Ich bin ein entlaufener Priester«, begann Idbertus. »Eigentlich heiße ich nicht Idbertus, sondern Ibo. Und zum Priester geweiht bin ich auch noch nicht, aber meine Priesterweihe war in einigen Wochen geplant. Ich habe mich anders entschieden. Mein Onkel ist darüber sehr verärgert. Er hat mich unterstützt, damit ich eine gute Schuldbildung bekomme und sogar für drei Jahre die Universität besuchen konnte. Ich habe auch meinen Abschluss als Bakkalaureus. Ich bin in einer Bauernfamilie großgeworden und liebe das Leben draußen. Vielleicht wäre ich gar kein so schlechter Priester, aber ich kann darin nicht meine Berufung sehen. Und nun habe ich fast mehr geredet als sonst in einer Woche.«

»Ich bin als Kind ins Kloster gekommen, und ich bin davon ausgegangen, dass es auch so bleibt. Aber mein Kloster gibt es nicht mehr. Durch meinen Onkel habe ich diese Arbeit hier bekommen.«

»Willst du nicht wieder ins Kloster?«

»Doch, an dem Tag, an dem du zum Priester geweiht wirst.«

42

Am nächsten Morgen sahen Fockena und Rimberti zuerst nach Keno Middens. Man hatte ihn aufrecht in sein Bett gesetzt, um ihm Brühe einzuflößen. Vor dem Zimmer saß immer ein Soldat als Wache. So hatte es Wittenvelde vor seiner Abreise angeordnet. Und im Zimmer hielt sich immer einer von den Bediensteten der Burg auf. So hatte es Fräulein Maria angeordnet.

»Ich weiß nicht, ob der nochmal wiederkommt«, seufzte die Küchenhilfe, die mit einer Schale Hühnerbrühe an seinem Bett saß. »Gestern ist er zweimal kurz wach geworden, wenn man das so nennen kann. Gesprochen hat er nicht, bloß ein bisschen ins Licht geblinzelt und so Laute von sich gegeben. Aber ein paar Löffel Brühe nimmt er wohl zu sich.«

»Haltet ihn am Leben, so werdet auch ihr alle hier am Leben bleiben«, sagte eine schneidende Stimme hinter ihnen. Isko Onninga. »Häuptling Keno ist der Vertrauensmann unserer Grafen. Sie werden ihn als Regenten für das Jeverland einsetzen. Stößt ihm etwas zu, dann werden Graf Enno und Graf Johann ihre Soldaten hierher schicken. Und daran wird sie auch keine Königin in Brüssel hindern.«

»Seid froh, dass Ihr noch lebt«, grollte Fockena. »Ihr wisst, was Hauptmann Burkert Euch versprochen hat.

Erhebt noch einmal Eure Hand gegen jemanden hier, und er wird Euch persönlich in Stücke hacken. Verlasst Euch darauf, er wird liebend gern sein Wort halten, und viele hier werden ihm mit Freuden dabei helfen.«

Für einen Moment wich die Farbe aus Onningas Gesicht. Dann gewann er wieder seine Fassung. »Hinter all dem steckt Maria. Sie hat einen unliebsamen Widersacher aus dem Weg geräumt. Vermutlich war auch sie es, die ihrem Bruder damals …«

Er verstummte. Boing und Seediek standen auf einmal hinter ihm, und so war er von vier Männern umgeben, die ihm nicht gerade freundlich gesonnen waren. »Ich wollte mich nur nach dem Stand Eurer Untersuchungen erkundigen«, lenkte er ab.

»Wir kommen sehr gut voran«, antwortete Fockena. »Und wenn unser Patient hier wieder aufwacht, wird er uns auch das eine oder andere zu berichten haben.« Im gleichen Augenblick bereute er, was er gesagt hatte.

»Was denn?«, erkundigte sich Onninga.

»Das werden wir dann schon hören«, tönte Fockenas tiefe Stimme. »Wir danken Euch für Eure Anteilnahme. Ihr werdet sicher wichtige Geschäfte zu erledigen haben.«

»Darauf könnt Ihr Euch verlassen«, erwiderte Onninga und verschwand.

»Der Knecht?« Seediek war erstaunt, als Rimberti und Fockena ihm von ihren Erkundigungen berichteten. Sie hatten vorher beschlossen, die Untersuchungen und Beratungen auch ohne den ehemaligen Drosten und Fräulein Maria durchzuführen, um die Neutralität zu wahren.

Seediek lehnte sich zurück. Er hatte die gebratenen Eier, die Scheiben Roggenbrot mit Butter und die Becher mit Apfelmost noch nicht angerührt, die die Köchin ihnen zum Frühstück gebracht hatte. »Das wirft ja mehr Fragen auf, als es klärt«, bemerkte er. »Warum soll einer der Knechte von Folpt Middens die beiden Schwestern seines Herrn umbringen und ausrauben, um dann wieder als Knecht auf Sassenhusen zu arbeiten?«

»Genau«, gab ihm Fockena recht. »Und hätte es für ihn auf der langen Reise nach Sassenhusen und dann wieder nach Thedinga keine bessere Möglichkeit gegeben, um die beiden von ihrem Geld zu befreien? Das hätte doch viel unspektakulärer geschehen können. Den Verlust des Geldes hätte die Familie verschmerzt, und irgendwann wäre Gras über alles gewachsen. Aber so? Auch wenn die beiden Nonnen alt waren, niemand aus der Familie wird diese Tat jemals vergessen.«

»Am besten stellen wir diese Fragen dem Knecht«, schlug Rimberti vor. »Und dann ist da noch ein Besuch im Kloster Thedinga zu machen. Ich habe in Erinnerung, dass dort eine Nonne lebt, die viele Jahre zusammen mit den Schwestern im Kloster Annenwolde war. Vielleicht kann sie etwas über die Schwestern sagen, das uns weiterhilft. Das würde ich gern übernehmen, denn im Kloster lebt eine Großtante von mir, die jüngste Schwester meiner Großmutter. Nach der Auflösung ihres Klosters hat sie dort eine neue Heimat gefunden. Die würde ich gern einmal wiedersehen.«

»Schwester Meta Hallenga? Sie war Vorsteherin des Klostervorwerks in Oldekamp«, erinnerte sich Fockena, auf den die resolute Dame einen starken Eindruck gemacht hatte. »Die würde ich auch gern einmal wiedersehen.«

»Gut, dann bitte ich Euch, die Reise zu machen. Erkundigt euch nach der ehemaligen Mitschwester von Beeke und Jabina Middens. Fragt sie, ob ….«

»Glaubt Ihr, Ihr seid der Einzige, der weiß, wie man vernünftige Fragen stellt?«, unterbrach ihn Fockena.

Isko Onninga ging missmutig durch das Burgtor in Richtung Marktplatz. Er suchte jemanden, an dem er seine Übellaunigkeit auslassen konnte. Doch plötzlich hellte sich seine Miene auf. Dort stand ein junger Mann und wartete auf ihn.

Isko nickte ihm zu, und sie betraten ein Wirtshaus in der Nähe des Marktes. Sie setzten sich an einen Tisch, abseits von den anderen Plätzen. Erst als die Wirtin ihnen Bier, Brot und Käse gebracht hatte, begannen sie leise ihr Gespräch.

»Er ist da«, sagte der junge Mann. »Er hat über 50 Mann bei sich und hält sich in Rüstringen auf.«

»Und?«

Der junge Mann sah Herrn Isko geradewegs an. Isko holte einen Lederbeutel hervor und ließ den jungen Mann hineinschauen. Er brummte: »Aber dafür will ich jetzt noch mehr hören.«

»Owelacker will nach Östringen und dann ins Wangerland. Er will sich Proviant und Quartier für den Winter beschaffen. Er hofft, dass er sich irgendwo niederlassen und dann für den Winter eine Waffenruhe verhandeln kann.«

»Und woher weißt du das alles?«

»Ich habe gelauscht, wie er mit seinen Hauptleuten gesprochen hat. Vor ihnen hat er keine Geheimnisse. Im Frühjahr will er sich einer der kriegführenden Parteien anschließen.«

»Welcher?«

»Er will seine Dienste zuerst Junker Balthasar anbieten. Zurzeit ist das Kriegsglück wohl auf dessen Seite. Aber Balthasars Herrschaft ist nicht groß, und ihm können schnell die Männer ausgehen. Ewert hat gehört, dass der Herzog von Geldern Balthasar mit Geld unterstützt, damit er für den wahren katholischen Glauben kämpft. Der Herzog will eine Armee schicken, aber das kann dauern. So verfügt der Junker von Esens vermutlich über Geld, aber er braucht Männer.«

»Hat Owelacker Boten zu Balthasar geschickt?«

»Das weiß ich nicht. Zwei Hauptleute kamen später dazu, und dann stellten sie eine Wache auf. Da konnte ich nichts mehr hören.«

»Ich habe andere Pläne für Owelacker. Kannst du noch etwas für mich tun, Follrich?«

»Vielleicht.« Follrich zögerte.

Onninga schob ihm schließlich den Geldbeutel zu.

43

Fockena war unterwegs zum Kloster Thedinga, um die frühere Mitschwester der beiden toten Nonnen zu befragen und Grüße an Rimbertis Großtante zu bestellen. Außerdem wollte er noch einen Tag auf der Festung Leerort verbringen, um seinen alten Freund Eggerik Beninga, den dortigen Drosten, zu besuchen. Beninga ließ die Festung gerade modernisieren und schrieb gleichzeitig an einer Chronik über die Geschichte der Friesen.

Rimberti und Seediek näherten sich Sassenborg. Die zerstörte Brücke über das Tief war durch eine neue stabile Holzbrücke ersetzt worden. Vor Wochen hatte man sie abgerissen, um die Angreifer aufzuhalten. Kurz vor Sassenborg war die Schanze nur so weit abgeräumt, dass der Weg gut passierbar war. Die Häuptlinge waren vorsichtig. Vermutlich rechneten sie damit, die Schanze in diesen unruhigen Zeiten noch einmal brauchen zu können.

»Der Knecht?« Der alte Häuptling Folpt schüttelte ungläubig den Kopf, als Rimberti von seinen Untersuchungen berichtete. Zum Glück fragte er nicht nach dem Wachsoldaten, der die Ereignisse des Abends verschwiegen hatte. Sie saßen zu dritt in der Upkamer, der junge

Häuptling Jelto war unterwegs, um vor den Herbststürmen die Deiche zu inspizieren.

»Das kann nicht sein«, erklärte Häuptling Folpt. »Ich wollte unseren Altknecht losschicken, um die Schwestern in Oldenburg abzuholen. So war es abgesprochen worden. Aber mein Neffe Keno drang darauf, die Schwestern selber abzuholen, da er sie während seiner Dienstjahre im Mecklenburgischen öfter besucht hatte. Nach den traurigen Ereignissen gestand er mir, dass er wegen dringender Geschäfte die Reise doch nicht selber durchgeführt, sondern dafür einen Knecht beauftragt hatte. Der war erst wenige Wochen vorher in seinen Dienst getreten und hatte einen zuverlässigen Eindruck gemacht, sodass mein Neffe ihn mit dieser Aufgabe betraute.«

»Ist der Knecht noch bei Eurem Neffen im Dienst?«

»Er hat Keno noch die traurige Nachricht überbracht, und am nächsten Tag ist er plötzlich verschwunden. Aber an dem Morgen hat man ihn und seine Sachen gründlich untersucht, und man hat nichts gefunden.«

»Wir gehen davon aus, dass er das Kästchen mit dem Geld so gut versteckt hat, dass niemand es finden konnte. Er hat einen der Wachsoldaten gebeten, das Kästchen über Nacht in einem sicheren Versteck zu verwahren. Er hat ihm erzählt, dass es Geld seiner Familie wäre. Der Soldat hat ihm geglaubt und hat davon nichts erzählt, weil er erst im Nachhinein gewahr wurde, das er einem Mörder und Räuber geholfen hat.«

Der alte Häuptling sah Rimberti an.

Rimberti sagte: »Wir wollen es damit bewenden lassen. Der Soldat hat mit dem Anschlag nichts zu tun.«

Folpt Middens war einverstanden. »Immerhin wissen wir nun, wie das Verbrechen geschehen ist. Ich glaube nicht, dass wir den Knecht noch einmal zu Gesicht bekommen. Vielleicht kann der Verwalter auf Garssum uns etwas über ihn sagen. Wir wollen hinüberreiten, auch wenn ich keine Lust verspüre, meinen Bruder Take wiederzusehen.«

Als die 20 Söldner aus Owelackers Truppe in das Dorf kamen, traten die Männer zusammen. Langsam kamen sie aus den Häusern, den Werkstätten und von den Feldern.

Zu spät merkte Owelackers Hauptmann, dass etwas nicht stimmte. Es war kein Vieh auf der Weide. Weder Frauen noch Kinder waren zu sehen. Die Männer aus dem Dorf waren vorbereitet. Fast gleichzeitig griffen sie nach Spießen, Äxten und allem, was man als Waffe einsetzen konnte.

»Männer«, konnte der Hauptmann noch rufen, dann traf ihn von hinten der Dreschflegel mit harter Wucht am Hinterkopf, und er ging zu Boden.

Die Dorfbewohner attackierten wie auf ein geheimes Kommando gleichzeitig die Angreifer. In wenigen Augenblicken hatten sie fast die Hälfte der Landsknechte getötet oder schwer verletzt. Die restlichen Männer Owelackers liefen davon.

Ihr Hauptmann richtete sich auf und wollte ihnen noch etwas zurufen, da traf ihn der zweite Schlag.

44

Als Häuptling Folpt Middens mit Rimberti und Seediek nach Garssum kam, war es schon Nachmittag. Sie ritten langsam, um auf den alten Häuptling Rücksicht zu nehmen. Als sie sich dem großen Hofgebäude näherten, musste Folpt an seinen Bruder denken, mit dem er sei Leben lang eng verbunden gewesen war. In der Natur waren die Zeichen des nahenden Herbstes nicht zu übersehen. Folpt wusste, dass er den Herbst seines Lebens längst überschritten hatte. Sein Bruder, seine beiden Schwestern, sie waren ihm vorausgegangen. Er, als der Älteste, würde ihnen folgen, wenn die Stunde da war.

»Herr Folpt.« Der Verwalter von Garssum stand auf einmal mit zwei Knechten vor ihm. »Euer Besuch ehrt uns. Unser Herr ist noch auf der Burg in Jever. Ich habe Nachricht bekommen, dass er krank ist. Ich kann seinen Onkel Take gerade noch davon abhalten, hier das Regiment zu übernehmen.«

»Er hat hier nichts zu sagen«, fuhr Folpt Middens dazwischen. »Er wird hier nur ausgehalten. Das genügt.«

Wenig später saßen sie zu dritt in der Diele des Steinhauses. Rimberti berichtete dem Verwalter, dass der Knecht, der damals die beiden Schwestern abholen sollte, unter Verdacht stand, die beiden Nonnen getötet und ausgeraubt zu haben. Rimberti erzählte nur, was nötig war, um die Dringlichkeit ihrer Fragen zu verdeutlichen. Einzelheiten und vermutete Hintergründe der Tat erwähnte er nicht.

»Der Knecht …«, versuchte sich der Verwalter zu erinnern. »Ich glaube, Jürn ist sein Name gewesen. Er war nur ganz kurz hier. Der junge Häuptling wollte unbedingt selbst die beiden Schwestern in Oldenburg abholen. Und dann brachte jemand eine Nachricht, und er schickte Jürn allein, weil er andere dringende Geschäfte erledigen musste.«

»Was weißt du über diesen Jürn?«, wollte Seediek wissen. »Aus welchem Dorf kam er? Zu welcher Familie gehörte er?«

»Nichts weiß ich über ihn. Er war auf einmal da und dann wieder weg. Der junge Häuptling stellte ihn mir eines Tages vor. Und wenn man ihn nach seiner Familie oder seiner Heimat fragte, gab er nur ausweichende Antworten.«

»Was geschah nach der schrecklichen Tat?«, fragte Rimberti.

»Der junge Häuptling war gerade eingetroffen, da kam Jürn und berichtete ihm, was geschehen war. So hat es mir der Herr jedenfalls erzählt. Und der hat sich gleich auf den Weg nach Sassenhusen gemacht, um Euch die traurige Nachricht zu überbringen.«

»Und Jürn?«, fragte Rimberti nach.

»Der schien ganz erschüttert von diesem Ereignis. Er hat uns dann verlassen, als Herr Keno zu seinem Onkel unterwegs war. Das hat irgendwie keiner mitbekommen, aber auf einmal war er nicht mehr da.«

»Und keiner weiß, wo er hingegangen ist?«

Der Verwalter schüttelte den Kopf. »Es hat ihn auch niemand je wiedergesehen. Der wirkte eigentlich nicht wie ein Mörder. Aber man kann nie wissen.«

Plötzlich wurde die Tür aufgestoßen.

»So, hier sitzt ihr also alle schön zusammen?« Der alte Take stand im Eingang und hielt sich an der Tür fest. Sein Blick schweifte über die drei, die am Tisch saßen.

»So, mein großer Bruder erweist mir auch einmal die Ehre …« Take rülpste vernehmlich. »Oder willst du dir dies hier auch noch unter den Nagel reißen? Hast du den Rachen immer noch nicht voll? Willst du mir das auch noch wegnehmen?« Trotz seiner Volltrunkenheit gelang es ihm, einigermaßen klar zu sprechen.

Mit einem Satz sprang der alte Folpt auf. Er packte seinen Bruder, wirbelte ihn herum und drückte ihn an die Wand, sodass Take der Atem wegblieb.

In Folpts Stimme lag etwas Drohendes, als er Take ansprach. »Ich will mir etwas einverleiben, was dir gehört, Take? Du hast das Gut unserer Großeltern bekommen: Middens. Der Stammsitz unserer Familie. Wo ist es geblieben?«

Take wand sich. »Es waren schlechte Zeiten …«

»Unsere Mutter und ich haben dafür gesorgt, dass du das Erbe aus ihrer Familie bekommst. Geersum, das Erbe ihres kinderlosen Bruders, ein schönes Steinhaus und prächtiges Ackerland. Wo ist es, Take?«

»Es ist in meinem Leben nicht alles gut gelaufen«, entgegnete Take.

»Doch, alles ist gut gelaufen bei dir!« Folpt griff seinen Bruder am Halsausschnitt seines bekleckerten

Wamses. »Da ist es durchgelaufen. Durch deine Gurgel. Becher, Pokale, Kannen, Krügen, Fässer. Alles ist durch deinen Hals geflossen. Das schöne Haus in Middens, Ackerland, Weideland, Wald, Vieh, sogar ein Fischteich, alles hier rein.«

Er schüttelte seinen Bruder. »Und Geersum, das Erbe unseres Onkels? Ein prächtiger Hof und beste Ackererde, gute Felder für Korn, Acker für Rüben und Kohl, Weideland für bestes Vieh. Wo ist es? Habe ich es mir etwa unter den Nagel gerissen, Take? Was hast du daraus gemacht?«

Take war einen Moment sprachlos, und Folpt zischte: »Ich kann es dir sagen, was du daraus gemacht hast: Pisse. Du hast es in dich hineingesoffen und wieder ausgepisst. Damit.«

Folpt griff seinem Bruder zwischen die Beine, und dieser schrie auf vor Schmerz. »Damit hast du alles ausgepisst: Häuser, Wiesen, Weiden, Ackerland. Du hast es aufs Land gepisst, in die Jauchegrube, in dein Bett, in deine Kleider.«

»Mein Sohn …«, stammelte Take.

»Dein Sohn ist tot, Take.«

»Er ist nicht tot, er ist nicht tot!«

»Dein Sohn Tjard hätte hier ein gutes Leben gehabt. Dein Erbe wäre seines geworden. Er müsste nicht tot in fremder Erde liegen. Du hast auch sein Leben ausgepisst, alles, was ihm einmal gehören sollte. Take, was man dir anvertraut, machst du zu Pisse: Land, Häuser, sogar dein eigenes Kind.«

Folpt ließ seinen Bruder los, und der taumelte zurück an die Wand. Dann wandte er sich an den Verwalter. »Wo wohnt er?«

»Der junge Häuptling hat ihm eine Kammer hier im Haus gegeben.«

»Ich habe gehört, dass der alte Willm letzte Woche gestorben ist. In seinem Haus wird Take fortan wohnen. Ihr sollt ihn mit allem versorgen, was er braucht. Sorge dafür, dass er das Haus meines Bruders nicht wieder betritt!«

45

Ewert Owelacker stand in der Mitte des Dorfes. Vor ihm auf dem Dorfplatz lagen die Leichen toter Männer aus dem Dorf. Auch einige seiner eigenen Leute waren darunter.

Nachdem Owelackers Vortrupp von den Männern im Dorf angegriffen worden war, war er mit seiner ganzen Truppe über das Dorf hergefallen. Sie hatten keinen Mann am Leben gelassen. Nun lagen sie aufgereiht, vom Halbwüchsigen, der seine Eltern hatte überreden müssen, beim Kampf dabei sein zu dürfen, bis zu dem Greis, der noch einmal hatte beweisen wollen, was in ihm steckte.

»Zündet alles an«, befahl Owelacker. »Kein Gebäude soll stehen bleiben. Begrabt unsere Leute. Die anderen lasst für ihre Familien liegen.«

Einer seiner Hauptleute trat zu ihm. »Follrich ist wieder da.«

»Der gestern verschwunden ist? Was will er?«, fragte Owelacker unwirsch.

»Er hat jemanden mitgebracht, der mit dir sprechen will. Ein Offizier der ostfriesischen Grafen.«

Owelacker wandte sich um. Follrich stand mit einem Mann am Dorfeingang. Beide führten ihre Pferde. Owelacker gab ihnen einen Wink, und sie kamen näher.

Follrichs Begleiter war ein kräftiger Mann mit blondem Bart, gekleidet wie ein Mann von Stand. Er sah Owelacker an, schaute dann auf die Toten und die Häuser, an die Owelackers Männer ihre Fackeln hielten. Sofort fingen die mit Reisig und Stroh gedeckten Dächer an zu brennen.

»Meint Ihr, dass das eine gute Idee ist, Owelacker?«, fragte der Offizier.

»Eine sehr gute sogar. In ein paar Wochen brauche ich ein Winterquartier. Nun weiß jeder, dass man mit mir auskommen kann. Das Dorf gestern habe ich verschont. Ich habe genommen, was ich brauche, und dann bin ich mit meinen Leuten wieder abgezogen. Niemandem haben wir ein Haar gekrümmt, kein Haus wurde zerstört. Aber diese Narren hier meinten, dass sie gegen mich Krieg führen könnten. Dafür haben sie mit dem

Leben bezahlt. Ich denke, das ist eine gute Grundlage für weitere Verhandlungen.«

»Fräulein Maria hat Männer unter Waffen, und neulich erst hat ein Aufgebot der Häuptlinge eine Gruppe von Plünderern aufgerieben.«

»Ich weiß, und Ihr wart der Anführer dieser Räuberbande, Onninga. Der seid Ihr doch, oder? Ihr seht, ich bin gut informiert.«

Onninga wirkte für einen Moment verunsichert. Er hatte sich diese Begegnung anders vorgestellt. »Es handelt sich um ein Missverständnis«, sagte er.

»Ich mag es nicht, wenn jemand unter meinem Namen handelt. Besonders mag ich es nicht, wenn es ein Stümper ist. Ich sollte Euch hier niederhauen und zu den anderen legen. Dann seid Ihr in guter Gesellschaft. Was wollt Ihr?«

»Ich werde Euch im Namen der Grafen ein gutes Angebot unterbreiten. Sie bieten Euch ein Quartier und Verpflegung über den Winter. Dafür haltet Ihr Euch mit Euren Männern aus Ostfriesland fern.«

»Und wo soll dieses Winterquartier dann sein? Verkauft mich nicht für dumm.«

»Grootewarden, ein Dorf im Jeverland. Die Grafen überlassen es Euch.«

»Haben die Grafen denn darüber zu gebieten?« Owelacker wurde misstrauisch.

»Das werden sie schon bald, aber dazu brauchen sie Eure Hilfe.«

»Was soll das sein?«

»An der Grenze zwischen der Herrschaft Jever und der Herrlichkeit Wittmund ist es einfach zu ruhig. Da muss sich etwas ändern. Vielleicht könnt Ihr dann einer der beiden Parteien auch Eure Dienste anbieten.«

»Soweit ich weiß, liegen die beiden Fräulein von Jever und ihr Vetter nicht im Krieg.«

»Es wäre aber für uns alle von Vorteil, wenn es dazu käme. Dazu müsst Ihr Eure Unternehmungen nur etwas nach Westen verlagern.«

Als Rimberti und Seediek am Abend in Jever eintrafen, war Fockena noch nicht wieder zurückgekehrt. Er würde erst übermorgen nach seinem Besuch auf der Festung Leerort wieder in Jever eintreffen.

Fräulein Maria bat sie sogleich zu sich. Der schön gedeckte Tisch mit gebratenem Fisch, frischem Brot und Weißwein von der Mosel konnte nicht über ihr sorgenvolles Gesicht hinwegtäuschen.

»Es gibt viele schlechte Nachrichten«, teilte sie Rimberti und Seediek mit. »Junker Boing ist mit seinen Reitern ausgerückt. Zwei Dörfer wurden überfallen. Diesmal scheint es wirklich Owelacker zu sein. Niemand weiß etwas Genaues.«

»Wie geht es Keno Middens?«, wollte Seediek wissen.

»Unverändert«, antwortete Maria bestimmt. »Der Arzt aus dem Kloster ist noch hier. Er bleibt, bis der Häuptling wieder gesund ist oder …«

»Habt Ihr eine Nachricht von Wittenvelde?«, fragte Rimberti.

»Er wird in drei Tagen eintreffen. Heute kam ein Bote aus Oldenburg. Und …«, Maria überlegte, wie sie den Satz fortsetzen sollte, »es gibt Gerüchte, dass die Grafen ihre Truppen aufmarschieren lassen. Vor der Friedeburg wurden die Truppen verstärkt, und eine weitere Truppe wurde aus Aurich in Marsch gesetzt.«

»Woher wisst Ihr das alles?« Rimberti war erstaunt.

»Ich habe auch meine Zuträger. Ich war viele Jahre viel zu naiv. Aber das ist vorbei. Das kann ich mir nicht leisten. Die Grafen haben direkt an die Königin geschrieben und ihr mitgeteilt, ich hätte auf Häuptling Keno einen Mordanschlag verübt, um einen Widersacher aus dem Weg zu räumen. Im Falle seines Todes würden sie Jever besetzen, um für Ordnung zu sorgen.«

»Ihr habt Männer unter Waffen, und die Häuptlinge …«

»Die Häuptlinge werden nicht ihre Leute schicken, um meine Burg zu verteidigen. Die Grafen haben unter ihnen genug Gefolgsleute. Sie werden abwarten und dann so entscheiden, wie es für sie am besten passt.«

»Gibt es auch gute Nachrichten?«, erkundigte sich Seediek.

»Die gibt es, aber nur eine. Grit und der neue Sielrichter Idbertus sind sich einig geworden und wurden in Sankt Marien getraut.«

»Soso«, antwortete Seediek belustigt. »Ein ungeweihter Priester und eine entlaufene Nonne wurden vom Ketzerpriester Hinrich Kremer getraut.«

»So ist es«, antwortete Fräulein Maria. »Sie sind gleich in ihr neues Zuhause abgereist. Und nun will ich nach dem Kranken sehen.«

46

Die letzten Nächte hatte Rimberti trotz aller Gefahren und Anspannungen des Tages tief und traumlos geschlafen. Nun lag er in seiner Kammer in der Burg. Er fühlte sich sicher. Und er träumte. Er sah die drei gefangenen Männer, die sie im Wald in der verlassenen Hütte gefunden hatten. Er sah die Lübecker Goldmünzen und den alten betrunkenen Take, der nicht glauben konnte, dass sein Sohn längst tot war.

Mit einem Mal war er hellwach und richtete sich im Bett auf. Er glaubte, auf einmal alle Dinge klar zu sehen. Dann setzte er sich an den Tisch, nahm Feder, Papier und Tinte. Er schrieb drei Briefe. Er faltete sie zusammen und legte sie in sein Neues Testament.

Dann legte er sich wieder ins Bett. Noch eine ganze Zeit lag er wach und überlegte hin und her. Dann fiel er in einen unruhigen Schlaf.

Die vier Soldaten kauerten an einem kleinen Feuer. Man befand sich mit Jever nicht im Krieg, aber Junker Balthasar hatte trotzdem den Befehl gegeben, alle Wege und Heerstraßen bewachen zu lassen. Es gab Gerüchte, dass die Jeverschen Fräulein sich doch mit Graf Enno verbünden würden. Oder dass die Ostfriesen von Jever aus die Wittmunder Burg angreifen könnten.

Aber hier war alles ruhig. Sogar tagsüber war hier nur wenig los.

»Was willst du?«, fragte einer der Männer, als der jüngste von ihnen plötzlich aufstand.

»Was wohl?«, antwortete der.

»Dann sieh zu, dass du ein Stück weggehst von uns. Alle scheißen hier um unser Zelt herum. Das ist ja nicht zum Aushalten.«

Der junge Soldat brummte irgendetwas, das wohl bedeutete, dass er verstanden hatte. Dann ging er ein ganzes Stück weit von seinen Gefährten weg und hockte sich hinter das Gebüsch.

Ein Geräusch. Er bekam einen Schrecken, aber er beruhigte sich sogleich. Ein Hase hockte direkt vor ihm. Das wäre ein schönes Frühstück für ihn und seine Kameraden. Der Hase hoppelte ein Stück weiter.

Der Soldat rupfte taunasses Gras zusammen und wischte sich ab. Dann zog er die Hose wieder hoch. Das machte er fast geräuschlos, und das Tier betrachtete ihn weiterhin. So langsam wie möglich kam er näher. Jetzt war der Hase immer noch da und rührte sich nicht vom Fleck. Jetzt nur ein Sprung und fest zugepackt. Er konzentrierte sich.

Mit einem Mal machte der Hase einen Satz und war weg. Rufe waren zu hören, Schreie, Geräusche. Das kam vom Lager. Langsam schlich er sich an. Eine Handvoll Männer stand jetzt am Lagerfeuer. Gerade wollte er aus der Dunkelheit vortreten und sich zu ihnen gesellen, da sah er es. Seine drei Gefährten lagen am Boden.

Aus der Dunkelheit beobachtete er, wie die fremden Männer begannen, seine drei Gefährten wegzubringen. Keiner von ihnen rührte sich noch. Sie waren tot. Gerade packten zwei der Fremden den Kumpanen, der ihn in die Dunkelheit geschickt hatte. Das hatte sein Leben gerettet.

47

RIMBERTI UND FOCKENA saßen mit Seediek am Tisch und nahmen das Morgenmahl aus Hafergrütze, Roggenbrot und gebackenem Hühnchen ein.

Fockena berichtete von seinem Besuch bei Schwester Katharina im Kloster Thedinga. Sie war die Schwester, die viele Jahre mit Beeke und Jabina Middens im Kloster Annenwolde gelebt hatte. Mehrere Male – so hatte sie erzählt – hatten die beiden Schwestern Besuch von ihrem Vetter Keno erhalten. Sie konnte das bestätigen, da sie mehrere Jahre den Dienst an der Klosterpforte getan hatte und somit über fast alle Besuche Bescheid wusste. Ansonsten konnte Schwester Katharina nur berichten, dass allen der Abschied aus dem alten Kloster schwergefallen war, da viele von ihnen den Großteil ihres Lebens dort verbracht hatten.

Rimberti sagte mit Bedauern: »Das bringt uns nicht unbedingt weiter. Es tut mir leid, dass ich Euch für so wenige Auskünfte auf eine so weite Reise schickte.«

»Das weiß man vorher nie«, tröstete ihn Fockena. »Eurer Großtante geht es sehr gut. Sie hat sich ausgezeichnet in der Klostergemeinschaft eingelebt und ist für die Verwaltung und Wirtschaft verantwortlich. Sie bestellt Euch beste Segenswünsche.«

Junker Boing trat ein. »Die zwei Boten sind unterwegs«, teilte er mit. »Sie beeilen sich und werden noch heute Mittag mit einer Nachricht zurück sein.« Er sah, dass Rimberti einen weiteren Brief in der Hand hielt. »Braucht Ihr noch einen dritten Boten?«

»Ich glaube, der möchte ich selber sein. Fockena, begleitet Ihr mich noch einmal in das Kloster Thedinga?«

»Da ist noch etwas«, unterbrach ihn Boing. »Owelacker ist da. Diesmal ist er es wohl wirklich. Er hat ein Dorf ausgeraubt, aber die Bewohner konnten sich und einiges an Vieh vorher in Sicherheit bringen. Bei einem anderen Dorf ist es nicht so gut gelaufen. Die Männer haben Widerstand geleistet und wurden getötet. Owelacker hat das Dorf abgebrannt. Ich war gestern schon mit meinen Männern dort, aber er war schon abgezogen. Wir müssen heute die Suche fortsetzen.«

»Wie sieht es mit Häuptling Keno aus?«, fragte Rimberti.

Boing seufzte. »Der Arzt sagt, dass er sich wohl langsam erholt, aber ich kann keinen Unterschied feststellen. Wenn er stirbt, werden die Grafen das als Vorwand benutzen, Jever wieder zu besetzen.«

»Ihr habt Männer, die Jever verteidigen«, wandte Fockena ein.

»Die Grafen können mehr Truppen stellen. Und wie die Häuptlinge sich verhalten, weiß ich nicht. Und dann ist da auch noch Owelacker. Und Junker Balthasar? Er könnte die Gelegenheit nutzen, die Grenze zu seinen Gunsten zu verschieben.«

»Die Zeit wird knapp«, sagte Rimberti. »Der Gesandte der Königin wird vermutlich übermorgen eintreffen. Hoffen wir, dass Keno so lange lebt.« Er wandte sich an Fockena: »Schwester Katharina im Kloster Thedinga? Kann sie die Reise nach Jever machen, wenn wir sie begleiten?«

Fockena nickte. »Ich bin sicher, dass sie das kann. Sie ist nicht alt. Wenn wir heute Vormittag losreiten, können wir morgen wieder hier sein.«

Die folgende Stunde verbrachte Rimberti bei Seediek in der Kanzlei, wie die Amtsräume des bisherigen Rentmeisters nun genannt wurden. Sie klärten die wenigen Dinge, die bei der Übernahme der Verwaltung noch offen waren. Seediek hatte zusammen mit der ehemaligen Novizin alle Urkunden und Schriftstücke geordnet, und sie hatten Verzeichnisse, Bücher und Listen angelegt.

»Schade, dass Grit nicht mehr hier ist«, bedauerte Seediek. »So einen tüchtigen Schreiber muss ich erst einmal suchen und finden.«

»Ihr habt diese Ehe selber eingefädelt«, sagte Rimberti. »Es wird kaum einen Deich- und Sielrichter geben, dessen Verwaltung so gut aufgestellt sein wird.«

»Werdet Ihr noch einmal eine Pfarrstelle übernehmen?«

»Offiziell bin ich Pfarrer von Neuende«, erklärte Seediek. »Die Arbeit dort wird von einem fleißigen Vikar getan. Ich habe es so geregelt, dass er auch einen ordentlichen Anteil der Einnahmen bekommt. Und ab und an werde ich dort auch einen Dienst übernehmen. Aber im Wesentlichen bekomme ich von dort die Einnahmen, damit ich frei für die Aufgaben hier bin. Es wird viel Arbeit sein, unser Land zu mehr zu machen als einem Anhängsel der ostfriesischen Grafen.«

»Werden die Häuptlinge das unterstützen?«

»Ich glaube, darauf können wir keine Rücksicht nehmen«, antwortete Seediek. »Nicht alle sind so wie die Häuptlinge von Sassenborg. Ein paar davon gibt es. Aber bei anderen verfallen die Deiche und Siele, die Fehden der Häuptlinge zerstören das Land.«

»Jetzt sprecht Ihr wie Keno Middens.«

»Er hat in den vielen Jahren, in denen er fern der Heimat lebte, viel gesehen. Er hoffte, das Jeverland durch einen Anschluss an die Grafen neu gestalten zu können. Aber die Häuptlinge und großen Bauern, die ihn unterstützen, haben ganz andere Interessen. Sie wollen eine Herrschaft, die weit weg ist und alles so lässt, wie es ist.«

»In Ostfriesland hat sich vieles verändert«, wandte Rimberti ein.

»Ja«, gab Seediek ihm recht. »Aber welche dieser Veränderungen ist von den Grafen gekommen? Der Vater von Enno und Johann hat das Land durch seine Kriege in den Abgrund gestürzt. Und jetzt? Die Grafen haben alle Kirchen und Klöster ausgeplündert, nur um weitere Kriege zu finanzieren. Junker Balthasars Truppen verwüsten das Land. Die große Norder Andreaskirche und das Kloster Marienthal sind nur mehr Trümmerhaufen, bald wird das ganze Land in Schutt und Asche liegen. Was haben sie wirklich für ihr Land geleistet?«

»Glaubt Ihr wirklich, dass die Fräulein imstande sind, diese Verantwortung zu übernehmen?«, fragte Rimberti.

»Vor einem Jahr hätte ich das nicht für möglich gehalten. Aber mit dem neuen Drosten hat sich einiges getan. Und das letzte halbe Jahr hat auch vieles verändert. Auch Ihr habt daran Euren Anteil, Rimberti. Vielleicht werden Maria und Boing sogar einmal heiraten. Wer weiß? Er ist zwar kein Fürst, aber als Häuptling verfügt auch er über einen Sitz und Land.«

Die Tür wurde geöffnet, und Boing trat ein.

»Wir sprechen gerade von Eurer Zukunft«, begrüßte ihn Rimberti.

»Die muss warten«, stieß Boing hervor. »Ich muss Euch bitten, mich zu begleiten. Ihr müsst einen kleinen Umweg nehmen, bevor Ihr zum Kloster aufbrecht.«

Rimberti sah ihn überrascht an.

Der Drost holte tief Atem. »Balthasars Männer haben das Jeverland angegriffen.«

Die beiden Bauernhäuser waren bis auf die Grundmauern heruntergebrannt und qualmten immer noch.

Rimberti und Fockena hatten Boing und seine Männer begleitet, um sich alles genau anzusehen.

»Keine Überlebenden?«, fragte Rimberti.

Einer der Soldaten sagte: »Die junge Bäuerin und ihre beiden Kinder konnten sich im Gebüsch verstecken. Die Angreifer haben sie nicht entdeckt. Sonst sind alle tot.«

»Sie haben sich tapfer gewehrt«, stellte Fockena fest. Zwischen den Bewohnern der beiden Höfe lagen auch drei tote Soldaten. Sie trugen die dunkelbraunen Lederwämser, mit denen Junker Balthasar seine Männer einkleidete. Einer von ihnen hatte sogar einen Umhang mit dem Esenser Bärenwappen.

»Owelacker im Osten und Balthasar im Westen«, erklärte Boing.

»Schon übermorgen kommt Graf Wittenvelde«, versuchte Rimberti, ihn zu beruhigen.

»Und wenn Häuptling Keno stirbt, dann haben wir auch noch die Grafen mit ihren Männern am Hals.«

»Seediek weiß Bescheid, was dann zu tun ist. Spätestens morgen Abend sind wir wieder hier, so oder so.«

48

Rimberti und Fockena machten sich auf den Weg. Sie hatten die beiden Knechte von Fockena und Rimbertis Schreiber Kobus zur Begleitung dabei. Die weite Landschaft schien im Sonnenlicht in gelben und hellbraunen Farben. Sogar im grünen Laub der Bäume waren erste bunte Blätter zu sehen. Auf wenigen Feldern stand noch Getreide, die meisten waren abgeerntet. Auf den abgemähten Wiesen war das Heu zu großen Haufen zusammengetragen worden. Mehrere Male kamen ihnen Wagen entgegen, die mit riesigen Heuhaufen oder mit Getreide beladen waren. Die Menschen wollten die Ernte heimbringen und wussten nicht, was davon bleiben würde, wenn der Krieg auch hierher kam.

Es begann schon zu dämmern, als die vier Reiter zum Kloster Thedinga gelangten. Die Nonne an der Pforte erkannte Fockena sogleich wieder, und kurze Zeit darauf saßen Rimberti und Fockena im Refektorium Schwester Meta Hallenga gegenüber.

»Junker Ulfert, mein lieber Neffe«, begrüßte sie die beiden. »Schwester Katharina wird sogleich kommen. Ihr seid wieder in schlimme Verbrechen und in die große Politik verstrickt?«

Meta Hallenga war eine zierliche Frau, die voller Kraft und Lebendigkeit steckte. Viele Jahre lang hatte sie mit großem Erfolg das Klostervorwerk Oldekamp durch schwierige Zeiten geleitet. Schließlich hatte der Orden beschlossen, das Vorwerk aufzugeben, und sie war in das Amt der Cellerarin im Kloster Thedinga berufen worden. Hier hatte sie die Aufsicht über die Wirtschaft und die Verwaltung des Klosters übernommen. Durch ihre Klugheit und ihr entschlossenes Auftreten konnte sie sich schnell in alle Aufgaben einarbeiten und sich den Respekt der Gemeinschaft erwerben.

Schwester Katharina kam herein und brachte auf einem großen Tablett eine Kanne, zwei Becher, Brot und gepökeltes Rindfleisch. »Ihr Herren«, sagte sie, »Eure Knechte haben gerade die Pferde versorgt, und nun werden sie in der Gesindeküche verpflegt.«

»Schwester Katharina«, begann Rimberti, »würdet Ihr uns morgen auf einer Reise nach Jever begleiten?«

»Ich habe schon alles gesagt, was ich weiß. An mehr kann ich mich nicht erinnern«, antwortete sie verunsichert.

»Der Staatsrat der Kaiserin wird übermorgen nach Jever kommen. Dort brauche ich noch einmal Eure Hilfe.«

»Ich komme mit, wenn ich die Erlaubnis erhalte und ...?«

»Und?«

»Wenn Eure Tante uns auch begleitet.«

»Einverstanden«, sagte Meta Hallenga. »Ich spreche mit der Äbtissin, und dann bereite ich alles vor, damit wir in aller Frühe aufbrechen können. Morgen haben wir Zeit zum Reden.«

Schon in der letzten Nacht hatte er beobachtet, dass das Dienstmädchen wartete, bis der Wachsoldat auf seinem Hocker vor der Tür eingeschlafen war.

Vorsichtig öffnete sich die Tür. Sie überzeugte sich, dass der Soldat fest schlief. Dann entfernte sie sich, ohne die Tür ins Schloss zu ziehen. Dieses Geräusch hätte den Wächter vielleicht geweckt. Leise würde sie nun zum Stall gehen. Dort wartete ihr Liebster auf sie, der dort als Pferdeknecht arbeitete. Sie sah sich noch einmal um. Niemand war auf dem Gang. Erst spät in der Nacht würde sie wiederkommen.

Er wartete in der Nische, bis das Dienstmädchen verschwunden war. Dann wartete er noch einen Moment und überzeugte sich, dass sonst niemand auf den Gängen war, der ihn sehen konnte. Jetzt trat er ganz sachte in die Kammer und stand vor Häuptling Kenos Krankenlager. Es war Vollmond, und so war es auch in der Kammer nicht wirklich dunkel.

Alle hofften darauf, dass Keno in den nächsten Tagen aufwachte. Das musste er verhindern, denn sonst würde man vielleicht Fragen stellen, die für die Grafen und ihn selber gefährlich werden könnten. Keno Middens wurde nicht mehr gebraucht. Sein Tod jedoch würde vielen gute Dienste leisten. Und wenn alles so kam, wie es kommen sollte, dann würde jetzt bald er selbst der neue Drost und Regent des Jeverlandes werden, beides zugleich und damit mächtiger als sein eigener Vater.

Isko Onninga nahm ein Kissen und drückte es Keno Middens auf das Gesicht. Er drückte so fest, wie er konnte. Der Kranke bäumte sich einmal auf und dann noch einmal ganz schwach. Onninga drückte weiter. So stand er lange Zeit, bis seine Hand schmerzte. Er legte das Kissen dann wieder so hin, wie es gelegen hatte und verließ die Kammer. Der Soldat vor der Tür schlief fest, das Mädchen war bei seinem Liebsten, und er hatte getan, was er tun musste. Er würde morgen in aller Frühe Jever verlassen.

49

Sie brachen früh am Morgen aus dem Kloster Thedinga auf. Die beiden Schwestern ritten auf Eseln, wie es ihre Gewohnheit war. Meta Hallenga war in ihren klösterlichen Aufgaben immer viel unterwegs gewesen, und so machte ihr das Reisen keine Probleme. Sie war daran gewöhnt. Schwester Katharina war deutlich jünger. Aber zu ihren Aufgaben im alten Kloster hatten auch Botenritte zu anderen Klöstern und in die Stadt gehört. So kamen sie gut voran und würden irgendwann am Nachmittag in Jever eintreffen.

Seediek war mit Sonnenaufgang in die Kanzlei gegangen. Da das graue Morgenlicht für seine Arbeit nicht ausreichte, nahm er die kleine Lampe mit. Sie war mit Rapsöl gefüllt und gab so viel Licht, dass es gerade ausreichte.

Für heute hatte er sich vorgenommen, alle Verzeichnisse und Register abzuschließen und alle Schriftstücke, die die Herrschaftsverhältnisse und Verträge betrafen, noch einmal durchzusehen. Er wollte morgen Graf Wittenvelde umfassend informieren und Auskunft geben können.

Die Tür öffnete sich, auf einmal standen Maria und Boing vor ihm.

»Er ist tot«, sagte Maria. »Keno Middens ist in der Nacht gestorben. Das Mädchen ist in der Nacht eingeschlafen. Und als sie heute früh wach wurde, war der Häuptling schon kalt.«

»Rührt nichts an. Lasst alles unverändert«, ordnete Seediek an. Als er Boings und Marias erstaunte Blicke bemerkte, erklärte er: »Rimberti hat mir genaue Anweisungen für diesen Fall gegeben. Es geht darum, jeden Verdacht auf Eure Mitschuld von Anfang an zu zerstreuen.«

Kurz darauf standen die drei im Zimmer des Toten. Das Dienstmädchen weinte und versicherte, nur die Hand des Toten berührt zu haben. »Er war so kalt«, schluchzte sie. »Sonst habe ich nichts angefasst.«

Der Wachsoldat stand verlegen in der Tür.

Seediek sah das Mädchen genau an. Dann fasste er in ihr Haar und zog einen Halm aus ihrem Haar. »Heu«, stellte er fest. Auch wenn es im Raum noch nicht hell genug war, wusste er, dass das Mädchen errötete.

»Du solltest auf ihn aufpassen«, schimpfte auf einmal der Soldat. »Du hast dich bestimmt mit deinem …«

»Und du hast so tief geschlafen, dass ich unbemerkt an dir vorbeihuschen konnte«, entgegnete das Mädchen wütend.

»Geht«, ordnete Fräulein Maria an. »Alle beide. Ich hatte Euch eine verantwortungsvolle Aufgabe übertragen. Ich will euch nicht mehr in meinem Dienst haben. Und das ist noch eine milde Strafe.«

Seediek unterbrach sie. »Bitte, ich weiß, ich habe hier nichts zu befehlen. Aber wir müssen sicherstellen, dass niemand etwas vom Tod des Häuptlings erfährt. Vorerst jedenfalls. Wem habt ihr von seinem Tod berichtet?«, fragte er das Dienstmädchen und den Soldaten.

»Ich bin gleich zum Drosten gegangen«, erwiderte der Soldat. »Ich habe sonst mit keinem anderen geredet.«

»Er hat an die Tür meiner Stube geklopft«, bestätigte Boing. »Ich bin sogleich mit ihm gegangen und habe das Mädchen zu Fräulein Maria geschickt.«

»Ich habe auch mit niemandem gesprochen«, versicherte das Mädchen mit bebender Stimme.

»Überlegt noch einmal genau«, fragte Seediek und sah beide scharf an. Sie schüttelten die Köpfe. »Gut«, sprach er weiter. »Sie dürfen die Burg nicht verlassen und sie dürfen mit niemandem reden.«

»Darum kümmere ich mich«, sicherte Boing ihm zu.

»Und der Tote?«, fragte Maria. »Soll er aufgebahrt werden?«

»Nein, auf keinen Fall«, antwortete Seediek. »Wir bringen ihn in den Keller. Gibt es einen Raum, in dem Eis aufbewahrt wird?«

»Ja. In dieser Kammer bewahren wir die Speisen und Getränke auf, die leicht verderben. Aber der Teil des Kellers ist verschlossen«, erklärte das Mädchen.

»Umso besser. Maria, wollt Ihr den Schlüssel holen? Sagt einfach, mit dem Eis soll die Stirn des Kranken gekühlt werden, weil er so starkes Fieber hat. Irgendetwas wird Euch einfallen. Passt auf, dass niemand mitkommt.«

Seediek sah den Soldaten und das Dienstmädchen an. »Ihr beide helft uns jetzt, den Toten nach unten zu bringen.«

Sie hoben den Toten vorsichtig von seinem Krankenlager und brachten ich hinaus. Seediek verschloss die Tür. Fräulein Maria ging mit dem Schlüssel für den Kellerraum voran und sah nach, ob sich jemand im Gang aufhielt. Die vier anderen trugen den Häuptling nach unten.

Durch die geöffnete Tür fiel spärliches Licht in den kleinen Kellerraum, in dem sich Eisblöcke stapelten, die man im Winter aus dem Burggraben geholt hatte. Sie legten den Toten vorsichtig auf den Boden. Seediek faltete Häuptling Kenos Hände.

»Vor dem Krankenzimmer muss eine Wache postiert werden. Am besten zwei Männer. Niemand darf hinein. Und vor dem Keller brauchen wir auch zwei Wächter. Die Wachen dürfen nicht erfahren, worauf sie aufpassen müssen. Sie müssen streng ermahnt werden, niemanden hineinzulassen. Dazu brauchen wir die zuverlässigsten Männer.«

Boing nickte. »Ich kümmere mich darum.«

Seediek wies auf den Soldaten und das Dienstmädchen. »Ihr werdet für die nächsten Tage in einer Stube hier in der Burg eingesperrt werden. Ich werde mich darum kümmern, dass ihr alles bekommt, was ihr braucht. Gnade euch Gott, wenn ihr nur einen Schritt vor die Tür macht oder irgendetwas von euch hören oder sehen lasst.«

Die beiden sahen verschämt zu Boden. Sie hatten wohl verstanden, wie ernst die Situation war.

Seediek erklärte: »Wir müssen den Tod von Keno Middens so lange wie möglich geheim halten. Sobald diese Kunde die Grafen erreicht, werden sie mit ihren Männern kommen.«

»Wir haben auch Männer«, belehrte ihn Boing.

»Aber die Grafen haben mehr Soldaten«, fuhr Maria dazwischen. »Und wir haben auch noch Owelackers Männer im Osten und Junker Balthasar im Westen.«

»Ich werde mit der Hälfte der Männer in den Osten reiten, um Owelacker und seine Leute zu jagen.«

»Da braucht Ihr mehr als die Hälfte. Wir können uns hier in der Burg auch mit einer kleineren Besatzung gut verteidigen. Oder was meint Ihr, Seediek?«

Seediek verharrte neben dem Toten. Er sprach leise ein Gebet und machte mit dem Daumen ein Kreuz auf Brust und Stirn von Keno Middens. Dann sah er sich den Toten genauer an. »Lasst mir noch ein wenig Zeit«, bat er Maria.

Auf ihrer langen Reise erzählte Meta Hallenga ihrem Neffen von den letzten Wochen des Klostervorwerks und ihren neuen Aufgaben auf Thedinga. Und sie ließ sich von ihm ausführlich von seinen Erlebnissen am Hof von Königin Maria in Brüssel erzählen.

Fockena erfuhr, dass Schwester Katharina auch aus einer Häuptlingsfamilie stammte und dass er ihre Eltern und Großeltern sogar kannte. Nach dem frühen Tod ihres Mannes und ihres Sohnes war sie auf Empfehlung der Häuptlinge von Sassenborg in das Kloster eingetreten, in dem auch die beiden Schwestern des alten Häuptlings lebten. Fockena hatte keine rechte Vorstellung vom Leben in einem Nonnenkloster und ließ sich alles ausführlich von ihr schildern. Im Gegenzug musste er von seinen vielen Reisen und Erlebnissen berichten.

Nachdem sie nach einer Rast Aurich verlassen hatten, sahen sie zwei Reiter, die in weiter Ferne vor ihnen ritten. Der Abstand zwischen ihnen verkleinerte sich nicht, aber er wurde auch nicht größer. Manchmal ritten die beiden wohl ein Stück voraus, sodass sie nicht im Blick waren, aber dann tauchten sie wieder in der Ferne auf.

Nach einiger Zeit war dann nur noch ein Reiter zu sehen, und der andere blieb verschwunden.

Die Reisenden kamen gut voran, sie hofften, am späten Nachmittag Jever zu erreichen. Als sie durch ein Waldstück kamen, stand der Reiter, den sie vermutlich lange vor sich gehabt hatten, vor ihnen auf dem Weg. Fockena zögerte. »Haltet eure Waffen bereit«, ordnete er an.

Als sie sich dem Reiter näherten, gesellten sich auf einmal mehrere Berittene zu ihm. Rimberti sah sich um. Weitere Männer kamen hinter ihnen aus dem Gebüsch und versperrten ihnen den Rückzug.

Rimberti bekam es mit der Angst zu tun. Er hatte tapfer gegen Onningas Plünderer und andere Gefahren gekämpft und wollte nun nicht das Opfer von Wegelagerern oder den Soldaten der kriegführenden Parteien werden. Er zog sein kurzes Schwert, das ihm schon gute Dienste geleistet hatte.

»Steckt es weg«, zischte Fockena. »Wenn sie uns umbringen wollten, hätten sie das längst getan.«

Die Männer kamen mit ihren Pferden langsam näher, blieben dann aber in einigem Abstand stehen. Der einzelne Reiter vor ihnen schien der Anführer zu sein. Er ersparte sich umständliche Begrüßungen. »Folgt mir«, sagte er nur. Und er wandte sich mit seinem Pferd um und setzte ruhig den Weg fort. Schweigend folgten ihm die anderen Männer, die die Reisenden in ihre Mitte genommen hatten. Keiner sagte ein Wort.

Sie ritten aus dem Wald hinaus, ein ganzes Stück am Moor entlang, und dann durchquerten sie wieder abgeerntete Felder und Wiesen, auf denen Heu gemacht wurde. Nach einer Stunde machten sie in einem Dorf Halt und saßen ab. Im Ort gingen die Leute ihrer Arbeit nach, aber gleich dahinter war ein kleines Heerlager von Zelten aufgebaut.

Etwas abseits stand ein großer Bauernhof. »Folgt mir«, sagte noch einmal der Anführer und geleitete sie ins Innere des Hauses.

Die beiden Knechte blieben bei den Pferden und Eseln. Rimberti und sein Schreiber, Fockena und die beiden Nonnen traten ein. Die Männer, die in der Diele einen Halbkreis um das Feuer bildeten, drehten sich zu ihnen um. In der Mitte stand Balthasar von Esens.

Als der alte Mann in der Burg in Jever ankam, taten ihm alle Knochen weh. Für sein Alter war ein so langer Ritt nichts mehr, vor allem nicht so ein eiliger Ritt.

Er hatte das schnellste Pferd genommen, auf dem sonst immer sein Sohn und seine beiden Enkel ritten. Aber die waren alle bei der Ernte.

Einer der beiden Wachsoldaten nahm sein Pferd bei den Zügeln, als der andere ihm die Hand reichte, um beim Absteigen zu helfen.

Seediek war gerade auf dem Weg zu seiner Kanzlei, als er den ankommenden Reiter sah. Der alte Hedden aus Lüttwarden! Sein Sohn Folkert stand dem Dorf Grootewarden vor. Dass er in seinem Alter noch so weite Wege ritt!

50

»Ich höre, meine beiden Cousinen wollen Krieg gegen mich führen?«, fragte Balthasar unvermittelt.

»Ich glaube nicht, dass sie daran Interesse haben«, antwortete Rimberti.

»So? Wer sollte denn stattdessen einen Vorteil davon

haben?« Balthasar lachte laut auf. Dann wurde sein Gesichtsausdruck wieder ernst. »Holt den Jungen«, befahl er.

Ein junger, verschüchtert aussehender Soldat wurde hereingebracht. Balthasar nickte. Der junge Mann erzählte, wie seine Gefährten in der Nacht überfallen und getötet worden waren, und wie die Angreifer die Leichen mitgenommen hatten.

»Kannst du die Männer beschreiben, die mit dir Wache gehalten haben?«, erkundigte sich Rimberti.

Der Junge nickte. »Wim ist ein großer, schwerer Mann mit schwarzem Bart. Jan hat fast keine Haare mehr, und ihm fehlt ein Stück vom rechten Ohr. Und Heink hat blonde Haare, ist nicht besonders groß, aber dafür sehr stark.«

»Das sind die drei Männer«, bestätigte Rimberti.

»Was meint Ihr damit? Sprecht nicht in Rätseln!«, fuhr Balthasar ihn an.

Rimberti erklärte: »Nicht weit von der Grenze wurde eine kleine Siedlung überfallen. Niemand von den Einwohnern überlebte. Unter den Toten wurden auch drei tote Soldaten in der Kleidung Eurer Männer gefunden. Fockena und ich haben sie gesehen. Auf sie trifft die Beschreibung zu. Es sind die drei Männer.«

Balthasar war einen Moment verunsichert. Dann begann er, den jungen Soldaten zu beschimpfen: »Und du hattest nichts Besseres zu tun, als dabei zuzugucken, wie deine Gefährten abgeschlachtet wurden?« Der Junge wich einen Schritt zurück.

»Was nützt eine Leiche mehr?«, mischte sich Fockena ein. »Der Junge hat klug gehandelt. So konnte er bezeugen, was passiert ist. Andernfalls könnte man Euch beschuldigen, hinter diesem Überfall zu stecken. Wenn Ihr ihn aus Eurem Dienst entlassen wollt, Balthasar, dann nehme ich ihn gern auf. Ich kann Männer mit Verstand gut gebrauchen.«

»Gut«, knurrte Balthasar. »Gebt ihm ein neues Pferd und eine Goldmünze als Geschenk.« Einer der Offiziere ging mit dem Jungen hinaus.

»In der gleichen Nacht sind sechs weitere von meinen Männern verschwunden. Ich kann einen weiteren Krieg nicht gebrauchen«, erklärte Balthasar. »Schon gar nicht in meinem Rücken. Ich werde das mit Maria und ihrer Schwester klären. Sogleich werde ich einen Boten senden, und Ihr werdet so lange meine Gäste sein.«

»Ihr meint Gefangene«, fragte Rimberti.

»Es wird Euch an nichts fehlen«, sagte Balthasar.

»Nein.«

Balthasar und seine Männer wandten sich zu der Nonne um, die gerade gesprochen hatte.

Meta Hallenga baute sich vor Junker Balthasar und seinen Männern auf und sprach: »Ich bin die Tochter von Onno Hallenga. Und Ihr seid der Enkel von Ritter Siebo Attena. Mein Vater ist Seite an Seite mit Eurem Großvater geritten. Er hat mit ihm Seite an Seite gekämpft, und sie waren auch gemeinsam unterwegs zum kaiserlichen Hof. Als Kind habe ich sogar auf den Knien von Häuptling Siebo gesessen, als er uns besuchte. Auch wenn ich noch klein war, erinnere ich mich bis heute an ihn. Er war ein Ritter, ein Mann von Ehre.«

Balthasar sah sie verdutzt an. Bevor er etwas erwidern konnte, sagte die Nonne: »Ihr werdet die Tochter von Onno Hallenga nicht gefangen setzen, und auch ihre Begleiter nicht. Ihr werdet nicht das Andenken von Ritter Siebo beschmutzen. Wir werden reden, und dann werden wir tun, was getan werden muss.«

»So soll es sein«, antwortete Balthasar.

»Jemand will Euch und die Fräulein von Jever gegeneinander ausspielen«, erklärte Rimberti. »Es gibt eigentlich nur eine Partei, die daran Interesse hat.«

»Unsere lieben Grafen Enno und Johann«, grollte Balthasar. »Neulich war noch einer seiner Leute mit einem der Regenten bei mir. Sie teilten mir mit, dass die Fräulein und ihr ehemaliger Drost Soldaten angeworben hätten, um mich hinterrücks zu überfallen.«

»Und was habt Ihr getan?«

»Ich habe sie vor die Tür gesetzt. Aber nun gab es zwei Angriffe auf meine Männer. Und Ihr berichtet, dass meine Leute beschuldigt werden, Überfälle im Jeverland zu verüben. Das hört sich an wie ein Vorwand für einen Krieg.«

Fockena trat beiseite. Dort stand der Tisch mit den Resten des Mittagsmahles. Mit einer Armbewegung schob er Geschirr und Speisereste beiseite. Dann legte er einen Laib Brot hin. »Das ist Jever«, sagte er und stellte das Salzfass hin. »Und wir sind hier.«

Alle stellten sich im Halbkreis um den Tisch. Nun nahm Fockena zwei Messer vom Tisch und hielt sie Balthasar hin. »Wo sind Eure Männer überfallen worden.«

Der Junker nahm die beiden Messer und rammte sie in die Tischplatte zwischen Salzfass und Brot. »Etwa hier und hier.«

Nun griff Rimberti eine angebissene Mettwurst und legte sie ein Stück weiter hin. »Hier sind die beiden Bauernhöfe, die Eure Männer angeblich überfallen haben und wo Eure drei Männer tot gefunden wurden.«

»Und wo sind die sechs anderen?«, wollte Balthasar wissen.

»Ich würde sagen, dass sie beim nächsten Überfall so platziert werden, dass man Euch verdächtigen wird«, antwortete Fockena. »Zwei Bauernhöfe reichen nicht aus für einen Krieg. Da muss etwas Größeres kommen.«

»Darf ich etwas fragen?«, meldete sich Rimbertis Schreiber zu Wort.

Bevor Balthasar ihn zurechtweisen konnte, erwiderte Rimberti: »Nur zu.«

Kobus fuhr mit dem Finger die Strecke entlang, in der die beiden Messer steckten und die Wurst lag. »Wohin kommen wir, wenn wir diesen Weg weitergehen?«

Balthasar griff nach einem Schinken und klatschte ihn auf den Tisch. »Nach Grootewarden.«

»Grootewarden!« Isko Onninga machte eine präsentierende Geste.

Die goldene Nachmittagssonne schien auf das Dorf. Alle mussten mit anpacken bei der Erntearbeit. Auf der Tenne droschen Männer mit Flegeln auf das Getreide ein, einige hievten Berge von Heu auf die Scheunenböden, andere pflückten die Äpfel, die im August reif waren. Die Kinder halfen mit, so gut sie konnten.

Aus der Ferne beobachteten Onninga und Ewert Owelacker die Leute bei der Arbeit.

»Eure Leute haben sich hier eine blutige Nase geholt, so erzählt man«, spottete Owelacker.

»Das war nur ein Scheinangriff mit wenigen Männern, ungeübten Kämpfern«, erklärte Onninga.

»Was denkt Ihr, wie viele kampffähige Männer gibt es dort?«

»Zwei Dutzend, vielleicht etwas mehr als 30, wenn man die Greise und Halbwüchsigen mitzählt. Wie viele Männer habt Ihr?«

»Einige habe ich verloren, aber einige sind nachgekommen. Ich muss nachher zählen. Wir müssen über 50 sein. Was ist mit den Soldaten aus Jever?«

»Die meisten sind im Osten des Landes eingesetzt, wo man Euch und Eure Männer vermutet.«

»Was schlagt Ihr vor?«, fragte Owelacker.

»Grootewarden wird überfallen, alles Brauchbare wird mitgenommen. Aber die Häuser müssen stehen bleiben. Es soll ja schließlich Euer Winterquartier werden.«

»Und was ist mit den Bewohnern?«

»Es darf keine Überlebenden geben«, sagte Onninga ungerührt. »Wir haben noch sechs tote Männer von Junker Balthasar, die wir dort auslegen. Nach dem Überfall werde ich zu Fräulein Maria gehen und davon berichten, dass Balthasars Männer das Dorf überfallen und die Bewohner getötet haben, und dass Ihr dann mit Euren Leuten die Angreifer vertrieben habt. Nur leider seid Ihr zu spät gekommen, um die Bewohner zu retten. Ich werde Euch für Eure Heldentaten rühmen, und Fräulein Maria wird Euch in den Dienst nehmen. Sie wird Euch Grootewarden als Quartier zur Verfügung stellen. Balthasar wird seine Soldaten anrücken lassen, und die Häuptlinge werden Euch bezahlen und verpflegen, damit Ihr sie vor Balthasars Männern beschützt. So einfach ist das.«

»Und Ihr? Und Eure Grafen? Was habt Ihr davon?«

»Häuptling Keno Middens wurde heute früh tot aufgefunden. Die Fräulein von Jever sind verdächtig, diesen Anschlag ausgeführt zu haben, weil Keno ein Intrigant und Parteigänger der Ostfriesen war. Die Grafen werden das als Bruch der Abmachung mit dem kaiserlichen Hof ansehen und Maria beschuldigen, eine Mörderin zu sein. Gleichzeitig werden sie Jever besetzen, um es vor Balthasars Angriffen zu schützen. So werden klare Verhältnisse geschaffen. Ich werde der neue Drost und Häuptling von Garssum und Grootewarden. Und Ihr könnt Kommandant der Burg werden, wenn Ihr wollt.«

»Das hört sich recht einfach an«, wandte Owelacker ein.

»Wir machen es einfach.«

»In Ordnung. Ich hole meine Leute. Wir haben unser Lager bei Lüttwarden. Wir bauen es ab und in gut zwei Stunden sind wir hier.«

»Ihr müsst Euch nicht beeilen. Lasst die Leute im Dorf noch eine Weile arbeiten. Dann ist Eure Ernte größer, und je mehr Kraft sie durch die Arbeit verbrauchen, umso weniger Kraft haben sie, um sich zu wehren.«

51

»Da sind sie.« Seediek zeigte auf die große Anzahl von Männern, die sich auf dem Weg nach Grootewarden aufgestellt hatten. »Ewert Owelacker und seine Landsknechte. Dann ist er also hier und nicht im Osten.«

»Dann sind die Überfälle hier sein Werk und nicht die meines Vetters«, stellte Maria fest. Sie waren mit den restlichen Männern sofort aufgebrochen, als der alte Hedden davon erzählt hatte, dass eine große Anzahl bewaffneter Männer sich in der Nähe seines Hofes in Lüttwarden zusammenrottete.

»Ich glaube, es war keine gute Idee von Euch mitzukommen«, sagte Seediek. »Ihr setzt Euch großen Gefahren aus. Und unsere Aussichten in diesem Kampf sind nicht gut. Überhaupt nicht gut. Wir haben weniger als halb so viele Männer, wie sie Owelacker gerade aufstellt.«

»Ihr habt vor einigen Wochen auch mit wenigen Leuten eine große Schar von Angreifern zurückgeschlagen«, erinnerte ihn Maria.

»Das war etwas anderes«, erwiderte Seediek. »Unsere Gegner kamen durch den Schlamm nur langsam voran, und viele wurden schon unterwegs durch die Bogenschützen getötet oder verwundet.«

»Die Männer aus dem Dorf werden uns zu Hilfe kommen. Bestimmt.«

»Wir sind noch so weit von Grootewarden entfernt, dass die Bewohner vermutlich gar nichts mitbekommen haben.«

»Dann müssen wir das ändern«, sagte Maria. Sie zeigte auf eine schiefe kleine Kate, die ein Stück abseits des Weges stand. »Sagt den Leuten, die da wohnen, dass wir ihnen ein neues Zuhause aufbauen.«

Seediek sah seine Herrin verwundert an.

Owelacker sprach mit seinen Hauptleuten ab, dass sie das Dorf von drei Seiten angreifen würden. So sollte die Überrumpelung am besten gelingen, und sie könnten verhindern, dass jemand entkam.

Isko Onninga machte sich bereit. Er wollte unbedingt bei dem Angriff auf den verhassten Folkert Hedden und seine Leute dabei sein. Das wollte er sich nicht entgehen lassen.

»Da hinten brennt etwas. Es steigt Rauch auf!« Einer von Owelackers Landsknechten stand plötzlich da und zeigte in südliche Richtung.

»Was soll da sein?«, fragte Owelacker. »Sind da welche von uns? Plündern etwa einige auf eigene Faust? Das habe ich ausdrücklich verboten!«

Wütend ging Owelacker einige Schritte in die Richtung, in die der Landsknecht gewiesen hatte. Onninga und die Hauptleute folgten ihm. »Was ist da los?« Owelacker wurde zornig. »Das muss einer von euch jungen Leuten sich anschauen. Ihr habt noch bessere Augen. Da sind doch Leute. Gehören die zu uns?«

»Wir sind alle hier«, beruhigte ihn einer seiner Hauptmänner und blickte angestrengt in die Ferne. »Es sieht so aus, als ob sie uns angreifen wollten. Sie stellen sich auf.«

»Wie viele sind es?«, wollte Owelacker wissen.

»Das kann ich nicht genau erkennen. Auf jeden Fall weniger als wir.«

»Wir warten noch. Ich will genau wissen, wen wir da vor uns haben und wie viele es sind.«

»Die Leute im Dorf sind durch den Rauch gewarnt. Hört, sie läuten schon die Glocke.«

»Das wird ihnen nichts nützen. Aber wenn ich das Dorf angreife, will ich die nicht im Rücken haben. Stellt die Männer auf und macht euch bereit zum Kampf!«

»Es sind Soldaten aus Jever, Fräulein Marias Männer«, sagte Onninga. »Die meisten Männer hat Junker Boing mitgenommen, um Euch im Osten zu verfolgen. Viele können es nicht sein.«

»Umso besser. Dann werden wir kurzen Prozess mit ihnen machen, und danach nehmen wir uns Euer Dorf vor. Darauf wartet Ihr doch schon die ganze Zeit, oder?«

Onninga grinste.

»Ich glaube, es ist eine gute Idee, wenn Ihr nach Jever zurückkehrt und Euch in Sicherheit bringt«, meinte Seediek. »Wenn wir Euch verlieren …«.

»Wir haben nichts mehr zu verlieren«, unterbrach ihn Maria. »Wir wollen ihnen wenigstens einen anständigen Kampf bieten. Macht Euch bereit!«

Owelacker rückte mit seinen Männern langsam vor. Onninga hielt sich an seiner Seite. Die Gegner waren jetzt nur noch ein paar 100 Schritte entfernt. »Maria«, stieß er verächtlich hervor.

Owelacker fragte: »Was meint Ihr?«

»Maria führt selber ihre Männer an. Das macht die Sache noch einfacher. Sie stirbt als mutige Verteidigerin und steht uns nicht mehr im Weg. Das erspart uns Verwicklungen.«

Auf einmal waren Rufe zu hören, und die Aufstellung der Landsknechte geriet in Unordnung.

»Zurück in eure Linie« schrie Owelacker. Dann sah er sie.

»Seht da!«, rief Seediek.

Owelackers Landsknechte waren schon nahe bei ihnen, es waren fast dreimal so viele wie ihre Männer. Dann kam plötzlich Unordnung in Owelackers Aufstellung.

Maria sah die Welle. Sie hatte im Alter von elf Jahren eine Sturmflut gesehen. Ihr Vater hatte sie und ihren Bruder mitgenommen an den Deich.

Aber diese Flut bestand aus Männern zu Pferde. Wie eine große dunkle Welle kam eine große Anzahl von Reitern aus westlicher Richtung auf sie zu. Einige Landsknechte versuchten, sich gegen sie zu stellen, andere liefen davon. Es war zu spät, die Welle überschwemmte sie.

»Wir greifen an«, rief Maria und ritt mit Seediek und ihren Leuten dem Feind entgegen.

Ehe Ewert Owelacker begriff, was passierte, lagen schon viele seiner Männer am Boden. Wie ein Schwarm Bienen waren diese Reiter überall und hieben und stachen auf seine Leute ein. Er konnte seine Hauptleute und ein Dutzend Männer um sich scharen und versuchte, eine Verteidigungslinie aufzustellen.

Zu spät. Seine Schar befand sich in Auflösung. Owelacker konnte gerade noch einem Hieb ausweichen. Er stach mit seinem Schwert zu, aber die Waffe glitt am Brustpanzer seines Gegners ab. Der holte erneut aus, aber einer von Owelackers Männern stieß ihn aus dem Sattel.

Balthasar. Es waren Balthasars Männer, die ihn angriffen. Owelacker hatte keine Zeit zum Denken. Er würde diesem Angriff nur noch kurze Zeit Widerstand leisten können, und es würde nur noch wenige Augenblicke dauern, dann wären die Soldaten aus Jever hier. Einer seiner Hauptleute kam mit den Pferden und hielt ihm die Zügel hin.

Aus dem Kampfgetümmel kamen einige Reiter auf Maria und ihre Männer zu.

»Vetter Balthasar«, rief sie erstaunt.

Der Junker war gemeinsam mit Fockena, Rimberti und ein paar Männern auf sie zugeritten. »Meine liebe Base«, antwortete er und grinste. Er nahm den Helm ab. »Ich wollte gern um deine Hand anhalten.«

»Lieber nicht«, erwiderte Maria. »Aber einem Bündnis bin ich nicht abgeneigt.«

»Ich auch nicht.« Balthasar setzte den Helm wieder auf. »Alles Weitere besprechen wir nachher.«

52

Fräulein Maria und Junker Balthasar, Rimberti, Fockena und Seediek saßen an dem großen runden Tisch bei Folkert Hedden. Hedden selber schenkte aus einem großen Krug Bier in ihre Becher, während die Magd Brot, Butter und Schinken auftischte.

»Das ist das Mindeste, was ich tun kann, nachdem Ihr unsere Leben und unser Dorf gerettet habt«, sagte Hedden. Er nahm einen Becher und hob ihn. »Auf Euer Wohl und zu Eurem Dank.« Nachdem er ausgetrunken hatte, verließ er den Raum.

»Fast die Hälfte von Owelackers Männern liegt tot oder schwer verwundet auf dem Feld«, berichtete Fockena. »Etliche haben sich ergeben, die anderen konnten entkommen. Darunter leider auch Owelacker selbst.«

»Verfolgen können wir ihn nicht?«, fragte Maria.

»Ich habe Männer hinter ihm hergeschickt«, erklärte Junker Balthasar. »Owelacker ist gerissen. Ich glaube nicht, dass wir ihn kriegen.«

»Er wird für eine ganze Weile genug von uns haben«, stellte Seediek fest.

»Dafür ist uns ein anderer Vogel ins Netz gegangen«, deutete Balthasar an. »Einer, der vor einiger Zeit schön gesungen und gezwitschert hat von einem Angriff, den meine lieben Basen in Jever gegen mich planen.«

»Onninga«, stieß Rimberti hervor.

»Er wird im Stall festgehalten. Onninga kam zusammen mit Häuptling Keno und berichtete mir von deinen Angriffsplänen.«

»Davon ist kein Wort wahr«, empörte sich Maria. »Es fanden Überfälle statt, und ein paar von deinen Männern wurden dort tot aufgefunden.« Sie lächelte grimmig. »Das war eigentlich schon der Beweis dafür, dass jemand anders hinter diesen Überfällen steckte.«

»Owelackers Männer hatten sechs tote Männer auf einem Heuwagen liegen. Sie tragen die Kleidung Eurer Männer«, bemerkte Seediek.

Balthasar nickte. »Sie werden seit gestern Nacht vermisst.«

»Und was machen wir mit Onninga?«, fragte Seediek. »Wir können ihn ja schlecht einsperren. Sein Vater wird morgen als Berater von Graf Enno mitkommen und in den Verhandlungen mit Graf Wittenvelde dabei sein.«

Keiner sagte etwas.

»Rimberti?« Fockena durchbrach das Schweigen und sah seinen Gefährten an.

»Ich weiß, was Ihr wollt«, antwortete Rimberti. »Ich habe es dabei. So machen wir es.«

Für einen Moment sahen die anderen sich ratlos an.

Vielleicht war es Isko Onningas schamloses Grinsen, das für Rimberti den Ausschlag gab.

Der Gefangene saß mit gefesselten Händen auf dem Stroh. Zwei bewaffnete Männer standen neben ihm und ließen ihn nicht aus den Augen.

Onninga richtete sich auf, als Rimberti und Fockena

die Scheune betraten. »Häuptling Ulfert, Doktor Rimberti, ich danke Euch für meine Errettung. Fast zwei Tage wurde ich von Owelacker und seinen Halsabschneidern gefangen gehalten. Nun habt Ihr mich befreit und diese Schurken vertrieben. Mein Vater, Häuptling Aiko Onninga, und Graf Enno werden Euch sehr dankbar sein und sich erkenntlich zeigen.«

Und dann setzte er wieder sein überhebliches Lächeln auf.

»Wir wissen alles, Isko«, belehrte ihn Fockena und wies die Wachen an, Onningas fesseln zu lösen. »Wir haben zwei von Owelackers Hauptleuten gefangen genommen. Sie haben uns deine Pläne aufgedeckt. Hinter allem steckst du: die Überfälle hier und in Junker Balthasars Herrschaft, der geplante Angriff auf Grootewarden. Du wolltest einen Krieg anzetteln und dich mit Owelackers Männern zum Herrscher über Jever machen, von Gnaden der ostfriesischen Grafen.«

»Ihr werdet doch nicht den Lügen dieser Räuber und Mörder glauben«, empörte sich Onninga. »Keno Middens ist unter dem Schutz von Fräulein Maria gestorben. Die Grafen werden sie zur Rechenschaft ziehen. Vielleicht werde ich ein gutes Wort für Maria einlegen, wenn ich jetzt sofort freigelassen werde.«

»Ihr habt Keno Middens getötet«, stellte Seediek fest.

»Middens hat die …«, Onninga zögerte und grinste wieder. »Dafür habt Ihr keine Beweise. Das ist alles ein Missverständnis. Ich stehe unter dem persönlichen Schutz der Grafen, und Ihr werdet es bereuen, mich so zu behandeln. Man wird Rechenschaft von Euch fordern. Die Geschäfte, die wir hier machen, sind zu groß für Euch. Überlegt Euch also sehr gut, was Ihr jetzt tut.« Onningas Stimme überschlug sich vor Zorn, und er versuchte, seine Hände aus den Fesseln zu befreien.

Rimberti trat einen Schritt vor. Er holte ein Papier hervor. »Ihr wisst, was das ist, Onninga?« Onninga spuckte auf das Schriftstück.

»Herr Isko hat dieses Schriftstück gemeinsam mit mir und Hauptmann Burkert aufgesetzt. Darin gesteht er seine Schuld an den Plünderungen im Jeverland, für die Owelacker im Frühsommer verantwortlich gemacht wurde. Er war es damals nicht. Onninga hat mit seiner Rotte Überfälle, Morde und Plünderungen verübt.«

»Ihr habt mich erpresst«, stieß Onninga hervor.

»Dies hier«, und bei diesen Worten hielt Rimberti das Papier hoch, »dies ist ein Todesurteil, unterzeichnet von Hauptmann Burkert, dem die kaiserliche Statthalterin dazu die Vollmacht gegeben hat. Burkert hat die Vollstreckung ausgesetzt, da Onninga sein Ehrenwort gab, nie wieder einem Bewohner des Jeverlandes zu schaden.«

»Wie könnt Ihr es wagen!«, tobte Onninga. Die beiden Soldaten hatten Mühe, ihn festzuhalten. »Mein Vater, er wird Euch …«

»Dein Vater wird zum ersten Mal stolz auf dich sein«, unterbrach ihn Fockena. »Er wird von uns erfahren, dass du wieder tapfer gegen die Angreifer gekämpft und die dir Anvertrauten verteidigt hast.«

Onninga erschrak.

»Du hast das Dorf und die Ehre deiner Familie beschützt. Mit deinem Leben«, sagte Fockena.

Erst jetzt verstand Onninga, was gleich passieren würde. Er wurde bleich. Die Stimme versagte ihm vor Angst.

»Schon in wenigen Tagen wird man dich in Ehren beisetzen, Isko Onninga.«

Fockena zog sein Schwert und stieß sofort zu.

53

Zwei Tage später eröffnete der Gesandte der kaiserlichen Statthalterin, Graf von Wittenvelde, die Versammlung. Fast alle Häuptlinge und Großbauern waren erschienen.

Alle Anwesenden erhoben sich, als der Leichnam von Häuptling Keno Middens in den Saal getragen wurde. Seine Hände waren auf der Brust gefaltet, als ob er ein Gebet sprechen würde. Durch seine Aufbewahrung im Eiskeller konnte man weder sehen noch riechen, dass er schon zwei Tage tot war.

Alle nahmen wieder Platz und sahen einander verwundert an. Bei allem Respekt für den Toten verstand doch niemand, warum er nun mitten im Raum in einem Holzsarg aufgebahrt lag.

»Wie ich erfahren habe, ist der Tote ein wichtiger Zeuge«, begann Wittenvelde. Rechts neben ihm saßen Rimberti und Fockena, danach die beiden ostfriesischen Grafen. Fräulein Maria, Seediek und Boing saßen auf der anderen Seite.

Auf den Stühlen, die etwas an die Seite gerückt waren, saßen Fockena und Aiko Onninga. Fockena sprach Iskos Vater seine herzliche Anteilnahme aus und beschrieb ihm flüsternd die Heldentaten seines Sohnes. Häuptling Aikos Augen glänzten. Über seinen nachgeborenen Sohn zu hören, dass er so ehrenhaft gehandelt und mit solchem Respekt bedacht wurde, tröstete ihn. Worte dieser Art hatte er über Isko bisher selten vernommen.

Graf Wittenvelde hatte inzwischen alle Formalitäten der Versammlung erläutert und wollte Rimberti auffordern, die Ergebnisse der Untersuchungen vorzulegen.

Graf Enno erhob sich. »Ich hatte gehofft, den Häuptling von Garssum hier bei guter Gesundheit anzutreffen, und nun steht hier sein Sarg. Was soll das? Ist das wieder eine von Marias Intrigen? Ist es ihr endlich gelungen, ihren schärfsten Widersacher zu beseitigen?«

Es entstand Unruhe. Rimberti raunte Wittenvelde zu: »Kleiner oder großer Auftritt?«

»Großer«, erwiderte der flüsternd. »Ich denke, hier ist ein großer Auftritt vonnöten.«

Rimberti erhob sich, und es wurde wieder still. »Im Auftrag des kaiserlichen Hofes haben wir Untersuchungen angestellt zum Anschlag auf Häuptling Keno. Er ist der Schlüssel zu vielen Geheimnissen, und darum ist er auch als Toter ein wichtiger Zeuge für uns.«

Gespannt hörten alle zu. Rimberti musste seine Worte sorgfältig wählen. »Schnell wurde deutlich, dass sein Tod etwas zu tun hat mit der Ermordung des Burgschreibers Aimo Herkens und der zwei Schwestern Jabina und Beeke von Sassenhusen. Und er hat auch zu tun mit einer Verschwörung, in deren Folge die beiden Fräulein von Jever, Junker Balthasar und zuletzt auch Ihr, Graf Enno und Graf Johann, mit einbezogen wurdet, ohne es zu wissen.«

Gerade wollte Graf Johann empört aufspringen, als ihm plötzlich klar wurde, dass gar kein Vorwurf gegen ihn und seinen Bruder erhoben worden war.

Rimberti fuhr fort: »Der Tote kann uns mehrere Fragen beantworten. Wer ist der Tote, der hier vor uns liegt, nicht? Und um wen handelt es sich wirklich? Was hat es mit dem Tod der beiden Schwestern auf sich? Und wer hat ihn getötet? Diese Fragen kann nur er beantworten, und darum brauchen wir ihn hier in unserer Mitte. All diese Geheimnisse wird unsere Untersuchung klären, die wir jetzt im Beisein aller zum Abschluss bringen werden.«

Wieder kam Unruhe auf. Rimbertis Fragen hatten bei den Anwesenden viele Vermutungen ausgelöst, über die man sich kurz austauschen wollte.

»Wirklich ein großer Auftritt«, brummte Wittenvelde leise. »Macht weiter so.«

Rimberti erhob seine Stimme, und das Gemurmel verstummte. »Als Erster wird der Drost der Friedeburg zu uns kommen und den früheren Wachsoldaten Siebelt mitbringen.« Er nickte dem Soldaten an der Tür zu, der die beiden hereinholte.

Der Drost und sein ehemaliger Wachsoldat betraten den Raum und blieben bei der Tür stehen.

Rimberti begrüßte die beiden, dankte ihnen für ihr Kommen und richtete zuerst das Wort an den Drosten: »Die beiden Schwestern Jabina und Beeke Middens aus dem Kloster Annenwolde sind im vorletzten Jahr am Abend vor Michaelis auf der Friedeburg eingetroffen. Sie wollten dort ein Nachtquartier nehmen. Sie waren auf einer Reise in ihre alte Heimat, um dort einige Tage zu verbringen. Abschließend sollte ihre Reise sie ins Kloster Thedinga führen, in dessen Konvent sie aufgenommen werden sollten. Ihr Bruder, Häuptling Folpt, hatte alles mit Euch so abgesprochen. Eine Novizin aus Annenwolde war mit ihnen unterwegs, und ebenso ein Knecht, der sie im Auftrag der Familie ab Oldenburg begleitet hat.«

»So ist es«, bestätigte der Drost. »Am nächsten Tag wollten die Schwestern noch einmal ihre Heimat Sassenborg wiedersehen. Hier wollten sie auch ihren Bruder und dessen Familie besuchen. Und besonders am Herzen lag ihnen, auch ihren Neffen Keno wiederzusehen, der viele Jahre in der Nähe ihres Klosters gelebt und sie öfter besucht hat. Danach wollten sie die Reise ins Kloster Thedinga antreten.«

»Häuptling Jelto, ich bitte Euch, etwas über den Knecht zu sagen, der Eure Tanten begleiten sollte.«

Jelto Middens erhob sich. »Mein Vetter Keno hat vom bevorstehenden Besuch der Tanten natürlich gewusst. Es sollte ein besonderes Ereignis für uns alle werden.

Er wollte die beiden selber mit seinem Knecht abholen, weil er ihnen besonders nahestand. Kurz vor der Abreise haben ihn dann wichtige Angelegenheiten daran gehindert, diese Aufgabe wahrzunehmen. Darum hat er den Knecht allein geschickt.«

»Könnt Ihr uns etwas über diesen Knecht sagen?«, fragte Rimberti.

Jelto überlegte kurz und sprach dann weiter: »Ich kann fast nichts über ihn sagen. Der Knecht wurde mit dem Namen ›Jürn‹ angeredet. Es hieß, er sei erst kurz vorher in den Dienst in Garssum eingetreten und habe unmittelbar danach den Dienst wieder verlassen. Niemand hat ihn je wiedergesehen. Das hat mir auch der Verwalter auf Garssum so bestätigt. Keiner weiß etwas über seinen Verbleib. Wir haben Erkundigungen angestellt, aber leider vergeblich.« Er nickte und setzte sich wieder.

»Siebelt«, sprach Rimberti den früheren Wachsoldaten an. »Ihr hattet in jener Nacht Dienst im Burghof. Was könnt Ihr dazu sagen?«

Siebelt lief rot an. Er zitterte. Es fiel ihm sichtlich schwer zu antworten. »Der Knecht ...«, stieß er hervor. »Als die Schwestern zum Nachtmahl beim Drosten waren, ist er in ihr Quartier gegangen. Er hatte eine Kanne und zwei Becher dabei. Wein, mit Honig gesüßt und mit Gewürzen. Er sagt, das hätte er für die Schwestern gekauft und in der Burgküche heiß machen lassen. Er erzählte, dass es unterwegs Streit gegeben hatte. Nun wollte er sich wieder mit den Schwestern versöhnen. Der Wein sollte ein Geschenk sein, damit sie sich wieder vertrugen. Er gab mir etwas Geld, damit ich ihn nicht verrate. Es sollte eine Überraschung sein.«

»Dann gab er dir noch etwas.«

»Ein Kästchen. Er sagte, das gehörte ihm. Darin bewahrte er Geld auf, das seine Familie für den Verkauf von Land erhalten hätte. Er wollte über Nacht nicht so viel Geld bei sich haben. Er war bei den anderen Bediensteten untergebracht. Er sagte, dass man es ihm sonst vielleicht stehlen würde. Ich sollte es sicher verwahren. Das habe ich auch getan.«

»Und am nächsten Morgen?«

»Die Schwestern waren tot, und die junge Nonne wachte nicht wieder auf. Es war schrecklich. Der Knecht hat mir gedroht. Wenn ich etwas sagte, würde er behaupten, dass ich den Wein gebracht hätte. Und dass ich das Kästchen gestohlen hätte. Ich hatte Angst. Ich hatte schließlich das Kästchen. Später gab er mir viel Geld für mein Schweigen. Das hätte er gar nicht tun müssen, denn wenn ich etwas verraten hätte, wäre ich als sein Komplize beschuldigt worden. Damit hat er gedroht. Ich habe des Geld genommen und den Mund gehalten. Ich habe mich geschämt. Das tue ich heute noch.«

»Herr Drost, habt Ihr diesen Knecht jemals wiedergesehen?«, fragte Rimberti den Drosten und den ehemaligen Wächter.

Die beiden sahen einander an. Der Drost antwortete für beide: »Nein, erst jetzt wieder.«

»Wollt Ihr damit sagen, dass der Knecht hier im Saal ist?«

Es wurde atemlos still.

»Ja«, antwortete der Drost. »Er liegt hier vor uns.« Der Drost wies auf den Toten.

Für einen Moment erstarrten alle im Raum. Dann

n es aus allen heraus: Verwunderung, Zorn, Überchung, Aufregung. Der Drost und Siebelt setzten sich auf einen der freien Stühle im hinteren Bereich des Saales.

Rimberti gab allen eine kurze Zeit, sich auszutauschen. Dann fuhr er fort: »Jetzt wird Schwester Katharina, Nonne im früheren Kloster Annenwolde und jetzt im Kloster Thedinga, aussagen. Sie war mit den beiden Schwestern sehr gut bekannt.«

Rimberti nickte, und der Soldat an der Tür verließ für einen Moment den Saal. In seiner Begleitung traten nun die Schwestern Katharina und Meta ein. Meta Hallenga blieb an der Tür stehen. Schwester Katharina trat vor.

»Ich danke Euch, dass Ihr gekommen seid, Schwester«, begrüßte Rimberti sie und erklärte den Anwesenden: »Schwester Katharina hat im Kloster Annenwolde über mehrere Jahre den Dienst an der Pforte getan. Außerdem war sie für die Bewirtung und Unterbringung von Gästen des Klosters verantwortlich. Und sie war mit den Schwestern sehr vertraut. Entspricht das den Tatsachen?«

»So ist es«, antwortete Schwester Katharina mit klarer Stimme.

»Was könnt Ihr uns über Keno Middens sagen?«

»Er war meistens einmal im Jahr Gast im Kloster und besuchte seine Tanten. Er brachte dann eine kleine Spende für das Kloster mit. Von den Schwestern erfuhr ich, dass sie sich über Neuigkeiten in der Heimat austauschten. Die Schwestern fühlten sich mit ihrer Familie und ihrem Zuhause immer noch sehr verbunden. Manchmal schrieben oder bekamen sie auch Briefe, die dann von Kloster zu Kloster ihren Weg fanden.«

»Schwester Katharina, ist Keno Middens hier im Raum?«

Schwester Katharina trat weiter in die Mitte des Saales und sah alle Anwesenden der Reihe nach an. »Nein«, antwortete sie.

»Und es ist ausgeschlossen, dass Ihr Euch irrt?«

»Das sollte man niemals ausschließen. Aber ich habe ein gutes Gedächtnis für Personen. Herr Keno war in großen Abständen immer wieder bei uns.«

»Und der Verstorbene?« Rimberti deutete auf den aufgebahrten Toten.

Die Nonne schüttelte den Kopf. »Nein. Das ist nicht Herr Keno. Er sieht ihm durchaus ähnlich, aber er ist es nicht.«

»Was macht Euch so sicher?«

»Herr Keno hatte vor Jahren einen Unfall. Davon hat er eine Narbe unter dem rechten Auge zurückbehalten. Der Tote hier hat einen Bart, aber man kann deutlich erkennen, dass er keine Narbe im Gesicht hat.«

Fast regungslos hatten die Männer Schwester Katharinas Aussage gehört, da ließ Rimberti seinen letzten Zeugen hereinholen. Take Middens sah fast grau im Gesicht aus, als er unsicher den Saal betrat. Sein Bruder und sein Neffe hatten dafür gesorgt, dass er gestern und heute nur so viel Bier trinken durfte, dass er einigermaßen bei Verstand blieb.

»Tjard«, schrie der alte Mann und stürzte auf den Toten zu. »Tjard, mein Junge.« Er umarmte den Toten und begann, laut zu schreien und zu weinen. Dann sprangen alle auf. Ein Tumult brach los.

54

Es dauerte eine ganze Weile, bis alle sich einigermaßen beruhigt und wieder auf ihren Plätzen niedergelassen hatten.

»Jetzt bitte nur noch kleine Auftritte«, flüsterte Wittenvelde Rimberti zu.

»Kommen wir zur letzten Frage: Wer ermordete Tjard Middens? Dass es sich um ihn handelt, daran gibt es keinen Zweifel«, stellte Rimberti fest. Die meisten in der Runde bestätigten dies durch ihr zustimmendes Gemurmel oder Kopfnicken.

»Ich habe hier einen Brief.« Rimberti hielt das Schreiben hoch, das ihm vor wenigen Tagen von Wittenvelde übergeben worden war. »Es stammt von Kenos und Tjards früherem Dienstherrn. In seinem Auftrag hat Keno dessen Güter verwaltet, und Tjard hat ihn als Schreiber unterstützt. Von dem ausgezahlten Erbteil hatte Keno dort einen kleinen Hof gekauft. Der Dienstherr schreibt, dass Keno seine Aufgaben sehr verantwortungsvoll wahrgenommen hat, und dass sein Vetter Tjard ihm an Begabung und Ehrgeiz sogar überlegen war und mit den Jahren mehr oder weniger die Leitung der Güter übernommen und zwischendurch auch kleinere Summen für sich abgezweigt hat, während Keno sich mehr der Jagd widmete oder Reisen unternahm.

Da aber alles bestens verwaltet wurde, waren alle mit der Situation zufrieden. Er schreibt auch, dass es auf der Heimreise der beiden zu einem Unfall kam. Der Dienstherr hat den Hergang sogar untersuchen lassen. Augenzeugen berichten, dass einer der beiden beim Übersetzen mit einer Fähre durch ein scheuendes Pferd in den Fluss gestoßen wurde und ertrank. Es war ein Unglück, kein Anschlag.«

Ein Raunen ging durch die Versammlung. Er übergab den Brief dann an Wittenvelde, bevor er weitersprach. »Der Dienstherr bestätigt auch, dass beide Vettern sich durchaus ähnlich sahen. Am Ort des Unfalls wird sich Tjard als sein Vetter ausgegeben haben, was sehr einfach war, da dort niemand die beiden kannte. Er übernahm das Pferd und das Reisegepäck seines Vetters und setzte die Reise als Keno Middens fort. In der Heimat war er, genauso wie sein Vetter Keno, seit 25 Jahren nicht mehr gewesen. Kenos Eltern und sein Bruder, die er in dieser Zeit nur einmal gesehen hatte, lebten nicht mehr. So trat er das Erbe seines Vetters an. Als Keno und Tjard fortgingen, waren sie 17 und 18 Jahre alt. Niemand kam auf die Idee, dass Tjard nicht Keno war. Nur fünf Personen konnten sein Vorhaben gefährden. Die erste war sein Onkel, Folpt Middens von Sassenhusen.«

Der alte Häuptling beugte sich vor, als Rimberti weiter vortrug. »Herr Folpt, Ihr habt selber bemerkt, dass Euer Neffe keinen Kontakt zu Euch suchte, nachdem er zurückgekehrt war. Er wollte nicht erkannt werden. Erst als er bemerkt hatte, dass Eure Sehkraft nachgelassen hatte, wart Ihr nicht mehr gefährlich für ihn.«

»Ihr glaubt, der Angriff auf meine Leute und mich hatte damit zu tun?«, fragte der alte Häuptling.

»Das war auch ein wichtiger Grund. Vielleicht wollte er sichergehen und Euch aus dem Weg räumen lassen, um die Gefahr des Wiederkennens ein für alle Mal zu bannen.«

Häuptling Folpt lehnte sich wieder zurück. Er fragte: »Und was ist mit seinem Vater Take?«

»Das Problem erledigte sich von selbst«, erklärte Rimberti. »Als sein Vater ihn erkannte, waren alle der Meinung, er hätte durch das Trinken den Verstand verloren, und man sollte ihn in dem tröstlichen Glauben lassen, dass sein Sohn lebendig zurückgekehrt wäre. Beide Vettern sahen sich ja auch durchaus ähnlich, wie wir gehört haben. So konnte er ihn sogar gefahrlos in seinem neuen Zuhause aufnehmen und so die Aufsicht über ihn behalten. Erst durch Takes Behauptung, dass sein Sohn nicht tot sei, bin ich Tjard eigentlich auf die Spur gekommen.«

»Und wer sind die anderen drei, die ihn erkannten?« Graf Enno wurde ungeduldig.

»Tjards Tanten, die beiden Nonnen Jabina und Beeke. Aber sie wohnten ja weit, weit weg in ihrem Kloster. So bestand keine Gefahr, dass man sich wiedersah. Aber als das Kloster aufgelöst werden sollte und die beiden ihren Besuch in der Heimat ankündigten, wurden sie zu einem Problem. Es gab keine Möglichkeit, ihnen aus dem Weg zu gehen. Und sogar, wenn Tjard jetzt einen Grund gefunden hätte, sie nicht zu empfangen, dann hätten sie eine andere Möglichkeit gefunden, ihn zu treffen. Schließlich hatten sie zu ihrem Neffen Keno eine sehr herzliche Beziehung. Darum beschloss Tjard, die Tanten selber abzuholen. Er lenkte den Verdacht auf einen Knecht, den er wenige Tage vorher in seinen Dienst nahm, vermutlich unter falschem Namen, und den er gleich darauf wieder fortschickte. Durch seinen Vetter wusste er, dass die Tanten eine Schwäche für gewürzten Wein hatten. Gewürze und Honig verdeckten den Geschmack des Gifts, sodass auch die Schwester, die viel von Kräutern verstand, nichts bemerkte. Die Hälfte des gestohlenen Geldes schenkte er dem Wachsoldaten, den er in seiner Vertrauensseligkeit ausgenutzt und dann erpresst hatte. Es ging nicht um das Geld. Der Diebstahl sollte vom eigentlichen Motiv für die Morde ablenken. Seine Tanten sollten nicht bemerken, wer er war.«

Folpt Middens und sein Sohn saßen starr vor Entsetzen. Besonders dem alten Häuptling sah Rimberti seine tiefe Bestürzung an.

»Und der Schreiber?«, fragte jetzt Boing. »Aimo Herkens? Hat Tjard auch mit seinem Tod etwas zu tun?«

»Er war die fünfte Person, die Tjard sofort erkannt hätte. Herkens kannte Keno von Kind an. Sie sind gemeinsam unterrichtet worden und waren Spielgefährten«, erklärte nun Fockena mit seiner Bassstimme. »In Herkens' Nachlass fanden wir viel Geld. Die Münzen stammen eindeutig aus dem Besitz der ermordeten Schwestern. Mit dem Geld wird Tjard das Schweigen seines früheren Freundes erkauft haben. Außerdem hatte der Schreiber eine Urkunde in seinen Besitz gebracht.«

»Was soll das für eine Urkunde sein?«, unterbrach ihn Graf Enno harsch.

Fockena tat geheimnisvoll. »Sie muss von großer Bedeutung sein, und wir sind noch auf der Suche nach Herkens' Versteck. Wir vermuten, dass der Schreiber Tjard Middens auch damit erpresst hat. Tjard ging es auch nicht um das Geld. Dieser Schreiber konnte alles zerstören. Darum musste er beseitigt werden.«

»Tjard war ehrgeizig«, führte Rimberti die Ergebnisse der Untersuchungen weiter aus. »Die Aussagen seines Dienstherrn ergeben, dass die Güter, die Keno und er verwaltet haben, mehr als doppelt so groß sein müssen wie Sassenhusen und Garssum zusammen. Und da Keno seinen Dienstherrn häufig auf Reisen begleitete, hat Tjard diese Arbeit weitgehend selbstständig und mit großem Erfolg geleistet. Ich konnte mich im Gespräch mit ihm davon überzeugen, dass er viele Erfahrungen gesammelt hatte und die Veränderungen sehr deutlich erkannte. Die kleine Herrschaft Garssum war ihm bald nicht mehr groß genug. Und da kamen die Grafen von Ostfriesland ins Spiel.«

Graf Enno und Graf Johann sahen Rimberti grimmig an, aber der erklärte weiter: »In seiner Heimat sah Tjard unter den gegebenen Verhältnissen zu wenige Möglichkeiten für sich. Aber eine Veränderung der Herrschaft hätte auch für ihn Gutes bieten können. Er rechnete damit, dass bei einer Übernahme der Herrschaft Jevers durch Ostfriesland die Fräulein gut untergebracht und ihre Parteigänger unter den Häuptlingen und Regenten entmachtet würden. Andererseits würden Regenten und Häuptlinge aus dem Jeverland gebraucht, die den Grafen treu ergeben waren. Und so bot er sich durch Isko Onninga den Grafen als Verbündeter an. Als Erbe von

Garssum sah er sich auch als Regent, denn Kenos Vater hatte ja einst dieses Amt ausgeübt. Es gelang ihm, sich das Vertrauen von Fräulein Anna und Fräulein Maria zu erschleichen und gleichzeitig gegen sie zu intrigieren. Die Überfälle im Frühsommer wurden fast alle gegen die Häuptlinge und Gemeinden verübt, die ihre Abgaben an die Fräulein richteten.«

»Habt Ihr dafür Beweise?«, fragte nun Graf Johann.

»Wir haben es sogar schwarz auf weiß.« Fockena sah die beiden Grafen unvermittelt an. »Onninga hat uns alle Pläne erklärt. Und er hat auch aufgeschrieben, wer die Hintermänner der Überfälle waren und in wessen Auftrag sie geschahen. Ich habe das Papier dabei. Soll ich es vorlesen, oder glaubt Ihr mir?«

Graf Enno rutschte auf seinem Stuhl vor. Er blickte abwechselnd auf Fockena und auf den kaiserlichen Rat Graf Wittenvelde. »An Eurem Wort zweifle ich niemals, Herr Ulfert. Was Ihr aussprecht, ist so gut wie geschrieben. Wer hat denn nun den falschen Häuptling getötet?«

»Diese Frage könnt nur Ihr beantworten«, erklärte Rimberti.

»Wie könnt Ihr es wagen, uns zu beschuldigen!« Graf Enno und Graf Johann sprangen fast gleichzeitig auf. Im Nu sprachen alle in heller Aufregung durcheinander, empörten sich oder riefen den Grafen Anschuldigungen zu.

»Genug«, sagte Wittenvelde leise zu Rimberti.

Der nickte und bat mit erhobenen Handflächen um Ruhe. »Das wird mit keinem Wort geschehen. Schwester Katharina, der Drost von Friedeburg und sein ehemaliger Wachsoldat, die Häuptlinge von Sassenhusen und Tjards Vater haben durch ihr Zeugnis die Verbrechen dieses Mannes aufgedeckt, der hier aufgebahrt vor Euch liegt. Um aber auch Tjard Middens Gerechtigkeit zu verschaffen, soll nun das letzte Rätsel gelöst werden. Wer ist sein Mörder? Um dieses Geheimnis zu lüften, brauche ich die Hilfe von niemand Geringerem als Euch, Graf Enno, Graf Johann.«

Für einen Moment wurde es wieder absolut still. Nur Rimberti sah, wie Wittenvelde sich zu ihm drehte und mit den Augen rollte.

»Vorgestern am Morgen wurde Tjard Middens tot auf seinem Bett aufgefunden«, erläuterte Rimberti. »Für eine kurze Zeit waren Dienstmagd und Wächter abgelenkt. So konnte der Mörder seine Tat durchführen. Er hat Tjard ein Kissen so fest und so lange auf das Kissen gepresst, bis der wehrlose Kranke erstickt ist. Vielleicht wäre Tjard sonst tatsächlich genesen und hätte noch das eine oder andere Geheimnis lüften können. Das Kissen wurde so stark auf sein Gesicht gedrückt, dass wir am Kissen Blut und Speichel fanden. Das konnte der Mörder im Halbdunkel nicht erkennen. Eines können wir mit Sicherheit sagen: Weder Fräulein Maria noch Junker Boing trifft eine Schuld. Im Gegenteil: Sie haben alles getan, um den Kranken zu pflegen.«

»Und?«, fragte Graf Enno lauernd. »Was wollt Ihr nun von uns wissen?«

»Nur sieben Personen wussten, dass Tjard Middens tot ist: außer mir sind das die Dienstmagd und der Soldat, Drost Boing, der Pfarrer von Seediek und Fräulein Maria. Sie brachten den Toten umgehend in den Keller. Der Keller wurde abgeschlossen. Der Soldat und die Magd wurden im Zimmer des Kranken eingesperrt. Wachen sorgten dafür, dass die beiden mit allem versorgt wurden, ohne mit jemandem sprechen zu können. Eine weitere Wache sorgte dafür, dass sich niemand an der Kellertür zu schaffen machte. Vom Wachpersonal hat niemand auch nur ein Wort vom Tod des Kranken erfahren. Sie bewachten die Türen, wussten aber nicht, was sich dahinter verbarg.«

»Ihr habt uns nicht mitgeteilt, wer die siebte Person ist«, stellte Graf Enno fest.

»Das müsst ihr uns sagen«, erwiderte Rimberti. »Außer den sechs von mir genannten Personen konnte nur einer wissen, dass Tjard Middens tot ist: sein Mörder. Ihr habt vorhin mitgeteilt, dass Ihr schon vorher von Tjards Tod erfahren habt. Derjenige, der Euch davon in Kenntnis gesetzt hat, kann nur der Mörder selber sein. Niemand sonst wusste davon – außer den hier Anwesenden und dem Mörder selbst.«

»Es war ein Bote, der zu uns kam …«, wich Graf Enno aus.

»Von wem kam die Nachricht?«

»Isko Onninga«, zischte Graf Johann.

»Er tat es sicher aus edlen Motiven«, mischte sich Fockena ein. »Schließlich hat er auch im Kampf gegen Owelackers Söldner sein Leben verloren. Er wollte das Dorf Grootewarden vor den Angreifern verteidigen.«

»Wie er es vorher auch in Sassenhusen getan hat«, sagte Häuptling Aiko Onninga und erhob sich.

»Wir können nur vermuten, was der Grund für seine Tat gewesen sein könnte«, führte Rimberti aus. »Vielleicht hat er in dem vermeintlichen Keno Middens einen

Intriganten gesehen, der nicht davor zurückschreckte, die ostfriesischen Grafen und seine eigene Familie in Verruf zu bringen.«

Aus der Versammlung kamen Worte des Danks und der Anerkennung, die den alten Häuptling sichtlich mit Stolz erfüllten.

Wittenvelde erhob sich. »Euch, Rimberti, Seediek und Fockena, ist für Eure sorgfältige Untersuchung zu danken. Ihr habt alle offenen Fragen beantwortet und den Tod der beiden Nonnen, des Burgschreibers und dieses Mannes im Sarg hier geklärt. Und Ihr habt die Hintergründe für die Überfälle offengelegt. Fräulein Maria und Fräulein Anna, die leider nicht anwesend sein können, sind von jedem Verdacht freizusprechen. Königin Maria lädt die Parteien im Streit um Jever im Frühjahr nach Brüssel ein, um dort die Verhandlungen zu führen. Bis zum Abschluss dieser Verhandlungen erklärt die Königin Fräulein Maria und Fräulein Anna zu den legitimen Regentinnen des Jeverlandes. Sie werden von ihr im Namen des Kaisers ausdrücklich in ihren Herrschaftsrechten bestätigt.«

55

»Nun, zumindest war eine Menge von dem, was wir berichtet haben, tatsächlich wahr«, stellte Fockena fest, als er und Rimberti für einen Abschiedstrunk zusammensaßen. »Aber die wahren Hintergründe von Onningas Überfällen und von seinem Versuch, einen Krieg mit Balthasar anzuzetteln, die haben wir nicht dargelegt.«

»Wem nützt es?«, fragte Rimberti und biss in das Brot mit Schmalz. »So konnten die Grafen klein beigeben, ohne dass sie ihr Gesicht verloren. Sie ziehen ihre Männer ab. Und das ist es, was wir wollten.«

»Glaubt Ihr wirklich, dass Onninga wusste, dass Keno Middens in Wirklichkeit jemand anders war?«

»Nein. Ich glaube, dass Onninga sich darüber bestimmt keine Gedanken gemacht hat. Er ging einfach davon aus, dass der Häuptling tot nützlicher ist als lebendig. Sein Tod sollte den Grafen als Grund dienen, Jever zu besetzen und ihn selbst zum Drosten zu machen. Und als die Vergiftung nicht ausreichte, musste er nachhelfen.«

»Und? Glaubt Ihr wirklich, dass Onninga ihm das Gift verabreicht hat? Bei welcher Gelegenheit soll das gewesen sein? Und woher soll er gewusst haben …«

»Auf unser Wohl«, unterbrach ihn Rimberti und

erhob den Becher mit Bier. »Auf diese Frage werden wir wohl nie eine Antwort bekommen.«

Graf Enno und Graf Johann saßen mit versteinerter Miene am Tisch, als Rimberti eintrat. Sie hatten ihn gebeten, sie vor der Abreise noch einmal aufzusuchen.

»Ihr habt Eure Stellung ausgenutzt, um uns zu schaden.« Graf Johanns Stimme klang vorwurfsvoll.

»Ich habe meine Stellung benutzt, um Euch zu helfen«, entgegnete Rimberti. »Es gibt noch mehr Schriftstücke und Beweise, die ich immer noch unter Verschluss halte. Sie weisen eindeutig darauf hin, dass die Überfälle im Frühsommer auf Euren Befehl hin geschahen. Isko Onninga hat in Eurem Auftrag Dörfer im Jeverland angegriffen und geplündert, um die Häuptlinge auf Eure Seite zu bringen.«

Graf Johann wollte sich gerade empören, da gab ihm sein Bruder einen Stoß.

Rimberti legte ihnen ein Papier vor. »Diese Abschrift habe ich angefertigt. Niemand sonst weiß davon. Es ist die Kopie des Eheversprechens, das Euer Vater mit den Fräulein geschlossen hat.« Rimberti warf das Papier ins Feuer.

Graf Johann wollte aufspringen, aber Enno hielt ihn zurück.

»Mit diesem Eheversprechen sind Eure Verpflichtungen hinfällig, denn Ihr habt durch Eure Heirat mit Gräfin Anna von Oldenburg diesen Vertrag selbst außer Kraft gesetzt.«

»Dann sind wir Euch also zu Dank verpflichtet, Rimberti?«, bemerkte Graf Johann.

»So könnt Ihr es ausdrücken. Und ich kann noch mehr tun. Ich habe erfahren, dass Junker Balthasar große Verstärkungen erhält. Ich kann Euch nur raten, Eure Männer so schnell wie möglich aus Jever abzuziehen, damit Ihr Eure Herrschaft verteidigen könnt.«

»Wir wissen Eure Hilfe zu schätzen«, sagte Graf Enno anerkennend. »Es ist gut, dass Ihr am kaiserlichen Hof ein so wichtiges Amt habt.« Er zögerte einen Moment. »Und das Eheversprechen?«

»Es liegt nicht in meiner Macht, es Euch zu übergeben. Ich würde dann mein Amt am Hof der Königin verlieren. Ich werde mein Bestes tun, dass Fräulein Maria dieses Schriftstück nie zu Gesicht bekommt.«

»Was ist das?«, fragte Fräulein Maria, als Rimberti ihr das Schriftstück vorlegte.

»Das Eheversprechen zwischen den drei Töchtern Edo Wiemkens und den drei Söhnen Graf Edzards«, erklärte Rimberti. »Eure Schwester Dorothea hat vor ihrem Tod eine Abschrift dieses Vertrages im Oldekloster anfertigen lassen. Es ist mit dem Siegel des Klosters versehen und von Abt und Prior unterschrieben.«

»Wissen die Grafen, dass es diese Urkunde gibt?«

»Sie wissen es und würden alles darum geben, sie in Händen zu halten.«

»Um sie dann zu verbrennen, wie es ihr Vater mit unserer Ausfertigung getan hat.«

»Vermutlich.«

Maria sah die Abschrift noch einmal an. Dann erhob sie sich, trat an den Kamin und warf die Urkunde ins Feuer. »Ich danke Euch für Eure Mühe, Doktor Rimberti. Ich hoffe, Ihr seid nicht enttäuscht, dass ich dieses Eheversprechen nicht einlöse. Ich habe nicht das geringste Interesse daran, die Frau von Graf Johann zu werden.«

»Ich verstehe.«

»Ihr wisst, was er mir angetan hat. Vor aller Augen und Ohren hat er mich beschimpft und beleidigt.«

»Davon habe ich erfahren.«

»Die Grafen haben Boings Ländereien beschlagnahmt und ihn beschuldigt, sein Amt als Drost veruntreut zu haben. Wenn das alles geklärt ist, werden wir heiraten. Das ist keine Überraschung für Euch, Doktor Rimberti, oder?«

»Ich wünsche Euch alles Glück auf Erden. Es wird nicht leicht sein«, sagte Rimberti.

»In wenigen Wochen werde ich Königin Maria aufsuchen«, versicherte Fräulein Maria. »Ich glaube, es wird noch ein harter Kampf. Ich weiß, dass ich Euch viel zu verdanken habe. Das werde ich niemals vergessen.«

56

»ICH WUSSTE, DASS Ihr kommen würdet.« Grit, die junge Ehefrau des neuen Deich- und Sielrichters war gerade dabei, die Schriftstücke des alten Deichrichters zu sortieren, als Rimberti in die Amtsstube trat. Sein Schreiber wartete draußen bei den Pferden.

»Wir können offen reden«, sagte sie. »Mein Mann ist bei einem Siel, das repariert werden muss.«

»Du bist die Novizin, die mit den Schwestern Jabina und Beeke unterwegs war.«

Grit hörte mit dem Sortieren auf. Sie sagte eine Weile nichts. Dann brach es aus ihr heraus. »Noch einen Schluck mehr, und ich wäre auch tot gewesen. Warum hat er nicht einfach das Kästchen mit dem Geld behalten? Warum wollte er uns töten?«

Rimberti antwortete nicht.

Grit sprach weiter. »Meine Mutter ist gestorben, als ich noch klein war. Aber im Kloster hatte ich auf einmal zwei Mütter. Oder Großmütter.« Für einen Moment lächelte sie.

»Wolltest du darum mit ihnen ins Kloster Thedinga?«

»Ja. Schwester Katharina war auch schon dort. Ich wollte die restliche Probezeit als Novizin in der Nähe der beiden Schwestern verbringen, bevor ich mich entscheide. Von ihnen habe ich vieles gelernt. Eigentlich alles.«

Tränen füllten ihre Augen. »Warum hat der Dieb nicht einfach das Geld genommen und ist gegangen? Schwester Jabina und Schwester Beeke kommen aus einer wohlhabenden Familie. Ihr Bruder hätte ohne Zögern das Geld gegeben, um die beiden für das neue Kloster auszustatten.«

»Es ging nicht darum, sie zu bestehlen«, sagte Rimberti. »Es ging darum, sie zu töten.«

»Warum?«, wollte Grit wissen.

Rimberti erzählte ihr die Geschichte von Tjard und Keno Middens.

Grit hörte zu, ohne ihn zu unterbrechen.

»Was wusstest du darüber?«, fragte Rimberti Grit.

»Ich wusste nur, dass der Mann mit dem Namen Keno Middens derselbe war, der uns damals als Knecht abgeholt und zur Friedeburg begleitet hat. Als ich auf der Friedeburg langsam wieder zu Kräften kam, hatte der Knecht längst das Weite gesucht. Ihr wisst, dass mein Patenonkel Stallmeister bei Fräulein Maria und Fräulein Anna ist. Ich wusste zuerst nicht, wo ich hin sollte. So nahmen er und seine Frau mich in ihrem Zuhause auf und verschafften mir eine Arbeit. Eines Tages sah ich den Knecht von damals wieder vor mir. Er erkannte mich ohne meine Tracht natürlich nicht wieder. Er hatte mich schon auf der Reise kaum beachtet.«

»Aber du hast ihn erkannt.«

»Ich brauchte einige Zeit, um mich zu vergewissern. Denn alles, was ich über Junker Keno erfuhr, passte nicht zu seiner Tat. Er soll seine Tanten geliebt und einen Landbesitz geerbt haben. Warum sollte er seine Tanten umbringen und sie ausrauben? Das passte nicht. Das musste ich herausfinden.«

»Du hast ihn beobachtet.«

»Jeden seiner Schritte, soweit meine Arbeit das zuließ. Und wenn irgend möglich, habe ich mich so zum Dienst einteilen lassen, dass ich in seiner Nähe war. Er war mit dem Burgschreiber gut vertraut. Die beiden mussten sich von früher gekannt haben. Aber dann hörte ich eines Abends, wie sie in der Schreibstube stritten. Ich habe nicht genau verstanden, worum es eigentlich ging. Aber ich habe gehört, wie der Burgschreiber viel Geld forderte und damit drohte, etwas zu verraten. Einige Tage später erfuhr ich von einem der Wachsoldaten, dass Middens die Burg in der Nacht verlassen hatte. Am nächsten Morgen hörte ich dann, dass der Schreiber bei einem Sturz von der Treppe ums Leben gekommen war.«

»Aber davon hast du niemandem erzählt.«

»Es waren ja nur meine Vermutungen. Ich hatte die Idee, dass der Schreiber vielleicht etwas über den Tod der beiden Schwestern wusste und damit Keno erpresste. Der Häuptling, für den ich ihn ja auch hielt, war eine einflussreiche Persönlichkeit. Ich konnte nicht wirklich etwas gegen ihn vorbringen.«

Rimberti sah sie fragend an.

»Middens traf sich oft mit Onninga. Ich wusste, dass die beiden hinter den Überfällen stecken mussten. Aber mit wem hätte ich darüber reden sollen? Wer hätte einer Dienstmagd geglaubt, die nur ein paar Satzfetzen an der Tür erlauscht hat?«

»Einmal saßen Fockena und ich mit Middens zusammen, als du uns bedient hast.«

»In diesem Moment dachte ich, auch Ihr steckt mit ihm unter einer Decke. Und Ihr wollt mich mit ihm verheiraten.«

»Wie hast du es getan?«

Grit holte aus einem Schränkchen eine kleine Glasflasche. »Die gehörte den beiden Schwestern. Schwester Beeke litt im zunehmenden Alter unter Schlaflosigkeit. Die Schwester im Kloster, die die Arzneien hergestellt, hat uns diese Flasche mitgegeben. Nur ein kleiner Löffel der Flüssigkeit sollte in eine Flasche Wein gegeben werden. Und davon sollte Beeke auch nur ein Glas trinken. Wenn man etwas Honig hineintut, schmeckt man es gar nicht.«

Grit seufzte. »Das hat Middens auch gewusst. Oder zumindest muss er gewusst haben, dass die beiden eine Schwäche für süßen Würzwein hatten. Vielleicht hat er es unterwegs beobachtet, oder sein Vetter hat es ihm erzählt.«

»Auf jeden Fall wusste er es«, fasste Rimberti zusammen.

»Nach den Erledigungen in der Küche kam ich wieder in unser Gästezimmer. Ich hatte mich wohl auch etwas verplaudert mit den beiden Küchenmädchen. Jedenfalls schliefen die beiden Schwestern schon. Im Krug war nur noch ein kleiner Schluck. Er war stark mit Honig gesüßt. Und davon habe ich getrunken und mich dann hingelegt. Dann habe ich erst wieder etwas gemerkt, als man mich wachgerüttelt hat.«

»Und von diesem Schlafmittel hast du dann auch dem Häuptling hirtwas in seinen Wein gegeben.«

»Ich habe die Flasche der Schwester an mich genommen. Und so habe ich den Wein gemischt, den ich Middens neulich in sein Zimmer gebracht habe. Ich habe dafür gesorgt, dass sein Nachtmahl gut gesalzen und gewürzt war, sodass er Durst bekam. Und dann stand in seinem Zimmer ein Krug mit gewürztem Wein. Ich bin in der Nacht, als er fest schlief, in seine Kammer geschlichen und habe den Rest mitgenommen. Aber ich habe es wohl zu schwach dosiert. Es war auch nicht mehr so viel in dem Fläschchen. Immerhin hat es doch seine Wirkung getan.«

»Du hast ihn nicht getötet«, erklärte Rimberti. »Middens wäre nach ein paar Tagen vermutlich wieder wach geworden.«

»Es war nicht nur Rache«, sagte Grit. »Ich bekam mit, dass er wieder Böses im Schilde führte. Der Mord an dem Schreiber, der Angriff auf den alten Häuptling Folpt, den er mit vorbereitet hat. Und all die Menschen, die bei den Überfällen getötet wurden. Er und Onninga wollten die beiden Fräulein beseitigen und Herren des Jeverlandes werden. Wie sollte eine abhanden gekommene Nonnenschülerin wie ich das verhindern?«

»Manchmal muss man etwas Unrechts zu tun, um anderes Unrecht zu verhindern.«

»Werde ich denn nicht bestraft für das, was ich getan habe?«

»Du hast niemanden umgebracht. Isko Onninga hat Middens in der Nacht erstickt. Mit einem Kissen. Und er selber hat in dem Gefecht bei Grootewarden den Tod gefunden. Es ist alles gut so.«

»Werdet Ihr mich nicht mitnehmen und vor Gericht stellen?«

»Wem nützt es?«, fragte Rimberti zum zweiten Mal an diesem Tag. »Ich wünsche dir und deinem Mann Glück und Segen. Ihr werdet eine Familie gründen, und du wirst deinen Mann in allem unterstützen. Ich hoffe, du wirst dich nicht zu oft zurück in dein Kloster sehnen.«

»Manchmal werde ich bestimmt Heimweh haben«, gab Grit zu.

Zusammen mit seinem Schreiber machte sich Rimberti auf den Weg. Er drehte sich noch einmal um. In der Ferne sah er Jever. Der massive Turm erhob sich über der Burg und der Ansammlung von Häusern. Die Sonne schien. Nur in weiter Ferne wurde es dunkel, und ein Gewitter grummelte.

Anhang

Historische Stichworte

Die Antoniflut von 1511 hat ihren Namen vom Gedenktag des heiligen Antonius am 17. Januar. Diese schwere Sturmflut mit starkem Eisgang vollendete die Zerstörungen der beiden Sturmfluten von 1509 und 1510. Damals gelang es nur mit großer Kraftanstrengung aller Bewohner, eine Linie von niedrigen Notdeichen zu errichten. Mitte Januar 1511 trat nach sehr niedrigen Temperaturen plötzlich Tauwetter ein. Dies führte dazu, dass Eisschollen auf dem Wasser trieben und mit der Sturmflut die Deiche und dann auch Häuser zerstörten. Über die Antoniflut berichtet Remmer von Seediek, der damals noch Kind war, in seiner Chronik: »Im Jahre 1511 auf Sankt Antoni Nacht ist mit gewaltigem Sturmwind eine sehr hohe Flut aufgelaufen, sodass das Eis seine Macht vollbringen konnte, und hat die Deiche in Rüstringen wieder genommen. Es ist so großes Wasser gewesen, dass die Häuser vom Eis niedergeworfen sind, und die Leute sind auf dem Dach sitzen geblieben. Einige haben sich gerettet und das Leben behalten, viele aber sind mit dem Eis weggetrieben und jämmerlich ertrunken. Kleine Kinder sind meist ertrunken und umgekommen. Also ist das Rüstringerland von Gott vernichtet ...« In der Folge vergrößerte sich der Jadebusen nach Westen durch das sogenannte *Schwarze Brack.* Dadurch wurde die direkte Festlandsverbindung von Jever und Oldenburg unterbrochen. Mehrere Kirchspiele, darunter auch Seediek, wurden ausgedeicht. Es dauerte mehrere Jahre, bis wieder eine geschlossene Deichlinie errichtet war.

Balthasar von Esens (Regentschaft von 1522 - 1540) war Enkel des berühmten Ritters Siebo (Siebet) Attena, der die Herrschaften Esens, Stedesdorf und Wittmund zum Harlingerland vereinigt hatte. Siebo war ein treuer Verbündeter des ostfriesischen Grafen Ulrich gewesen. Schon Siebos Sohn Hero Omken musste das Harlingerland gegen die Herrschaftsansprüche der Ostfriesen verteidigen. Darum ging man familiäre und politische Verbindungen mit Jever und Oldenburg ein. Balthasar war schon kurz nach Antritt seiner Regentschaft gefürchtet für seine Überfälle auf Kaufleute und Handelsschiffe. Graf Enno von Ostfriesland wiederum überfiel 1530 Wittmund und belagerte Balthasar in Esens. Enno zwang ihn zu einem demütigenden Friedensvertrag und nahm ihm große Teile seines Territoriums. Balthasar rächte sich. Mit der Unterstützung seines Lehnsherrn Herzog Karl von Geldern überfiel er 1531 Ostfriesland in der sogenannten Geldrischen Fehde. Die Kriegszüge verwüsteten beide Länder und brachten viel Leid über die Bevölkerung. 1534 musste Enno Frieden schließen und die von ihm besetzten Gebiete wieder an Balthasar zurückgeben. Durch Herzog Karl, seinen mächtigen Schutzherrn, fühlte sich Junker Balthasar unangreifbar.

Er begann wieder mit Angriffen auf Nachbarterritorien. Durch seine Überfälle auf Handelsschiffe kam es zu einem Konflikt mit Bremen. Gleichzeitig versuchte Balthasar vergeblich, Jever anzugreifen. Fräulein Maria und die Hansestadt Bremen gingen gemeinsam gegen ihn vor. Bei der Belagerung von Esens verstarb Junker Balthasar am 17. Oktober 1540.

Boing von Oldersum wurde um 1500 als jüngster Sohn des Häuptlings Hicko von Oldersum und seiner Frau Almeth von Gödens geboren. Ihm fiel als Erbe die Hälfte der Oldersumer Burg zu. 1527 verlobte er sich mit Margarethe von Dornum. Im gleichen Jahr wurde er zum ostfriesischen Drosten von Jever bestellt. 1531 wechselte er die Seite und unterstützte Fräulein Maria und ihre Schwester Anna im Widerstand gegen die ostfriesischen Herrschaftsansprüche. Vermutlich waren mehrere Gründe dafür ausschlaggebend: die demütigende Behandlung der beiden Fräulein von Jever durch die Ostfriesen, die inzwischen entstandene Nähe zwischen Boing und Fräulein Maria und vielleicht auch die Aussicht, sich als Regent der großen Herrschaft Jever zu etablieren. Er konnte Söldner anwerben und die ostfriesischen Besatzungssoldaten zum Abzug aus Jever bewegen. Die ostfriesischen Grafen beschuldigten ihn des Meineids und Verrats, und sie beschlagnahmten seine Güter in Ostfriesland. Boing löste seine Verlobung und unterstützte Maria in den weiteren Konflikten mit den Ostfriesen. Er übernahm diplomatische Aufgaben für Jever. So konnte das Jeverland 1532 Kaiser Karl V. als Lehen aufgetragen werden und hatte dadurch einen mächtigen Beschützer. Vermutlich setzte Boing sich auch dafür ein, Jever stärker zu befestigen und die Stadtrechte zu erlangen, was 1536 auch geschah. Er saß dem Landgericht vor und unterstützte Remmer von Seediek beim Aufbau einer Landesverwaltung. Boing zog als militärischer Befehlshaber mehrfach siegreich für seine Herrin in den Kampf. Als zum Beispiel Ewert Owelacker mit seinen Landsknechten 1535 in die Herrschaft Jever einfiel, stellte Boing Truppen auf und konnte die Angreifer besiegen und vertreiben. Zwischen Boing und Maria waren Freundschaft und Liebe entstanden. Aber eine Ehe war für beide nicht möglich, solange Boings Ehre nicht wiederhergestellt war. Erst 1540 kamen die Verhandlungen darüber zu einem positiven Abschluss, sodass der Entschluss für eine Hochzeit gefasst werden konnte. Aber noch im gleichen Jahr wurde Boing bei der Belagerung von Esens durch einen Schuss aus einer Hakenbüchse schwer verletzt. Er konnte noch sein Testament verfassen, in dem er Fräulein Maria bedachte. Dann erlag er seiner schweren Verwundung. Maria blieb unverheiratet. Nach ihrem Tod 1575 fiel das Jeverland an ihren Neffen, den Grafen von Oldenburg, und blieb somit dem Zugriff der Ostfriesen für immer entzogen.

Junker Christoph von Jever war der einzige Sohn von Häuptling Edo Wiemken dem Jüngeren und Heilwig von Oldenburg. Er und seine Zwillingsschwester Anna wurden 1499 geboren. Die Mutter starb bereits 1501 bei der Geburt der jüngsten Tochter Dorothea, und sein Vater verstarb 1511. Der Bruder seiner Mutter, Graf Johann

V. von Oldenburg, übernahm die Vormundschaft. Für die Regierung wurden fünf Häuptlinge des Jeverlandes als Regenten bestellt. Während der Sächsischen Fehde, in der eine Allianz von Fürsten gegen Graf Edzard von Ostfriesland kämpfte, schlossen einzelne Regenten und Beamte Jevers ein Bündnis mit den Ostfriesen, angeblich im Namen Junker Christophs. Christoph selbst aber schloss sich seinem Onkel in der Allianz gegen Graf Edzard an. 1517 verstarb Junker Christoph ohne vorherige Erkrankung, angeblich nachdem er kaltes Wasser getrunken hatte. Graf Edzard wurde verdächtigt, einen Giftanschlag in Auftrag gegeben zu haben. Auf jeden Fall konnte Edzard diese Situation ausnutzen und sich den drei Töchtern des letzten Häuptlings von Jever als Beschützer und Vormund aufnötigen.

Der Drost war der Vertreter des Landesherrn in einem Verwaltungsbezirk. In Graf Ennos Zeit waren Angehörige der Häuptlingsfamilien als Drosten tätig, zum Beispiel Eggerik Beninga. Die Drosten waren in ihrem Amtsbezirk verantwortlich für Verwaltung, Rechtsprechung, Militär und alle öffentlichen Belange.

Edo Wiemken der Jüngere (verstorben 1511) war vermutlich der älteste Sohn des Häuptlings Tanno Duren von Jever und dessen Frau Teite tor Oldeborch. Sein genaues Geburtsjahr ist nicht überliefert. 1468 trat er als Jugendlicher mit einem Vormund die Regentschaft für seinen verstorbenen Vater an. Schon 1472 wird er als Schwiegersohn des Ritters Siebo Attena, Häuptling des Harlingerlandes, genannt. Er müsste demnach damals mit dessen Tochter Frouwa zumindest verlobt gewesen sein. Frouwa und die drei Töchter aus dieser Ehe verstarben 1497 an der Pest. In zweiter Ehe heiratete Edo dann Heilwig, die Tochter des Grafen Gerd von Oldenburg. Diese Ehe stiftete eine enge Verbindung zwischen Jever und Oldenburg. Aus dieser Ehe gingen vier Kinder hervor: die Zwillinge Christoph und Anna (1499), Maria (1500) und Dorothea (1501), bei deren Geburt Heilwig starb. Außerdem hatte er noch einen illegitimen Sohn mit Namen Melchior. Während seiner Regentschaft bemühte sich Edo Wiemken, den Einfluss des Bistums Bremen zurückzudrängen und die Patronatsrechte über die Kirchen seiner Herrschaft zu erlangen. Regionale kirchliche Leitungsämter wie zum Beispiel die Pröpste in Ostfriesland gab es im Jeverland nicht In einer Zeit schwerer Sturmfluten musste er dafür sorgen, dass die Deiche erhalten blieben, um das Land und die Einwohner zu schützen. Edo wollte sich gegenüber den anderen Häuptlingen als Landesherr der Herrschaft Jever etablieren. Dazu diente auch seine Verbindung mit dem Haus Oldenburg und der Ausbau der Burg Jever. Er versuchte in diesem Zusammenhang, seine Herrschaftsrechte über die Herrlichkeit Knyphausen und das damit verbundene Innhausen durchzusetzen. Damit blieb er jedoch erfolglos, da der Häuptling von Knyphausen in Graf Edzard von Ostfriesland einen starken Verbündeten fand. In schweren Konflikten musste Edo mit Hilfe von Verbündeten die Herrschaftsansprüche des Grafen Edzard abweisen. Edo Wiemken der Jüngere starb 1511. Seine Tochter Maria folgte ihm später als Regentin nach. Maria ließ 1561 – 1564 für ihren Vater und ihre Dynastie das bedeutende Grabdenkmal errichten, das heute noch in der Stadtkirche besichtigt werden kann.

Edzard I. (1462-1528), der von dem ostfriesischen Geschichtsschreiber Tilemann Dotias Wiarda den Beinamen »der Große« bekommen hat, galt mit seinem Vater Ulrich als der bedeutendste Regent Ostfrieslands. Nach erfolgreichen Kriegszügen im Jeverland und im Harlingerland konnte Edzard 1506 sogar die niederländische Stadt Groningen und das Groningerland seinem Herrschaftsgebiet zufügen. Edzards Gegner verbündeten sich und überzogen 1514 das Land mit Krieg. Erst durch den Tod des Braunschweiger Herzogs bei der Belagerung der Festung Leerort wurde Edzards Gegnern ein empfindlicher Schlag versetzt. 1517 musste Edzard in einem Friedensvertrag sein Herrschaftsgebiet etwa auf die heutigen Grenzen Ostfrieslands ohne das Harlingerland beschränken. Immerhin gelang es ihm, 1517 die Vorherrschaft über Jever zu erlangen und die Vereinigung Jevers mit Ostfriesland durch eine geplante Heirat durch Eheverträge in Aussicht zu stellen. Dazu kam es aber später doch nicht. Graf Edzard hat die Verbreitung reformatorischer Schriften und die evangelische Predigt in seinem Herrschaftsgebiet gestattet, auch wenn er die Reformation wohl nicht aktiv unterstützt hat. Erst kurz vor seinem Tod 1528 hat er sich zur evangelischen Lehre bekannt.

Enno II. wurde 1505 geboren. Als Graf Edzard am 16. Februar 1528 verstarb, übernahm der 23-jährige Enno die Herrschaft. Als erster ostfriesischer Herrscher ließ er sein Porträt auf Münzen prägen. Zu Beginn seiner Herrschaft ließ er aus Kirchen und Klöstern Gold- und Silberkunstwerke, Geld, liturgische Gewänder und andere Wertgegenstände – angeblich für das Wohl des Landes – beschlagnahmen. Ein großer Teil der ostfriesischen Kunst dieser Zeit ging für immer verloren. Außerdem wurde eine Reihe von Klöstern und Ordensniederlassungen aufgelöst, zum Beispiel Jemgum, Hasselt, Dykhusen und das berühmte Kloster Ihlow. In der Folgezeit verschwanden fast alle Klöster und Klostergebäude mit ihren Bibliotheken und ihrem reichen Kulturgut. Wegen kurzsichtiger materieller Vorteile hat Enno Ostfriesland einen großen Schaden zugefügt, der durch das weitgehende Fehlen kultureller und geschichtlicher Zeugnisse aus dem Mittelalter und der frühen Neuzeit bis heute deutlich zu spüren ist. Immerhin ließ er die Befestigungen des Landes, zum Beispiel Aurich, Stickhausen und Leerort, wieder instand setzen und modernisieren. 1530 heiratete er Anna von Oldenburg. Die Kriege mit Balthasar von Esens und Karl von Geldern brachten das Land an den Rand des Ruins. Zwei Versuche, allen Kirchen Ostfrieslands durch Kirchenordnungen ein lutherisches Gepräge zu geben, scheiterten. 1540 starb Enno in seiner Burg in Emden. Seine Witwe ließ ihm in der Großen Kirche ein prächtiges Grabmal errichten. In der Forschung wird Enno eher kritisch beurteilt. Während Heinrich Reimers ein bei aller Zurückhaltung doch eher positives Bild zeichnet, schreibt Walter Deeters: »Das durch Verfall und Zerstörung schwer beeinträchtigte Denkmal steht in seiner künstlerischen Qualität hoch über der Person des darunter Bestatteten.«

Das Wort **Fräulein** bezeichnete in der Zeit, von der dieser Roman erzählt, nicht einfach nur eine unverheiratete Frau, sondern die Worte »Frau« und Fräulein« gaben vor allem einen gesellschaftlichen Status an. Im Hintergrund steht das althochdeutsche Wort »frouwâ« (mittelhochdeutsch: »frouwe«, friesisch: »frowe«), das am besten mit »Herrin« wiedergegeben wird. In der Zeit Fräulein Marias bezeichneten »Frau« und »Fräulein« eine weibliche Person, die dem Adel und damit der herrschenden Schicht angehört. So wird es auch im Grimmschen Wörterbuch erläutert: »ein vornehmes, edles mädchen, edelfräulein, fürstentochter«.

Friedeburg ist der Name einer bedeutenden früheren Landesfestung im Süden des heutigen Landkreises Wittmund. Die Friedeburg geht auf eine Burg aus der zweiten Hälfte des 14. Jahrhunderts zurück. Edo Wiemken der Ältere (verstorben 1415) legte sie als Befestigung am Friesischen Heerweg an. Durch ihre strategisch wichtige Lage zwischen Ostfriesland und der Grafschaft Oldenburg spielte die Friedeburg in den Auseinandersetzungen unter den Häuptlingen und in den Konflikten mit Oldenburg eine wichtige Rolle. Gräfin Theda von Ostfriesland kaufte schließlich 1481 die Burg und ließ dort zur Sicherung der Grenze gegen Oldenburg Soldaten stationieren. Im Winter 1491 wurde die Friedeburg belagert. Der Drost der Friedeburg hatte Almuth, die jüngste Tochter von Gräfin Theda, mit ihrem Einverständnis entführt und geheiratet. Graf Enno I. von Ostfriesland wollte seine Schwester Almuth zum Verlassen der Friedeburg überreden und den Drosten zur

Aufgabe auffordern. Enno brach dabei in voller Rüstung in das Eis des Burggrabens ein und ertrank. 1514 übergab der Friedeburger Kommandant die Festung den braunschweigischen und sächsischen Belagerungstruppen. Schon drei Jahre später konnten die Ostfriesen ihre Festung zurückerobern. 1763 ließ Friedrich der Große die Friedeburg schleifen, also abreißen. Der Name lebt in der Bezeichnung der Gemeinde Friedeburg weiter. Seit 2002 wird in Friedeburg an der Wieseder Straße ein Modell der ehemaligen Landesfestung ausgestellt.

Die Geldrische Fehde war der Krieg zwischen Junker Balthasar von Esens und seinem Verbündeten, Herzog Karl von Geldern, gegen die ostfriesischen Grafen Enno und Johann 1531 – 1534. Eine Ursache für diesen Krieg war der langjährige Konflikt zwischen den ostfriesischen Grafen und den Herren des Harlingerlandes, die sich gegen die Herrschaftsansprüche der Ostfriesen behaupteten. Ein anderer Kriegsgrund war aber auch das aggressive Verhalten Junker Balthasars, der schon bald nach Antritt seiner Herrschaft Überfälle auf seine Nachbarn und auf Kaufleute und Handelsschiffe durchführen ließ. Schließlich musste Balthasar sich 1530 in Esens einer ostfriesischen Belagerung ergeben. Er wurde gezwungen, einen demütigenden Friedensvertrag zu unterzeichnen und große Teile seines Territoriums abzutreten. Balthasar fand einen Verbündeten und Lehnsherrn in Herzog Karl von Geldern, einem entschiedenen Gegner der ostfriesischen Grafen. Mit seiner Hilfe konnte er neue Truppen aufstellen und 1531 Ostfriesland überfallen. Das Bündnis mit

Maria von Jever hielt ihm den Rücken frei, während Maria nun die ostfriesische Besatzung vertreiben konnte. Große Gebiete in Ostfriesland und im Harlingerland wurden verwüstet, viele Menschen verloren ihr Leben. 1533 erlitten die Ostfriesen in der Schlacht bei Jemgum eine schwere Niederlage. Im Jahr darauf wurde die Stammburg der ostfriesischen Grafen in Greetsiel eingenommen. Im Frieden von Logum im Jahr 1534 wurden die Ostfriesen verpflichtet, die 1530 besetzten Gebiete an Junker Balthasar zurückzugeben und dem Herzog von Geldern seine Kriegskosten zu erstatten.

Ein Häuptling (fries.: hovetling, lat.: capitalis) war ein lokaler, manchmal auch regionaler Machthaber, der in Ostfriesland über ein begrenztes Territorium, seine »Herrlichkeit«, die Herrschaft ausübte. Im späten Mittelalter gelang es wohlhabenden Familien, ihre Machtstellung durch Landbesitz, Reichtum und Gefolgsleute gegenüber den frei gewählten Richtern der Landesgemeinden aufzubauen und zu etablieren. Sie erlangten für ihre Familien die vorher durch Wahl besetzten Leitungsaufgaben in den Gemeinden und errichteten befestigte Steinhäuser oder Burgen. Die Häuptlingsfamilien befehdeten sich gegenseitig im Kampf um Macht, Einfluss und Land. Im 14. und 15. Jahrhundert strebte die Häuptlingsfamilie der tom Brok vergeblich die dominierende Machtposition an. Danach konnten sich die Cirksena mit Unterstützung der Hansestadt Hamburg als führende Häuptlingsfamilie durchsetzen. Schließlich wurde Ulrich Cirksena 1464 vom Kaiser zum Reichsgrafen und Grafen ›in‹ Ostfriesland ernannt, wobei die alten friesischen Freiheitsrechte ausdrücklich bestätigt wurden.

Graf Johann (1506 – 1572) war nicht an der Landesherrschaft beteiligt, da sein Vater, Graf Edzard, festgelegt hatte, dass nur jeweils der älteste Sohn die Herrschaft ausüben sollte (Primogenitur). Nach einer Dienstzeit am kaiserlichen Hof kehrte Johann zurück nach Ostfriesland und unterstützte seinen Bruder Enno bei dessen Vorhaben. Im Gegensatz zu seinem Bruder, Graf Enno, bekannte sich Johann zum römisch-katholischen Glauben. Nach dem Tod Ennos versuchte Johann vergeblich, sich als Vormund seiner Neffen gegen die Regentschaft von Ennos Witwe, Gräfin Anna, durchzusetzen. Schließlich konnte er sich auch aufgrund seiner guten Beziehungen zum kaiserlichen Hof als Statthalter Limburgs etablieren und zog sich dann aus Ostfriesland zurück. Da er auf der Burg Falkenburg bei Maastricht lebte, wurde er auch oft Graf Johann von Falkenburg genannt.

Die Burg Jever: Das jeversche Schloss bildete als Burg schon im Mittelalter zusammen mit dem Marktplatz und der Kirche den Ortskern Jevers. Nach der Zerstörung in einer Fehde mit der ostfriesischen Häuptlingsfamilie tom Brok begann Häuptling Hajo Harlda 1428 mit dem Wiederaufbau und der Verstärkung der Anlage. Im Zentrum der Burg stand und steht bis heute ein mächtiger Wehrturm. Für die nachfolgenden Häuptlinge Tanno Duren und Edo Wiemken den Jüngeren war Jever der Häuptlingssitz, und sie bauten die Burg weiter aus. Besonders bei einem Angriff der Ostfriesen 1495 bewährte sich die gut befestigte Burg. Sie war gleichzeitig auch Wohnort der herrschaftlichen Familie mit ihrem Personal und dem Sitz der noch bescheidenen Verwaltung. Edo Wiemken ließ die Anlage mit großem Herrensaal und Audienzsaal ausbauen, sodass er als Häuptling des Jeverlandes angemessen repräsentieren konnte. Nachdem Edo Wiemken 1511 und sein Sohn Christoph 1517 verstorben waren, nötigte Graf Edzard von Ostfriesland sich den verbliebenen drei Schwestern Anna, Maria und Dorothea als Beschützer auf und schloss Eheverträge. Seine Söhne erfüllten diese Verträge nicht und besetzten 1527 die Burg durch eine List. Vier Jahre später vertrieben die Fräulein Maria und Anna mit Hilfe des Drosten Boing von Oldersum die ostfriesische Besatzung. 1532 wurde die Burg unter dem Kommandanten Cord Voß gegen Angriffe der mit den Ostfriesen verbündeten Häuptlinge von Knyphausen und Tengshausen erfolgreich verteidigt. Später ließ Fräulein Maria die Burg im großen Stil ausbauen und umgestalten. In diesem Zusammenhang entstand die wertvolle hölzerne Kassettendecke im Audienzsaal. In den folgenden oldenburgischen und anhaltinischen Jahren wurden weitere Umbauten durchgeführt, zum Beispiel die Errichtung der barocken Turmhaube 1731–36 sowie der Umbau des Schlosses und der Abbruch der Wehranlagen im 19. Jahrhundert. Seit 1921 befindet sich hier das Schlossmuseum.

Die Herrschaft Jever im Osten der Ostfriesischen Halbinsel soll auf Edo Wiemken den Älteren zurückgehen.

In den drei Landesgemeinden Wangerland, Östringen und Rüstringen hatten nach dem Ende der sogenannten »Friesischen Freiheit« im 14. Jahrhundert Häuptlingsfamilien die Herrschaft übernommen. Edo Wiemken der Ältere soll 1359 diese drei Herrlichkeiten zu einer Herrschaft vereinigt haben. Während des 15. Jahrhunderts gelang es seinen Nachfolgern, diese Vereinigung zu konsolidieren. Nachdem die Sibetsburg als zentrale Befestigung 1433 an die Stadt Bremen übergeben und dann zerstört wurde, wurde Jever mit seiner ab 1428 neuerbauten Burg zum Hauptort der Herrschaft. Nach dem Tod der letzten männlichen Häuptlinge geriet die Herrschaft Jever unter den Einfluss der ostfriesischen Grafen. Fräulein Maria als letzter Regentin des Jeverlandes gelang es, mit Hilfe des Boing von Oldersum und des Remmer von Seediek die Besetzungsversuche und Machtansprüche der Ostfriesen abzuweisen und ihr Territorium in einen frühneuzeitlichen Kleinstaat umzugestalten. Nach ihrem Tod 1575 fiel die Herrschaft Jever an die Oldenburger Grafen, dann ab 1667 an die Fürsten von Anhalt-Zerbst. Nach dem Tod des letzten Fürsten von Anhalt-Zerbst erbte seine Schwester Katharina, inzwischen als »Katharina die Große« Kaiserin von Russland, Jever als in weiblicher Linie vererbtes Lehen (Kunkellehen) und setzte ihre Schwester als Statthalterin ein. 1818 gelangte Jever wieder an das Großherzogtum Oldenburg. Heute entspricht das Gebiet der Herrschaft Jever – ohne Gödens und die Gemeinden, die heute zur Stadt Wilhelmshaven gehören – dem Nordteil des Landkreises Friesland.

Jever war schon früh ein wichtiger Handelsort. Im Mittelalter hatte Jever über die Harlebucht und die Jade sogar Zugänge zum Meer. Diese Zugänge versandeten, und durch Eindeichungen wurde Jever schließlich ein Ort im Binnenland. Es blieb aber durch seine Lage als Ausgangs- und Endpunkt eines bedeutenden Heerweges ein wichtiger Handelsort. Östringen mit Jever gehörte im Mittelalter zu den friesischen Landesgemeinden, die keinem Fürsten untertan waren und ihre Richter selbst wählten. Auch hier löste im 14. Jahrhundert die Häuptlingsherrschaft die Zeit der »Friesischen Freiheit« ab. Im 15. Jahrhundert wurde Jever für die Häuptlinge des Jeverlandes der Hauptort mit Burg und Residenz. Als letzte selbständige Regentin verteidigte Fräulein Maria Jever gegen die Ansprüche der Ostfriesen. Die mit den Ostfriesen verbündeten Häuptlinge griffen Jever 1532 an und belagerten die Burg. Dabei fielen die Bürgerhäuser und die Kirche den Flammen zum Opfer. Maria ließ die Burg ausbauen und sorgte dafür, dass Jever 1536 die Stadtrechte verliehen bekam und befestigt wurde. Nach Marias Tod (1575) wurde Jever Nebenresidenz der Oldenburger Grafen und Großherzöge (die Zeit der Herzöge und Großherzöge von Oldenburg brach erst nach dem Wiener Kongress und somit nach der Zerbster Zeit in Jever an, während ab 1667 die Dänenkönige den Titel der Grafen von Oldenburg erbten) und später der Fürsten von Anhalt-Zerbst. Diese Verbindungen, besonders nach Mitteldeutschland, förderten auf vielfache Weise die weitere Entwicklung der Stadt. Zahlreiche historische Gebäude, öffentliche Bauten und Bürgerhäuser aus dem 16. – 19. Jahrhundert prägen die Innenstadt. Heute ist die Stadt Jever Sitz des Landkreises Friesland und hat etwa 14.500 Einwohner.

Hinrich Kremer war der erste evangelische Pfarrer in Jever. Ursprünglich stammte er aus Esens. Während seines Studiums in Rostock kam er mit dem Humanismus in Berührung, der eine Erneuerung der Kirche anstrebte. Vermutlich wurde Kremer gemeinsam mit Remmer von Seediek in Bremen zum Priester geweiht. Kremer wurde Priester in der Sankt Marienkirche in Jever und bezog aus Emden die Schriften Martin Luthers, mit denen er sich intensiv auseinandersetzte. Angeregt von Luthers »Deutsche Messe« (1526) reformierte Kremer 1527 den Gottesdienst: Die Gottesdienstsprache wurde Deutsch, die Gemeinde sang im Gottesdienst mit, zum Abendmahl wurde der Gemeinde Brot und Wein ausgeteilt. Noch mehr Aufsehen und Ablehnung erregte Kremers Heirat. Die Fräulein Maria und Anna, die an den Gottesdiensten in der Sankt Marienkirche teilnahmen, waren traditionell »altgläubig« erzogen und wollten Kremer aus dem Dienst entlassen. Kremer fand zunächst in den ostfriesischen Grafen Fürsprecher, die zu seiner Unterstützung drei weitere evangelische Prediger ins Jeverland sandten. Bald hatte Kremer in Jever und in den umliegenden Gemeinden weitere Amtsbrüder, die die Reformation förderten. Nach dem Ende der ostfriesischen Besetzung war es vor allem Remmer von Seediek, der Kremer unterstützte und dann Fräulein Maria überzeugen konnte, die Reformation in der Herrschaft Jever einzuführen. Schon 1532 gab Maria einen Erlass zur Durchführung der Reformation heraus, in dem die evangelische Predigt und Darreichung der Sakramente gefordert wurden. Hinrich Kremer starb 1540.

Fräulein Maria von Jever (1500–1575) war die letzte Regentin der Herrschaft Jever. Nach der Geburt der Zwillinge Christoph und Anna (1499) war Maria das dritte Kind des Häuptlings Edo Wiemkens des Jüngeren und seiner Frau Heilwig von Oldenburg. 1501 wurde die jüngste Tochter Dorothea geboren, bei deren Geburt die Mutter starb. Nach dem Tod des Vaters (1511) und dem plötzlichen Tod des Bruders (1517) nötigte Graf Edzard von Ostfriesland den drei Schwestern seinen Schutz auf und schloss einen Heiratsvertrag zwischen einem seiner drei Söhne und einer der Schwestern. Doch die Ostfriesen hielten das Heiratsversprechen nicht ein. 1527 besetzten die ostfriesischen Grafen die Burg Jever und setzten Boing von Oldersum als Drosten zur Regierung der Herrschaft Jever ein. Maria und ihre Schwester Anna – Dorothea lebte inzwischen nicht mehr – waren praktisch abgesetzt und mussten sich eine demütigende Behandlung gefallen lassen. Erst durch die Unterstützung des Drosten Boing von Oldersum, mit dem Maria im Laufe der Zeit Freundschaft und Liebe verbanden, konnte die Herrschaft der Ostfriesen 1531 beendet werden. Mit Hilfe Boings und Remmers konnte Maria die umfangreichen Aufgaben in ihrer Herrschaft wahrnehmen: Verteidigung der Herrschaft Jever gegen Angreifer, Erlangung der Stadtrechte für Jever im Jahr 1536, Befestigung von Burg und Ort Jever, Deich- und Sielbau und Eindeichungsmaßnahmen, Aufbau und Entwicklung der Verwaltung und des Rechtswesens, Durchführung der Reformation, Wahrnehmung der Interessen Jevers auf Reichsebene sowie Abweisung der ostfriesischen Ansprüche und Übergriffe, Förderung von Bildung, Wirtschaft und Handel sowie die Durchsetzung ihrer Ansprüche gegen oppositionelle Häuptlinge. 1540 wurde durch einen Vertrag mit den Ostfriesen die Heirat zwischen Maria und Boing ermöglicht, aber durch Boings Tod bei der Belagerung von Esens kam die geplante Hochzeit nicht zustande. Weitere Heiratsangebote lehnte Maria ab. Sie verfügte testamentarisch, dass die Herrschaft Jever an den Oldenburger Grafen Johann, ihren Vetter, vererbt werden sollte, was dann nach ihrem Tod (1575) gegen Proteste der Ostfriesen auch geschah. Noch heute nennt sich Jever nach seiner berühmten Regentin »Marienstadt«. Denkmäler, Traditionen, Veröffentlichungen, historische Forschung, Vereine und kulturelle Veranstaltungen und nicht zuletzt das Schloss mit seinem Schlossmuseum halten in Jever die Erinnerung an Fräulein Maria lebendig.

Königin Maria von Ungarn (1505 – 1558) war die Schwester Kaiser Karls V. Schon als Kind wurde sie mit dem zukünftigen König von Ungarn, dem späteren Ludwig II., verheiratet. 1521/22 wurde Maria zur Königin von Ungarn und Böhmen gekrönt. Ihr Mann verlor 1526 sein Leben im Krieg gegen die Osmanen. Maria lehnte weitere Heiratsvorschläge ihrer Familie ab. Dafür übernahm sie 1531 auf Bitten ihres Bruders Karl die Statthalterschaft in den Niederlanden. Die habsburgischen Herrscher ließen die zu ihrem Reich gehörigen Niederlande durch Statthalter regieren. Die Residenz war Brüssel. Maria füllte dieses Amt über viele Jahre verantwortungsvoll aus. Sie verband die Siebzehn Provinzen zu einem eigenen Staatsgebilde der Vereinigten Niederlande, zu dem damals auch das heutige Belgien gehörte. Durch Festungen sicherte sie die Niederlande und wehrte französische Angriffe siegreich ab. Obwohl Maria zu der römisch-katholischen Tradition ihrer Familie stand, sympathisierte sie mit der Reformation. Sie unterhielt Kontakte zu Luther, der ihr anlässlich des Todes ihres Mannes ein Büchlein mit vier von ihm übersetzten Trostpsalmen widmete. Unter Marias Regentschaft erlebten die Niederlande eine Blütezeit, auch wenn die auf Anordnung ihres Bruders durchgeführte Verfolgung der Protestanten zu einer Auswanderung vieler Fachkräfte nach England führte. Als Karl V. 1556 als Kaiser abdankte, legte auch Maria ihre Statthalterschaft nieder und folgte ihrem Bruder nach Spanien, wo sie ihre letzten beiden Lebensjahre verbrachte.

Der Michaelistag ist der 29. September. Im Kirchenjahr ist dies der Tag, an dem des Erzengels Michael und aller Engel gedacht wird. In der gottesdienstlichen Lesung wird aus dem Buch der Offenbarung die Geschichte vom Kampf und Sieg des Erzengels Michael und seiner Engel gegen den Drachen und dessen Engel (Offenbarung des Johannes 12,7–9) vorgetragen. Michaelis war häufig auch der Abschluss der Erntezeit. An diesem Tag oder um diesen Tag herum fanden Erntefeste statt. Darum war Michaelis auch ein wichtiger Merktag für die Landwirtschaft.

Ewert Owelacker (andere Schreibweisen: zum Beispiel Eberhardt Obelacker, Evert Overlaker) war ein gefürchteter Anführer von Landsknechten. Er stammte aus einer westfälischen Adelsfamilie, sein Geburtsjahr ist nicht überliefert. Owelacker war als Söldnerführer berüchtigt und kämpfte mit seinen Männern gegen Bezahlung in mehreren Kriegen und Fehden. Er stand zum Beispiel im Dienst des abgesetzten dänischen Königs Christian II. und führte beim Angriff auf Norwegen eine Truppe von Landsknechten an. Später kämpfte er mit seinen Männern für Graf Enno von Ostfriesland gegen die Verbündeten des Herzogs von Geldern. 1535 überfiel er mit seinen Söldnern das Jeverland, aber er wurde von den Soldaten Fräulein Marias unter dem Kommando des Boing von Oldersums besiegt und vertrieben. 1537 wurde Owelacker in Geldern gefangen genommen und wegen Landfriedensbruchs verurteilt und hingerichtet.

Remmer von Seediek (auch: Reimarus Theodorici) wurde um 1500 geboren und wuchs in der bäuerlichen Oberschicht auf. Er studierte, wie vermutlich sein Vater auch, in Rostock und kehrte dann in die Gemeinde Seediek zurück. 1528 bekam er die Pfarrstelle seiner Heimatgemeinde zugesprochen. In den vielfältigen Aufgaben, die er auch im Auftrage seiner Familie wahrnahm, konnte er Erfahrungen in der Verwaltung sammeln. Nachdem Ubbo Scriver als Rentmeister seinen Dienst in Jever verlassen hatte, wurde Remmer von Seediek sein Nachfolger. In dieser Funktion legte er den Grundstein für eine geordnete Verwaltung, übernahm aber auch juristische und diplomatische Aufgaben für Fräulein Maria. So wurde er »Minister für Alles, die Seele der gesamten Verwaltung Jeverlands« (Georg Sello). Nach dem Tod des Boing von Oldersum wurden seine Aufgaben noch umfangreicher, und er wurde auch »Kanzler« genannt. Zusätzlich zu seinen Aufgaben erforschte er die Geschichte Jevers und des Jeverlandes. Dabei verfolgte er auch das Ziel, die Hoheitsrechte Marias historisch und juristisch zu begründen und ihre Herrschaftsansprüche somit zu legitimieren. Als gebildeter Humanist und Theologe konnte er die religiös konservative Maria überzeugen, in ihrer Herrschaft die lutherische Reformation einzuführen. 1549 wurde er in den Adelsstand erhoben. Remmer von Seediek verstarb 1557. Seinen umfangreichen Bestand an Büchern vermachte er testamentarisch der Öffentlichkeit, und sie bilden noch heute den Grundbestand der Bibliothek des Mariengymnasiums in Jever.

Die Gemeinde Seediek lag in der Nähe von Sande im heutigen Landkreis Friesland. 1420 musste der Pfarrer von Seediek deutlich mehr Abgaben zahlen, als seine Kollegen in den Nachbarkirchen. Dies lässt auf die Bedeutung des Seedieker Kirchspiels schließen. Die Seedieker Sankt Felicianus-Kirche war im 15. Jahrhundert für eine Zeit lang sogar mit einem Wehrgang und einem umgebenden Wall befestigt. In der Antoniflut von 1511 wurden das Dorf und die Kirche schwer beschädigt. Nach dem Tod des Häuptlings von Jever, Edo Wiemken des Jüngeren, wurde den Einwohnern von Seediek keine Hilfe mehr zuteil. Die Regenten hatten kein Interesse an der Wiedererrichtung des Deiches für Seediek. Der neue Deich führte schließlich zur

Ausdeichung des Kirchdorfes. Ein Teil der Landflächen konnte dabei jedoch für die Seedieker gerettet werden. Die Kirche musste 1531 schließlich aufgegeben werden, und die Gemeindeglieder gehörten fortan zur Kirche in Sande. Der ehemalige Friedhof bei der Kirche im Sander Ortsteil Altenhof ist heute noch lokalisierbar.

Das Kloster Thedinga (bei Nüttermoor, Landkreis Leer) wurde vermutlich 1283 als Doppelkloster für Mönche und Nonnen gegründet. 1399 wurde das Kloster von Widzeld tom Brok und seinen Männern erobert und zerstört. Etwa 25 Jahre später wurde es als Nonnenkloster wieder aufgebaut und fiel 1448 einem Brand zum Opfer. Nur die Kirche und die Abtei blieben erhalten. Nach dem erneuten Aufbau entwickelte sich Thedinga zu einem besonders wohlhabenden und angesehenen Kloster, dem sich auch die Grafen verbunden fühlten. Thedinga wurde in der Reformationszeit nicht aufgelöst. Die Gemeinschaft der Nonnen wurde jedoch mit den Jahren immer kleiner. 1570 baute Andreas de Mare noch eine Orgel für die Klosterkirche. 1573 lebten noch zehn Nonnen im Kloster Thedinga, 1605 waren es nur noch fünf. Der Klosterbesitz wurde vom Landesherrn, dem Grafen von Ostfriesland, übernommen. Die letzte Priorin, Frauke von Jemgum, wurde 1616 noch erwähnt. Nach ihrem Tod verfiel das Kloster. Teile der Orgel sind in der Orgel der reformierten Großen Kirche Leer enthalten. Die Steine wurden 1674 von Fürstin Christine Charlotte von Ostfriesland zum Bau der lutherischen Kirche in Leer gestiftet.

Die Upkamer ist ein höher gelegener Raum im Haus, der oft als Wohnstube und mit den eingebauten Butzen (Bettnische) als Schlafzimmer diente. Unter der Upkamer wurde häufig der Keller des Hauses angelegt. Wegen des hohen Grundwasserpegels wurde dieser Keller halboberirdisch angelegt, sodass der darüber befindliche Wohnraum ebenfalls eine höhere Position als die übrigen Zimmer einnimmt. Manchmal ist die Upkamer durch eine hölzerne Treppe erreichbar, die hochgeklappt werden kann, um dann die steinernen Stufen in den Keller hinabsteigen zu können.

Weiterführende Literatur

Leserinnen und Lesern, die sich umfassend auf neuem wissenschaftlichem Stand mit Fräulein Maria und der Geschichte Jevers beschäftigen möchten, empfehle ich besonders den von Antje Sanders herausgegebenen Band *Das Fräulein und die Renaissance. Maria von Jever 1500 – 1575* und die von Wolfgang Petri verfasste Biografie *Fräulein Maria von Jever – Studien zu Persönlichkeit und Herrschaftspraxis*. Diese beiden Bücher und viele andere weiterführende Veröffentlichungen sind der nachfolgenden Literaturliste zu entnehmen:

Andreé, Georg: Remmer von Seediek und seine Bibliothek. Ein Beitrag zur Geschichte des Humanismus in Nordwestdeutschland. Mit einem Anhang: Bücherliste I, II, III. In: Oldenburger Jahrbuch 57 (1958) Teil 1, Seite 1 – 40.

Ubbo Emmius: Friesische Geschichte (Rerum Frisicarum historiae libri 60), Band VI. Aus dem Lateinischen übersetzt von Erich von Reeken. Verlag Jochen Wörner, Frankfurt 1982.

Ubbo Emmius: Ostfriesland. Führung durch Ostfriesland, d. h. genaue geographische Beschreibung Ostfrieslands. Aus dem Lateinischen von Erich von Reeken. Verlag Jochen Wörner, Frankfurt 1982.

Heie Focken Erchinger und Martin Stromann: Sturmfluten. Küsten- und Inselschutz zwischen Ems und Jade. Verlag Soltau Kurier, Norden 2004.

Karl Fissen: Unser gnädig Fräulein Maria und ihre Vorgänger, Zeitgenossen, Nachfolger in der Erbherrschaft Jever. 2. Auflage. Verlag C. L. Mettcker & Söhne, Jever 1982.

Ernst Gramberg: Das Jeverland unter dem Drosten Boynck von Oldersum in den Jahren 1527 – 1540. Marburg an der Lahn 1898.

Jeverländischer Altertums- und Heimatverein (Hg.): Ein Blick zurück. Beiträge zur Geschichte des Jeverlandes. Verlag C. L. Mettcker & Söhne, Jever 1986.

Karl Ernst Hermann Krause: Ovelacker, Eberhard. In: Allgemeine Deutsche Biographie (ADB). Band 24, Duncker & Humblot, Leipzig 1887, Seite 783 (auch online).

Nordwest-Zeitung, Ausgabe vom 15.01.2011, Artikel »Lokalgeschichte Jeverland: Eisflut zerreißt die Deiche«.

Wolfgang Petri: Fräulein Maria von Jever – Studien zu Persönlichkeit und Herrschaftspraxis. Abhandlungen und Vorträge zur Geschichte Ostfrieslands, Band 73, Aurich 1994.

Wolfgang Petri: Fräulein Maria von Jever: Ein Lebensbild. In: Antje Sander (Hrsg.): Das Fräulein und die Renaissance: Maria von Jever 1500 – 1575. Herrschaft und Kultur in einer friesischen Residenz des 16. Jahrhunderts. Kataloge und Schriften des Schlossmuseums Jever, Heft 23. Isensee Verlag, Oldenburg 2000, Seite 35 – 52.

Wolfgang Petri: Boing von Oldersum. In: Biographisches Lexikon für Ostfriesland. Dritter Band. Herausgegeben im Auftrag der Ostfriesischen Landschaft von Martin Tielke. Ostfriesische Landschaftliche Verlags- und Vertriebsgesellschaft, Aurich 2001, Seite 334 – 336.

Eberhard Pühl: Alte Backsteinhäuser in Ostfriesland und im Jeverland. Backsteinbauten des 15. – 19. Jahrhunderts. Isensee Verlag, Oldenburg, 2007.

Hellmut Rogowski: Verfassung und Verwaltung der Herrschaft und Stadt Jever von den Anfängen bis zum Jahre 1807. Gerhard Stalling Verlag, Oldenburg, 1967.

Almuth Salomon: Führungsschichten im Jeverland. Wandlungen im Laufe des Mittelalters. Oldenburger Forschungen. Neue Folge, Band 19. Schriftenreihe des Jeverländischen Altertums- und Heimatvereins e.V. 21. Isensee Verlag, Oldenburg 2004.

Antje Sander-Berke: Fromme Friesen. Mittelalterliche Kirchengeschichte Frieslands. Kataloge und Schriften des Schlossmuseums Jever, Heft 17. Isensee Verlag, Oldenburg, 1997.

Antje Sander (Hrsg.): Das Fräulein und die Renaissance: Maria von Jever 1500–1575. Herrschaft und Kultur in einer friesischen Residenz des 16. Jahrhunderts. Kataloge und Schriften des Schlossmuseums Jever, Heft 23. Isensee Verlag, Oldenburg, 2000. Daraus besonders der Beitrag: Antje Sanders, Herrschaft und höfischer Alltag zur Zeit Fräulein Marias von Jever, Seite 97–124.

Antje Sander: Herrschaftssitze im Jeverland. In: Gerd Steinwascher (Hrsg.): Adelige Herrschaft und Herrschaftssitze in Nordwestdeutschland im Mittelalter. Herausgegeben im Auftrag der Oldenburgischen Landschaft. Bürger Verlag, Edewecht 2016, Seite 71–85.

Antje Sander: Die Zeit der Häuptlinge. Ein Lese- und Bilderbuch. Kataloge und Schriften des Schlossmuseums Jever, Heft 35. Isensee Verlag, Oldenburg, 2019.

Rolf Schäfer: Hamelmanns Reformationsgeschichte des Jeverlandes, in deutscher Übersetzung mit einer Einleitung. In: Antje Sander (Hrsg.): Das Fräulein und die Renaissance: Maria von Jever 1500–1575. Herrschaft und Kultur in einer friesischen Residenz des 16. Jahrhunderts. Kataloge und Schriften des Schlossmuseums Jever, Heft 23. Isensee Verlag Oldenburg 2000, Seite 159–189.

Rolf Schäfer, Joachim Kuropka, Reinhard Rittner, Heinrich Schmidt: Oldenburgische Kirchengeschichte. 2., durchgesehene und erweiterte Auflage. Isensee Verlag, Oldenburg 2005.

Heinrich Schmidt: Politische Geschichte Ostfrieslands. Ostfriesland im Schutze des Deiches, Band 5. Pewsum 1974.

Heinrich Schmidt: Maria von Jever. Persönlichkeit und Bedeutung. In: Jahrbuch der Gesellschaft für bildende Kunst und vaterländische Altertümer zu Emden, Band 55 (1975), Seite 31 – 45.
Heinrich Schmidt: Christoph, Junker zu Jever. In: Hans Friedl u. a. (Hrsg.): Biographisches Handbuch zur Geschichte des Landes Oldenburg. Hrsg. im Auftrag der Oldenburgischen Landschaft. Isensee Verlag, Oldenburg 1992

Heinrich Schmidt: Remmer von Seediek. In: Hans Friedl u. a. (Hrsg.): Biographisches Handbuch zur Geschichte des Landes Oldenburg. Hrsg. im Auftrag der Oldenburgischen Landschaft. Isensee, Oldenburg 1992, Seite 590 – 591.

Heinrich Schmidt: Jever zwischen Ostfriesland und Oldenburg. In: Antje Sander (Hrsg.): Das Fräulein und die Renaissance: Maria von Jever 1500 – 1575. Herrschaft und Kultur in einer friesischen Residenz des 16. Jahrhunderts. Kataloge und Schriften des Schlossmuseums Jever, Heft 23. Isensee Verlag Oldenburg 2000, Seite 9 – 34.

Erna Schwemer-Uhlhorn: Maria von Jever. Historischer Roman. Hamburg 1990.

Siegfried Schunke: Vom Häuptlingssitz zum Nordseebad. Esens – ein Stück ostfriesischer Geschichte. Verlag C. L. Mettcker & Söhne, Esens 1990.

Georg Sello: Studien zur Geschichte von Oestringen und Rüstringen. Ad. Allmers, Varel 1898

Menno Smid: Ostfriesische Kirchengeschichte. Ostfriesland im Schutze des Deiches, Band 6. Pewsum 1974.
Britta Wehen: Frauen und die Reformation. Maria von Jever. Studienarbeit. Norderstedt 2008.

Harm Wiemann: Die ostfriesischen Klöster in vorreformatorischer und reformatorischer Zeit. In: Jahrbuch der Gesellschaft für Niedersächsische Kirchengeschichte. Bd. 68, 1970, Seite 25 – 38.

Carl Woebcken: Balthasar von Esens. In: Ostfreesland. Ein Kalender für jedermann, 33. Jahrgang, Norden 1950, Seite 37 – 39.

Carl Woebcken: Jeverland. Gewesenes und Gebliebenes. Heft 8 der Mitteilungen des Jeverländischen Altertums- und Heimatvereins. C.L. Mettcker & Söhne, Jever, ohne Jahresangabe.

Weblinks

Ein Besuch des Schlossmuseums Jever mit Einblicken in viele Räume wie zum Beispiel den großen Audienzsaal und die Porträtgalerie, mit seiner Dauerausstellung zur Geschichte Jevers und des Jeverlandes und vielen interessanten Sonderausstellungen ist immer lohnend. Ebenso vermitteln die lesenswerten wissenschaftlichen Veröffentlichungen »Kataloge und Schriften des Schlossmuseums Jever« vielseitige Einblicke in Geschichte und Kultur der Region und darüber hinaus. Im Schloss finden außerdem Vorträge und Konzerte statt. Die Homepage des Schlossmuseums ist erreichbar unter: https://www.schlossmuseum.de/.

Auf https://www.maria-von-jever.de/ und https://www.frauenorte-niedersachsen.de/die-frauen/politik/maria-von-jever/ sind viele Informationen über Fräulein Marias Biografie und Hinweise auf Möglichkeiten für interessante Besichtigungen, Besuche und Reiseziele zu finden. Außerdem wird dort auf Literatur, Videos und interessante Veranstaltungen zu Fräulein Maria und zur Initiative »FrauenOrte Niedersachsen« hingewiesen.

Der Jeverländische Altertums- und Heimatverein e. V. ist gemeinsam mit dem Landkreis Friesland und der Stadt Jever Träger des Schlossmuseums. Der Verein engagiert sich in besonderer Weise für die Pflege, Erhaltung und Erforschung der heimatlichen Kultur Jevers und des Jeverlandes mit mehreren Schwerpunkten zum Beispiel Schlossmuseum, Heimatgeschichte und Brauchtum, Bau- und Kulturdenkmäler, niederdeutsche und friesische Sprache, Bibliothek und Archiv. Auf seiner Homepage informiert der Verein über seine umfangreichen Tätigkeiten und Vorhaben und lädt zur Unterstützung und Mitarbeit ein: https://www.heimatverein-jever.de/.

Alle Bücher von Andreas Scheepker:

Historische Romane:
Das Salz der Friesen
ISBN 978-3-8392-2678-0

Maria – Fräulein der Friesen
ISBN 978-3-8392-0048-3

Kriminalromane:
Tod eines Häuptlings
ISBN 978-3-8392-2679-7

Tote brauchen keine Bücher
ISBN 978-3-8392-2680-3

Morgen kommt der Weihnachtsmann
ISBN 978-3-8392-2681-0

Auricher Abschiede
ISBN 978-3-8392-2682-7